Inimigos Públicos

ANN AGUIRRE

Inimigos Públicos

Tradução de Natalie Gerhardt

Fantástica
ROCCO

Título original
PUBLIC ENEMIES

Copyright do texto © 2015 by Ann Aguirre
Todos os direitos reservados.

Primeira publicação por Feiwel and Friends Book,
um selo da Macmillan Children's Publishing Group.

Edição brasileira publicada mediante acordo com
Taryn Fagerness Agency e
Sandra Bruna Agencia Literaria, SL
Todos os direitos reservados.

Direitos para a língua portuguesa reservados
com exclusividade para o Brasil à
EDITORA ROCCO LTDA.
Av. Presidente Wilson, 231 – 8º andar
20030-021– Rio de Janeiro, RJ
Tel.: (21) 3525-2000 – Fax: (21) 3525-2001
rocco@rocco.com.br | www.rocco.com.br

Printed in Brazil/Impresso no Brasil

Preparação de originais
CAROLINA CAIRES COELHO

CIP-Brasil. Catalogação na fonte.
Sindicato Nacional dos Editores de Livros, RJ.

A237i   Aguirre, Ann
           Inimigos públicos / Ann Aguirre; tradução de Natalie Gerhardt. – 1ª ed. – Rio de Janeiro: Fantástica Rocco, 2019.
           (Jogos Imortais;2)

           Tradução de: Public enemies
           ISBN 978-85-68263-79-2
           ISBN 978-85-68263-80-8 (e-book)

           1. Ficção americana. I. Gerhardt, Natalie. II. Título.
19-57225   CDD-813
                                                     CDU-82-3(73)

Vanessa Mafra Xavier Salgado – Bibliotecária – CRB-7/6644

O texto deste livro obedece às normas do
Acordo Ortográfico da Língua Portuguesa.

Para os guerreiros, na luta por verdade, igualdade ou liberdade.
Citando Winston Churchill, "Nós nunca nos renderemos".

ESCURIDÃO NO PARAÍSO

Seis dias antes do Natal, dois brutamontes me agarraram na calçada e me empurraram para dentro de uma van preta.

Eu teria ficado aterrorizada se não estivesse esperando... alguma coisa. Não necessariamente um sequestro, mas sabia que haveria algum contra-ataque em algum momento. Só fiquei me perguntando se era Wedderburn querendo me mostrar quem mandava, a oposição, o que significaria Dwyer ou Fell, ou o ainda mais misterioso Harbinger. Enquanto eu especulava, os brutamontes com expressão séria e mandíbulas contraídas não davam sinais de quem era o mandante.

A paisagem de Boston passava pela janela enquanto meu rosto pressionava a janela, deixando uma marca no vidro embaçado. Meu coração estava disparado, apesar do esforço que eu fazia para manter a calma, com a respiração ofegante. *O que está acontecendo?* Dessa vez, meu namorado não tinha como me salvar; Kian não ia mais aparecer quando eu precisasse dele porque não estava mais preso ao jogo imortal – não tinha mais acesso a poderes legais – e eu queimei o meu último favor ao libertá-lo.

Por fim, a van parou em um bairro suspeito não muito longe do cais do porto. Olhei para os dois homens de frente. Um afro-americano e outro de aparência nórdica, eram semelhantes em tamanho e forma, mais de um metro e noventa e cinco de altura, ombros fortes que pareciam ter mais de um metro e meio de largura. Os gestos e o corte de cabelo militar me fizeram acreditar que eram policiais ou que tinham treinamento da Força Especial, e a frieza dos olhos me fez entender que não adiantaria pedir respostas nem rogar piedade.

— Desça do carro, garota.

A ordem seca veio do motorista. Quando ele se virou para olhar para mim no escuro, seus olhos pretos pareciam não ter pupilas, como os das crianças assustadoras que seguiam o velho do saco por aí. Eu não consegui pensar naquilo sem estremecer de repugnância — e a certeza horrenda de que ele ainda carregava a cabeça da minha mãe. Senti um calafrio percorrer meu corpo.

— Não enquanto não me disser quem eu vou visitar.

— Eu poderia obrigá-la — retrucou o outro em tom baixo —, mas seria... desagradável. — O ligeiro sotaque me fez achar que ele era alemão.

O motorista encolheu os ombros e desceu do carro para abrir a porta traseira, que estava trancada por fora.

— Ela logo vai descobrir, não é? — Para mim, ele acrescentou: — Harbinger solicitou o prazer da sua companhia. — Percebi o tom de falsa cortesia, mas como consegui a informação que pedi, controlei a raiva.

Poderia ser pior. Mas era para eu ter me encontrado com Kian dez minutos atrás.

Não ia demorar muito para ele se dar conta de que alguma coisa tinha dado totalmente errado. Eu só esperava que ele tivesse o bom senso de não assustar meu pai. Ele não teria como me ajudar, então era melhor que continuasse no laboratório, como sempre fazia desde a morte da minha mãe, alheio ao mundo.

E a mim, pensei.

A batida da porta atrás de mim mais pareceu um terremoto no meu peito. Minha cavidade cardíaca ecoou, apenas uma gaiola de ossos mantendo meu coração refém. Conscientemente, sabia que não poderia ter previsto todos os resultados possíveis... E eu só recebera três favores. A maior parte da Galera Blindada estava morta, e eu ainda não sabia se tinha sido Wedderburn ou a oposição. Embora eu tenha conseguido proteger a minha melhor amiga, Vi, só percebi que minha mãe era um alvo quando já era tarde demais. A morte dela ainda me assombrava. Emocionalmente, eu estava em carne viva e cheia de remorso.

A construção diante de mim parecia um armazém bem deteriorado. A parede de tijolos vermelhos tinha desbotado para um tom de laranja enferrujado e pelo menos metade das janelas estava quebrada ou fechada com tábuas de madeira. Respirei fundo e senti um cheiro marcante de água salgada, umidade, madeira podre e peixe velho. Um jornal voou de um beco e acabou preso em uma poça que tinha se formado em um buraco da calçada. Era de imaginar que um dos principais jogadores independentes nos jogos imortais pudesse ter um esconderijo melhor, mas talvez aquela fosse a intenção – despistar ou algo assim. O motorista fez um gesto e o Alemão tirou a corrente das portas pesadas de ferro. Eram a coisa mais nova da construção, o que era meio estranho.

— Qualquer um poderia passar por uma das janelas quebradas – comentei.

O Gigante Louro abriu um sorriso assustador.

— Essa é a intenção.

Achei que aquela seria toda a explicação que me dariam, mas o motorista acrescentou:

— As portas são um aviso. Se as pessoas escolherem não entender o recado, então elas são bem-vindas para entrar e jogar, claro.

— Com Harbinger. – Eu imaginava que aquilo não acabasse nada bem para os vândalos e invasores aleatórios, mas eu já tinha meus problemas para cuidar. – Por que ele quer me ver?

As portas se abriram com tudo quando as correntes caíram.

— Por que você não entra e descobre?

Lá dentro, estava escuro em contraste com a relativa claridade de um dia de inverno. Tremendo, ergui a gola do meu casaco vermelho e dei um passo para entrar na penumbra assustadora. As portas se fecharam com força atrás de mim e, enquanto eu ouvia os homens passarem as correntes e trancarem o cadeado, precisei usar todo meu autocontrole para não começar a gritar por socorro como uma donzela em perigo, presa nos trilhos do trem. Mas não consegui controlar os tremores que tomaram conta do meu corpo, deixando minhas pernas bambas.

– Edie Kramer. – O sussurro ecoou à minha volta, fazendo minha pele se arrepiar.

As sombras eram tão profundas e escuras que não poderiam ser naturais. Alguma luz natural teria entrado, por mais sujas que as janelas estivessem, mas aquele espaço frio e úmido parecia mais um túmulo aberto, como se meu próximo passo fosse me levar direto ao fundo de uma cova antes de alguém começar a jogar terra sobre meu rosto aterrorizado. Minha respiração ficou ofegante e audível como a de uma criança que não consegue acender a luz e sente que, *com certeza*, havia mais alguém ali comigo.

– Sim – consegui responder.

Eu estava quase imóvel, tateando o caminho com as mãos estendidas à frente do corpo. Aquele lugar parecia todos os trens-fantasmas nos quais eu já tinha entrado, mas sem a certeza de que ninguém ia me machucar e que cada coisa esquisita que eu tocasse não era real. Agucei os ouvidos para compensar a falta de visão. Algo se agitou no chão. Fiquei paralisada quando pezinhos passaram por cima do meu tênis Converse.

Deve ser só um rato.

– Consigo vê-la perfeitamente. – A voz era leve, provocadora, e o sorriso que senti no tom fez a situação parecer ainda pior. – Você não consegue me encontrar?

– Acho que consigo – respondi. – Se você continuar falando.

– Se confiar em mim, posso guiar seu caminho.

Dei uma risada assustada.

– Não, valeu.

– Você me negaria um pouco de diversão?

– A não ser que você ache que *isso* é a coisa mais divertida do mundo, eu vou negar, sim. Com certeza.

– Tudo bem, então.

Uma luz cegante me fez semicerrar os olhos, e o lugar entrou em foco. Protegi as vistas com as mãos porque a mudança repentina não facilitou as coisas por um ou dois minutos. Mas logo consegui ver o aposento como realmente era. O armazém parecia ter abrigado uma *rave* em 1999 sem que ninguém tivesse se preocupado em limpar depois. Até onde eu sabia, aquilo podia ser verdade, já que havia um mistura nojenta de sujeira, fezes de animais e teias de aranha. *Esse é o lugar perfeito para se livrar de um corpo.* Por um instante, a possibilidade de fugir por uma das janelas quebradas passou pela minha cabeça, mas eu suspeitava que, se Harbinger era assustador assim quando estava de bom humor, eu não queria testar a paciência dele.

Por falar nele, eu ainda não tinha visto meu anfitrião.

— Onde você está?

Talvez ele seja invisível, como o Gato de Cheshire de Alice no País das Maravilhas.

— Levante a cabeça, queridíssima.

Como reflexo, olhei para cima e vi uma figura escura empoleirada como ave de rapina no passadiço. Algo nos ângulos dos joelhos e cotovelos me lembrou de que aquela criatura não era humana. Harbinger se inclinou para a frente e deu um salto, mas não desceu em um mergulho, mas sim como se estivesse caminhando por degraus invisíveis que amparavam sua queda. Pousou com leveza e se curvou em uma saudação teatral. Estava usando roupas que pareciam de brechó, incluindo fraque, cartola, colete de penas pretas, calça de cetim e botas antigas, para não falar da gloriosa corrente ornamentada que não estava presa a um relógio de bolso, mas sim a um gato de cerâmica de pescoço comprido. O cabelo negro descia até a cintura, e mechas grisalhas apareciam entre os fios como luz estelar.

Por algum motivo, senti dificuldade de focar no rosto dele, cuja imagem queimou a retina do meu olho mental — uma impressão caótica de beleza sobrenatural combinada com desespero angustiante —, cicatrizes na terra repleta de rubis não lapidados e poços de holocausto com flores do campo nas laterais. Os olhos brilhavam como relâmpago de verão, mas não consegui manter o olhar. Estar tão próxima a ele me fazia querer dar um passo para trás, como se eu fosse ser eletrocutada só de respirar tão perto dele assim.

Droga. E Kian procurou essa criatura para negociar. Por mim. Eu tenho que ser corajosa.

Sentindo-me como Alice no País dos Horrores, fiz uma saudação hesitante, embora eu realmente precisasse de uma saia para obter o resultado desejado.

— Prazer em conhecê-lo.

Desconfiei que Harbinger sabia que eu estava sentindo exatamente o oposto disso, mas não havia regras de etiqueta para me guiar em uma ocasião como aquela.

— Então, vale a pena morrer por você, hein? — Ele ficou andando à minha volta, com passos lentos, enquanto me espreitava, inclinando-se para a frente e me cheirando como se eu exalasse algum perfume exótico.

— Espero que não chegue a isso — respondi sem pensar.

Ele parou e inclinou a cabeça como um pássaro.

— Você não quer minha proteção? E eu estava aqui trabalhando com esmero para manter as coisas assustadoras longe de você. Ou você acha que derrotou as criaturas do espelho sozinha... com o uso magnífico de uma toalha?

Merda. Eu *tinha* me perguntado se aquilo seria o suficiente, mas como elas não voltaram a me perseguir, achei que tivesse encontrado uma solução.

— Obrigada por me manter em segurança — agradeci sentindo um aperto de medo na garganta. — Não é que eu não valorize isso.

— Mas...? Eu consigo sentir a pergunta e estou de bom humor. Por sua causa, certamente vou ter um banquete. E logo.

O que ele quer dizer com isso?

— Kian *tem* que morrer daqui a seis meses? — Era como nos contos de fada. Ele tinha negociado a última ficha que lhe restava, a própria vida, para me proteger. Ao fazer isso, ele me ofereceu um presente que eu não queria, não podia trocar e nunca poderia retribuir.

— Você pode trocar de lugar com ele no pacto. — Harbinger estalou os lábios, produzindo um som desconfortável entre um beijo e um *você parece deliciosa*. — Ou você pode convencer alguém a fazer isso, eu acho. Eu desconfio que você tenha escrúpulos demais para uma coisa dessa.

Senti uma dor acender dentro de mim. A queimação constante no meu estômago.

— Não.

— Acho isso fascinante.

— É mesmo?

— A maioria das criaturas não tem nenhum sentimento maior do que o de autopreservação. Mesmo assim, a humanidade às vezes produz centelhas brilhantes, capazes de se sacrificar.

— É por isso que você queria me ver? — Eu não tinha me movido, e Harbinger não parava de andar à minha volta, como um tubarão. Ouvi dizer que se um tubarão parasse de nadar, ele morreria. Aquela criatura exalava a mesma intensidade faminta e a mesma motivação predatória.

— Em parte. Eu me pergunto... se você imploraria pela vida do seu amado.

— Isso ia adiantar? — perguntei.

— Queridíssima! Não. Afinal, eu preciso comer, não é?

A náusea subiu pelo meu estômago, quase me sufocando.

— Você quer dizer...

— Eu não vou comê-lo e digeri-lo de forma literal. Mas vida é energia. E não há ninguém para acender velas para mim nem sussurrar meu nome em súplica. Então, o que mais posso fazer?

Embora seu tom fosse descontraído, senti que ele se importava mais com isso do que queria demonstrar.

— E as pessoas realmente faziam isso?

— Houve um tempo que sim. Mas nunca fui muito popular — admitiu ele. — E isso funciona para mim. O trapaceiro não é um intermediador muito bom, creio eu.

— Você não participa do jogo? — Se minha memória não estava me enganando, eu me lembrava de Kian ter comentado sobre isso.

— Só quando eu faço as regras, que mudam de acordo com a minha vontade. Os outros levam tudo a sério demais. Competição demais pode ser tão tedioso quanto pouca competição. É muito mais divertido comer pelas beiradas, arruinar os planos das pessoas só para me divertir.

— Eu gostaria muito mais de você se me dissesse que dificultou a vida de Wedderburn.

Uma gargalhada ecoou, deixando-me tonta, pois tomava todo o armazém, como uma música louca e o som de mil asas batendo. Quando me virei, Harbinger e eu estávamos sozinhos, sob um holofote; não me lembrava daquela iluminação, mas agora sentia que estava em um palco, diante de uma plateia invisível.

— O tempo todo, minha linda. Eu complico suas jogadas e estimulo o deus do sol, mas vou embora assim que os ventos mudam de direção.

— Estou começando a entender por que Kian procurou você.

O tom de Harbinger ficou sério como o badalar de um sino.

— A única regra que eu respeito vem desses acordos. Então, eu trouxe você aqui para sugerir que aproveite o tempo que lhe resta com seu amado. Não perca tempo e energia procurando uma brecha.

— As pessoas geralmente dizem isso quando temem que alguém encontre justamente a brecha, não é?

— *Pessoas* — disse ele em tom gentil. — Minha pequena, estou sendo gentil. Seu amado não vai tentar renegar o acordo, mas temo pelos *seus* prospectos se você interferir.

— Mas você não deve me proteger a qualquer custo?

A risada ensandecida rugiu novamente, provocando uma onda de dor na minha cabeça. Meu nariz começou a escorrer e senti o gosto de cobre na boca. Minha visão ficou embaçada, com pontos escuros, as luzes brilhavam e parecia que minhas retinas estavam derretendo.

— Até de você mesma? Você me tem em alta conta. Acho que... gosto de você, Edie Kramer. No fim das contas, uma coisa bem pequena talvez possa ser o suficiente para salvá-la. — A voz dele assumiu um tom reflexivo. — Ou talvez arruiná-la completamente.

Completamente ecoava dentro da minha cabeça no momento em que desmaiei. Quando acordei, os dois capangas de Harbinger estavam me largando no meio-fio perto do meu prédio. Era de imaginar que dois brutamontes carregando uma garota em plena luz do dia poderiam chamar a atenção, mas ninguém pareceu se preocupar muito. Aprendi do modo mais difícil, porém, que monstros conseguiam assumir uma expressão de normalidade, fazendo uma coisa terrível parecer absolutamente comum. Então, para os transeuntes, eu talvez parecesse um tapete enrolado.

— Vocês conseguem se acostumar com ele? — perguntei com voz rouca.

O Alemão me ignorou, mas os olhos escuros do motorista brilharam na minha direção. Então, negou com a cabeça por um minuto, entrou na van e se enfiou no trânsito. Com um pouco de atraso, verifiquei meus pertences: mochila, celular, tudo em ordem. Como eu esperava, havia cinco mensagens de Kian, perguntando por que eu não estava no shopping, já que tínhamos planejado fazer as últimas compras de Natal.

Desculpe, digitei. **Estou indo. Tive que resolver uma coisa.**

Está tudo bem?, perguntou Kian imediatamente.

Ele temia muito de não conseguir chegar até mim se desse merda. Mas, para mim, isso tornava as coisas um pouco mais... normais entre nós, quando minha vida estava ferrada em muitos níveis. Eu não tinha como saber se ainda era uma catalisadora ou se ia terminar como uma serva dali a alguns meses, depois da minha formatura. Mas isso não me assustava tanto quanto a possibilidade de perder Kian.

Ele está em estado terminal, pensei. Só tem quatro meses de vida.

Lutando contra a onda de sofrimento antecipado, corri para o metrô. Era cedo demais para os vagões estarem cheios de trabalhadores voltando para casa, mas havia sempre estudantes e pessoas indistintas. Eu me sentei perto de uma grade, para minimizar o contato, e saí na estação mais próxima do shopping. Apressei-me para encontrar Kian, que ainda estava me esperando do lado de fora, mesmo depois do meu atraso de uma hora. As mãos dele estavam geladas, as bochechas, vermelhas de frio e os lindos lábios, azulados.

— Por que você não foi para uma cafeteria?

— Fiquei com medo de nos desencontrarmos.

— Como se eu não fosse enviar uma mensagem se não encontrasse você na hora.

— Eu estava preocupado com você — confessou ele, puxando-me para um abraço. — E as pessoas não gostam de ver gente nervosa andando de um lado para o outro na maioria das cafeterias.

— Verdade. Está pronto?

— Não enquanto não me contar o motivo de estar tão atrasada. Já sei que aconteceu alguma coisa.

Ele segurou o meu braço pelo casaco, olhando para mim com um olhar preocupado e intenso que eu nunca conseguia enganar.

— Eu não ganho um beijo de oi primeiro? — tentei.

O sorriso dele era capaz de energizar uma subestação elétrica.

— Claro. Mas não pense, nem por um segundo, que eu vou esquecer a pergunta.

Meu plano tinha fracassado.

Mesmo assim, eu o abracei pelo pescoço. Ele me puxou para mais perto, permitindo que eu me aconchegasse na abertura do casaco. Cada vez que Kian abaixava a cabeça, cada vez que fechava os olhos, eu tentava memorizar tudo — a sensação do corpo dele, o gosto — porque o tempo não estava do nosso lado. Segurando o rosto ligeiramente áspero, acariciei sua mandíbula enquanto seus lábios encontravam os meus, tão frios que estremeci. Mas eles rapidamente esquentaram com o contato. Sem esperar por ele, aprofundei o beijo, querendo deixar a minha marca, para que nunca se esquecesse de mim, nem em mil vidas, linhas do tempo ou seja lá o que fosse. Nossas chances eram péssimas. Namoros de escola costumavam acabar — mesmo sem todas as cartas sobrenaturais de morte empilhadas contra nós.

— Uau — disse ele, alguns momentos depois. — Então. O que foi que aconteceu?

Tentei conter um suspiro. Não tinha jeito, eu ia ter que contar a verdade, embora não acreditasse que saber aquilo fosse fazer com que se sentisse melhor. Ele tinha menos poder do que antes.

— Prometa que não vai ter um ataque.

– Quando você começa a falar assim, eu fico muito agitado, Edie.

– Tudo bem. – Eu o levei até a entrada do shopping, achando que ele se controlaria melhor perto de muitas pessoas. Lá dentro, a água da fonte borbulhava iluminada em tons de azul, amarelo e vermelho de forma alternada. – Um pouco mais cedo, dois brutamontes me pegaram... e me levaram até Harbinger.

O olhar de Kian poderia ter congelado a fonte, transformando-a em um ringue de patinação.

FERIADO ASSOMBRADO

— E o que ele queria? Você não assinou nada, não é? Nem mesmo um acordo verbal...

— Não. Acho que ele só queria dar uma olhada em mim. — *E me avisar que não adiantava nada tentar salvar você.* Mas não disse a segunda parte em voz alta.

— Você ficou com medo? — Kian entrelaçou os dedos com os meus, guiando-me pela aparente segurança de uma horda de pessoas fazendo compras de Natal.

Mulheres mais velhas usando conjuntos de blusa e casaquinho de tricô se misturavam com jovens usando roupas de marca. Algumas pessoas já estavam usando suéteres de Natal, convidando-nos para enfeitar os corredores e compartilhar a alegria com o mundo. No meu humor atual, era bem mais provável que eu fosse vencer o prêmio de desânimo natalino.

— Ultimamente, eu estou sempre com medo — confessei em voz baixa.

— Sinto muito. Se eu puder fazer mais alguma coisa...

— Pare com isso. Você já fez o suficiente. Mais do que suficiente, para dizer a verdade. Queria que você se empenhasse da mesma forma para se salvar.

Mudando de assunto, ele ignorou o que eu tinha acabado de dizer.

— Você já pensou sobre o convite da Vi?

Minha melhor amiga queria que meu pai e eu fôssemos fazer uma visita no feriado, mas acho que eu não conseguiria mergulhar em uma família feliz nesse momento. Nossa ferida ainda não tinha cicatrizado, e nós dois sofreríamos se tivéssemos que ver a mãe de Vi na cozinha, comentando sobre nossa perda recente. Por outro lado, a ideia de passar o Natal no nosso apartamento alugado, eternamente bege, me deprimia muito.

– Nós com certeza não vamos.

Naquele ano, não havia árvore de Natal, decoração e nem preparação para o que costumava ser uma ocasião feliz. Minha mãe sempre exagerava nas luzes, montando uma árvore capaz de causar ataques epiléticos em alguém. Eu entendia por que meu pai estava se escondendo, mergulhando no trabalho, mas seu comportamento fazia com que eu me sentisse solitária. Às vezes, eu queria gritar com ele: *Não foi só você que a perdeu.*

Estou com saudade, mãe. Eu sempre sentia lágrimas queimando os meus olhos. Já tinha se passado mais de um mês, mas sempre havia esse vazio na minha cabeça e, de repente, minha mente voltava para o cemitério, e eu via as pessoas jogando flores em cima do caixão. Passei a mão trêmula pelo cabelo, imaginando se Kian conseguia sentir o quanto eu estava sofrendo. Além da minha tia-avó Edith, que era muito idosa quando morreu, eu nunca tinha perdido mais ninguém. Minha culpa fazia com que eu me sentisse ainda pior.

– Eu tenho uma ideia, se você estiver interessada.

O fato de ele nunca deixar de tentar melhorar as coisas ajudava... um pouco.

– O quê?

– Nós podíamos tentar convencer seu pai a sair da cidade por alguns dias.

– E ir para onde? A maioria dos lugares estará com as reservas completas.

Kian suspirou.

– Verdade. Não estou acostumado a limitações, como reservas.

Apesar do meu humor, não consegui evitar a risada.

– Você trabalhou para Wedderburn por tempo demais.

– Com certeza.

– O plano não era ruim – digo só para animá-lo. – Mas meu pai não o aceitaria.

Seria um pequeno milagre se ele não fosse trabalhar no dia de Natal, como se fosse um dia qualquer. Como ele cozinhava quase sempre, provavelmente prepararia um sanduíche de queijo e acharia suficiente. Mas Kian parecia incomodado com a perspectiva de um Natal tão apagado e talvez estivesse certo, já que seria o primeiro que passaríamos juntos e provavelmente o último também. Essa possibilidade fez com que eu apertasse mais a mão dele, fazendo com que ele parasse e olhasse para mim.

– Você tem certeza de que Harbinger não fez nada com você?

Para ser sincera, eu não tinha como responder com absoluta certeza porque desmaiei na parte final do encontro. Mas eu não ia admitir isso para ele.

– Eu só estava tentando encontrar uma forma de tornar a época de Natal melhor para o meu pai.

Kian fez uma pausa do lado de fora de uma loja, mas acho que ele não estava vendo os manequins com vestidos brancos com enfeites prateados e a decoração de luzes na vitrine como um País das Maravilhas invernal.

– Às vezes é preciso ser paciente.

– Bem, eu não vou conseguir trazê-lo de volta em um passe de mágica. Mas... – Ocorreu-me uma possibilidade. – Nós poderíamos fazer a decoração de Natal e cozinhar.

– Se não me falha a memória, meus esforços não a impressionaram muito no feriado de Ação de Graças.

– Então você vai ficar responsável pela iluminação. Mas vai precisar buscá-la no depósito da minha antiga casa. Seria ruim para você?

Um brilho nos olhos verdes dele dizia que sim, mas Kian endireitou os ombros.

– Sem problemas. Depois que terminarmos aqui, eu vou deixá-la em casa, pego a decoração e volto depois.

– Combinado. Vamos nos separar agora. – Ao vê-lo franzir as sobrancelhas, acrescentei: – Como é que vou comprar um presente para você se você está sempre comigo?

– Você não precisa...

— Não me diga como eu devo comemorar o Natal. — Levantei uma das sobrancelhas, desafiando-o a continuar falando.

— Está bem. Uma hora é o suficiente?

— Deve ser. — Eu já sabia o que ia comprar.

Cinquenta e cinco minutos depois, voltei para a fonte com dois pacotes embrulhados em papel colorido. Kian ainda não tinha chegado, então eu me sentei na borda de mármore, contando distraidamente as moedinhas no fundo. Nenhuma delas estava ali há tempo suficiente para ganhar aquele tom acobreado sob a espuma prateada da água. O som abafado da conversa dos outros clientes do shopping oferecia um contraponto ao som dos jatos que subiam e caíam, orquestrados com o show de luzes. Enquanto eu observava, apareceu uma sombra na água, como se houvesse alguém atrás de mim. Quando eu me virei, porém, não vi ninguém.

Senti um arrepio na espinha.

Peguei meu celular. Analisar a cena como se eu fosse tirar uma foto me acalmou. Nada de estranho apareceu enquanto eu olhava em volta. Não havia nada de sinistro ali, não é? Havia um Papai Noel mecânico do outro lado, dizendo "Feliz Natal" em estilo robótico em uma vila pré-fabricada inspirada no Polo Norte. Ao seu lado, havia uma placa indicando que era possível encontrar o Papai Noel de carne e osso do outro lado do shopping.

Mesmo assim, eu ainda não estava tranquila quando voltei a olhar para a fonte. Dessa vez, detectei um movimento com o canto dos olhos, e me lembrei que Harbinger havia mencionado monstros do espelho. As propriedades de reflexão poderiam ser semelhantes sob condições adequadas – será que isto significava que as criaturas também conseguiam viajar pela água? Não era muito fundo aqui, e eu conseguia *enxergar* manchas no concreto no fundo.

Não há nada aqui.

— Pronta? — perguntou Kian e eu me sobressaltei. Meu telefone escapuliu da minha mão e ele o pegou no ar. — Nossa, você está assustada.

– Estou sim. – Dei um sorriso. – Vamos sair daqui.

Ele ergueu uma pequena sacola que parecia conter uma joia.

– Eu já resolvi o que tinha para resolver.

– Aaah. Você quer me provocar, não é? Bem, esse aqui é seu. – Eu mostrei a caixa que tinha embrulhado mais cedo.

– Já faz um tempo – declarou ele em tom sério.

– De quê?

– Que ninguém pensa em mim no Natal.

– Mas e sua tia e seu tio? – perguntei sem pensar.

– Ela lidava com tudo, e eu sempre ganhei sobras. Coisas que eles ganhavam no ano anterior e ninguém queria. – O tom neutro escondia o quanto aquilo deve ter doído.

Pensei no garoto de 13 anos, com pai e irmã falecidos, a mãe doente. A tia deveria ter feito com que ele se sentisse bem-vindo e amado, mas, em vez disso, ela o via como um fardo e o tratava dessa forma. Lembrando-me da camisa formal de poliéster horrorosa que ele usou – supostamente a sua melhor, já que a vestiu no dia de tirar foto –, senti vontade de abraçá-lo ali, naquele momento.

E foi o que eu fiz.

Embora parecesse surpreso, retribuiu o abraço e apoiou o queixo na minha cabeça.

– Ei, não foi nada demais.

– Talvez não para você.

Ele se virou de modo que seu braço ficasse em volta dos meus ombros e, com a outra mão, pegou minha sacola.

– Você acha que tem algum lugar onde podemos comprar uma árvore tão perto do Natal?

– Acho que podemos conseguir uma artificial.

– E tudo bem para você?

Concordei com a cabeça.

– Minha mãe e meu pai sempre iam juntos no dia 1º de dezembro para comprar um pinheiro natural. Então, talvez um artificial seja até melhor.

Kian ficou dirigindo pela cidade por uma hora, até encontrarmos uma árvore artificial de um metro e oitenta em uma loja popular. A caixa estava rasgada, mas todas as partes para montar estavam ali. Ele a enfiou na parte de trás do Mustang e senti uma onda de ternura. *Eu tenho que salvar você*, pensei. *Não importa o que Harbinger diga. Eu tenho que salvar você, custe o que custar.*

— Vou ajudá-la a levar a árvore — ele se ofereceu, alheio ao que eu planejava em silêncio.

— Está bem, obrigada.

Como era de esperar, o apartamento estava silencioso e vazio quando entramos. Na noite de anteontem, meu pai nem voltou para casa para dormir. Eu sempre soube que meus pais eram grandes companheiros, mas até ela partir eu não tinha percebido o quanto um completava o outro. Sem minha mãe, meu pai era como uma equação incompleta, uma reação química sem o elemento catalisador que a ativava.

— Preciso da sua chave, Edie.

— Certo. — Engoli a dor silenciosamente e a peguei para ele.

— Eu já volto.

Assim que ele fechou a porta, abri a caixa da árvore e peguei o pinheiro artificial feito de alumínio e plástico. *Quando eu terminar, não vai ter como não ficar esquisito.* Quando comecei a montar, porém, as partes se encaixaram facilmente. Era um pouco feia — com espaços enormes entre os galhos. Arrumei as partes verdes da melhor forma que consegui e, quando Kian voltou, ela estava… adequada. Não era linda, mas talvez as luzes e os enfeites ajudassem. Ficamos em silêncio enquanto a decorávamos, enquanto eu me lembrava de como as coisas eram quando minha mãe estava com a gente. Cantigas de Natal estariam soando pelos alto-falantes, e o cheiro dos biscoitos natalinos do meu pai se espalhando pela casa.

— Você acha que seu pai vai se incomodar com a invasão do espírito festivo?

— Duvido que ele note — disse eu, tomada por uma onda de tristeza.

— Ele vai superar.

A resposta saiu sem que eu pudesse impedir:

– Sua mãe superou?

Quando Kian ficou imóvel, segurando um enfeite prateado nas mãos como moedas de prata valiosas, eu me senti dez vezes pior. Ele não olhou para mim quando respondeu:

– Até agora, não. É um ciclo vicioso. Ela começou um novo programa de reabilitação há pouco tempo.

– Desculpe. Eu não devia ter dito isso.

– Você está sofrendo, eu entendo.

– Não, não está nada bem. Não dê desculpas para o meu comportamento.

– Tudo bem. Mas eu não fiquei chateado por você ter falado nela... porque, na verdade, eu queria saber se você gostaria de ir comigo visitá-la nessa semana.

– Sério?

– É, na noite de Natal. Parece que é melhor eu resolver tudo que tenho para resolver. – Ele não disse o motivo por trás da decisão, mas eu sabia.

Mesmo assim, eu não tinha como recusar.

– Claro. Que horas?

– Venho pegá-la às quatro e meia. O horário de visita é bem limitado. Das cinco às seis nas quartas-feiras e algumas horas nos domingos.

– Então você nem vai poder passar o Natal com ela?

Ele negou com a cabeça e voltou ao trabalho, pendurando um enfeite na árvore. Eu estava certa, o charme aumentava depois de colocar os enfeites. Como geralmente comprávamos uma árvore maior, tínhamos enfeites demais para aquela árvore artificial, mas Kian e eu nos esforçamos e continuamos até esvaziarmos todas as caixas. O resultado foi um pouco exagerado, mas definitivamente alegre. *Este lugar precisa de um pouco mais disso*, pensei, ligando o pisca-pisca. Era uma mistura de luzes que piscavam e que não piscavam, mas ver o brilho colorido iluminando as paredes foi um pouco reconfortante para mim.

— Ficou boa — disse ele, passando um braço por meus ombros. — Assim como parece uma eternidade desde a última vez que alguém comprou um presente especial para mim, eu não monto uma árvore de Natal há muito tempo.

— Sua tia também não deixava você participar disso?

Ele negou com a cabeça.

— Ela não me trancava no meu quarto, nem nada disso. Eu só não me sentia bem-vindo, então preferia ficar de fora. E quando comecei a trabalhar para a empresa e pude ter uma casa, parecia meio sem sentido ter tanto trabalho só por minha causa.

— É por isso que os índices de suicídio sobem tanto durante o período de festas de fim de ano. — Considerando as circunstâncias, aquilo nos ligava de forma definitiva, eu não sabia se era uma piada inteligente ou de mau gosto.

— Já passei por isso.

— Na época de Natal? — perguntei, assustada.

— Não.

Pigarreei, decidindo não continuar no assunto.

— Quer alguma coisa para beber?

As coisas pareciam estranhas entre nós porque eu estava consciente demais do preço que ele pagara pela minha segurança. Em um primeiro momento, adorei o fato de ele me amar tanto assim, mas depois assimilei a realidade de tudo aquilo. Embora fosse um sacrifício tocante, a devoção dele também era um peso em volta do meu pescoço. Como é que eu poderia valer tudo do que ele tinha desistido? Uma vida inteira não seria suficiente para compensá-lo e eu só tinha quatro meses e meio.

— Tudo bem. Acho que é melhor eu voltar para casa.

Suspirei, insegura.

— Não vá.

— Por que não? Dá para perceber que você anda pouco à vontade comigo.

— Não é que eu não a-a-ame você. — Gaguejei um pouco ao falar de amor, ainda não estou muito acostumada a abordar esse assunto em uma conversa casual. — Eu só me sinto...

— Em dívida? — sugeriu ele.

— Isso.

Antes que ele tivesse a chance de responder, ouvimos uma batida na porta. Minha vida tinha mudado tanto que eu ficava tensa sempre que algo inesperado acontecia. Kian olhou para mim e foi atender. Olhou pelo olho mágico e deu um passo para trás.

— Quem é?

— Não estou vendo ninguém.

— Isso não parece nada bom.

Ouvimos outra batida, mais alta e mais exigente, mas não parecia ser a coisa que tentou derrubar a minha porta antes. Com os olhos, Kian me perguntou sem palavras o que eu queria fazer sobre isso. Assentindo, dei um passo para trás, só para o caso de precisarmos fugir. Ele entreabriu a porta só para dar uma olhada do outro lado. Vi uma pessoa magra usando um uniforme vermelho, bem elegante, com trança dourada nas laterais. O visitante parecia pronto para entregar um telegrama cantado, mas nenhuma música saiu da sua boca enquanto eu dava um passo para a frente para olhar melhor.

À primeira vista, parecia uma pessoa normal, mas depois percebi a palidez não natural e unhas afiadas demais, que mais pareciam garras do que unhas humanas lixadas. A criatura sorriu, acentuando as feições angulares, e quanto mais eu olhava, mais as feições mudavam, tornando-se uma bolha triangular com narinas cortadas na carne em um ângulo muito estranho. Os olhos sem pálpebras brilharam uma vez, duas vezes, sem piscar, mas desaparecendo e reaparecendo, quase como uma reflexão tardia. Senti um frio na espinha.

— Pois não? — perguntei, sem me mexer.

Seu convite, madame.

Ouvi a resposta, mas não em palavras, porque o fio fino que era um vestígio de boca não se moveu. O frio passou pelos meus pés como uma névoa invisível enquanto a coisa me oferecia um pergaminho marfim. Kian o pegou antes que o mensageiro pudesse se aproximar mais. Uma língua de cobra passou pela abertura da boca; a coisa não tinha mais nenhum vestígio de aparência humana, mais evidências das ilusões que os imortais conseguiam criar apenas com sua vontade.

Ou talvez tudo isso seja uma mentira, pensei, *para que ele possa se alimentar do meu medo.*

A coisa fez uma saudação, dobrando a cintura, dando a impressão de um movimento articulado, e depois foi embora, movendo-se como se tivesse mais de duas pernas. Bati a porta, mais enojada do que eu poderia expressar, enquanto Kian lia o conteúdo. Ele arregalou os olhos antes de ler em voz alta:

— "Harbinger exige sua presença na Festa dos Loucos. Traje chique necessário. RSVP desnecessário, já que sua presença é obrigatória."

— Quando é? — Fiquei olhando para o papel caro, ornamentado com o que devia ser ouro de verdade.

— Primeiro de janeiro.

— E o que ele quer dizer com "traje chique"? Tipo vestido de noite e smoking?

— Considerando o que sei sobre Harbinger, ele deve estar falando de fantasias. — Ele virou o convite e assentiu. — A festa à fantasia começa à meia-noite em ponto.

— Espere, a festa começa tarde assim?

— Não importa o que o convite diz, nós não somos obrigados a ir.

Mordi o lábio e confessei:

— Não acho que seja uma boa ideia.

— O que não é uma boa ideia?

— Irritar nosso benfeitor. Ele não me parece ser muito... estável.

— Então você quer ir? — Ele pareceu surpreso.

— Não é questão de querer, mas sim de estar disposta a aparecer. Todo esse lance de a nossa presença ser obrigatória me deixa nervosa.

— Então, eu acho que já temos planos para o ano-novo. — Kian deu um sorriso seco.

Inclinei a cabeça e provoquei:

— Você queria fazer alguma coisa mais romântica?

— Evitar a morte enquanto estou cercado de monstros deve ser uma experiência memorável.

— Tem isso — admiti. — Estou feliz por você ir comigo.

— Não sei se vou poder ajudar muito se der merda. — Ele não parecia muito satisfeito com a situação atual, por ter sido cortado dos poderes de Wedderburn. — Tudo bem, eu vou.

— Está tudo bem? — Estendi a mão e ele a segurou, pressionando-a contra o coração.

— Mais do que bem. Eu sei que vai levar um tempo para você entender.

— Eu entendo. É só que... Eu odeio que você tenha me colocado acima de você mesmo. Sei que você se sente culpado pela época em que ficava observando tudo pelo que eu passava, em vez de me ajudar. Mas você estava de mãos atadas. Se *eu* entendo isso, você também deveria.

Ele soltou um suspiro.

— Edie...

— O quê?

— As coisas não são tão fáceis assim. Eu não consigo superar o fato de que agi como um *stalker* com você.

A frustração me deu vontade de sacudi-lo. Dei um passo na direção dele e olhei diretamente em seus olhos.

— Parece que você se sente culpado por não ter morrido quando tentou se matar e está determinado a fazer isso agora, não importa como *eu* me sinta.

— Não vamos pensar nisso agora, está bem? — Ele se inclinou para me beijar e eu o encontrei na metade do caminho para sentir a doçura de um beijo que deixava meu coração apertado.

– Está bem – respondi com um suspiro.

Os lábios dele sempre faziam com que eu não pensasse em coisas que eu sabia que eram importantes e que valiam a pena ser discutidas. *Hormônios idiotas*. Kian me beijou de novo, dessa vez no nariz, e então disse:

– Tranque a porta quando eu sair.

– Pode deixar.

Não havia como saber o que poderia estar à espreita na escuridão.

O FANTASMA
DE OUTROS NATAIS

Passei os quatro dias seguintes tentando ocupar o espaço que minha mãe deixou. Sem sucesso.

Nada que eu fizesse estimulava meu pai a sair da névoa perpétua de isolamento. Ele deu um sorriso cansado quando viu a decoração de Natal e me agradeceu antecipadamente pelo presente que embrulhei e coloquei embaixo da árvore. *Poderia ser um ovo podre.* Mas eu duvidava que ele teria alguma reação se abrisse a caixa e encontrasse um. Ele só olharia para mim, murmuraria alguma coisa e voltaria para o quarto para se esconder, para contar os segundos até poder voltar para o laboratório.

A única vez em que mencionei que ele ficava fora por muito tempo ele se irritou:

— Estou tentando continuar o nosso trabalho, Edith. Será que não consegue entender isso?

O que *eu* entendia era que ele tinha desistido. Eu já estava criada, não é? Não havia mais necessidade de ser supervisionada pelos pais. Eles tinham entrado em alerta vermelho quando comecei a namorar, mas, a essa altura, eu desconfiava que meu pai nem ia notar se eu me mudasse para a casa de Kian. Mas eu não podia ficar muito zangada com a forma como meu pai estava lidando com o luto, quando a culpa parecia martelar um solo de bateria dentro da minha cabeça. Se eu tivesse sido mais inteligente, se tivesse me preparado melhor e tomado mais cuidado, eu a teria salvo.

Ou... se eu não tivesse aceitado a proposta, que eu sabia que era boa demais para ser verdade, eu seria apenas algumas palavras em alguma lápide sobre a beleza da minha alma, provavelmente. E minha mãe ainda estaria viva. Mesmo assim, não me permiti pensar nisso por muito tempo. O suicídio não era mais uma opção para mim. Se eu desistisse, significaria que todo mundo tinha morrido por nada.

Quatro horas da tarde da véspera de Natal. Meu pai ainda não tinha voltado.

Normalmente, estaríamos assando biscoitos agora. Minha mãe tinha parado de deixá-los em um pratinho para o Papai Noel há muito tempo, mas a tradição persistiu. Meu pai não tinha comprado os ingredientes este ano, e eu sabia que era melhor não incomodá-lo com isso.

Como prometido, Kian chegou às quatro e meia, vestido com uma calça elegante e uma camisa de botões. A jaqueta de couro talvez não tenha sido a opção mais quentinha, mas estava mais lindo do que o normal. Ele claramente tinha se esforçado, considerando que não costumava visitar muito a mãe. Fui até o carro com ele, fingindo que não estava nervosa. Eu estivera em hospitais poucas vezes — só para visitar a minha tia-avó e Brittany — e nunca tinha conhecido ninguém em um centro de reabilitação.

— Não se preocupe — disse Kian, parecendo ler meus pensamentos.

— E se eu disser alguma coisa idiota? Ou insensível?

— Ela vai superar. O que é isto? — Ele apontou para um embrulho na minha mão.

— Pareceu errado aparecer de mãos vazias, principalmente na véspera de Natal, então eu saí ontem para comprar uma lembrancinha.

— O quê?

— Chinelos. Procurei na internet e isso é permitido na maioria dos programas.

Seus olhos verdes brilharam de forma calorosa do jeito que sempre fazia meu estômago se contrair.

— Que legal da sua parte. Obrigado. — Batendo no bolso da jaqueta, ele acrescentou: — Comprei um relógio para ela, basicamente pelo mesmo motivo.

Ele me levou até o Mustang e abriu a porta para mim. Entrei, tentando controlar minha ansiedade. Aquilo era algo totalmente fora da normalidade, bem diferente de conhecer os pais do namorado em situações normais. Em algum lugar do caminho, Kian tocou no meu joelho, como se quisesse dizer que tudo ficaria bem. Por mais estranho que pareça, isso acabou com toda a tensão que eu sentia. Considerando sua propensão para encontrar problemas, ele não deveria ser capaz de me acalmar dessa forma, mas, ao que tudo indicava, meu sistema nervoso era bem inocente.

Estava nevando um pouco quando paramos o carro no estacionamento. Eu não sabia o que esperava encontrar, mas aquele lugar parecia bem comum, uma construção antiga que obviamente foi reformada. Uma placa de bronze na frente indicava CASA SHERBROOK. Sim, nem o nome indicava o trabalho que faziam ali. Kian abriu a porta, e nós entramos em uma recepção bem decorada. Atrás, havia os elevadores.

— Estou aqui para visitar minha mãe — disse ele para a recepcionista. — Riley? Meu nome deve estar na lista.

Ela olhou os registros e nos entregou crachás de visitantes, os quais prendemos na roupa.

— Subam até o quinto andar e aguardem. O atendente de lá vai acompanhá-los até a sala de visitas.

Assentindo, agradeci e acompanhei Kian, que estava agitado, mexendo na gola da camisa, enquanto esperávamos o elevador. Ele abriu um sorriso tímido quando pegou minha mão e entrelaçou os dedos nos meus.

— Hipócrita, eu sei.

— Já faz muito tempo?

Ele concordou com a cabeça.

— Nós conversamos pelo telefone às vezes. Mas ela só costuma ligar quando precisa entrar em um novo programa.

— Então, aqui estamos nós agora — declarei quando a porta do elevador se abriu.

Ele ficou quieto no elevador e observei enquanto endireitava os ombros. Era quase como se estivesse se preparando para algum tipo de golpe físico, e fiquei tensa também. Cerrei o punho com mais força e minha unha cravou na palma da mão. Não devia ser nada fácil ver alguém que você ama falhar tantas vezes seguidas. Seu coração se partiu tantas vezes que ele devia ter medo de ter esperanças de novo.

— Tudo bem? — perguntei.

— Quando eu vejo o telefone dela do meu celular, eu nunca sei se é ela quem está ligando — contou ele. — Às vezes, é um vizinho ou algum amigo querendo me avisar que ela fugiu. E sempre tenho medo quando o telefone toca de madrugada. É como... se eu não esperasse mais por uma melhora. E fico esperando a notícia que ela finalmente desistiu.

— Nossa. — Eu queria pensar em alguma coisa melhor para dizer. Ele nunca tinha revelado tanto para mim, e suas palavras me fizeram ver que era como se ele já a tivesse perdido, junto com o resto da família. — Você sente falta dela.

Ele engoliu em seco.

— Sim, eu sinto muita saudade.

Eu o abracei por alguns segundos, até a porta do elevador se abrir. Quando saímos, ele já estava calmo e controlado, caminhando em direção à mesa de recepção. Assinamos o registro de visitantes, mostramos o crachá e permitimos que a atendente fizesse a inspeção dos presentes. Ela pareceu aliviada por ver que não estávamos tentando contrabandear nada para a sra. Riley. Com todos os detalhes resolvidos, ela nos levou até uma sala, na qual algumas pessoas já estavam sentadas com suas visitas. Todos os internos estavam de pijama ou alguma versão de roupa confortável, tipo um conjunto de moletom.

Como eu não conhecia a sra. Riley, esperei Kian seguir até ela.

A primeira coisa que notei foi que ela era extremamente magra, com olhos grandes e assombrados, cuja cor era igual à do filho. O cabelo era opaco, mal tingido de preto, fazendo a pele parecer ainda mais pálida. As maçãs do rosto eram tão pronunciadas quanto o queixo, e os lábios pareciam em carne viva, como se ela os tivesse mordido. Sem maquiagem, parecia mais velha do que eu esperava, com olheiras profundas. As mãos eram ossudas e nodosas, com cutículas roídas como se estivessem sempre sendo puxadas. Ela me fazia pensar em um pássaro com ossos ocos e penas desordenadas.

Ele se inclinou e lhe deu um beijo no rosto.

— Feliz Natal, mãe.

Meu Deus, doeu mais do que eu pensei ao ouvi-lo dizer aquilo em voz alta. Mesmo que ele raramente a visse, ela estava viva e havia chances de ela superar os obstáculos desta vez, surpreendendo-o com uma recuperação maravilhosa. Senti minha garganta fechar por causa do sofrimento.

— Você está cada vez mais bonito — declarou ela, com o que parecia ser um sorriso cansado e carinhoso. — Tem algum consultor de moda ou algo assim?

— Eu puxei minha mãe — respondeu ele, o que obviamente a deixou feliz e radiante, a julgar pelo seu sorriso.

Então, a sra. Riley se virou para mim.

— E quem é essa?

— Eu sou Edie Kramer. Prazer em conhecê-la.

Acho que para esclarecer as coisas, Kian acrescentou:

— Minha namorada.

— Finalmente. — Os olhos dela brilharam. — Você demorou bastante. Que bom que você está aqui, Edie. Agora você pode me contar tudo o que Kian realmente anda fazendo. Ele é *muito* evasivo, principalmente sobre o trabalho.

Já que essa era a última coisa que eu poderia fazer, consegui dar um sorriso sem jeito.

— Na verdade, ele está dando um tempo no trabalho para se dedicar aos estudos.

Kian me lançou um olhar de advertência, como quem diz *Por que você disse uma coisa dessa para ela?* Eu o ignorei.

— Tudo bem com dinheiro? — perguntou ela, visivelmente ansiosa.

Ah, merda. Eu me esqueci de que ele paga os tratamentos dela.

— Está tudo tranquilo — assegurou ele. — Eu tenho economias e estou procurando um trabalho de meio-período para poder ter tempo para estudar.

E que não seja um contrato de servidão eterna.

— Ah, que bom. — O alívio a fez relaxar os ombros. — Você sempre foi muito econômico. Eu me lembro de que você costumava emprestar dinheiro para sua irmã quando ela torrava a mesada. Você tinha um livro contábil e tudo, como um pequeno agiota.

Ele se remexeu sem saber como responder. Durante o curto período desde que nos conhecemos, ele nunca mencionou a irmã. Eu tinha a sensação de que era uma ferida aberta, uma perda que ele ainda não tinha conseguido processar. Em silêncio, procurei a mão dele por baixo da mesa e seus dedos se fecharam nos meus como se eu fosse a corda que o impediria de cair.

— Nós trouxemos presentes — interrompi para mudar de assunto.

— É mesmo? — perguntou a sra. Riley, parecendo realmente feliz. — Que gentileza. E você é tão linda. Você me passa uma boa impressão.

Apesar dos últimos anos difíceis, seus modos mostravam vislumbres da *socialite* graciosa que ela tinha sido. Eu conseguia imaginá-la com roupas melhores, cabelo arrumado e maquiagem, usando um vestido criado por algum estilista famoso e segurando uma taça de champanhe caro enquanto conversava com convidados ricos. Na verdade, ela ainda poderia se encaixar entre os pais dos alunos de Blackbriar. Imaginei que vários deles já deviam ter passado pela reabilitação.

— Obrigada. — Peguei o presente e entreguei para ela com um sorriso.

Ela não perdeu tempo para abrir o pacote e pareceu bem feliz com o chinelo cor de lavanda que comprei. Era um estilo bem simples, mas como eu não a conhecia ainda, não fazia ideia do que gostava. Escolhi tamanho médio, esperando que servisse. Ela tirou os chinelos gastos e colocou os novos. Remexendo os dedos, ela me lançou um olhar radiante.

— Se eu usar meias, vão servir direitinho. Obrigada, Edie.

Imaginei que ficaram um pouco grandes, mas ela foi gentil o suficiente para não reclamar.

— De nada.

Ela abriu, então, o presente de Kian. Estava com lágrimas nos olhos quando colocou o relógio no pulso. Ela se inclinou para o filho e pressionou uma das mãos trêmulas no rosto dele, e eu tive que afastar o olhar. *Senti um aperto no coração.* Por diversos motivos, aquilo estava sendo muito mais difícil do que eu tinha imaginado.

A hora passou rápido. Logo os visitantes tiveram que pegar suas coisas, trocar abraços e desejar Feliz Natal pela última vez. A sra. Riley não tinha direito de usar um celular, então não podíamos nem dizer que íamos ligar no dia seguinte. Ela me deu um abraço, o que me surpreendeu, mas correspondi.

O abraço durou mais tempo do que o esperado e ela sussurrou no meu ouvido:

— Tome conta dele por mim, sim?

Estou tentando. Eu me imaginei olhando para aquela mulher para dizer que tinha perdido o filho — a única pessoa que lhe restava no mundo — e senti todos os músculos se retesarem em negação. *Não mesmo. Ela mal está lidando com as outras perdas. Para ela, isso seria o fim.*

— Sim — respondi.

Kian nos lançou um olhar estranho enquanto eu passava por ele, muito assustada. Eu o conhecia; ele não ia abordar um assunto tão difícil com ela. Então, ela viveria quatro meses e meio sem saber nada do que estava por vir. Tentei acalmar a respiração.

Isso não vai acontecer. Eu vou descobrir alguma forma de sairmos dessa.

— Está pronta? — perguntou Kian quando terminou de se despedir.

— Estou.

Havia uma fila lá embaixo para entregar os crachás e pegar as identidades. Eu só disse algo depois de entrarmos no carro e dirigirmos por um tempo. Kian foi o primeiro a falar, soltando um longo suspiro:

— Ela está bem frágil, não é?

Concordei com a cabeça.

— Nos últimos oito anos, eu me sinto muito mais como pai dela do que como filho. Estou cansado. Mas...

— Não pode desistir. Eu amo isso em você. — Embora eu não tenha completado o raciocínio, gostaria que ele tivesse o mesmo tipo de determinação em relação ao modo com que cuidava de si mesmo.

Ele sorriu e pegou minha mão. A neve tinha se acumulado um pouco enquanto estávamos lá dentro, cobrindo árvores e calçadas. Os carros estavam com os limpadores de para-brisa ligados, e a rua estava escura nas partes em que a neve tinha derretido. Liguei o rádio, tentando imaginar se eu voltaria a me sentir melhor. Entre a morte da minha mãe, a Galera Blindada e a espada de Dâmocles sobre a cabeça de Kian, o medo parecia uma sensação permanente, como se houvesse agulhas cravadas na minha espinha.

Meia hora depois, ele parou na frente do meu prédio.

— Que horas eu devo vir amanhã?

— Meio-dia?

— Está bem. Até amanhã.

Não o convidei para entrar porque vi meu pai andando na calçada na nossa direção. Não estava vestido para o frio que estava fazendo, usando apenas uma jaqueta que minha mãe tinha implorado para ele jogar fora anos antes. A camisa tinha manchas na frente e parecia que ele não se barbeava há pelo menos uma semana. A barba estava mais grisalha do que castanha, algo que eu não tinha notado antes.

Kian me deu um beijo rápido e eu saí do carro. Ele me esperou entrar para depois ir embora. Meu pai me seguiu um pouco depois. Eu o abracei e me assustei com a magreza dele. Ele sempre teve mais tendência a emagrecer do que minha mãe e eu, mas eu sabia que ele não estava comendo no trabalho. Merda, eu tinha que fazer o máximo para que jantasse quando chegasse em casa.

— O que você almoçou? — perguntei.

Ele fez um gesto vago para me acalmar.

— Um aluno trouxe um sanduíche para mim. Eu estou bem.

Isso não significa que você o comeu.

— Não está não. Prometa que não vai trabalhar amanhã.

Primeiro ele me olhou sem entender, parecendo frustrado.

— Por que... Ah...

— Amanhã é Natal e Kian vai vir. Eu preciso da sua ajuda para preparar a comida ou tudo que comprei vai estragar.

Ele soltou o ar devagar e foi como se uma luz acendesse em sua cabeça.

— Certo. Acho que eu não tenho andado muito bem.

Finalmente. Eu estava com medo de a névoa nunca se dissipar.

— Eu quero que você esteja presente quando estiver aqui. Eu ainda preciso de você.

Como eu não estava acostumada a dizer esse tipo de coisa, foi difícil e as palavras saíram um pouco engasgadas.

— Tudo bem. — Meio sem jeito, meu pai me deu um abraço. — Eu prometo. Nós só precisamos ver como as peças se encaixam agora.

Muito mal, pensei. *Você me vê muito pouco.*

Mesmo assim, fiquei aliviada por saber que ele ficaria em casa no dia de Natal. Talvez, se nos esforçássemos muito, ele conseguisse sorrir. Havia uma televisão no apartamento novo e eu poderia conectar meu laptop a ela para fazermos uma maratona de filmes. Considerando que Kian era aficionado em clássicos do cinema, ele provavelmente adorava *A felicidade não se compra* e *Milagre na rua 34*. Eu já tinha assistido aos dois — não os tinha amado —, mas estava disposta a assistir de novo com eles se Kian e meu pai quisessem.

Fiquei relaxando com meu pai, enquanto ele folheava uma revista científica. Mas, uma hora depois, ele murmurou:

— É melhor dormirmos um pouco, se vamos fazer um banquete amanhã.

Eram oito horas da noite.

Não podia *obrigá-lo* a conversar comigo. Talvez o progresso que fiz tenha sido o máximo que eu poderia esperar por ora. Cansada, fui ao banheiro para lavar o rosto e escovar os dentes. Meu quarto ainda não tinha a menor personalidade, a maioria das minhas coisas ainda estava em caixas no armário. Ali não parecia ser um lugar onde eu morava, e sim onde eu estava passando um tempo.

Quando abri o laptop, havia uma mensagem de Vi. Ela ainda estava on-line, então eu a chamei. Como sempre, o quarto dela estava uma zona e atrás da porta consegui ouvir a mãe dela gritando com o irmão. Então, o pai dela resmungou alguma coisa e Vi revirou os olhos.

— Desculpe por isso.

— Tudo bem. Eu tenho inveja de todo esse barulho.

— Ah, até parece. — Ela mudou de assunto provavelmente imaginando que eu não quisesse continuar falando sobre aquilo. — Você recebeu meu presente?

— Ainda não.

— Droga. Deve ter atrasado por causa do movimento de Natal nos correios.

— Obrigada por pensar em mim. Eu me esqueci de mandar alguma coisa para você. — *Sim, eu com certeza vou ganhar* o prêmio de pior amiga este ano.

— Eu não estava esperando nada. Feliz Natal, Edie.

— Obrigada. Mande meus votos para sua família.

— Ah, se seu convite ainda estiver de pé, vou falar aos meus pais que quero ver você. Talvez alguns dias nas próximas férias?

Como eu tinha falado disso um tempo atrás, muito antes de toda a merda sobrenatural vir à tona, provavelmente era uma péssima ideia por todos os motivos. Mas ela parecia muito feliz e esperançosa, e eu não tive como dizer não. Talvez os pais dela fizessem isso por mim. Eu usei um favor para protegê-la, então Wedderburn deveria honrar isso.

— Eu adoraria te ver — respondi com sinceridade. — Estou com saudade.

— Eu também.

Nesse momento, ouvi a mãe de Vi gritar:

— Você vem embrulhar os presentes ou não?

Visivelmente exasperada, ela gritou de volta:

— Daqui a cinco minutos!

— Tudo bem. Vá lá ficar com a sua família.

— Desculpe. A gente tem que embrulhar um monte de coisas para os parentes. Avós, tios, primos, sobrinhos. Nossa, é um saco.

Vi até podia achar isso, mas se tudo desaparecesse, se sua casa ficasse silenciosa de repente, aposto que se sentiria de outra forma.

— Mande um oi para todo mundo por mim.

— Pode deixar. — Com isso, ela desligou.

Não tive notícias de Ryu, mas não fazia tanto tempo que não nos falávamos para eu me preocupar com ele. Então, fiquei sentada sozinha no meu quarto, desejando que Kian aparecesse secretamente, como costumava fazer. Mas algumas coisas não podiam ser desfeitas.

Nos meus momentos mais sombrios, eu me perguntava se não teria sido melhor para todo mundo se eu tivesse continuado com meu plano original... e saltado da ponte.

BAILE DO MONSTRO

O Natal não foi ruim.

Com meu pai um pouco melhor, preparamos comida suficiente para nós três e a comemoração não foi tão deprimente nem horrível como no feriado de Ação de Graças. Teve presunto, purê de batatas e ervilhas – não exatamente um banquete –, mas foi melhor do que a comida congelada que estávamos comendo desde o enterro da minha mãe. Depois disso, entregamos os presentes. Fiquei completamente surpresa por meu pai ter se lembrado de comprar alguma coisa, mesmo que tenha sido uma cartão-presente de uma livraria. Ele pareceu gostar do cachecol azul que escolhi para ele.

Kian me deu uma caixinha. Acertei ao imaginar que era uma joia. Abri o embrulho cheia de empolgação e vi um delicado cordão de prata com um símbolo no infinito no meio. Instintivamente, cerrei o punho direito, lutando contra o impulso de verificar se a marca na parte interna do meu pulso estava escondida. Lancei um olhar para meu pai e vi que ele estava lendo uma revista. Uma mistura de sentimentos em relação ao presente me tomou, considerando o que ele representava.

Kian provavelmente percebeu, porque se aproximou mais para explicar:

– Isso não representa a servidão interminável. Eu poderia falar de geometria e cálculo, acrescentar a topologia e as transformações de Möbius e seguir para os fractais e os flocos de neve de Koch, mas é bem mais simples. Só significa "eterno". E nós somos assim, Edie. Então, esse cordão é para mostrar como eu me sinto em relação a você.

Deixei escapar um suspiro, não de exasperação, mas sim como se a doçura saísse de meu corpo aos poucos. Ele estava fazendo isso para que a marca no meu pulso não mais se parecesse um selo de propriedade. Em vez disso, eu poderia olhar para ela e pensar em Kian, e não nos antigos chefes dele.

— Obrigada — sussurro.

— Quer que eu coloque em você?

— Com certeza.

Ele ficou de pé e eu me virei, levantando o cabelo para não embolar no fecho. O cordão era do tamanho perfeito para que o pingente descansasse no vale na base do meu pescoço. Por alguns segundos, ele só ficou olhando para mim com aquela expressão que dizia que me beijaria se meu pai não estivesse lendo a revista *Scientific American*. Retribuí tocando sua mão.

— Meu presente não é tão legal quanto o seu.

— Se você escolheu para mim, eu tenho certeza de que vou adorar.

Com expressão ansiosa, ele rasgou o papel de presente como uma criancinha e revelou a caixa de DVDs com cinco filmes clássicos de Alfred Hitchcock. Provavelmente já tinha assistido a todos, mas pelo que observei de sua coleção de DVDs ele não tinha nenhum daqueles filmes. Eu sabia que ele adorava *Interlúdio*, então talvez fosse gostar de *Quando fala o coração*. Nervosa, esperei sua reação.

— Adorei — disse ele com voz suave.

— Por que você não coloca um deles para assistir? — sugeriu meu pai sem tirar os olhos da revista.

Sim, talvez um filme de suspense fosse melhor do que um filme de Natal que todos já vimos umas dez vezes. Conectei o cabo certo no meu laptop para a TV, e Kian escolheu *Quando fala o coração*, provavelmente por causa de Ingrid Bergman. Nós nos acomodamos no sofá para assistir. Depois de um tempo, meu pai largou a revista, atraído pela história, apesar de tudo.

Quando o filme acabou, pedi:

— Posso sair na noite de ano-novo?

— Com Kian? — quis saber meu pai.

— É.

— Então, tudo bem.

Minha mãe teria exigido saber para onde íamos, que horas eu ia voltar e, quando ela ainda estava com a gente, tinha todo o apoio do meu pai. Mas ele desistiu disso desde que ela partiu, confiando em Kian a ponto de *me* deixar preocupada. Não que houvesse algum motivo para temer, mas mesmo assim. Os pais deveriam se mostrar temerosos e protetores, não é?

— Vou cuidar muito bem dela — prometeu Kian.

Isso estimulou meu pai o suficiente para acrescentar:

— Nada de bebidas alcoólicas.

— Eu prometo. — Considerando que nós íamos a uma festa de Harbinger, encher a cara seria o último erro que eu cometeria.

Logo depois, Kian pegou seus filmes e foi para casa, liberando meu pai para ir para o quarto. Fiquei acordada até tarde, lendo, o que estabeleceu o ritmo do resto das férias. Eu provavelmente deveria estar estudando, mas os estudos perderam o senso de urgência. Se continuasse com o meu status de catalisadora, Wedderburn cuidaria para que eu entrasse em uma boa universidade e continuasse em um bom caminho. Se eu já tivesse perdido, então não teria a liberdade para fazer o que quisesse mesmo. Consequentemente, eu me sentia muito zen sobre o *meu* futuro. Outras pessoas como Kian e meu pai, porém, me deixavam morta de preocupação.

O resto da semana foi bem tranquilo. Fiz uma leitura para a escola, alguns deveres de casa, conversei com Vi e respondi a um e-mail de Ryu, que foi para Sacramento nas férias para visitar os avós. O fuso-horário entre a costa leste e a oeste era melhor do que entre Boston e Tóquio, então também conversamos por vídeo. Em algum momento desde a última vez que nos vimos ele tinha cortado as pontas louras do cabelo e então estava menos pop e mais bonito.

— Como está sua amiga?

— Aguentando firme. — Que era uma verdade maior do que ele imaginava.

A conversa não durou muito porque já estava ficando tarde e eu tinha a Festa dos Loucos no dia seguinte. Eu ainda não tinha uma fantasia, e duvidava que ir de cientista maluca como fiz para ir à festa de Cameron ia funcionar. Depois de encerrar a ligação com Ryu, fiquei navegando pela internet em busca de ideias que pudesse fazer em casa. Eu não sabia se seria melhor optar por algo discreto ou algo chamativo. Talvez conseguisse me passar por uma imortal?

Por fim, decidi me fantasiar de atriz de cinema mudo. Fui a um brechó no dia seguinte e acabei encontrando um vestido de melindrosa. Eu mesma me maquiei para parecer pálida e de outro mundo, o que me dava um ar inumano. Usei batom preto e sombra preta e cinza, coloquei um chapéu de veludo preto e alguns cordões no pescoço. Optei por usar umas sapatilhas pretas porque fazia sentido ser cautelosa em uma situação como aquela.

Meu pai estava lendo na sala quando saí do quarto.

– É uma festa à fantasia?

– É. – Esperei que ele dissesse mais alguma coisa.

– Quero que você volte para casa antes da uma da manhã.

Isso era bem mais tarde do que ele já tinha permitido antes. Mas eu disse para mim mesma que era uma exceção especial por ser ano-novo. *Não significa nada de ruim.*

Kian chegou um pouco antes das nove. E o meu nervosismo aumentou vertiginosamente quando todas as terríveis possibilidades passaram pela minha cabeça. Eu tinha mandado uma mensagem para Kian sobre minha fantasia, então ele estava de terno preto, gravata e camisa branca. Eu o maquiei rapidamente como tinha maquiado a mim mesma, as pessoas talvez achassem que éramos um casal de fantasmas, o que não era minha ideia inicial, mas isso talvez isso acabasse sendo ainda melhor.

– Pronta? – perguntou ele.

Na verdade, não.

Mas meu pai ia achar bizarro eu não querer ir à festa a qual pedi para ir. Então, apenas concordei com a cabeça, nós nos despedimos e seguimos para o carro. No Mustang, Kian pegou o celular e pressionou o ícone do GPS para encontrarmos o caminho. Quando me aproximei, percebi que era fora da cidade. *Preocupante.* Mas fugir não era uma opção.

Sua presença é obrigatória.

Sair do trânsito da cidade na noite de Ano Novo levou um tempo, então eu estava tensa quando deixamos Boston. O mapa do caminho parecia estar nos levando ao longo da costa. Seguimos por quase uma hora, quando o GPS nos alertou que estávamos chegando ao nosso destino, que era, na verdade, uma construção assustadora de pedras com rochas pontiagudas e um oceano turbulento, em vez de uma linda praia. Não havia muitos carros, o que não deveria ter me surpreendido porque a maioria dos convidados não devia precisar de transporte. Muitos poderiam fazer viagens assustadoras – pelo encanamento, por espelhos ou por cabos de eletricidade – e provavelmente já estavam à espreita lá dentro.

— Que maravilha — comentei, olhando para a arquitetura gótica.

Se algum milionário excêntrico tivesse decidido construir uma casa aterrorizante, não teria como conseguir um resultado melhor. Das janelas gradeadas aos contrafortes e gárgulas aladas empoleiradas na beirada do telhado, tudo naquele lugar irradiava um ar sinistro. O gramado estava alto e cheio de mato, ladeado por cercas vivas que bloqueavam a vista. Heras subiam por uma das laterais da construção, enterrando suas raízes de uma maneira que logo faria as pedras cederem. Respirei fundo e senti o cheiro úmido e salgado misturado com mais alguma coisa, algo picante e selvagem, diferente de qualquer odor que eu já tenha sentido.

— Isso é *tão* a cara dele — declarou Kian.

— Não é muito tranquilizador.

Com um sorriso amarelo, ele pegou minha mão. *Sim*, você está *relaxado. Você não tem nada a perder. Você já negociou tudo.* Queria gritar com ele – perguntar como achava que sua mãe ia receber as más notícias.

Agora que tínhamos nos conhecido, eu me sentia ainda pior.

— Venha.

Quando nos aproximamos da porta, ela se abriu com aquele rangido lento e assustador que vemos em casas assombradas, mas quando olhei não havia cabos nem sensores à vista. Lá dentro, senti que a temperatura estava uns dez graus mais fria, e lá fora já estava frio o suficiente para nevar. Eu me encolhi no meu casaco, enquanto minha respiração formava nuvens de vapor na frente do meu rosto. O piso de mármore ornamentado estava lascado, o desenho nele oculto por anos de negligência. Em alguns pontos, havia pedras quebradas como se por um grande impacto, e manchas sinistras e desbotadas marcavam os quadrados mais claros. Aquela casa precisava da placa clássica de aviso: ESQUEÇAM AS ESPERANÇAS AO ENTRAR AQUI.

– Que festa horrível – sussurrei. – Onde está o mordomo do mal para pegar nossos casacos?

– Você vai congelar se tirar o seu.

– Verdade. – Não ouvi música tocando, mas, sério, o que eu sabia sobre uma Festa dos Loucos? Uma busca na internet só mostrou algumas coisas sobre a Igreja Católica. E o sentido definitivamente não se aplicava aqui.

Kian atravessou os corredores como se já tivesse estado naquele lugar antes. Passamos por salões tomados por sombras sinistras e silenciosos, principalmente quando percebi movimentos tremeluzentes lá dentro. Meu coração disparou enquanto passávamos rapidamente. Às vezes, eu fechava os olhos ao sentir que havia alguma coisa bem atrás de mim: uma sensação de garras invisíveis arranhando meu casaco; um ar frio soprando no meu rosto. Estremeci enquanto Kian acelerava o passo.

– Isso é só a entrada. Já estamos chegando.

– Você parece um profissional.

– Wedderburn já me mandou aqui antes, quando ele não estava a fim de vir.

– Tipo um representante dele?

Ele concordou com a cabeça, segurando minha mão com mais firmeza.

– Só não solte, está bem?

– Você está brincando? Deixe-me adivinhar; neste cenário, somos *nós* os loucos da festa?

Ele ignorou o meu comentário nervoso.

– Sério, Edie. Mesmo se você achar que eu estou do seu outro lado. Pode parecer que alguém pegou sua mão e pode até se parecer comigo, mas *não* deixe que ele a leve.

Engoli em seco.

– Eu prometo.

Quando chegamos às pesadas portas duplas, provavelmente tinha deixado hematomas nos dedos de Kian, mas ele não pareceu se importar.

– Este é o salão de festas. Eu nem sei como *começar* a descrever como é lá dentro, então é mais fácil se a gente entrar e acabar logo com isso.

– Autoconfiança é o que me toma agora.

Como resposta, ele beijou minha testa.

– Fique perto de mim. Eu já sobrevivi a duas dessas festas completamente sozinho. Então, se ficar comigo e não chamar atenção, você vai ficar bem. – Com isso, ele estendeu uma das mãos. – O convite. Você trouxe, não é?

– Sim. Aqui está.

Enquanto eu observava, sentindo um misto de medo e fascínio, ele pressionou o envelope na madeira, que ondulou como pele e, então, uma bocarra disforme e grotesca apareceu e aquela coisa devorou o nosso convite. Só quando o último pedacinho desapareceu foi que a porta se abriu. Conforme pedido, eu era a sombra de Kian quando entramos. Fiquei morrendo de medo quando aquela coisa que não sei o que era emitiu um... tipo de som que lembrava os ruídos de algo sendo digerido enquanto se fechava.

– Nós acabamos de ser *devorados*? – sussurrei.

– Um dos truques de salão de Harbinger.

– Então eu vou odiar vê-lo usando seus poderes de forma séria.

Eu estava tentando fazer piada, mas Kian concordou:

– Verdade.

No início, o salão de baile estava escuro demais para eu definir o que estava vendo. Meus olhos tentaram se ajustar à escuridão, mas uma luz estroboscópica banhava o salão a intervalos aleatórios, cegando-me completamente. Tentei compensar isso com a audição, mas o salão era cheio de ecos que reverberavam, deixando-me ainda mais desorientada. Então, eu só conseguia analisar a cena em flashes espaçados, que pareciam gravados em um espectro invertido de cores, fazendo com que eu sentisse que tinha caído no espaço negativo.

Isso continuou por um tempo que pareceu interminável. Eu estava com dificuldade de respirar à medida que o pânico parecia comprimir meu peito, e me agarrei a Kian com todas as minhas forças. Dedos frios tocaram a minha outra mão, mas eu sabia que não era ele. Eu me afastei do toque e semicerrei os olhos para ver exatamente quem estava me tocando. A criatura se virou em uma nuvem de cabelo escuro, roupas rasgadas e o brilho de olhos cintilantes demais, como um gato no escuro.

– O que era aquilo?

– É inofensivo, na maior parte do tempo. – Isso não respondia à minha pergunta.

Mas antes que eu pudesse comentar, as sombras se dispersaram a níveis normais e a luz estroboscópica parou. Pisquei várias vezes, para me adaptar à iluminação das velas. Era difícil discernir o que era fantasia e o que era real, embora mesmo que algo parecesse humano, provavelmente não era. O cheiro forte que senti do lado de fora ficou mais intenso. Parecia uma floresta escura e profunda, fechada com muitas árvores e coisas antigas, desconhecidas, mas terrosas também. Havia o leve odor de tempestade – raios cortando o céu, ozônio, terra e decadência – envolvendo um osso dissecado.

Então, Harbinger apareceu bem diante de nós, desafiando a gravidade, flutuando lentamente até um palco que eu não tinha notado. Desta vez ele estava fantasiado de arlequim louco, com chapéu redondo e sapatos pontudos. O cabelo estava preso em diversas tranças, cada qual adornada como um ícone louco. A estátua de gato tinha desaparecido, e, no seu lugar, ele carregava uma bengala com a cabeça de um cachorro entalhada.

Eu me aproximei mais de Kian, que estava assistindo ao show. Ele me abraçou como resposta, mas não afastou o olhar do nosso benfeitor. Um sinal de respeito, talvez. Segui seu exemplo e aguardei o que viria a seguir.

– Todos os meus estimados convidados já chegaram – declarou Harbinger. – Isso significa que a diversão pode começar. – Seguiu-se uma salva de palmas e, como um bom showman, nosso anfitrião fez uma pausa para permitir a reação, e continuou: — Entre nós há alguém disposto a morrer por amor.

Uma risada histérica se espalhou pelo salão, cada vez mais alta, agredindo meus tímpanos em um *crescendo* enlouquecedor. Quatro criaturas se aproximaram de nós, e tive que me segurar para não espantá-las com um tapa. Fui orientada a não chamar atenção e começar uma briga seria o oposto disso. Meus olhos não se decidiam com que se pareciam — às vezes aracnídeas, em outras tinham o corpo coberto de penas, como demônios aviários. Devia haver algumas histórias horríveis para explicar sua criação, mas eu estava mais preocupada em impedir que tocassem em mim.

Eu tinha aprendido a lição com o Magrelo.

Harbinger continuou seu show assim que o riso morreu.

— Creio que todos nós concordamos que uma pessoa assim merece ser homenageada esta noite, pois não *existe* um louco maior do que este.

— Coroe o rei! — Foi a resposta retumbante.

O que está acontecendo? Eu me lembrei de alguma coisa, mas um monte de mãos já estava puxando Kian, arrancando-o de mim e empurrando-o para o palco. Os gritos ficaram mais fortes, acompanhados por assovios e urros, berros animados e roucos. Kian tentou resistir à multidão, mas nossas mãos se soltaram e então um bando infinito de monstros surgiu à minha volta.

Fiquei na ponta dos pés para vê-lo sendo empurrado até chegar ao lado de Harbinger, que o cumprimentou com um tapinha no ombro.

— Hoje você é o rei e eu, o seu louco. — Para o público, ele acrescentou: — Olhem para o seu senhor, o Rei da Desordem.

Quatro pares de mãos pousaram em meus ombros para me impedir de ir até o palco. Tentei me livrar delas, mas quanto mais eu lutava, menos parecia valer a pena. Minha mente ficou estranha, com pensamentos borrados e indistintos. O cheiro de flores cortadas tomou minha mente e eu relaxei. De repente, aquela pareceu ser a melhor festa da minha vida.

— Kian é muito gato — comentei com uma das sombras próximas a mim.

Ela me atraiu para mais perto com um sussurro que não compreendi.

Parece muito importante. Eu deveria...

— O que quer que eu faça, Majestade? — A voz de Harbinger quebrou o feitiço, e algo se afastou de mim com um gemido de frustração.

Mas eu estava extremamente trêmula, como se tivesse ficado dias sem comer, e minha boca estava completamente seca. Quando toquei meus lábios com dedos fracos, eles pareciam couro. *Há quanto tempo eu estou aqui?*

— Eu já liderei a procissão, como você queria — respondeu Kian. *Como assim? Eu não me lembro de nada disso.* — Agora eu preciso encontrar a Edie.

— Ah, mas é claro. A sua amada rainha. Vá até ela. Tenho certeza de que ela está sã e salva.

Desconfiei que a definição dele de sã e salva fosse bem diferente da minha. A multidão abriu caminho, permitindo que eu encontrasse Kian no meio do caminho. Ele me deu um abraço e senti cheiro de sangue nele. A camisa trazia uma mancha escura e seu lindo rosto estava sujo. Quando ele ergueu a mão para tocar meu rosto, vi que os nós dos dedos estavam em carne viva.

Droga. Eu nem sabia o que perguntar.

Ele foi mais rápido que eu, praguejando.

— Algo se alimentou de você.

Olhei para ele, confusa.

— Tem certeza?

Eu me retraí automaticamente quando ele tocou um ponto sensível no meu pescoço.

— Tenho. Bem aqui.

Foi quando percebi que não estava mais usando o meu casaco... nem o vestido de antes. Infelizmente, porém, começando com o tempo perdido, meus problemas causados pela Festa dos Loucos só estavam começando.

JOGOS DE MORTE NÃO SÃO BRINCADEIRAS DE FESTA

Ouvi uma voz sinistra, porém suave atrás de mim:
— Apresente-nos.

Kian não me soltou enquanto se virava. Eu ainda não tinha me recuperado da descoberta de que não conseguia me lembrar do que tinha acontecido; era cedo demais para outra complicação, mas, pela expressão de Kian, eu não tinha escolha. O homem que se dirigiu a nós, bem, ele estava radiante. Simplesmente não existia outra palavra para descrevê-lo. Com vestes em tons de bronze e dourado, ele deveria parecer espalhafatoso, cafona até, mas, em vez disso, irradiava uma aura majestosa. Fiquei agitada como se estivesse olhando para o sol.

Diferentemente de Harbinger, eu não tive dificuldades para olhar para as feições nobres dele. Tudo nele era lindo, perfeitamente esculpido. Hollywood não hesitaria em estampar o rosto dele em outdoors, transformando-o em modelo de cueca se o vissem. Mas a criatura também emanava um calor desconfortável. O suor começou a brotar na minha testa e nas axilas enquanto seus olhos estavam fixos em mim, sem falar.

Finalmente, Kian disse:
— Esta é a Edie.

Eu não sabia se era a melhor escolha, mas, a não ser que estivessem pedindo sua morte, talvez fosse melhor ser educada. De alguma forma, consegui dar um sorriso sem graça. Meu rosto parecia inchado e os lábios, prestes a rachar. Minha garganta estava tão seca que eu quase nem conseguia engolir.

— Você tem que cuidar melhor dela. — Até aquele momento, a criatura não tinha se dirigido a mim.

Eu estava hipnotizada com o cabelo arrepiado dele, que parecia feito de metal precioso. Até mesmo os olhos eram dourados. Como se estivesse lendo meus pensamentos, ele se virou para mim, parecendo uma águia predatória. A intensidade do olhar me fez dar um passo para trás.

— Ela está protegida — respondeu Kian.

Um gesto gracioso deixou clara sua descrença.

— E você confia naquele ali para isso?

Segui o olhar dele para Harbinger, que estava girando loucamente pelo salão sem nenhum motivo aparente. Parecia um acordo ruim, mas se houvesse alguém mais poderoso, que também não fizesse parte do jogo, Kian o teria escolhido. Raios de luz entraram no meu campo de visão, dando à criatura um estranho brilho no ambiente.

— Você sabe quem eu sou? — A voz dele era estranha.

— Dwyer — respondi com voz rouca, revelando meu palpite. — Antes conhecido por muitos nomes, a maioria se referindo a deuses-sol.

O sorriso que ele abriu quase me cegou.

— Vejo por que você a valoriza tanto — disse ele para Kian. Quando se virou novamente para mim, seu rosto estava como o pôr do sol, escurecendo com tons de laranja e vermelho, notas claras entre as sombras. — Ouça o que estou dizendo. Eu vou destruí-la. — Era como se ele estivesse comentando sobre o tempo. Não havia malícia, nem hostilidade, e isso só serviu para piorar as coisas.

Qualquer resposta que eu desse pareceria um desafio, porque eu não fazia ideia de quais eram suas fraquezas. Ele tinha muito poder e eu me sentia uma mosquinha perto dele. Quando a crença dos seres humanos criou aquela criatura, entendi por que ela era adorada. Mesmo sabendo a verdade sobre sua origem, estava sendo difícil resistir à tentação de me ajoelhar diante dele.

Então, apenas murmurei:

— Compreendo que nós estamos em equipes adversárias.

— Você acha que é uma jogadora? — perguntou Dwyer, obviamente achando aquilo divertido.

Não. Eu só estou tentando não ser enganada.

Kian me salvou:

— Ela precisa de uma bebida. Tenho certeza de que você entende.

Com isso, ele nos afastou de qualquer intenção maligna que o deus-do-sol poderia ter. Não vi Wedderburn em lugar nenhum, mas reconheci seus servos na multidão. O rosto branco descamado e a boca vermelha borrada, junto com o cabelo encarapinhado só poderiam pertencer à coisa aterrorizante com cara de palhaço que foi chamada para executar Kian há algumas semanas. Eu o puxei pelo braço.

— Aquele é...?

— Buzzkill — completou Kian. — Ele trabalha para Wedderburn. É um dos seus mercenários de confiança.

— Não quero nem imaginar qual é o pagamento dele.

— Melhor não saber mesmo.

O machucado no meu pescoço latejou, como se estivesse reagindo à ameaça implícita. Do outro lado do salão, os olhos do monstro encontraram os meus, escleras amarelas com veias vermelhas proeminentes, e ele ergueu uma das mãos enluvadas para jogar um beijo. *Sim, Wedderburn quer que eu saiba que ele ainda está me observando.*

Conforme prometido, Kian encontrou uma garrafa de água sem gás e senti dor ao engolir. Bebi tudo tão depressa que o estômago pesou depois. Apoiei a cabeça no ombro dele, sentindo-me tão mal quanto no enterro da minha mãe. Mesmo assim, ambos os símbolos nos meus pulsos estavam tranquilos, então tudo isso devia ser parte do plano. Eu *odiava* ter sistemas de orientação sobrenatural gravados na minha pele.

— Melhor? — perguntou ele.

— Um pouco. Há quanto tempo estamos aqui?

— Não tenho certeza. Mas provavelmente não tanto tempo quanto você imagina.

— Mais um dos truques de Harbinger? — Ajeitei a roupa, só para perceber que ela tinha voltado a ser como era em algum momento. Então... será que eu tinha me confundido antes? *Estou usando o mesmo vestido?* A ilusão constante talvez acabasse com a minha sanidade mental.

— Acho que sim.

Harbinger parou com os saltos bizarros para bater palmas e o som pareceu um trovão, muito mais alto do que qualquer pessoa conseguiria fazer com as próprias mãos.

— Temos uma última distração antes de encerrarmos a festa. Posso mostrar para vocês?

Exatamente como antes, a multidão praticamente levou o salão abaixo, tamanho o entusiasmo. Àquela altura, o torpor já tinha me tomado inteiro; eu não estava mais conseguindo viver em um estado de terror constante. Junto com todos os outros, observei enquanto dois monstros amorfos, que mais pareciam mariposas gigantes, arrastavam alguém até o palco. A princípio, achei que fosse um garota, mas, quando a pessoa se virou, percebi que era um garoto de uns catorze anos, mais ou menos, e pequeno para a idade. Com certeza era humano, a não ser que aquela fosse a melhor ilusão do mundo. O medo dele era palpável, e isto fez os imortais se eriçarem de animação.

— *Que delícia* — sibilou uma coisa com dentes afiados.

O garoto se ajoelhou, apoiando as mãos delicadas no piso diante dele em uma postura de derrota tão abjeta que dei um passo para a frente. Havia escoriações no pescoço e nos pulsos, e o que ele estava vestindo mal poderia ser chamado de roupa. A camisa estava rasgada em três lugares e a calça tinha sido cortada na altura dos joelhos, revelando panturrilhas imundas e pés cheios de cortes, como se ele tivesse sido obrigado a caminhar sobre cacos de vidro. Na mão direita, dois dedos estavam dobrados em ângulos nada naturais, ou estavam quebrados ou tinham sido quebrados e calcificados na posição errada.

— Kian... — sussurrei. — Eu não estou gostando nada disso.

— Este aqui tem um impressionante instinto de sobrevivência — declarou Harbinger, apontando para o garoto encolhido, com um floreio. — Ele tem sido meu bichinho de estimação favorito há algum tempo. Mas acho que a sorte dele pode acabar hoje. Vamos descobrir?

O público rugiu para indicar que sim e o salão mudou. Não sei como explicar, mas de repente pareceu que tínhamos sido tirados do salão de festas. Estávamos em uma arena externa com um poço de sangue abaixo. Havia ossos espalhados pelo chão, junto com armas quebradas. Ouvi rosnados vindo do subsolo, o suficiente para fazer o sangue gelar nas veias.

— Hora de nos divertirmos um pouco — anunciou Harbinger.

Sem planejar, de repente, me afastei de Kian. Ele estendeu a mão, mas não parei. Eu estava agindo passivamente há muito tempo, sem fazer nada e simplesmente esperando que as coisas melhorassem. Tinha chegado a hora de lutar, mesmo que eu não soubesse como. Sim, talvez houvesse algum problema, mas Harbinger *tinha* que me proteger, não é? Mesmo que eu interferisse em seu show grotesco.

Medo era pouco para explicar como eu estava me sentindo naquele momento. *Este é um jogo de morte, uma luta de gladiadores, e eu nunca nem joguei* Mortal Kombat. *Você não sabe nada sobre facas nem espadas ou sei lá mais o quê. Provavelmente vai perder. De forma horrível.*

Mas eu não conseguiria ficar bem se permanecesse parada assistindo ao que ia acontecer.

Quando subi ao palco, Harbinger estava parado como uma estátua, seus olhos brilhando de surpresa e desprazer. Mas permaneceu assim e me deixou fazer a minha jogada. Talvez Dwyer estivesse certo, e eu fosse aniquilada no fim se participasse do jogo deles. Eu só sabia que estava farta de ser uma peça no tabuleiro.

— Ele está muito machucado — declarei. — Então, permita que eu lute no lugar dele.

Kian protestou na hora, mas a multidão abafou os gritos dele. Se eu bem o conhecia, ele estava se oferecendo para lutar no *meu* lugar. Harbinger, porém, parecia estar considerando a oferta com olhar pensativo. No chão, o garoto encolhido olhou para mim sem entender. Fiquei imaginando de onde ele tinha vindo, por quanto tempo já era o brinquedinho de um imortal. Que torturas deve ter enfrentado para não conseguir agir, mesmo assim eu não estava nem um pouco arrependida por ter me oferecido. Senti que aquela era a primeira coisa certa e corajosa que eu tinha feito em muito tempo.

Depois de pensar por um instante, Harbinger lançou a pergunta ao público:

— Vamos deixar que nossa plateia decida. Quem vai lutar para encerrar a festa? — Ele puxou o garoto para que ficasse de pé, empurrando-o para a frente do palco. — Mostrem sua torcida.

A multidão respondeu com gritos moderados.

Eu não esperei ser empurrada para a frente. Dei um passo, tentando parecer corajosa e destemida, em vez de demonstrar o completo terror que sentia por dentro. Ergui os braços em uma pose de campeã. Aquilo era algo tão fora da minha zona de conforto que parecia estar acontecendo com outra pessoa. Mas meu esforço pareceu funcionar. Em resposta, os monstros berraram para me escolher. Ficou bem claro que ganhei aquele concurso de popularidade.

Harbinger pediu silêncio com um gesto e, então, se virou para mim. Eu não conseguia olhar diretamente para ele, mas zangado era pouco para descrevê-lo naquele momento. Ele não parecia ser o tipo de pessoa que gostava de ser contrariada durante o próprio show.

— Você vai lutar no lugar dele. Seu desejo foi concedido — declarou em voz alta o suficiente para todos na arena ouvirem. Em tom mais baixo, ele acrescentou: — Espero que não se arrependa do seu altruísmo.

Por um instante, pensei que tinha sido bom escolher calçar sapatilhas antes de os dois monstros em forma de mariposa, gigantes me pegarem por baixo do braço e me levarem voando até o poço. Eu ainda estava tonta por todo aquele movimento quando me soltaram a cerca de dois metros do fundo. Caí com força e tentei fazer um rolamento, como o que vemos nos filmes, mas acabei machucando o ombro. E os rosnados aumentaram junto com um som de algo úmido e gosmento.

A criatura que estava encolhida nas sombras tinha asas de morcego, cabeça de cabra e o resto do corpo parecia uma serpente com membros rudimentares cujas extremidades eram formadas por garras afiadas. Era mais ou menos umas três vezes maior que eu, e eu estava imaginando todos os jeitos que ela poderia me matar quando uma bolsa preta caiu aos meus pés com um ruído. Minha mãe ficaria horrorizada ao saber que entrei em tamanha confusão. *Não há desculpa para violência, Edie. É sempre melhor conversar sobre as coisas de forma lógica.* De algum jeito, achava que aquele monstro não se interessaria por nada que eu tivesse a dizer.

Ele fungou com as narinas enormes enquanto eu seguia em direção à sacola. Parecia que eram armas ou ferramentas que eu poderia usar. Nem mesmo Harbinger esperaria que um ser humano lutasse sem uma arma. Não é? Minhas mãos estavam trêmulas quando avancei e retrocedi. Eu estava me esforçando para abrir o laço quando a criatura atacou. Ofegante, enfiei a mão na sacola e peguei, às cegas... um bastão pesado. Olhando com mais atenção, percebi que eu estava segurando um mangual com pregos, uma arma que reconheci por ter jogado Dugeons & Dragons com meus pais quando eu estava no fundamental dois. Era bem mais pesado do que as brincadeiras me faziam imaginar.

Parte de mim ficou imaginando se aquilo tudo não passava de uma ilusão complexa. Em jogos de RPG, se você não acreditasse em um feitiço e lançasse um salvamento, o perigo desaparecia. Então, tentei isso na primeira vez em que o monstro apareceu, desajeitadamente para tentar de novo. *Eu não acredito que você existe. Você não é real.* Mas a coisa não desapareceu; correu para mim e as garras que passaram raspando pelas minhas costas enquanto eu me desviava pareceram bem reais. Assim como o fio de sangue que escorreu pelas minhas costas. Nunca senti dor como os lanhados que cortavam as minhas costas; nem mesmo o procedimento que Kian fizera em mim se comparava com aquilo.

As garras devem ser venenosas. Quando esse pensamento passou pela minha mente, o monstro lançou a cauda na minha direção, atingindo-me nos joelhos. Eu saltei para a frente, e minha arma bateu no chão ao meu lado. Agi por puro instinto, rolando diversas vezes, até estar longe o suficiente para me levantar. As pontas da pesada esfera de metal brilhavam nas pedras. De cima, eu não tinha notado nenhuma característica geográfica, mas havia alguns nichos nas pedras que eu poderia usar para jogar um pique-esconde aterrorizante. Encontrei uma abertura estreita demais para o monstro me seguir e corri até o fundo.

Uma manobra perspicaz que me ajudou a me virar e encarar o monstro, que agora açoitava as pedras de qualquer modo, provocando pequenas avalanches a cada pancada. Ele destruiu o túnel com as garras enquanto eu avaliava o perigo da situação em que estava. Eu não conseguia pensar direito por causa do medo; não possuía habilidades de combate e tinha largado a sacola, que talvez contivesse alguma coisa útil além do mangual. Já que eu mal conseguia levantar a coisa, era difícil me imaginar causando qualquer dano com ela.

Ouvi o público vaiar a minha tática medrosa de luta. Eles queriam sangue. Tremendo, calculei o nível de escavação em relação à distância estimada que o monstro precisava cobrir. A matemática confirmou que se eu continuasse agachada ali contra o muro eu morreria em questão de cinco minutos, um pouco mais ou um pouco menos.

Eu tenho que fazer alguma coisa.

Ao me esconder ali, só pensei na segurança momentânea, nada sobre estratégia que pudesse me ajudar a derrotar aquela coisa. Será que monstros como aquele morriam? Ele provavelmente foi criado pelas nossas histórias, o que talvez signifique que pode haver grifos, hidras e unicórnios correndo por ali também. Não identifiquei aquela coisa das lendas que eu conhecia, o que era ruim, porque as histórias talvez me dessem alguma informação sobre o calcanhar de aquiles da criatura, tipo como unicórnios podiam ser domados por virgens. É claro que a pureza não teve qualquer impacto sobre o desejo do demônio de rasgar a minha pele e arrancar meus ossos.

Restam quatro minutos e meio. Faça alguma coisa.

Mas o medo fez meu cérebro parar de funcionar e eu só conseguia pensar no tempo se esvaindo. Mais uma parte de barreira de pedra entre mim e a criatura desmoronou; o monstro cortava o ar com as garras a menos de um metro e meio de onde eu estava. Mais dois ou três golpes e...

— Pegue a bolsa. — Aquele sussurro estranho vinha de Harbinger, mas ele não estava perto de mim. Eu não deveria me surpreender por ele conseguir projetar a voz, uma vez que comandava todos os outros tipos de ilusão. Mesmo assim, se eu soubesse o que fazer para passar por aquela coisa, eu já teria feito.

Um brilho de luz à minha esquerda chamou minha atenção. Olhando com mais atenção, vi orifícios na terra que poderiam ser usados por uma garota desesperada como apoio. Puta merda, eu estava pensando nas minhas rotas de fuga de forma tão limitada, concentrando-me apenas em duas direções: para a frente e para trás. *Mas eu posso subir também.* Minha saia não era comprida o suficiente para limitar os meus movimentos, então me virei no nicho e coloquei os pés no afloramento. Por alguns instantes, temi não ter força suficiente na parte superior do meu corpo para fazer isso – enquanto os golpes do monstro estavam cada vez mais perto –, mas usei toda a minha força e consegui subir uns sessenta centímetros. Mais sessenta. E outra vez. Até estar fora do seu alcance.

Quatro metros e meio acima, encontrei uma borda bem pequena, imperceptível na escuridão. Como uma equilibrista de corda-bamba, fui avançando em volta do poço, procurando a bolsa. O monstro demorou um tempo para perceber que eu não estava mais presa, então ele rugiu com ódio. O chão estremeceu enquanto a criatura girava. A coisa estava farejando o ar na minha direção, sugerindo que não conseguia enxergar muito bem. *Lá está a bolsa.* Mas eu estava em um lugar alto demais para conseguir pegá-la facilmente. Escalar de volta seria muito lento.

Tenho que pular. Antes que ele me veja.

Agachei e saltei. De alguma forma, consegui me segurar no mangual, mas o impacto machucou os meus tornozelos e caí em cima de um deles, que torceu com um estalo dolorido. *Será que quebrou?* Eu não fazia ideia. Eu não tinha sido o tipo de criança que brincava na rua e se machucava. Mas agora não podia nem correr e minhas costas ainda estavam sangrando.

Agarrei a bolsa e usei o cabo da minha arma como apoio para me levantar. Com movimentos frenéticos, enfiei a mão na bolsa, e encontrei lâminas e garrafas, mas eu não fazia ideia de qual dos itens era a chave para derrotar aquela criatura.

Um pouco antes de a criatura me localizar, ouvi o sussurro novamente, exasperado:

— Frasco vermelho.

Estava escuro o suficiente e levei segundos críticos para identificar a cor. Distraída, fui atingida novamente pelas garras, dessa vez no ombro. A dor me fez largar a arma. Agora que eu estava sangrando em duas partes, o monstro ficou mais... voraz. A baba escorria comprida pela mandíbula de bode. Quando abriu a boca para morder, a coisa tinha presas e não os dentinhos de um herbívoro. Eu não fazia a menor ideia do que deveria fazer com o frasco vermelho, mas não tinha tempo para pensar. O impulso me fez atirar a garrafa na bocarra que vinha na minha direção. Minha mira não era boa o suficiente para fazer uma cesta em um jogo normal de basquete, mas já que a coisa estava bem em cima de mim, acertei o frasco no meio da boca da criatura.

O reflexo fez com que o monstro a engolisse. Cambaleei para trás enquanto ele cuspia vidro e rugia. Alguns segundos depois, ele cambaleou para a frente e se estatelou no chão. E com um tom irritado, Harbinger proclamou que eu era a vencedora. Os homens-mariposa vieram me pegar; eu quase desmaiei por causa da dor nas costas e nos ombros. De alguma forma, consegui resistir até eles me colocarem na beirada do poço. Foi quando senti uma dor latejante em três pontos. Meu tornozelo mal conseguia sustentar o meu corpo, mas, contra todas as probabilidades, eu estava de volta ao salão do baile.

— Precisamos ter uma conversa séria — declarou Harbinger, segurando meu braços com dedos de aço.

Kian passou pela multidão à nossa volta e me afastou dele.

— Outra hora. Nós já estamos de saída.

O garoto que deveria lutar ainda estava encolhido. Ele olhou para mim quando ofereci a mão para ele. Mas eu não tinha a força necessária para levantá-lo. Kian viu o que eu estava tentando fazer enquanto os monstros à nossa volta ficavam cada vez mais agitados, talvez por sentirem a insatisfação de Harbinger, e ele ajudou o garoto a se levantar.

Então, ele se ajoelhou, a voz mais forte do que nunca:

– Suba.

Antes que a confusão começasse, saímos correndo para nos salvar.

ESSAS BOTAS FORAM FEITAS PARA CORRER

Mesmo me carregando nas costas, Kian correu como se todos os demônios do inferno estivessem nos perseguindo. Eu me agarrei aos ombros dele e tentei não pensar no que aconteceria se nos pegassem. Os corredores ainda estavam escuros e ameaçadores com passos ecoando atrás de nós, acompanhados por gemidos e grunhidos de feras irritadas. Acho que nossa fuga os estava animando ainda mais, mas precisávamos sair dali. Harbinger precisava se acalmar antes que eu o visse novamente, presumindo que isso fosse possível. *Pode ser que eu tenha entrado para sua lista negra para toda a eternidade agora. Ele disse que aquele garoto era o seu bichinho de estimação favorito.*

Apesar dos ferimentos, o garoto conseguiu acompanhar Kian, sua respiração ofegante parecendo soluços. Mas ele permaneceu completamente mudo enquanto corríamos.

Cada passo nos aproximava mais da porta de saída, mas o som das garras estava cada vez mais perto. Eu não me atrevi a perguntar o que aconteceria se nos pegassem. Alguma coisa agarrou meu cabelo. Kian continuou correndo e tentei não gritar quando uma mecha foi arrancada. Doeu, mas não paramos, disparando para o lado de fora, em direção ao carro. Ainda estava escuro, o que reforçava a declaração de Kian de que não ficamos lá dentro tanto tempo como eu achava. Ele contornou o Mustang e me colocou no chão com cuidado. Então, virou-se para o garoto ofegante ao nosso lado.

— Entre no banco de trás.

Ficou evidente que ele compreendeu, embora ainda não tivesse dito nada. Entrou no carro e Kian me ajudou a sentar no banco do passageiro.

Uma horda de monstros estava correndo em nossa direção, e eu os imaginei destruindo o carro, enquanto Kian deslizava pelo capô e entrava no veículo. Quando deu a partida, alguma coisa com presas e garras bateu na janela, que se estilhaçou na hora, provocando uma chuva de cacos de vidro. Kian engrenou o carro e fez uma rápida manobra de 180°, os pneus lançando cascalho para todos os lados. Atropelamos um monstro que rugia à nossa frente e aceleramos pela saída em direção à estrada.

Kian lançou-me um olhar de preocupação.

— Você está ferida. E está congelando aqui dentro. Aguente firme, Edie. Eu vou levar você ao hospital.

Embora eu quisesse recusar, seria idiota. Precisava fazer raios X do tornozelo e não sabia a gravidade dos cortes causados pelas garras. E estava um pouco zonza e as áreas afetadas estavam dormentes, o que não devia ser normal. O médico provavelmente ficaria intrigado com meus ferimentos; talvez pudéssemos dizer que tinham sido causados pelo ataque de algum animal, mas e quanto às toxinas no meu sangue? Mesmo assim, eu não tinha como ficar sem tratamento.

Estremecendo, concordei com a cabeça.

— Que horas são?

— Duas e meia.

Merda, já tinha passado da hora que combinei com meu pai. Mesmo assim, eu suspeitava que ele já estava dormindo, sem nem perceber que eu ainda não tinha chegado.

— Sério? Mas...

— Eu sei que parece que foram dias. — Ele olhou para o garoto encolhido no banco de trás.

— Qual é o seu nome? Onde você mora?

Silêncio.

Talvez ele achasse que Kian era intimidador. Então, eu tentei:

— Eu me chamo Edie. E você é...?

— Ele me chamava de Aaron. — O sussurro foi tão fraco que eu mal ouvi.

— Mas esse não é seu nome? — insisti.

— O que vocês vão fazer comigo?

— Hein? — Os remédios que me deram também eram bem fortes.

Mas parecia que Kian estava esperando essa pergunta.

— Quer que a gente deixe você em uma delegacia? Eles provavelmente vão conseguir encontrar seus pais.

Aaron ofegou, revelando o quanto achava essa ideia péssima.

— Se você quer se livrar de mim, tudo bem.

Eu entendia o medo dele. Como saber há quanto tempo ele estava com Harbinger? Não conseguia se lembrar de mais nada, nada sobre sua vida de antes. Então, naquele momento, nós éramos a única coisa que ele conhecia naquele mundo estranho.

Hesitante, sugeri:

— Talvez pudéssemos deixá-lo se recuperar primeiro?

Embora eu me sentisse mal pela família dele, ele já estava desaparecido por muito tempo. Dois dias a mais não importariam no fim das contas, não é? Eu me sentiria muito melhor se não precisássemos arrastá-lo até uma delegacia, enquanto ele estava amedrontado e choroso.

— Um passo de cada vez — concordou Kian. — Tudo bem, novo plano. Você pode ficar na minha casa até se sentir melhor. Quando você estiver forte o suficiente, vamos procurar sua família.

Silêncio.

Quando olhei para ele, Aaron estava sorrindo. E por fim, sussurrou:

— Obrigado.

Já eram quase sete horas da manhã quando Kian me deixou em casa. Ele queria me acompanhar para se desculpar com meu pai, mas lancei um olhar para o garoto pálido e amedrontado no banco de trás do carro.

— Agora ele é sua prioridade. Leve-o para casa. Peça para tomar um banho e dê uma comida decente para ele. — Outro problema me ocorreu. — Você tem alguma coisa para comer além de macarrão instantâneo?

Um olhar de culpa.

— Vou fazer umas compras.

— Que bom que você entendeu. Cuide de Aaron, está bem? Eu posso lidar com meu pai.

— Se você tem certeza. — Ele me deu um beijo rápido na boca e fui mancando para o apartamento, para enfrentar o sermão.

Só que não foi o que aconteceu. A sala estava vazia, meu pai não estava preocupado, andando de um lado para o outro, esperando para gritar comigo. Nada me impediu de mancar até meu quarto, nem de tomar um longo banho. Às sete e meia da manhã, comi cereais e fui para a cama. Dormi até depois da uma da tarde, e meu pai não me acordou. Quando levantei, verifiquei meu tornozelo — ainda inchado e roxo — e recoloquei a bandagem elástica.

Ele deixou um bilhete na geladeira, dizendo que tinha ido para o laboratório. Que surpresa. Não havia motivo para eu ficar em casa, então decidi fazer umas compras e ir mancando até a casa de Kian. Talvez não fosse a coisa mais inteligente para fazer, mas não podia ficar ali sentada, sozinha. As aulas iam começar em quatro dias e eu ainda precisava pensar no que fazer em relação a Aaron. Ele parecia ser um aluno de primeiro ano, mas eu não fazia ideia se ele sabia ler. O garoto precisaria de anos de terapia para ajudá-lo a se reintegrar à sociedade.

Mandei uma mensagem de texto quando eu estava quase chegando, e Kian veio correndo sem casaco e com uma cara zangada quando pegou as sacolas de compras.

— Você quer ficar com uma lesão permanente?

— Foi só uma torção. E está enfaixado. Não se preocupe. — Eu não ia dar o braço a torcer e dizer o quanto meu tornozelo estava doendo por causa da caminhada.

— Entre e coloque o pé para cima. Se você se mexer de novo hoje vai se arrepender. — O tom mal-humorado me deu vontade de beijá-lo ainda mais. Kian raramente se zangava comigo. Em situações normais, era extremamente paciente e compreensivo, como se eu não pudesse fazer nada de errado por causa do modo como nos conhecemos... e o fato de ele não ter me ajudado quando sentiu que deveria. Não importavam as consequências.

— Tudo bem — murmurei, disfarçando o sorriso.

Dentro do apartamento, Aaron estava no sofá, olhando para a TV. Deu um sorriso tímido, parecendo ainda mais jovem e menor usando as roupas de Kian; a camiseta e o moletom estavam enormes nele. O cabelo era louro – eu não tinha percebido isto na noite anterior –, sinal do quanto ele estava sujo. Os olhos eram azuis, claros e surpreendentes, como o céu invernal. A pele sugeria que ele ainda não tinha chegado à puberdade. *Meu Deus, coitada da família dele.*

– Oi, Edie. – Ele ergueu a mão para me cumprimentar, mas não se levantou.

– Como você está se sentindo?

– Melhor. É bom estar limpo. E eu gosto de estar sem correntes. – Arfei ao notar o horror implícito na declaração. – Mas Kian disse que eu posso fazer o que quiser.

– Claro que sim – respondi.

Um olhar de dúvida apareceu nos olhos dele.

– Mas... Você me salvou. Isso significa que eu agora pertenço a você.

Ah, merda. Troquei um olhar com Kian, que estava me dizendo com os olhos que o garoto estava muito confuso.

– Hum, não. Você é uma pessoa, e não uma coisa a ser possuída.

– Se você não me proteger, quem é que vai? – Era uma pergunta desesperada e sofrida.

Os olhos de Aaron se encheram de lágrimas que escorreram pelo rosto pálido, e ele não fez o menor esforço para controlá-las. Seu comportamento era tão indefeso e infantil, que parecia que tinha uns oito anos de idade, e isso foi difícil de ver. *Talvez essa fosse a idade dele quando eles o pegaram e agora ele não sabe como agir.* Talvez fosse um mecanismo de sobrevivência, se Harbinger sentisse pena de prisioneiros que choravam sem controle nem vergonha. A expressão do garoto certamente me fez sentir vontade de abraçá-lo e prometer que eu cuidaria dele.

– A sua família – respondeu Kian.

– Harbinger disse que me encontrou jogado na rua e que se alguém realmente me quisesse eu não teria acabado com ele.

Nossa. Mas eu não sabia se podia confiar no autointitulado deus da trapaça. Até onde eu sabia, ele poderia muito bem ter arrancado Aaron de uma cama quentinha.

— E se ele estivesse mentindo?

O garoto arregalou os olhos como se aquela possibilidade nunca tivesse passado por sua cabeça.

— Ele é um deus.

— É o que ele diz — murmurou Kian.

— Você disse que poderíamos esperar até que eu me sentisse melhor. — Foi um argumento ardiloso que provavelmente resultaria em Aaron ficando ali definitivamente, mas eu não tive coragem de discutir.

Talvez tenha sido uma decisão ruim e irresponsável, mas se Kian tivesse que cuidar de mais alguém, ele não teria tanto tempo para se concentrar em mim. O que significava que eu poderia tentar pensar em alguma forma de salvá-lo do acordo que fizera com Harbinger sem que percebesse. Com certeza haveria problemas se ele se desse conta do que eu estava planejando.

Desculpem-me, Aaron e família.

Disse para mim mesma que só estava respeitando os desejos do garoto, deixando que ele respirasse um pouco antes de outra mudança tão grande, mas meus motivos não eram altruístas. Kian suspirou e se sentou na outra ponta do sofá, dando um tapinha no espaço ao seu lado. Era um jeito estranho de passar o primeiro dia do ano, mas assistimos a programas de TV e, mais tarde, Kian preparou hambúrgueres com o que eu trouxe. Embora eu só tenha chegado em casa depois das nove horas da noite, meu pai ainda não estava lá. Pensei em voltar para o apartamento de Kian, mas isto seria o mesmo que desistir completamente do meu pai.

Na manhã seguinte, eu me levantei cedo o suficiente para vê-lo antes de ele ir para o laboratório e o obriguei a comer ovos e torrada. Ele me deu um sorriso antes de ir embora, deixando toda a bagunça do café da manhã para eu arrumar. *Nem notou que estou mancando. Não perguntou por que não cheguei na hora combinada.* A mágoa aumentou dentro de mim como sangue jorrando de uma ferida profunda. *Ele não faz por mal. Não está conseguindo lidar muito bem com tudo isso. Tenho certeza de que ele vai melhorar logo.*

Mas eu não fazia ideia de como poderia salvar Kian e meu pai. As ameaças eram completamente diferentes, mas, no fundo, eu sabia que o perigo era real. *Vou perder um deles.* Aquele parecia ser o resultado inevitável, causa e efeito. Independentemente das escolhas que eu fizesse, elas reverberariam e haveria consequências.

No momento, porém, eu tinha que me recuperar para poder ajudá-los. Não gostava nada disso, mas precisava descansar até o início das aulas. Então, me acomodei no meu apartamento bege durante os dias que se seguiram, conversando com Vi pelo computador e deixando meu tornozelo repousar. Eu não queria estar despreparada quando as aulas começassem. Recebia mensagens regulares de Kian atualizando-me sobre a situação com Aaron. Até aquele momento, ele não tinha conseguido convencê-lo a procurar a polícia. Na verdade, o garoto parecia acreditar que iam colocá-lo em uma jaula ou algo do tipo.

Davina me enviou uma mensagem de texto no domingo:

Tudo bem? Como foram as férias?

Com um sorriso irônico, respondi:

Você não acreditaria se eu contasse.

Estou curiosa. Doida para ouvir os detalhes inacreditáveis.

Também recebi uma mensagem de Jen:

Voltei. Vejo você amanhã.

Olhei para o celular e fiquei imaginando se aquilo tinha sido enviado com a intenção de me assustar. Eu me lembrei do que Allison tinha dito... e da minha conversa em particular com Jen sobre vampiros psíquicos. Mas eu não fazia ideia de quem estava mentindo. Jen *talvez* fosse confiável, e não restava dúvida de que Allison podia ser muito maliciosa. Ela parecia adorar criar todo tipo de conflito, talvez se alimentasse disso. O que explicaria sua presença em uma escola de ensino médio, já que adolescentes costumavam fazer drama. Eu não estava pronta para cortar relações com Jen, então, respondi:

Que bom que voltou.

Suspirando, deitei na cama com um gemido.

Era melhor eu me levantar e preparar alguma coisa para comer, mas, naquele momento, estava soterrada de problemas sem solução. Se meu celular não tivesse vibrado, eu provavelmente ficaria deitada lá até adormecer. Mas a mensagem de texto fez com que eu me sentasse na cama, assustada:

Desça. Estou chegando em cinco minutos.

Kian *nunca* escrevia dessa maneira. Então, me vesti rapidamente e penteei o cabelo. Não era exatamente uma emergência, mas parecia que estávamos com problemas. Eu meio que desconfiei que Aaron tinha se transformado em um monstro e tentado matá-lo ou algo assim, mas ele não parecia estar machucado quando estacionou o Mustang. O garoto estava no banco de trás, o que me surpreendeu.

— O que aconteceu? — quis saber.

Como resposta, Kian selou o carro usando o gel que supostamente garantia privacidade por tempo limitado. Fiquei imaginando se seria seguro que Aaron ouvisse. Ele talvez estivesse trabalhando para Harbinger, mas Kian não pareceu se preocupar com isso, e eles já tinham passado bastante tempo juntos. Achei que se Aaron estivesse nos espionando, Kian já teria notado àquela altura. De qualquer forma, eu talvez só estivesse sendo paranoica. Harbinger provavelmente teria métodos mais esotéricos para nos espionar.

Ele ligou o motor sem responder e se enfiou no trânsito virando o volante com urgência. Olhei para trás, mas a expressão de Aaron não me deu nenhuma pista. O garoto era estranhamente impassível, sempre doce e inocente, como se estivesse feliz só por estar ali. Sorriu para mim quando olhei para ele. Os tons roxos escuros dos hematomas estavam melhorando e se tornando azulados e esverdeados, mas ainda era chocante ver aquilo.

— Como você está? — perguntei para ele, desistindo de obter uma resposta direta de Kian.

— Melhor. Estou comendo três vezes por dia e dormindo em uma cama.

— O fato de ele achar importante mencionar essas coisas me entristeceu.

Foi quando Kian falou:

— Raoul me ligou. Estamos indo encontrá-lo.

EU CONFESSO, NÃO CONFIO EM VOCÊ

— Raoul? — Era melhor me certificar de que estávamos falando da mesma coisa, mas eu não sabia o quanto poderia revelar.

— Meu mentor — confirmou Kian.

Certo. O que roubou um artefato e que se retirou do jogo sem autorização. Aquilo significava que estávamos correndo um grande risco ao irmos nos encontrar com ele, uma vez que inúmeros imortais estão atentos aos nossos movimentos. O nervosismo me fez suar, embora o aquecedor do carro ainda não tivesse espantado todo o frio. Mas eu sabia como Kian se sentia em relação a Raoul, e que quando o cara mais velho desapareceu, ele se sentiu como se tivesse perdido seu único amigo. Por isso, devia estar morrendo de vontade de vê-lo.

— Não pense que eu não quero isso, mas... por que *eu* estou indo também? Parece um risco a mais.

— Nós tomamos precauções. — Foi tudo o que ele disse.

Eu só percebi o quanto os meus músculos tinham se contraído quando meus ombros começaram a doer. Respirei fundo, tentando relaxar. Kian pareceu notar meu humor e tocou meu joelho por um instante.

— Confie em mim, está bem? Vou cuidar para que nada aconteça com você.

— Mas não é *comigo* que estou preocupada — retruquei.

Se as coisas dessem muito errado, eu não tinha a menor dúvida de que Kian se jogaria embaixo de um ônibus para me salvar. Na verdade, esse era exatamente o meu maior medo.

Aaron esticou o pescoço quando estacionamos. Kian correu para abrir a porta para mim. Minha demora para descer do carro não foi proposital, em busca de cavalheirismo, eu só estava avaliando os riscos e tentando pensar em alguma possível estratégia de defesa para o caso de algo dar errado. Quando fiquei de pé na calçada, Aaron saiu e vi que Kian devia tê-lo levado para fazer compras, já que estava usando calça cargo que servia nele, tênis e casaco azul acolchoado e gorro cinza. Na verdade, era um garoto bem bonito, o que me fez pensar que talvez esse tenha sido o motivo de Harbinger tê-lo sequestrado.

Pensamento terrível.

Kian guiou o caminho, olhando para os lados enquanto seguíamos apressados. Viramos em algumas ruas, e ele ficava o tempo todo olhando para trás. Quanto a mim, eu olhava para as vitrines em busca de reflexos estranhos. Estava atenta por causa da ansiedade, quando um movimento isolado apareceu no meu campo de visão. Quando me virei, não vi nada, o que não significava necessariamente que estávamos sozinhos. Nem seguros. Não disse nada porque não tinha provas de que era alguma coisa além da minha própria imaginação. Decidi ficar alerta para o caso de as coisas mudarem.

Segui Kian até uma catedral imponente com vitrais gigantescos que lançavam sombras no assoalho encerado. Cada painel parecia contar uma história. Havia anjos e figuras míticas, mas fábulas teológicas não eram meu ponto forte. Na verdade, eu não conseguia me lembrar de já ter entrado em uma igreja. A nave tinha cheiro de vela, enquanto adentrávamos mais na construção, que estava fria porque não era hora de missa. Assim, as velas estavam apagadas lá na frente e não parecia haver ninguém esperando por nós.

— Me dê um instante — pediu Kian.

Sem dizer mais nada, ele foi até o confessionário e eu entendi. *Aposto que Raoul está esperando do outro lado.* Talvez seja um crime fingir ser padre, mas as práticas religiosas dos humanos deviam ser a última preocupação de um ser sobrenatural, a não ser que ele estivesse sendo adorado. E alguém como

Harbinger provavelmente notaria isso se eu começasse a acender velas para ele, prestando honras, de fato. De repente, comecei a pensar nas deidades como o Deus cristão, assim como Alá e Buda.

Tanta gente acredita neles... isso significa que eles devem ser reais.

A conclusão surpreendente me deixou imóvel até Aaron me cutucar. Eu me virei.

– O que foi?

– O que você acha que ele está fazendo?

– Ele não contou para você?

O garoto negou com a cabeça.

– O telefone dele tocou, ele conversou por um tempo e ficou bem chateado. Então, mandou eu me vestir.

Pareceu educado explicar, então eu disse:

– Acho que ele está conversando com um amigo antigo.

Isso foi o suficiente para saciar a curiosidade do garoto, que foi se sentar em um banco na frente para aguardar. Decidi fazer o mesmo, já que uma pessoa que passasse por ali talvez pensasse que estávamos rezando. *As pessoas fazem isso, não é?* Eu já vi em filmes. É difícil ficar parada com toda a curiosidade borbulhando dentro de mim, mas fiquei sentada ali, controlando-me para não aproximar-me e ouvir.

Não se passaram nem cinco minutos quando Kian voltou. Eu me levantei, pronta para sair, irada por dentro, pois aparentemente eu não ia conhecer o misterioso Raoul, e então Kian agarrou o meu braço.

– Sua vez.

– Sério?

Antes que tivesse chance de perguntar mais alguma coisa, ele indicou que eu deveria ir para o confessionário. Em vez de perder tempo discutindo e aumentar o risco de sermos pegos, eu entrei. Era uma pequena caixa de madeira com uma janelinha que dava para o outro lado, onde eu conseguia enxergar vagamente o contorno de uma pessoa. Imaginei que a penumbra existisse por um motivo: para os pecadores não enxergarem bem o padre que estava ouvindo todos os seus segredos pesados.

— Edith Kramer? — Uma voz aveludada perguntou de forma tão convidativa que eu a ouviria narrando audiolivros. Ele tinha um ligeiro sotaque espanhol, o suficiente para lhe conferir certo charme.

— Prazer em conhecê-lo. — Agir com educação nunca era uma escolha ruim, não é? *Mesmo quando as circunstâncias são estranhas.*

— O prazer é todo meu. — Ele pareceu se divertir. — Você deve estar se perguntando o porquê de todo esse mistério, não é?

— Um pouco. Mas eu entendo que você é um homem procurado. Então, precisa ser cuidadoso. — Devia ser por isso que ele também não estava mostrando o rosto.

— Você é inteligente. Isso vai ajudar.

— Com o quê?

— Tenho certeza de que você já chegou sozinha a essa conclusão, mas... Se continuar no ritmo que está, não vai sobreviver para pagar seus favores.

Ouvir as minhas chances resumidas de forma tão clara fez meus ouvidos começarem a zunir. Fiquei tonta e senti um aperto do peito que dificultava minha respiração. Tentei puxar o ar com dificuldade.

— E por que você se importa? Você nem me conhece.

Ele deve ter detectado meu medo, porque o tom ficou mais gentil:

— Embora a gente não se conheça pessoalmente, sei que Kian gosta muito de você.

Uau. Tentei imaginá-los conversando sobre mim, muito antes de eu ter conhecido Kian. Imaginei-o dizendo coisas doces e adoráveis, antes que eu mudasse tudo na minha aparência. Considerando isso, foi difícil esconder meu ressentimento.

— Bem, acho que não existe uma boa maneira de dizer para alguém que que ela provavelmente vai morrer — consegui dizer.

— Uma admissão bem realista.

— Mas eu não tenho como *vencer* este jogo. Todas as cartas estão contra mim.

— Verdade, e a banca sempre ganha. Não é o que dizem por aí?

— Mas você deve ter alguma ideia ou não estaria conversando comigo.
— Eu esperava que isso fosse verdade. Caso contrário, eu estaria muito ferrada.

— Exatamente. Existem certas habilidades que você deverá conseguir obter para sobreviver às provações que estão por vir.

O tom de voz demonstrava certeza, como se ele tivesse visto o futuro e soubesse o que estava por vir.

— Sua segurança e a de Kian dependem da sua força de vontade, Edie. Você está disposta a se esforçar mais do que nunca antes na vida?

Só existia uma resposta possível para aquela pergunta:

— É só me dizer o que tenho que fazer.

Raoul riu baixinho.

— E é exatamente o que vou fazer no nosso próximo encontro. Isso é o suficiente por hoje.

— Você está de volta? — Eu também tinha algumas perguntas. — Kian acha que você o abandonou.

— Quando eu estava no meu esconderijo, tinha alguns assuntos para resolver. Todos os arranjos foram concluídos e chegou a hora de partir para a próxima etapa.

Eu não sabia se podia confiar nele, mas já que Raoul tinha enfurecido *todos* os imortais ao roubar aquele artefato e sumir do mapa, parecia bem improvável que estivesse trabalhando para um deles. Por outro lado, talvez quisesse me usar como moeda de troca para, de alguma forma, voltar às graças de Wedderburn. Não, isso não fazia sentido, uma vez que ele já o tinha traído. Dwyer talvez se interessasse em fazer um acordo. Minha cabeça começou a doer, e desisti de tentar decifrar onde a lealdade de Raoul estava naquele momento. Tudo o que eu podia fazer era confiar no bom senso de Kian. Nós conversaríamos sobre aquilo depois que saíssemos da igreja.

— Só não o magoe de novo, está bem? — Isso pareceu um pedido bastante seguro.

— Vou me esforçar muito para isso — prometeu ele. — Mas você pode dizer o mesmo?

Congelei.

– O que você quer dizer com isso?

Era como se fosse capaz de ler meu medo secreto – de que algo de ruim pudesse acontecer com Kian por minha causa. Ele sentia que tinha uma dívida comigo, e, como um cavalheiro à moda antiga, parecia convencido de que a dívida só poderia ser paga com sangue e sofrimento. Isto era a última coisa que eu queria.

– Você não vai responder?

– Vou tentar protegê-lo – sussurrei.

– Boa menina. Você tem toda a influência agora. Ele não é nem mais um peão, não tem mais poder do nosso antigo mestre e assumiu uma dívida com alguém que não é nada piedoso. – Raoul parecia conhecer bem nossos problemas, não era necessário que eu explicasse nada.

– Eu sei. E estou tentando encontrar uma brecha.

– Excelente. Vou entrar em contato. – A janela se fechou, me dispensando.

– Kian? – Saí rapidamente do confessionário, procurando os outros dois, mas não os vi na hora.

Então, vi Aaron acenando da porta. Mesmo a distância, percebi que estava agitado, então acelerei o passo, mancando rapidamente pela nave central em direção a ele. Estava nevando, grandes flocos atingiram o meu rosto. Não estava tão frio assim quando entramos, e a brusca queda de temperatura me incomodou.

Será que isso significa que Wedderburn nos encontrou? Será que ele sabe sobre Raoul?

– Rápido – disse Aaron, pegando a minha mão.

Seus dedos estavam frios enquanto me puxava em direção ao Mustang, que estava parado em uma esquina com uma placa de PROIBIDO ESTACIONAR. Aaron se acomodou depressa no banco de trás, e eu me acomodei no banco do passageiro assim que o encosto subiu e fechei a porta. Enquanto eu afivelava o cinto de segurança, Kian deu a partida. Parecia que estávamos fugindo de alguma coisa, e meu coração estava disparado no peito, refletindo o medo enquanto eu me virava para olhar pelo para-brisa traseiro.

— O que está acontecendo?

— Wedderburn.

Como se tivesse sido conjurado, pedras de granizo atingiram o carro, uma temperatura estranha para aquela época do ano, e a neve caiu mais forte, uma tempestade repentina no meio da cidade. Eu tinha mil perguntas para fazer, mas Kian estava lutando para manter a direção contra o vento gélido, e achei que aquele não seria um bom momento para bombardeá-lo com as minhas questões. Como Wedderburn ainda precisava de mim para pagar meus favores, não poderia estar tentando me matar, mas as rajadas de vento definitivamente pareciam estar tentando nos dizer alguma coisa.

— Talvez seja melhor parar — sugeri.

Aaron estava encolhido no banco de trás, com o capuz do casaco, olhos arregalados, como um anime japonês, enquanto mordia nervosamente os lábios. Mas não reclamou quando Kian virou bruscamente, fazendo com que ele fosse lançado para o outro lado do carro. Em um estalar de dedos, o sol estava brilhando na rua seca diante de nós. Uma confusão de pensamentos passou pela minha mente. *Território de Dwyer & Fell, talvez?*

— Vou deixá-la em casa, Edie. Tenho umas coisas para resolver. — Kian desviou o olhar, não querendo discutir o que Raoul dissera para ele.

— Posso ir para sua casa? Sinto que precisamos…

— Uma outra hora. Você precisa arrumar tudo para a volta às aulas amanhã.

Uau. Aquela rejeição direta me surpreendeu. Mas eu não poderia implorar, sabendo exatamente o que ele estava fazendo. Só precisava me preparar e descobrir como alcançá-lo de novo. Raoul provavelmente contou a ele que — fosse qual fosse o segredo — aquilo era crucial para minha sobrevivência. Ele fez mais ou menos a mesma jogada comigo. Eu só não conhecia o cara por tanto tempo, então não estava pronta para segui-lo cegamente.

— Está bem — concordei com a voz tranquila.

Eu me senti muito mal quando saí do caro, mas não consegui pensar no que mais poderia fazer. Além disso, ele não estava errado. Durante as férias, não dediquei tempo suficiente para fazer os deveres de casa, então eu tinha algumas leituras para colocar em dia. Mesmo assim, senti certo desconforto quando entrei em casa. Não era o vazio do apartamento; eu já tinha me acostumado com isso. Mas estava sentindo um cheiro diferente, nada que conseguisse identificar, mas percebi que algo estivera ali. Como uma criança, procurei dentro de todos os armário e embaixo da cama.

Nada.

Embora meus alarmes mentais estivessem disparados, comecei a trabalhar, lendo os capítulos determinados. Depois, fiz alguns deveres e resolvi alguns problemas matemáticos da aula de cálculo avançado. Parte de mim achava aquilo tudo uma grande perda de tempo, uma vez que Wedderburn talvez nem permitisse que eu *fosse* para a faculdade, se acabasse virando uma serva. Mas eu não podia viver esperando o pior. Já estava na cama havia uma hora quando meu pai voltou. Ouvi seus movimentos no quarto onde ele dormia sozinho enquanto ondas de culpa inundavam minha mente.

Ele não bateu na porta nem a abriu para ver se eu estava bem. A culpa pesou ainda mais e se transformou em uma dor latente. É como se ele soubesse que a culpa é minha... *e é por isso que ele não me quer por perto.* Achei que o Natal tivesse mudado as coisas, mas está começando a parecer que foi o último olhar de um nadador que está se afogando. Tentei afastar os pensamentos ruins e me virei na cama. Com cuidado para não olhar para o espelho que eu tinha coberto com um lençol.

Harbinger disse que isso não funciona. Se é que posso confiar nele.

Na manhã seguinte, senti algo estranho quando vesti o uniforme, como se eu tivesse crescido em algumas semanas, não física, mas emocionalmente. Para piorar ainda mais as coisas, a ida para a escola no trem foi surreal também. Principalmente quando um universitário lindo ficou tentando puxar papo comigo. Em determinado momento, aquilo teria parecido algo saído direto das páginas de uma história romântica. Mas eu já era bonita há bastante tempo para perceber que a beleza trazia suas próprias complicações, e também fiquei tentando imaginar se ele trabalhava para a facção dos inimigos, se aquele lindo estranho não teria sido enviado por Dwyer & Fell para testar minha lealdade a Kian.

Meu Deus. Adolescentes normais não precisam se preocupar com esse tipo de merda. Mas tudo deixou de ser "normal" quando aceitei o acordo.

Fiquei boa em ignorar as pessoas, concentrando toda minha atenção na tela do celular, mas aquele cara era adoravelmente insistente – na opinião dele, é claro.

– Vamos lá, um sorriso não custa nada. Você bem que poderia me dar um.

Qualquer reação serviria como encorajamento, então mudei a página do livro que eu estava lendo no meu celular. *Eu devia ter colocado fones de ouvido.* Não olhei para ele, mesmo quando se debruçou para tentar ver o que eu estava fazendo. Não é que ele não fosse atraente; tinha aquele ar de Cameron Dean, na verdade, o que significava que eu jamais me interessaria por ele. A atitude dele sugeria que nunca tinha conhecido uma garota que não estivesse interessada.

– Veja bem, Connor, Hunter ou... – Parei de falar, analisando a postura dele. – Talvez Logan. Tenho certeza de que você é um babaca muito legal e privilegiado, mas eu não estou nem um pouco interessada no seu charme. Então, pode me chamar de sapata e seguir com o seu dia.

– E você é?

– Se for para você calar a boca, sou.

Com isso, saí do trem e corri para a escola como se ele pudesse me seguir.

Em geral, eu não era tão agressiva, mas ainda estava chateada com o lance de Kian ter me dispensado na noite anterior e o fato de meu telefone não ter tocado desde então. Antes, a impressão que eu tinha era a de que ele nunca ia me deixar sozinha – que ele estava indo muito mais fundo no nosso relacionamento do que eu – e eu sentia certo conforto com isso. Agora o chão parecia estar sendo arrancado sob meus pés.

Jen e Davina estavam esperando por mim no portão de entrada, e isso foi um ponto positivo em um dia tão frio e horrível. Elas estenderam a mão para mim ao mesmo tempo, então imaginei que Davina tinha contado para

Jen sobre minha mãe. Ficamos abraçadas por algum tempo, enquanto outros alunos passavam por nós, falando sobre as férias em Tahoe, as ilhas tropicais e ensolaradas como provavelmente eram. Era reconfortante saber que algumas coisas não tinham mudado.

– Sinto muito – sussurrou Jen. – Gostaria de estar aqui. Você está bem?

Davina estava usando o uniforme de animadora de torcida, o que significava que devia ter algum jogo naquele dia... ou talvez ela só estivesse usando porque podia. Finalmente.

– Sua idiota. É claro que ela não está bem.

– Estou aprendendo a lidar com tudo. – Não tive escolha. Com meu pai fora do ar, um de nós tinha que tentar manter um certo grau de normalidade.

– Você e Kian ainda estão juntos? – perguntou Jen.

Fiquei impressionada por ela ter lembrado o nome dele, mas também fiquei tensa. Só concordei com a cabeça, afastando-me em direção ao prédio.

– Melhor a gente não se atrasar no primeiro dia de aula.

Davina assentiu.

– Queria saber quem vai substituir o sr. Love.

– Como assim? – Jen segurou o meu braço. – O que aconteceu?

Enquanto caminhávamos, Davina contou toda a estranha história, incluindo a questão dos umbigos. Jen mostrou o dela quando passamos pela porta da frente, fazendo um aluno do segundo ano assoviar para ela e um professor que estava monitorando o corredor suspirar:

– Nada de barriga de fora – falei.

– Foi mal – desculpou-se ela, animada, arrumando a blusa. – Satisfeita?

Consegui sorrir.

– Sim.

Seguimos caminhos diferentes. Parei no meu armário e fui para a primeira aula, que passei pensando em Kian e no que Raoul dissera sobre eu ter que aprender novas habilidades. *Do que ele está falando?* A nova professora de literatura não era bonita nem jovem. Parecia que tinham tirado uma múmia de um sarcófago, mas a sra. Harrison abriu uma discussão animada, parecendo interessada o suficiente para que não ficássemos entediados. E ela não economizava no dever de casa. Então, não haveria paixonite dramática por *aquela* professora.

Eu era uma aluna boa o suficiente e passei a maioria das aulas sonhando acordada, embora tenha sido obrigada a me concentrar para não morrer na educação física. Depois disso, fiquei mais tempo do que deveria no banho. Só percebi meu erro quando já era tarde demais.

MENSAGENS DO ALÉM

Uma névoa espiralada começou a se espalhar pelo banheiro, girando sob a luz hipnótica da lâmpada fluorescente. Enrolei a toalha firmemente em volta do corpo, consciente de que eu estava completamente sozinha. As outras garotas terminaram o banho e seguiram para suas respectivas aulas, deixando-me sozinha no vestiário. Antes, nessas mesmas circunstâncias, eu teria esperado alguma brincadeira de muito mau gosto. No fundo, eu ainda era uma garota amedrontada esperando que a tortura recomeçasse.

Mas meus problemas eram maiores e mais profundos agora. Senti a pele formigar com a certeza absoluta de que eu não estava mais sozinha. Fui correndo até meu armário, meio que esperando que meu uniforme não estivesse mais lá ou que estivesse destruído de alguma forma, mas a maioria das pessoas responsáveis por aquele tipo de coisa tinha morrido. Senti um frio na espinha enquanto vestia a calcinha. Sem me enxugar, a tarefa ficou mais difícil, mas a névoa à minha volta crescia. A visibilidade estava baixa. E as fileiras de armários dificultavam ainda mais minha visão. Mesmo assim, consegui me vestir em tempo recorde e estava pegando a mochila quando a névoa se abriu.

Sim, estou usando a palavra certa. A névoa se abriu, uma parte para cada lado, como se um vento forte estivesse soprando por ali. Segundos depois, senti um toque gelado na minha pele e me arrepiei na hora. O espelho estava embaçado por causa do vapor e da condensação, então eu só conseguia ver uma sombra do meu próprio reflexo. *Meu Deus*, pensei, *espero que seja eu.*

O frio me envolveu por todos os lados, confirmando minha suspeita de que aquele não era um cenário de "vamos pregar uma peça em Edie". Nada de humano seria capaz de me fazer reagir daquela forma. Como eu não conseguia lutar contra a sensação, segui em direção à porta ou pelo menos na direção em que achei que a porta estava.

Alguns segundos despois, a primeira palavra apareceu com um traço trêmulo no vidro embaçado: EU. A parte inferior das letras escorreu como lágrimas, enquanto minha respiração ficava ofegante. Sem conseguir desviar o olhar, observei enquanto o resto da mensagem aparecia: ESTOU SEMPRE COM VOCÊ. Meu coração disparou no peito. Só poderia ser uma pessoa.

– Cameron? – sussurrei.

Como resposta, um toque frio passou pelos meus braços nus. Tremendo, vesti o blazer e saí correndo de lá. Eu não fazia ideia do que ele queria dizer com aquilo, se era uma mensagem para me ameaçar ou me tranquilizar, mas não pretendia ficar para ver o que ia acontecer. Se eu tivesse algum lugar para me esconder, provavelmente iria para lá, mas minha casa não era mais segura do que a escola. *Não protegeu minha mãe.* Então, embora eu estivesse pálida e trêmula, fui para a aula e fingi que estava me sentindo péssima.

O que não era mentira, na verdade.

Mais tarde, na hora do almoço, Jen me lançou um olhar preocupado quando estávamos na fila do refeitório.

– Você parece pior do que quando chegou.

– Você sabe como fazer bem para meu ego – resmunguei.

– Não foi isso que eu quis dizer.

Davina furou a fila atrás de nós, provocando alguns olhares de raiva. Ela respondeu com um sorriso tão doce que os alunos mais novos devem ter ficado encantados:

– Obrigada, gente. Fico muito grata por me deixarem ficar com minhas amigas.

– Sem problemas – respondeu um garoto baixinho.

Esperei até nos servirmos e seguirmos para uma nova mesa. A mesa que a Galera Blindada havia declarado e pintado como deles estava vazia, e notei alguns alunos olhando para ela com cara de assustados, como se fosse mal-assombrada. Allison seguiu para uma nova mesa popular com alguns dos amigos do *lacrosse* do Russ e o restante das animadoras de torcida; Davina não demonstrou o menor interesse em se juntar a elas. Tudo indicava que ela só queria andar com aquela turma por causa do Russ.

Que morreu por minha causa.

Senti um aperto no estômago, tornando impossível tentar comer o sanduíche e a salada que eu tinha colocado no prato. Fiquei quieta, empurrando a comida, torcendo para que elas não notassem.

Não tive sorte.

— O que houve? — quis saber Davina.

Talvez eu não devesse contar nada para elas... Mas já sabiam a maior parte do ocorrido. A única coisa que não mencionei foi o jogo imortal e senti uma onda de culpa ao perceber que estava sendo mais sincera com Jen e Davina do que com Vi. As justificativas eram boas, eu sei, já que o risco era maior para elas por causa da proximidade comigo, e eu não podia protegê-las do mesmo modo como tinha feito com Vi.

Com um suspiro fraco, resumi a visita assustadora de Cameron no vestiário. Quando acabei, as duas pararam de comer e ficaram me olhando, mudas de terror. É, isso aí.

Davina envolveu o corpo com os braços e fez uma cara assustada.

— Ele está aqui com a gente agora?

— Provavelmente. — Eu não conseguia senti-lo, mas aquilo não queria dizer nada. Se a ciência pudesse ser aplicada àquilo tudo, então devia haver algum custo de energia quando ele se manifestava.

— Que pervertido — comentou Jen. — Esse cara não muda mesmo, até quando está assombrando o lugar.

— Hein? — Fiquei olhando para ela.

— Sério, Cam decide te mandar uma mensagem quando você está pelada depois do banho? — Ela ficou séria e olhou para o teto.

Por algum motivo, isso me fez rir.

— Duvido que esse seja o motivo.

— Se você acha. Mas sou obrigada a perguntar: você sente muita vontade de ir ao banheiro? — Ela estava rindo e falando de forma tão casual que me acalmou um pouco.

— Fala sério. — *Por que ela está tão tranquila em relação a tudo isso?* A pergunta passou pela minha mente como um telefone tocando sem parar. Tentei não demonstrar minha desconfiança repentina. *Cara, você está enlouquecendo. Jen é uma boa amiga. Não permita que Allison consiga criar uma briga.*

— Se ele... se foi, por que ele está aqui ainda? — perguntou Davina com um sussurro.

— Não faço a menor ideia. — Se eu soubesse, eu o libertaria, exorcizaria ou o que quer que se aplicasse a um espírito preso.

— Minha avó diria que é algum assunto pendente — sugeriu Jen.

Davina assentiu.

— Será que ele morreria se fosse um pouco mais específico? Espere. — Ela mordeu o lábio, percebendo o que tinha acabado de falar. — Tudo bem, não foi o que eu quis dizer. Foi mal, cara. — Com olhos arregalados, ela olhou em volta como se ele talvez estivesse sentado ali com a gente.

Depois de conversar com elas duas, eu estava me sentindo um pouco melhor, e o resto do dia foi menos traumático.

Na hora da saída, Kian estava esperando por mim um pouco além dos portões, encostado no muro de pedra. Vestia calça cinza e casaco preto de lã feito sob medida. O vento despenteava o cabelo escuro e, mesmo a distância, emanava um brilho. A beleza dele era tão incrível que eu precisava procurar defeitos sempre que o via. Mas desde a linha firme do maxilar até a boca altamente beijável, não havia nada. A pele era lisa e perfeita, com um ligeiro tom dourado, e os olhos verdes brilhavam como jade através do cílios negros, espessos e longos.

Duas garotas pararam e tiraram uma foto dele. Ele franziu as sobrancelhas, provavelmente porque elas não pediram autorização. Elas saíram correndo, rindo como duas idiotas. A onda de ciúme me surpreendeu. Eu nem achava que ele estava *interessado* nelas. *Kian me ama. O suficiente para morrer por mim. E ele se importava* antes. Mas me senti possessiva em relação a ele, embora não tenha sido só isso. Era como se realmente quisesse protegê-lo e manter aquelas idiotas longe dele, impedir que o tratassem como se fosse... uma obra de arte de domínio público.

— Isso começou a ficar chato — comentei.

— Tenho certeza de que você já começou a notar isso também — disse ele.

— Com certeza. Hoje de manhã tinha um babaca no metrô... — Parei de falar quando os olhos dele brilharam. Pois é, Kian não gostava de ouvir sobre outros caras tentando me abordar.

— Eu não deveria ficar com raiva disso.

Quando ele me abraçou, esqueci que estava com raiva pelo jeito que havia me dispensado no dia anterior e todo o resto que eu queria conversar com ele. Ele me puxou para perto, apoiou os braços nos meus ombros. Levantei o rosto para um beijo, provocando nele o sorriso mais doce que já tinha visto. Ele me deu um beijo suave e fechei os olhos, depois os lábios dele roçaram nas minhas pálpebras com tanto carinho e toda aquela doçura partiu meu coração.

Essa é a pior parte do amor, pensei, desesperada. *Porque agora eu tenho muito a perder.*

Seus lábios encontraram os meus, e eu estava faminta por ele. Nós nos beijamos até ouvir alguém pigarreando perto de nós. Ainda tonta, olhei para o lado e vi Allison parada ali.

— Você acha que é intocável agora?

— Do que você está falando?

— Harbinger pode até estar tomando conta de você, mas isso não significa que eu não possa tornar a sua vida uma tortura — declarou ela. — Existem muitas formas de machucar as pessoas e não deixar nenhum ferimento físico permanente.

— Não a ameace — avisou Kian em voz baixa. — Eu não tenho que obedecer às ordens de ninguém, então não há limites para o que eu vou fazer se você mexer com Edie de novo.

— Que cãozinho de guarda sexy — debochou ela, estendendo a mão como se fosse tocar no rosto dele.

Ele deu um tapa na mão dela para afastá-la, assustando nós dois. Então, me abraçou com mais força e nos levou em direção ao carro. O Mustang estava parado atrás de uma van preta e outros carros. Mas não havia sinal de Aaron. *Será que encontrou a família dele?*

— Onde está o garoto? — perguntei, enquanto saíamos.

— Lá em casa.

— Não descobriram nada na delegacia? — Esperava ouvir que eles ainda não tinham ido até lá.

Para minha surpresa, ele negou com a cabeça.

— Não há nenhum registo. Parece loucura, mas aparentemente estava dizendo a verdade quando contou que não havia ninguém procurando por ele.

— Isso é tão triste. — *Tadinho.*

— Pois é. Eu sinto que a gente é responsável por ele agora, sabe?

— Nós o tiramos do Harbinger — concordei. — E Aaron não me impressionou com toda sua espertesa de rua.

— Ele sofre de um caso grave de síndrome de Estocolmo. No primeiro dia que ficou lá em casa, pedia permissão para tudo e ficava andando atrás de mim como um cachorrinho.

— Você sempre quis um irmãozinho, não é? — Eu estava tentando ver o lado positivo.

Kian me lançou um olhar surpreso acompanhado de um sorriso.

— Talvez. Mas nós não temos mais privacidade lá em casa.

— Tudo bem. Tenho certeza de que você pode ensiná-lo a respeitar uma gravata na porta do seu quarto ou alguma coisa assim. É um bom treino para a faculdade.

Ele hesitou.

— Não sei se devo dizer isso.

— Claro que pode. Se é o que você quer.

— Você cuida dele para mim? Sabe, depois de tudo?

Minha felicidade momentânea despencou como teias de aranha arrebentadas.

— Que merda. Até quando você pretende fingir que está tudo bem?

Como sempre, minha agressividade fez com que ele ficasse em silêncio. Kian concentrou toda sua atenção na direção, em vez de começar uma briga. Mas não consegui parar:

— Se você continuar assim, nós nem vamos ter esses últimos meses juntos. Eu não gosto de ser excluída.

Ao ouvir isso, ele olhou para mim com os olhos cintilando.

— Você está ameaçando terminar tudo comigo porque eu não quero discutir com você? — perguntou ele, incrédulo.

— Talvez.

— E isso faz sentido?

— Faz tanto sentido quanto você morrer por mim e depois se recusar a tocar no assunto.

Ele contraiu a mandíbula.

— Está feito, Edie. Não há nada que possamos fazer para mudar isso.

O resto do trajeto foi percorrido em silêncio, para dizer o mínimo. Ele me deixou em casa sem dizer mais nada e, sim, estava muito zangado porque nem me deu um beijo no rosto. Saí, resmungando um agradecimento, e ele foi embora. Eu me odiei por brigar com ele e dar um ultimato por se recusar a falar comigo sobre qualquer coisa que fosse. Às vezes, eu achava que ele ainda me via como a garota do vídeo "Treinamento de uma cachorra", destruída por aquele momento e para sempre fragilizada, ainda debruçada em cima da ponte.

Quando me virei para entrar no meu apartamento, vi algo que fez meu sangue gelar nas veias. Do outro lado da rua, bem na esquina, estava o homem com o saco vazio, acompanhado pelas duas crianças de olhos mortos, uma de cada lado. As roupas não estavam mais manchadas de sangue, mas eu sabia que eles poderiam me mostrar o que quisessem. Antes de tomar uma decisão consciente, comecei a correr, forçando meu tornozelo torcido — atravessei a rua com o sinal aberto. Ignorei os xingamentos dos motoristas e o barulho dos freios. De alguma forma, consegui chegar ao outro lado, mas eles tinham desaparecido. Só o fedor necrótico continuava ali.

O sol saiu, quase me cegando. Não senti a presença de Wedderburn, que os contratou para executar minha mãe. Isso significava que Dwyer estava pagando para que me atormentassem agora? *Que loucura. Às vezes, um dia ensolarado era só isto: um dia ensolarado.* Girei devagar na calçada, e sussurrei:

— Para que lado eles foram, Cameron?

Era um tiro no escuro, mas se ele não me odiasse — *se* fosse um aliado — então, talvez pudesse me ajudar. Eu tinha a ideia louca de procurar os monstros e recuperar a cabeça da minha mãe. Eu não era uma pessoa religiosa, mas ouvi histórias contando que corpos decepados não conseguiam descansar em paz. Se havia uma vida depois da morte, eu queria que minha mãe tivesse a melhor possível. Talvez isso fosse burrice, mas era tudo o que eu poderia fazer depois do enorme fracasso em protegê-la.

Senti um vento frio no meu braço direito.

— Por aqui?

Nenhuma resposta direta, mas senti cheiro de carne podre. Sim, aquele definitivamente era o caminho certo. Desesperada para não perder o rastro dele, comecei a correr, apesar da dor, atraindo o olhar de algumas pessoas na calçada. Gritei um pedido de desculpas, olhando para trás, quando quase derrubei uma senhora. Ela me olhou com cara feia e resmungou alguma coisa incoerente quando passei. Outro toque no meu braço, úmido e gelado, e virei para o lado indicado. Dois ou três toques, corri mais e logo não sabia mais onde estava, e os prédios começaram a parecer mais depredados, com tábuas nas janelas ou obviamente abandonados.

— Merda — disse em voz alta. — Como pude ser tão idiota?

Eu não tinha nenhuma prova de que aquele espírito era de Cameron mesmo, talvez fosse alguém apenas me levando para alguma armadilha. Seja lá o que fosse, a coisa claramente sabia que eu não tinha a menor capacidade de ser racional quando se tratava da morte da minha mãe. Tentei acalmar as batidas desesperadas do meu coração e ignorar o zunido na minha cabeça, que insistia que eu encontrasse o velho do saco *agora mesmo* e o fizesse pagar. Como se meu pensamento fosse um chamado, ele apareceu no outro quarteirão, cercado pelos acompanhantes assustadores. Meus pés se apressaram pela calçada enquanto eu me aproximava mais dele. Eu não tinha nenhum plano, só uma cachoeira de fúria sem fim.

Mas um pouco antes de eu alcançar o homem, o mundo deu um salto, exatamente como acontecia quando Kian usava o deslocamento espacial comigo. Tropecei e caí, ralando os joelhos no paralelepípedo. Espere um pouco. O que acabou de acontecer? Tonta, absorvi o ar histórico do lugar onde eu estava. *Eu não estava aqui cinco minutos atrás.* O sangue começou a escorrer do meu joelho, manchando minha meia. Além disto, meu tornozelo começou a doer de novo.

– Mas que merda – resmunguei.

Uma pena preta flutuou do céu.

Inclinei a cabeça e vi um enorme pássaro negro empoleirado na fiação elétrica acima. Ele estava me observando com olhinhos brilhantes, enquanto limpava as próprias penas. Pisquei e o corvo se foi, substituído pelo rosto pálido de Harbinger, cujos olhos estavam contornados de preto e os lábios, pintados de vermelho, borrados como se ele estivesse beijando alguém até alguns segundo antes. Ou talvez fosse sangue. Ambas as ideias eram igualmente aterrorizantes e repulsivas.

Pisquei de novo, e ele estava no chão diante de mim, nem pássaro nem homem, mas senti um cheiro estranho em volta dele, como um incêndio.

– Você está se tornando um problema – avisou com voz macia. – Se eu soubesse que ia me dar tanto trabalho, jamais teria aceitado o acordo com seu namoradinho.

Olhei para ele.

Os olhos brilhavam com as possibilidades, uma loucura prateada gravada no ébano, ele olhou profundamente para mim e senti seu olhar penetrando meu crânio até parecer impossível que meu cérebro não explodisse e se espalhasse por todo o asfalto. Engoli em seco, não conseguia me mexer. Ele tinha me prendido como uma borboleta em uma caixa de estudo.

– Desculpe – pedi com um sussurro.

– Primeiro, você arruína um excelente espetáculo. Depois, sequestra meu divertimento favorito e agora está tentando se matar. Você não pensa, Edith Kramer?

Eu costumo ser a pessoa mais inteligente da sala, tentei dizer, mas meus lábios queimaram como se tivessem sido costurados. Levei os dedos trêmulos à frente da boca, mas não senti a costura preta que eu tinha imaginado. *Mais uma de suas ilusões*, imaginei, mas era tão eficaz que eu de fato não conseguia falar.

— Foi uma pergunta retórica — acrescentou ele, como se eu realmente fosse idiota.

Assenti de leve, ainda de joelhos.

— Você está me obrigando a ser útil. A trabalhar — continuou ele, irradiando toda sua raiva. — A ser leal. E todas essas coisas horríveis. E você não faz ideia de como eu odeio isso. — Ficou andando em volta de mim em um círculo fechado naquela rua estranhamente arcaica, e fiquei imaginando por que não havia pedestres ali. — Então, eu vou dar um último aviso. Não tenho como estar em todos os lugares ao mesmo tempo, e se você está tão determinada a morrer, por que não salva seu amado e acaba logo com isso?

O fio invisível se soltou da minha boca para que eu pudesse responder.

— Eu não estava pensando. Só... A minha mãe... e aquele monstro...

— Foi o seu povo quem o criou, queridíssima. — Mas suas mãos enluvadas foram surpreendentemente gentis quando me colocaram de pé. O sangue no meu joelho tinha escorrido pela canela. Harbinger segurou minhas duas mãos, sério com uma sombra. — Não aja como uma idiota de novo. Se você acabar sendo assassinada, isso vai manchar minha reputação. Sem falar que vai desperdiçar o sacrifício daquele seu garoto adorável.

Engoli em seco.

— Eu não quero isso.

— Deixe a burrice para os burros de verdade — concluiu ele. — Caso contrário, tudo fica confuso demais. Mas... Eu com certeza vou puni-la. Para que você não me faça perder tempo de novo.

FUNERAL DO CORAÇÃO

A cena desapareceu e me vi, sozinha, em uma rua perto do meu apartamento.

Não havia mais sinal de Harbinger, nem do velho do saco e suas crianças horripilantes. Harbinger talvez tenha me salvado, mas certamente a punição que pensou para mim devia ser pior do que a morte. Afinal de contas, ele gostava muito de provocar sofrimento.

Em vez de voltar para casa, segui para a estação do metrô. Meu pai só ia chegar bem mais tarde, e eu não estava nem um pouco a fim de conversar com Vi por Skype, fingindo que tudo estava bem. *Estou farta de mentir.* Mas a verdade só serviria para assustá-la.

Quarenta minutos depois, caminhei em direção ao cemitério onde enterramos minha mãe. A tarde estava fria, nuvens pesadas indicavam uma ameaça de neve. As árvores estavam escuras e sem folhas, e a grama tinha um tom marrom. Caminhei entre os túmulos, passando por cima de raízes que saíam do chão como tentáculos petrificados de algum monstro antigo dissecado. Uma estátua solitária de uma mulher se sobressaía em uma colina, o cabelo de pedra parecendo voar ao sabor do vento frio. Assim como seu vestido, que voava para longe das pernas, revelando pés descalços, braços nus e expressão neutra. Talvez representasse alguma mulher grega ou uma deusa fazendo vigília sobre um túmulo próximo, mas tive a inconfundível sensação de que seus olhos acompanhavam meus movimentos. Estremecendo, encolhi-me mais dentro do casaco fino da escola e olhei para trás.

A cabeça dela estava inclinada assim antes?

Disse para mim mesma que eu nunca mais ia assistir aos episódios dos anjos do *Doctor Who*. Mas cemitérios eram naturalmente assustadores, afinal estávamos cercados por acres e mais acres de gente morta. Nem mesmo no verão o lugar era alegre, embora talvez ficasse mais bonito. Tentei não pisar em nenhum túmulo a caminho do da minha mãe e, quando me ajoelhei diante do dela, agora com uma citação de Einstein, escolhida pelo meu pai, me arrependi por não ter levado algumas flores. Não que minha mãe fosse se importar, mas mesmo assim. Parecia estranho aparecer sem nada, como uma decisão impulsiva e impensada, exatamente como a perseguição ao velho do saco. Ignorando o chão molhado que eu sentia através da calça, baixei a cabeça por alguns segundos. Nos filmes, as pessoas não parecem se sentir constrangidas por desabafar com entes queridos que morreram, mas olhei em volta para ter certeza de que não havia ninguém por perto que pudesse me ouvir.

– Eu estraguei tudo mesmo – sussurrei, por fim. – Você se foi... E o papai basicamente também. Não sei o que fazer. Só consigo pensar em me vingar por você, enquanto eu deveria estar pensando em uma forma de salvar Kian. Tipo assim: será que eu não aprendi *nada*? O que me trouxe a essa situação foi justamente meu desejo de me vingar dos babacas da escola. – Minha voz falhou.

As lágrimas pareciam estranhamente quentes, escorrendo por meu rosto frio, até passarem pelo meu queixo e molharem meu casaco. Apoiei a testa na lápide para esconder o rosto das pessoas que pudessem passar. Elas provavelmente iam achar que eu estava de luto – e embora isso fosse verdade, eu também não sabia o que fazer para resolver os problemas enormes que se empilhavam diante de mim. O jogo imortal lançou uma grande sombra sobre mim. O nervosismo me fez olhar para a estátua novamente. Dessa vez, o ângulo era o mesmo, mas um pássaro preto estava pousado em cima da cabeça dela.

Eu já não o vi antes...? Era uma mistura de familiaridade e pressentimento. Mas todos os corvos pareciam iguais. Então, eu não tinha como ter certeza.

E não queria dar uma de louca dentro de um cemitério, gritando *Você está me perseguindo, pássaro?* Então, fingi que não havia nada de estranho no olhar dele.

— Se isso fosse uma equação, eu poderia solucioná-la. Mas quanto a Kian, por onde eu poderia começar? — Isso era parte do problema. Não ter ideia nem os recursos.

Não foi surpresa nenhuma quando ela não respondeu. Pelo menos não em voz alta. Mas ouvi seu suspiro. Como sempre ouvia seus conselhos sensatos desde pequena, ouvi sua voz na minha cabeça. *No que você está pensando ao pedir ajuda para uma pessoa que já morreu? Mas já que está aqui... Você tem brigado com Kian sobre a decisão que ele tomou, uma decisão em que ele não pode voltar atrás, devo acrescentar. Mas já parou para pensar como ele deve estar se sentindo? Só está pensando em você mesma e sobre como vai se sentir quando perdê-lo. Agora, coloque-se no lugar dele. Ele só tem 20 anos de idade... e vai morrer.*

— Ah, merda — falei.

Minha mãe — ou meu subconsciente — estava certa. Ele devia estar morrendo de medo. Não tinha feito o acordo com Harbinger para ser difícil. Ele achou mesmo que aquela seria a melhor forma para me salvar. E eu só fiquei reclamando de tudo e dizendo que tinha sido uma coisa idiota a se fazer. Mesmo assim, se não tivesse feito alguma coisa, eu talvez nem estivesse mais aqui para encher o saco dele. Eu não tinha ido ao cemitério para chorar, mas foi exatamente o que fiz, chorei da forma mais discreta que consegui. Quando parei, minhas mãos e meus pés estavam dormentes. Precisei tentar me levantar algumas vezes até conseguir. Quando me virei, o pássaro solitário tinha se transformado em um bando. Centenas deles, empoleirados em árvores, fios de alta tensão e nas beiradas dos mausoléus perto da entrada. E todos estavam olhando diretamente para mim, aqueles corvos, em silêncio, enquanto mantinham o ar vigilante.

Dei um passo em direção à saída, e eles alçaram voo, não de forma desorganizada e nervosa, mas como uma unidade aérea seguindo uma hierarquia de comando. Nunca vi corvos em formação, como patos, mas aqueles pássaros com certeza formavam um grupo. *Ou algo pior,* pensei. Fingindo não estar morrendo de medo, segui em direção ao muro e, como se essa fosse a deixa, eles mergulharam todos juntos. De repente, eu não conseguia mais enxergar através das penas e das garras afiadas que tentavam atingir meu rosto. Algo picou minha nuca, e eles estavam em cima dos meus braços e ombros enquanto eu corria. As garras se fincaram no meu bíceps, rasgando a blusa do meu uniforme, e o sangue escorreu pelos arranhões.

Totalmente aterrorizada, tropecei em uma lápide baixa e machuquei o tornozelo dolorido de novo. Quando caí no chão, achei que fosse morrer assassinada por milhares de bicadas e garras. Mas o assassinato não aconteceu; em vez disso, o bando de corvos fugiu, voando para fora do cemitério, deixando-me ensanguentada e suja, como se fosse este o objetivo desde o início. Machucada e assustada, eu me levantei e fui mancando até os portões de ferro abertos na penumbra. Quando me aproximei, um velho com uma pá apoiada no ombro saiu de trás de um túmulo. Devia ser inofensivo, mas não quis arriscar.

— Menina, o que aconteceu com você? Você está bem? — perguntou ele.

Eu corri. O mais rápido que meu tornozelo permitiu.

Duas quadras, depois a terceira. Finalmente tive que parar, porque minha perna estava latejando. Se tivesse mais dinheiro na carteira, até chamaria um táxi, mas, de alguma forma, consegui mancar até a estação de metrô para seguir pelo trem da linha T. Ninguém me abordou, provavelmente porque eu parecia uma louca, toda suja e com manchas de sangue. Durante a viagem, desejei ter um smartphone, porque precisava urgentemente descobrir o significado de corvos. Alguma coisa claramente os enviou como um aviso, mas eu não conseguiria interpretar o ataque dos pássaros sem ajuda. Atraí mais alguns olhares de pena, mas ninguém quis se envolver com meus problemas.

Mais tarde, pensei que eu já tinha visto Harbinger na forma de um pássaro negro — mais de uma vez, para dizer a verdade. E ele disse que ia me dar uma lição ou algo assim. Os pássaros não me machucaram de verdade. Só me deixaram morta de medo. Embora precisasse da internet para confirmar, eu tinha grandes suspeitas de que aquela era a versão de uma surra para um trapaceiro. Caso contrário, os corvos teriam tentado arrancar meus olhos e comido meu cérebro pelos orifícios do crânio. E embora tenha ouvido o aviso de Raoul, Harbinger me disse que eu poderia acabar tomando uma decisão imprudente fazendo com que ele não pudesse me proteger. Isso definitivamente me fez perceber que eu ainda precisava tomar cuidado.

Sentindo-me um pouco melhor, desci na estação mais próxima do apartamento de Kian e parei do lado de fora do prédio. Pareceu errado simplesmente bater, sabendo que ele ainda estava bravo comigo, então enviei uma mensagem: **Estou aqui fora. Posso subir?**

Um longo silêncio, dez minutos, então eu me sentei na escada. Eu não ia voltar para casa sem me desculpar. Todo o resto poderia esperar.

Por fim, recebi uma resposta: **Se você quiser.**

Subi mancando até o apartamento e bati na porta com o coração disparado. Kian me deixou entrar um minuto depois. Parecia cansado e, sim, ainda estava zangado. Mas a raiva rapidamente se transformou em preocupação. Ele me puxou para dentro da casa e começou a avaliar o meu estado.

— Edie...?

— Não foi nada. Eu preciso dizer uma coisa antes de explicar o que aconteceu, está bem?

— Acho que sim. — Ele não parecia ter certeza da resposta.

— Sinto muito. Se você escolhe não me contar alguma coisa, eu tenho que respeitar sua decisão. Não tenho por que duvidar de você. E eu jamais deveria ter dito que ia terminar tudo por causa disso. Gosto muito de você, Kian, eu só não sou muito boa para demonstrar isso. Fico com raiva quando não devo, mesmo que não seja raiva o que de fato estou sentindo. Acho que eu só não sei como admitir que estou morrendo de medo disso tudo e não sei o que fazer, mas eu prometo...

Essa última parte era tão difícil de dizer, mas eu me esforcei para continuar, apesar de sentir os olhos e a garganta arderem:

— Eu vou estar com você até o fim. E se você estiver com medo também, tudo bem. Porque não vou embora só porque tudo é muito difícil. E.. sim, eu vou tomar conta de Aaron. Depois. Se as coisas chegarem a esse ponto.

Eu vou viver. Vou pagar meus favores. E vou ficar livre. É isso que você quer para mim, não é?

Ele estava ofegante quando terminei, os olhos verdes brilhavam muito. Kian me abraçou, então eu percebi o quanto ele estava tremendo.

— Eu quero ficar com você — sussurrou ele. — Mas não posso. Eu *achei* que estivesse tudo bem, que tinha me resignado com o fato de só ter seis meses... e que outra pessoa fosse ficar pelo resto da vida com você. Isso é mais do que eu mereço. Mas está acabando comigo. — Ele passou o rosto no meu cabelo e respirou fundo. — Ouvir você falar tudo isso assim... Eu estou com muito medo, Edie.

— Desculpe. Eu estava tentando facilitar as coisas.

— Você tornou tudo melhor... e pior. — Ele não explicou, mas eu acho que entendi.

Provavelmente ele estava feliz por eu não estar mais enchendo o saco, mas não devia ser nada fácil ouvir coisas do tipo "quando você não estiver mais aqui" de alguém que você ama. Como resposta, eu o abracei bem apertado pela cintura. Ele ficou fazendo carinho nas minhas costas, como se estivesse guardando na memória como era me abraçar. Cinco minutos depois, ele deu um passo para trás e me levou para o banheiro.

— Aaron...? — perguntei.

— Ele está dormindo. — Ainda era cedo demais para isso, mas ele devia estar se recuperando. Kian abaixou a tampa do vaso e apontou. — Sente-se.

Obedeci.

— O que...

— Deixe-me cuidar de você, está bem? Enquanto eu faço isso, por que não me conta o que aconteceu para você ficar nesse estado?

Embora parte de mim dissesse para eu guardar segredo, como ele tinha os dele com Raoul, eu não poderia simplesmente me desculpar e dois minutos depois agir de forma tão mesquinha. Então, resumi tudo o que tinha acontecido naquela tarde, e ele se manteve sério. Mas não gritou comigo como eu esperava que fizesse.

Ele manteve o tom calmo:

— Você falou sério quanto ao que disse para Harbinger?

— Não vou mais perseguir o velho do saco — declarei.

Sem um plano. O adendo não dito em voz alta mudava tudo. Mesmo assim, eu não conseguia simplesmente esquecer o que tinha acontecido com minha mãe, sem me sentir ainda pior. Tinha que existir uma forma de punir os culpados, mesmo durante o jogo imortal. Eu talvez tivesse que fazer alguns acordos, como Kian fez, mas não planejava negociar com minha própria vida. O que mais eu tinha de valor? Talvez Raoul pudesse me guiar. No confessionário, ele disse que me contaria mais da próxima vez, dando a entender que voltaríamos a nos encontrar.

— Graças a Deus. — Kian interrompeu a criação do meu plano, enquanto limpava os ferimentos e aplicava antisséptico. Alguns Band-Aids pareceram tê-lo deixado satisfeito, embora tenha olhado para os arranhões nas minhas costas por algum tempo, fazendo-me suspeitar se havia mais alguma coisa ali. Eu me virei para trás, mas eram só arranhões comuns feitos pelos pássaros.

— O que você está olhando?

Ele tocou de leve a pele acima da minha escápula, provocando-me um arrepio.

— Eu só odeio que você tenha se machucado. Significa que não protegi você. Eu fiquei com raiva e...

— Se não tivesse ficado, você não seria humano — protestei. — E eu juro que aprendi a lição. Ser impulsiva não combina comigo.

— Seria bacana se você fosse um pouco mais impulsiva... comigo.

— O que você está planejando?

Como resposta, ele me levou para o quarto. Senti o nervosismo crescer quando Kian fechou a porta. Então, ele me encostou nela e me beijou, cheio de paixão. O desejo acendeu dentro de mim, misturado com a consciência de que eu poderia perdê-lo. Logo ele não poderia mais me tocar. Tudo que Kian era desapareceria para alimentar Harbinger. Passei os dedos em seu cabelo e parei de pensar por um tempo.

— Eu não devia pressionar você — sussurrou ele contra meus lábios.

— Hum. Eu aviso se isso for um problema.

Nós estávamos só começando, com ele me guiando para a cama, quando a porta do quarto de hóspedes se abriu e se fechou.

— Kian?

Em cima de mim, ele fechou os olhos e gemeu.

— Esse garoto...

Eu ri.

— A gente pode continuar depois, não é?

— Como se eu tivesse escolha — resmungou. — Ele é tão carente. Quando acordo, eu o encontro dormindo aos pés da minha cama, como se fosse um cachorrinho.

— É, isso é bem estranho mesmo.

Quando Kian se acalmou, nós fomos para a sala e fiquei para o jantar, dizendo para mim mesma que meu pai comeria alguma coisa no laboratório. Nós pedimos pizza. Pela expressão de Aaron, acho que ele nunca tinha comido algo tão gostoso. Embora eu ainda não confiasse cem por cento no garoto, ele me parecia estranhamente doce, como se não fosse capaz de guardar nenhum segredo.

Já eram dez horas da noite quando cheguei em casa. Meu pai estava destrancando a porta, mas nem olhou para o relógio, não perguntou onde eu estava. Deu um sorriso triste, com olhos fundos. Ele não se barbeava mais, então a barba estava enorme, desgrenhada, e ele cheirava mal. Entrou em casa e cambaleou, de cansaço, falta de comida ou talvez por ter bebido.

Droga. As coisas não podem continuar assim.

Bloqueei o caminho dele quando tentou seguir para o quarto.

— Você tem que tomar banho. E depois nós vamos conversar.

— Hoje não — resmungou ele.

— Se você me ignorar de novo, eu vou pedir ajuda. Algum terapeuta especializado em luto. Alguém. Porque você não está nada bem. Você nem notou que eu me machuquei. — Mostrei para ele meu tornozelo enfaixado. Se ele estivesse prestando atenção, teria notado. No passado, teria percebido na hora.

— O que aconteceu? — perguntou ele.

— Essa não é a questão. Vá tomar banho.

Para minha surpresa, ele entrou no banheiro e abriu o chuveiro. Fechei os olhos por alguns segundos, horrorizada. *Nossos papéis se inverteram.* Eu me sentei no sofá e esperei. Quando ele saiu, percebi que não tinha feito a barba, mas parecia limpo. Meu pai deveria estar com raiva de mim agora, por tê-lo tratado como um garoto idiota.

Em vez disso, continuava inexpressivo e cansado.

— Já está tarde, Edie. Diga logo o que tem para dizer.

— Você se lembra de quando eu pedi para você estar do meu lado? — Ele ficou me olhando, sem entender, então dei um pouco mais de contexto: — Foi no Natal. Você sabe que dia é hoje? Mamãe não ia querer que você ficasse assim.

— E *eu* não quero viver sem ela — explodiu ele.

Gelei por dentro.

— Pai...

— Não se preocupe. — Ele forçou um sorriso, a coisa menos convincente que já vi na vida. — Não estou pensando em me machucar. Sinto muito se a assustei. As coisas estão indo bem no laboratório, e eu estou mergulhado no trabalho, isso é tudo. Achei que você estivesse ocupada demais com Kian e seus amigos da escola para notar o quanto estou ocupado.

Aquilo com certeza não era verdade, mas eu não tinha provas para refutar as palavras dele. Com o coração pesado, fiquei olhando enquanto ele voltava para o quarto. O som da chave virando me mostrou que ele estava me excluindo. De novo. A raiva substituiu a preocupação, enquanto eu olhava para a porta de madeira. *Por favor, pai. Eu não vou conseguir fazer isso sozinha.* Se ele tivesse dado o menor sinal de interesse, eu talvez tivesse conversado com ele sobre meus problemas com Kian, algum tipo de desafio teórico, talvez. *Eu poderia ter dito que era algum tipo de jogo, no qual pactos diabólicos faziam sentido.*

Mas não adiantava ficar desejando ajuda. Meu pai mal estava conseguindo se manter de pé. Fui para meu quarto, sozinha e com medo. Não poderia nem mandar uma mensagem para Kian sem fazer com que ele se sentisse ainda pior. Senti uma forte dor no estômago, talvez o início de uma úlcera. Esfregando a barriga, fui ver meus e-mails e respondi para Ryu e Vi.

Na manhã seguinte, olhei o celular e vi a mensagem que eu estava esperando, enviada por Raoul. Ele mandou um endereço e uma observação: 16:30 amanhã. Venha sozinha, com roupa de ginástica. Cuide para não ser seguida.

TREINO DURO NA QUEDA

No dia seguinte, vesti calça de moletom, camiseta, um casaco de inverno e meus tênis Converse. Saí do metrô a três quadras do endereço informado por Raoul. Talvez eu devesse ter enviado uma mensagem de texto para Kian, mas se o mentor dele quisesse que ele fosse, ele estaria esperando, não é? Parei na frente de um prédio sombrio de tijolos: três andares com a maioria das janelas coberta por tábuas de madeira e a porta da frente com correntes e com uma placa na qual se lia CONSTRUÇÃO CONDENADA. Havia uma placa mais antiga ao lado, mas as letras já estavam desbotadas demais para que eu pudesse dizer o que era aquele lugar antes de ser fechado.

– Sério? – resmunguei.

– Você chegou bem na hora – declarou uma voz atrás de mim.

Eu me virei e vi, pela primeira vez, o rosto de Raoul. Era um homem imponente, com uns cinquenta e poucos anos, cavanhaque bem cuidado, cabelo grisalho nas têmporas e na nuca. Olhos escuros me analisavam. A pele do rosto, marcada pelo tempo, tinha um bronzeado mediterrâneo. Mas ele era bonito, e percebi por que Kian o comparava com Ramirez, dos filmes da série *Highlander*. Embora ele não se parecesse com Sean Connery, tinha o mesmo ar impaciente de quem manda, como se tivesse algo mais importante para fazer.

Raoul tinha escolhido o mesmo tipo de roupa que eu e fez um sinal para me aproximar, demonstrando como eu deveria passar por baixo das correntes para entrar.

— Venha, não posso ficar na rua em plena luz do dia por mais tempo do que o absolutamente necessário.

— Achei que você não podia ser localizado.

— Verdade. Mas um dos espiões alados de Harbinger poderia muito bem me localizar e ficaria muito feliz de vender essa informação, não é?

Provavelmente.

— O que vamos fazer aqui? — Pela fachada do antigo prédio dava para ver que já tinha sido uma escola.

— Vamos para o centro de treinamento.

— Hã?

Mas ele não respondeu e simplesmente atravessou vários corredores escuros. O cheiro sugeria que ninguém passava por ali havia muito tempo, então o lado bom era que não seríamos incomodados. Mas tive uma agradável surpresa quando chegamos ao ginásio. Ele obviamente tinha feito uma limpeza e o local parecia um pequeno *dojo* de artes marciais com tatame e equipamentos de luta. Reconheci alguns deles, como bastões *bo*, por causa dos filmes. Também havia traves, alvos para chute e um saco de areia.

— Você disse que estava disposta a treinar pesado — disse Raoul com a voz suave. — Chegou a hora de provar.

Eu já tinha visto inúmeros filmes de treinamento, mas eles nem de perto demonstrariam como Raoul acabou comigo nas duas horas seguintes. Começando com exercícios de aquecimento e, depois, *katas*. Depois disso, demonstrou alguns socos e chutes bem básicos. Não dava para saber qual estilo marcial ele estava ensinando, então, quando me deu a chance de recuperar o fôlego, perguntei e ele respondeu:

— Isso é só um programa de defesa pessoal básico. Você não tem tempo para aprender um estilo, mas pode chegar uma hora em que saber como se desviar de um golpe pode salvar sua vida. Pelo bem de Kian, você precisa aprender um pouco a salvar a própria pele.

Considerando meu desempenho contra o monstro contra o qual me ofereci para lutar, percebi o que ele queria dizer.

— Entendi. E quando eu preciso vir aqui?

— Quatro vezes por semana, se conseguir. Dependendo de como você se sair nas aulas, podemos passar para um treino mais avançado. Se tivermos tempo.

— Parece que você está esperando que algo específico e horrível aconteça — comentei.

Ele não disse nada, mas vi a resposta em seu rosto. Os olhos de Raoul ficaram sombrios. *Sim, estou certa.* Como o futuro era fluido e cada escolha resultava em possibilidades ramificadas, ele não poderia ter certeza de quando ia dar merda de verdade, mas eu sabia que ele tinha certeza de que a coisa ia ficar feia em algum momento bem próximo.

Sua expressão continuou sombria.

— Não pense sobre isso. Apenas se prepare para o que está por vir.

— Eu me sinto como Sarah Connor em *O Exterminador do Futuro*. — Piada horrível, mas a melhor que consegui fazer.

Aquilo provocou um sorriso relutante, fazendo com que eu sentisse um pouco de orgulho de mim mesma.

— Não me surpreende que Kian goste tanto de você. Você tem um brilho. Ele precisa disso.

— Estou tentando. — Senti o sofrimento crescer dentro do peito quando pensei no meu pai passando pela vida mais morto do que vivo e na minha mãe, que se foi. A sensação quase me faz cair de joelhos. — Nem sempre é fácil.

— Nunca é. E você ainda vai ouvir pessoas te acusando de não ter coração.

Parecia que ele entendia muito bem pelo que eu estava passando. Percebi que já estava falando com ele do mesmo modo com que fazia com Vi — tirando o fato de ele ser muito mais velho. *Não é de estranhar que Kian goste tanto dele. Ele tem jeito com as pessoas.* Ou talvez eu confiasse nele instintivamente *por causa* do seu relacionamento com Kian. Independentemente do motivo, não era muito do meu feitio confiar tão rapidamente nas pessoas. Eu precisava pensar no que aquilo significava e se podia mesmo confiar nele.

— Então, até amanhã? — Optei por não tentar mergulhar mais fundo com ele, queria pensar primeiro.

— Mesma hora, mesmo local. Prepare-se para suar.

— Pode deixar — respondi, vestindo o casaco. — Mas... tem algum motivo para Kian não saber disso? Estou com a ligeira impressão de que ele não sabe.

— Ele quer proteger você. Então... — Raoul hesitou.

— Pode me contar.

— Desse modo, eu acho que ele seria contra você fazer qualquer coisa que possa tirá-lo do papel de herói. Mas essas ideias são antigas e resultam na morte do cavaleiro salvador.

Na verdade, aquilo tinha tudo a ver com o que eu sabia sobre Kian. Ele mesmo disse isso quando usei meu último favor para protegê-lo e salvar sua vida.

— Então, vou manter isso entre nós dois. Até amanhã.

• • •

De manhã, avisei ao departamento de teatro que eu não ia ajudar nos bastidores, no final das contas. Como eu não era insubstituível, eles não deram a mínima. Na hora do almoço, enviei uma mensagem de texto para Kian para avisar que eu não ia precisar de carona. Se ele fosse à escola, ia querer saber por que eu estava com pressa para chegar em casa, trocar de roupa e sair de novo. Estava farta de estar sempre morrendo de medo, de não saber como me proteger. Claro que eu poderia me deparar com monstros impossíveis de derrotar, mas seria melhor morrer lutando do que ser esmagada.

Meu tempo no resto da semana foi dividido entre treinar no *dojo* com Raoul, fazer pesquisas na biblioteca sobre como anular um contrato, assistir aulas ou fazer o dever de casa. Na sexta-feira, considerando o tom das mensagens de texto de Kian, ele estava achando que eu não queria vê-lo. Mas não era isso. Eu só não tinha energia para fazer mais uma coisa. Quando eu me acostumasse com a intensidade dos treinos, isso provavelmente ia mudar.

Assim eu esperava.

Porque, caso contrário, nós teríamos outra briga horrível. Suspirando, enxuguei o suor da testa e dei uma corrida leve até a estação do metrô. O trem estava lotado, já que eram quase sete horas da noite. Eu só queria tomar um banho, vestir o pijama e fazer um pouco de dever de casa. Mas, quando saí do trem no meu bairro, vi Kian em frente ao meu prédio.

Seu rosto se iluminou até ele perceber como eu estava cansada e suada. Pelo menos foi a minha interpretação do motivo de o sorriso ter se apagado do seu rosto.

— Onde você estava? Estou esperando há um tempão.

— Meu pai não está em casa para abrir a porta para você? — Pergunta idiota, ainda eram sete horas da noite. Seria um milagre digno de notificação ao papa se ele aparecesse antes das nove. Mas também era um jeito de desviar a atenção para as minhas atividades.

— Isso não responde à minha pergunta.

Droga. Eu devia saber que isso não ia funcionar.

— Eu estava malhando. Agora que meu corpo é bonito, estou tentando mantê-lo em forma. — Mantenho o tom casual e dou um sorriso.

— Então por que os nós dos seus dedos estão ralados?

Eu me controlei antes de abaixar a cabeça com ar de culpa. Só encolhi os ombros.

— Acho que devo ter esbarrado em uma parede.

Ele contraiu a mandíbula.

— Edie, você mente muito mal. Está me evitando há dias e agora nem consegue olhar nos meus olhos.

Só para provar que ele estava errado, ergui a cabeça e olhei direto nos olhos verdes dele.

— Melhor assim?

— Na verdade, não. — Ele deixou escapar um suspiro. — Posso entrar? Noite de sexta-feira, e Aaron está assistindo a um filme lá em casa. Achei que a gente pudesse ficar junto um pouco.

— Claro. Só vou tomar um banho. Vem? — Entrei em casa e segui direto para o banheiro para ver quantas marcas havia no corpo. No treino daquele dia, Raoul me ensinara a cair, já que nem sempre eu conseguiria evitar o golpe.

Meu braço direito estava com um hematoma, assim como o quadril e a perna esquerda. Raoul não pegava leve quando atacava e, se eu não me defendesse dos golpes, ficava com a pele marcada. Se eu fosse cuidadosa, Kian não notaria nada disso. Tomei um banho rápido, lavei o cabelo e procurei uma roupa limpa. Nada de moletom, já que não nos víamos havia uma semana, mas não achei que fôssemos sair, então não fazia sentido me arrumar toda. Era ridículo que eu ainda conseguisse pensar em coisas assim, considerando todos os meus outros problemas, mas parte de mim ainda era uma adolescente que não tinha problemas maiores. Por fim, escolhi calça capri preta e uma blusa de lã roxa, bem bonita. Kian estava sentado no sofá e a postura dele indicava todo seu desconforto.

— O que houve?

— Não acredito que esteja me perguntando isso.

— Foi mal. Na semana que vem, vou me esforçar para nos vermos mais.

— Isso não explica nada.

— Quer que eu minta para você?

Isso o assustou e o fez ficar em silêncio. Ele negou com a cabeça.

— Se você não pode me contar, então...

— Tudo bem. Não é nada demais. É só... uma coisa que estou fazendo para minha própria paz de espírito. Mas não, eu não posso falar sobre isso, assim como não pode me contar sobre o que você e Raoul conversaram na igreja. E não estou tentando pressionar você, nem nada. Então, eu também posso pedir a mesma cortesia, não é?

Kian olhou para mim por alguns segundos, assentindo de forma obviamente relutante.

— Muito bom argumento.

— Alguma novidade com Aaron? — Achei que era melhor mudar de assunto.

— Não. Mas você sabe o que é estranho nele?

— Tudo?

Ele riu e eu me sentei ao lado dele no sofá.

— É. Mas uma coisa mais específica?

— Você vai ter que me contar.

— Ele não sabia nada sobre tecnologia moderna. Tipo TV, computador? Não se lembrava de nada disso, nem como usar. Então, eu tive que ensinar tudo. Mas ele age como se fosse magia ou algo assim. Quando eu começo a falar sobre a ciência por trás de tudo isso, ele fica com os olhos vidrados.

— Nem todo mundo é inteligente como você.

Era irônico eu dizer uma coisa dessa – Kian amava poesia, mas também entendia de ciências exatas. Na minha experiência, isso era um pouco raro.

— Você tinha que estar lá para ver, eu acho. Juro que foi como um desses filmes em que um cara da Renascença é jogado no meio de uma cidade moderna.

— Isso... — Fiquei olhando para ele, sem conseguir acreditar na ideia que estava surgindo na minha mente. — Isso explicaria o motivo de não haver registros de desaparecimento atualmente.

Kian arregalou os olhos.

— "Atualmente" é a parte mais importante.

— Você acha que isso é possível?

— Que ele tenha desaparecido não geográfica, mas cronologicamente?

Assenti.

— Minha hipótese está exposta. Discuta.

— Como teoria, isso é loucura. Mas...

— Mas é uma explicação que parece correta. Pode parecer incrivelmente básica, mas... você já perguntou em que ano ele nasceu?

Ele ficou olhando para mim e depois negou com a cabeça.

— Não, não é o tipo de pergunta que eu faria, a não ser que estivéssemos em um filme com um personagem que acabou de acordar depois de sofrer um traumatismo craniano.

— Você se importa se formos para sua casa para tentar descobrir isso? Eu sei que você tinha planos mais românticos para hoje, mas eu compenso amanhã.

— Promete? — perguntou Kian em voz baixa.

— Prometo. — Dei um beijo rápido nele e voltei a vestir o casaco.

Mesmo não sendo necessário, deixei um bilhete para o meu pai. *"Fui à casa de Kian. Volto mais tarde. Amo você."* A verdade é que ele provavelmente só veria o bilhete de manhã, se é que o veria. Mas minha consciência não permitia que eu resolvesse meus problemas como se morasse sozinha. Eu amava meu pai, não importava o que pudesse acontecer. Ele era praticamente a família que me restava. Suspirando, vesti um gorro de lã e fui para a porta, onde Kian estava me esperando.

— Pronta? — Ele pegou a minha mão e saímos do prédio.

A noite estava fria e clara, as luzes da cidade brilhando como diamantes à nossa volta. Luzes brancas dos postes, vermelhas do semáforo, amarelas e laranja dos letreiros de neon dos restaurantes como um convite cintilante. Minha respiração formava nuvens de fumaça que subiam girando para o céu, até desaparecerem na noite. Pensei nas moléculas se juntando para reagir ao ar frio. Partículas tão minúsculas, formando uma imagem perceptível. Era assim que a ciência agia, até mesmo no mais simples processo. Por algum motivo, eu não senti mais tanto medo quanto antes — talvez por causa da presença de Kian, mas talvez por estar começando a aprender a me defender. Eu não tinha me transformado em uma ninja do dia para a noite, mas aquelas horas com Raoul estavam ajudando.

Essa nova tranquilidade mental me fez perceber uma coisa e meu sorriso morreu.

— Talvez não seja tão bom quanto você imaginou.

— O quê?

Vários carros passaram antes de eu voltar a falar.

— Estar comigo. Você construiu um ideal por me observar. Mas de perto eu sou estranha, irritante e não tão inteligente de um jeito que é sempre útil. Além disso, fico zangada por coisas idiotas e...

— Espere um pouco.

Ele parou de caminhar entre o meu apartamento e o dele e, como estávamos de mãos dadas, um puxão me fez girar em sua direção. Kian me segurou pelo braço antes de eu bater no peito dele. Ficou olhando para meu rosto por um tempo e então o segurou com as duas mãos. O calor da pele dele provocou uma sensação doce e prazerosa em mim.

Sorrindo, Kian acariciou meu rosto com a ponta dos dedos.

– Você acha que me decepcionou?

– Não poderia ser diferente. – Eu não conseguia nem olhar para ele.

Mudar minha aparência tinha feito com que as pessoas mudassem a forma como me tratavam, mas uma completa mudança interna demoraria mais tempo. Eu não tinha a autoconfiança que fingia ter, nem mesmo agora. Na minha mente, eu acreditava que Kian se importava mesmo comigo, mas era difícil aceitar isso emocionalmente – colocar toda minha fé nisso. Era difícil acreditar que sua devoção poderia sobreviver aos obstáculos que estávamos enfrentando e, no pior cenário de todos, ele não me suportaria mais quando Harbinger cobrasse a dívida, e Kian morreria se perguntando onde estava com a cabeça quando trocou a própria vida pela minha.

– Às vezes você me surpreende – admitiu ele. – Mas nunca é uma coisa ruim. Eu amo saber como você é *de verdade* porque significa que faço parte da sua vida. – Ele começou a dar beijinhos no meu rosto enquanto continuava falando: – Eu não trocaria esse tempo que passei com você nem por cem anos com outra pessoa. Agora, vamos conversar com Aaron.

Eu o segui quando ele puxou minha mão, mal conseguindo respirar por causa do aperto que senti no peito. Eu não merecia Kian, embora parte de mim achasse mesmo que ele talvez fosse algum tipo de recompensa cármica pelo tempo que passei em Blackbriar. Não que eu acreditasse em qualquer tipo de equilíbrio universal. Forças sobrenaturais com certeza existiam, mas elas se importavam mais em ganhar pontos e derrubar as peças do oponente do que em manter o equilíbrio.

Aaron estava assistindo a um dos filmes clássicos da coleção de DVDs de Kian quando entramos. Ele sorriu para mim e abriu espaço no sofá, com olhos arregalados e inocentes. *Será que você está tentando nos enganar, garoto?*

Pensei muito sobre o assunto, mas no final das contas eu perguntei:

– Em que ano você nasceu?

– Em 1922.

Kian arfou, afundando na poltrona do outro lado.

– Você está de brincadeira?

Mas os olhos azuis do menino estavam claros quando ele negou com a cabeça.

– Eu fiquei longe por muito tempo. O mundo está muito diferente agora.

Merda. Deve ter sido por isso que ele não quis ir à delegacia.

– Quantos anos você tinha quando... – Kian parou de falar, provavelmente não sabendo como fazer a pergunta.

– Eu tinha seis anos quando eles me pegaram – revelou Aaron.

Nós tínhamos milhares de perguntas, a maioria histórica, e Kian pegou o tablet e começou a perguntar como Boston era naquela época. Considerando a idade dele quando foi sequestrado, a proporção de respostas certas pareceu ficar dentro do esperado, chegando a cerca de sessenta por cento. Mas já estava bem tarde quando resolvemos parar, e eu já tinha ignorado uma mensagem de texto do meu pai.

Por fim, eu disse:

– É melhor eu ir embora agora. Parece que meu pai está de olho na minha hora de chegar em casa.

Aquilo, na verdade, era uma mudança bem-vinda. Então, Kian me acompanhou até meu prédio, e nós estávamos nos beijando na escada quando meu pai saiu. Eu nunca o vi tão furioso. Ele me puxou pelo braço e lançou um olhar de raiva para nós dois.

– Eu pedi para você voltar para casa horas atrás, Edith. Você não pediu autorização para ir à casa do seu namorado hoje. Você me pediu para passar mais tempo comigo e eu fiz compras e preparei o jantar para comermos juntos como a gente costumava fazer. Estou fazendo um esforço aqui porque *você* me pediu, e...

– Desculpe, mas eu não fazia ideia de que a gente ia jantar porque você não me disse. Parece que não vejo você há dias. E agora eu sou obrigada a ler a sua mente?

— Você só precisava verificar suas mensagens — disse ele, irritado. — E a sua atitude não está ajudando em nada. Está de castigo. Duas semanas. Só vai para a escola. Me dê seu telefone.

Olhei horrorizada para Kian. O nosso tempo juntos já era limitado o suficiente. E como eu treinaria com Raoul? Quando ele disse que eu precisava daquelas habilidades, não estava brincando.

— Isso é *besteira* — reclamei.

Pela primeira vez na vida meu pai me deu um tapa.

AS COISAS SEMPRE PODEM PIORAR

Kian se colocou entre mim e meu pai.
— Não...
— Pare — pedi, sabendo que aquilo ia acabar ficando ainda pior. — É melhor você ir para casa.
— Não, porque você está com problemas. — Ele me abraçou de forma protetora, o que foi um gesto doce, mas pelo semblante mais sério de meu pai, não estava ajudando.
— Eu sou muito grato por tudo o que você fez para ajudar, mas isso é um assunto de família. Você vai ficar sem ver Edie por um tempo.
Senti um aperto do peito e me afastei de Kian.
— Tudo bem. Boa noite.
Ele não pareceu muito satisfeito quando meu pai me puxou para dentro de casa e entendi o porquê. Meu rosto ainda estava ardendo. Eu nunca tinha respondido daquele jeito para meu pai, nunca tinha questionado nada, não que eu conseguisse me lembrar. Ele provavelmente estava atribuindo aquele comportamento atípico à influência de Kian. O que significava que eu teria sorte se voltasse a vê-lo, mesmo que só dali a duas semanas.

Eu não tenho tempo para isso.

Dentro do apartamento, reinava um silêncio ameaçador, a não ser pelo tique-taque no relógio. Eu me sentei no sofá bege, sem esperar que meu pai mandasse. Ele se sentou na minha frente, franzindo as sobrancelhas, irado. Tentei parecer arrependida, mas, no fundo, uma sensação de injustiça ainda queimava por dentro, cozinhando com a raiva e a afronta que vinham com aquele castigo.

É tão injusto. Ele me ignora durante semanas e depois espera que eu leia a mente dele.

Levei um sermão de quinze minutos, seguido por um pedido de desculpas de cinco segundos pelo tapa. Embora eu tenha respondido todas as coisas certas, ainda estava puta da vida quando voltei para meu quarto. Ele não fazia ideia do que eu estava enfrentando ou como as coisas ainda poderiam piorar. Naqueles dias, eu tinha cicatrizes de batalhas, feridas que estava tentando curar. Duvidava que meu pai fosse capaz de entender aquilo.

Eu me encolhi e dormi depois de muito pensar. De manhã, meu pai ficou ali para ter certeza de que eu cumpriria o castigo de ficar em casa. Isso poderia ser considerado um progresso, pensei, considerando que fizemos seis refeições juntos no fim de semana. Na manhã de segunda-feira, ele parecia enlouquecido com a necessidade de voltar para a pesquisa.

— E quanto ao teatro? — perguntei, enquanto comia o cereal matinal rico em fibras.

— Hein? — Na cabeça dele ele já estava no trabalho.

— Eu só posso ir para a escola, mas temos encontros nas aulas de teatro três vezes por semana depois da aula.

— Ah, pode continuar com as atividades extracurriculares. Mas volte direto para casa.

Evitei fazer uma piada sobre ele querer me prender a uma corrente para limitar meus movimentos. Conhecendo meu pai, ele encontraria alguém na universidade que pudesse fazer uma corrente. Então, era melhor não dar nenhuma ideia para ele.

Assentindo, raspei a tigela e a coloquei na pia.

— Vou estar de volta lá pelas seis horas da tarde.

— Bom dia para você.

— Pra você também.

Na escola, a atmosfera estava estranha e silenciosa quando segui em direção ao meu armário. Dois alunos estavam cochichando quando passei, embora não fosse sobre mim.

— Não, é sério. Ela tem uma foto e tudo.

— Ah, tá — debochou o outro cara.

— O que houve? — Antes, eu teria medo de falar assim, temendo atrair algum tipo de atenção negativa.

A garota respondeu:

— Parece que Allison Vega estava trabalhando em um projeto do conselho estudantil depois da aula na sexta-feira e viu uma coisa nos corredores.

Levantei uma sobrancelha.

— Tipo o quê?

Se ela era a responsável pela fofoca, então havia 99 por cento de chance de ser alguma maldade, criada para fomentar o pânico e o caos. Mas as outras duas estavam levando tudo a sério, e todo mundo à minha volta estava olhando para o celular. Meu pai tinha me devolvido o meu naquela manhã, depois de dizer que o pegaria de volta à noite quando não houvesse nenhuma possibilidade de eu precisar de ajuda de emergência.

— Blackbriar é assombrada. Allison acha que é Russ ou Brittany.

Ou Cameron, pensei. Mas ninguém mais sabia que ele estava morto, a não ser Davina e Jen, que acreditaram em *mim*, e elas não contariam isso para Allison. Tudo bem, talvez não fosse besteira. Porque havia um espírito me seguindo, o suficiente para me deixar com medo se eu já não tivesse visto muitas coisas estranhas na vida.

— Você não acredita? — perguntou o cara, mostrando um pouco de atitude. — Dê uma olhada nisso.

Ele colocou o celular na minha cara, então demorou um pouco para meus olhos conseguirem entrar em foco. Vi que o e-mail já tinha sido encaminhado umas cinco vezes e o assunto era "Puta merda". Então eu vi a foto. Era um corredor do prédio de ciências, todas as lâmpadas fluorescentes estavam apagadas, mas havia iluminação suficiente das grandes janelas para dar a sensação de que a foto tinha sido tirada próximo do anoitecer. Perto do fim do corredor, havia uma sombra amorfa, como se estivesse em pé no ar, diante da porta. Parecia ter forma e massa, independentemente de qualquer fonte de luz, mesmo assim também era transparente. Senti um arrepio.

Nunca cheguei a ver Cameron, a não ser por movimentos captados pela minha visão periférica, mas aquele podia ser ele.

— Uma loucura, não é? — A garota parecia pronta para chamar um daqueles programas de TV que caçam fantasmas.

— Pode ser algum efeito do Photoshop — comentei.

Mas não achei que fosse. Aquilo pareceu acabar com um pouco da animação. O cara inclinou a cabeça.

— Merda. É bem a cara da Allison fazer uma coisa dessa. Mandar uma foto falsa de fantasma para deixar todo mundo morrendo de medo e depois ficar rindo da nossa cara.

Abri um sorriso.

— Obrigada por me avisar. Eu tenho que ir para a aula.

Pelo resto do dia, banquei a boa aluna. Davina precisou ser consolada porque as pessoas estavam falando mal de Russ, chamando-o de espectro estrangulado. O que era muito macabro e, logo, os idiotas estavam falando sobre pontos frios e sentir mãos no pescoço durante o banho. Embora eu achasse Russ um tremendo de um babaca quando estava vivo, era uma merda saber que ele estava se tornando uma lenda urbana — e, ah, *merda*. Eu precisava acabar com aqueles rumores antes que pessoas inocentes o transformassem em realidade. Infelizmente, eu não fazia ideia de como isso acontecia – quantas pessoas *de fato* eram necessárias — até Blackbriar acabar de vez com uma entidade criada como uma imagem monstruosa de Russ.

Senti o sangue gelar nas veias. *E Allison sabe disso.*

Na hora do almoço, fui até a mesa em que ela estava e a chamei com um tapinha no ombro.

— Posso falar com você?

Allison ergueu o olhar, jogando o cabelo escuro para trás. *Sim, ela está comendo bem.* Passa pela minha cabeça que ela deve ter achado muito engraçado fingir que sofria de bulimia para se passar melhor como humana. Meu lado cientista tinha uma curiosidade imensa sobre a espécie dela e como se diferenciava de outros imortais; o resto de mim percebia que eu não tinha tempo para aquele tipo de distração.

— Eu tenho coisas melhores para fazer e elas não incluem validar a sua existência.

Eu me inclinei para ela e falei bem baixinho:

— Eu sei o que você pretende com toda essa história de fantasma de Blackbriar.

Os lábios perfeitamente pintados de batom se abriram em um sorriso satisfeito.

— Pode chamar isso de experimento social.

— Você também não sabe quantas pessoas são necessárias, não é? — Pelo brilho nos seus olhos, vi que valeu a pena jogar um verde.

Mas ela não respondeu. Apenas se virou para um cara ao lado dela e elogiou o cabelo ridículo dele, espetado o suficiente para furar o olho de alguém. Suspirando, voltei para minha mesa e fiquei pensando em uma forma de desacreditar totalmente aquela história. Quando a aula acabou, eu já estava exausta. Já que Kian sabia que eu estava de castigo e proibida de vê-lo, não foi me buscar. Isso me deu tempo suficiente para enganar meu pai e meu namorado para conseguir treinar com Raoul.

Que estava impaciente ao extremo quando entrei no ginásio dez minutos atrasada.

— Você não leva isso a sério? Entende o que está em jogo aqui?

Entre meu pai, Kian, Allison e Harbinger, a vontade de começar a chorar me atingiu com força, mas eu lutei para me controlar. *Chorar não vai adiantar nada. Não vai salvar Kian nem fazer meu pai entender. Não vai anular o acordo de Harbinger, nem impedir Allison nem me tornar mais forte.* Então, endireitei os ombros e fiz a saudação que vi alunos fazerem para honrar o *sensei*.

— Desculpe. Eu vou melhorar.

Mais calmo, ele disse:

— Comece o alongamento, faça os *katas* e, depois, me mostre o que pode fazer com os bonecos de treinamento. Quando terminar, nós vamos lutar.

Fiz o que ele mandou e ganhei o direito de socar as mãos dele, protegidas por luvas, depois de uma hora de muito suor. Na verdade, eu estava me sentindo muito bem. Raoul fez um intervalo e me deixou beber um pouco de água. Depois nos encontramos no meio do tatame. Ele se posicionou, nós dois desarmados. Eu ainda não tinha experiência suficiente para treinar com uma arma.

— Venha — disse ele.

Esse nunca seria meu primeiro instinto. A ideia de que eu poderia derrubar alguém me parecia ridícula, mas me preparei e parti para cima dele, e acabei derrubada com força. Todo o ar saiu dos meus pulmões quando bati com as costas no tatame. Fiquei deitada ali por um tempo, ofegante e vendo estrelas.

Raoul resmungou, impaciente:

— Você é pequena. Você é fraca. Você é vacilante. Parabéns, qualquer coisa no jogo vai devorá-la sem que você consiga acertar um soco.

— Essa é a sua ideia de como estimular sua aluna? — De alguma forma, consegui rolar para o lado e me levantar.

— É a sua realidade. Estou tentando ensiná-la a sobreviver.

— E a salvar Kian — completei.

— Isso também. De novo.

Raoul me derrubou mais cinco vezes, cada vez com mais força. Ele não me bateu, mas eu não conseguia derrubar a guarda dele para valer a pena. Eu estava toda dolorida quando ele encerrou o treino. Eu não falei nada enquanto saía mancando.

Mas ele disse:

— Você é teimosa. Isso ajuda.

Soltei um suspiro cansado e fraco.

— Espero que sim. Isso nunca me ajudou antes.

— E você sabe como é estar totalmente destruída. Não vai deixar isso acontecer de novo, não é? — Ele estava sendo cruel, enfiando o dedo em feridas antigas para ver se havia carne podre por baixo.

— Não — respondi com a voz baixa. — Eu nunca mais vou me perder desse jeito. E não vai ser fácil me derrubar.

Pela primeira vez desde que o vi, ele abriu um sorriso caloroso e verdadeiro.

— Estou contando com isso, *mi hija*.

As duas semanas de castigo demoraram para passar. Eu e Kian falávamos por Skype, eu dava tudo de mim no treino com Raoul e jantava com meu pai. As coisas estavam um pouco melhores em casa. Ele estava se esforçando, então tentei fazer o mesmo. Eu não podia dizer que era perfeito, pequenas fissuras tinham surgido no nosso relacionamento. Era difícil esquecer a ardência no meu rosto depois que ele me deu uma bofetada, e muito fácil me lembrar de todas as noites em que eu tinha ido para a cama sem vê-lo e saído de casa pela manhã do mesmo jeito. Ainda assim, ele era a única família que me restava, então eu estava tentando passar por cima disso.

Eu também tinha dever de casa para fazer e amigos para consolar. Parecia que as horas do dia não eram suficientes porque eu ficava pesquisando na internet, procurando textos obscuros, algum tipo de código medieval para libertar Kian. Até aquele momento, toda a pesquisa no Google me qualificava como uma iniciante e não como uma pesquisadora avançada. A resposta devia estar em algum livro antigo e empoeirado escondido em uma canto esquecido de alguma loja em algum lugar da Europa, escrito em alemão antigo, e eu jamais o encontraria, nem em um milhão de anos.

Eu estava tão cansada que até meus olhos ardiam, e apoiei a cabeça na mesa. Fiquei ali por alguns segundos, até perceber que já estava tarde e meu pai já devia estar em casa. Há semanas ele não deixava de jantar em casa. Ainda um pouco tonta, olhei para o relógio no laptop, 20:59. Eu estava pesquisando sobre o problema de Kian desde a hora em que chegara em casa, antes das seis horas da tarde, e nem tinha começado a fazer o dever de casa.

Dizendo para mim mesma que não era nada, peguei o celular e mandei uma mensagem de texto para meu pai:

Quer que eu prepare o jantar?

Sem resposta.

Esperei cinco minutos enquanto o medo tomava conta de mim e fazia minha cabeça latejar. Eu estava trêmula quando liguei para ele, mas a ligação caiu direto na caixa postal. Senti um frio no lado direito do corpo, e me virei meio que esperando ver a sombra que Allison alegava ter fotografado. Eu já estava calçando os tênis quando letras apareceram no vidro da minha janela.

RÁPIDO.

Aquilo foi tudo o que eu precisei ver. Desci correndo as escadas e enviei uma mensagem de texto para Kian: **encontre-me na estação do metrô. Meu pai está em perigo. Estou indo para a faculdade.** Saí do prédio às pressas, assustando pássaros que estavam no caminho. No início, eu estava assustada demais para perceber, mas eles me acompanharam, pairando em círculos lentos sobre minha cabeça como guardiões ou talvez observadores imparciais.

— Harbinger — resmunguei.

Eles me acompanharam até eu descer para o subsolo, onde perdi tempo nas escadas. Mas eu não tinha como ficar esperando por Kian, pois quando cheguei correndo na plataforma, o trem já estava prestes a sair. Quase não consegui passar pelas portas e agarrei uma barra de ferro, ofegante. Por alguns segundos o metal sustentou todo meu peso, porque meus joelhos estavam tremendo tanto que era difícil me manter em pé. A viagem normalmente rápida pareceu levar uma eternidade, mas me deu tempo de recuperar o fôlego. Saí sem vestir o casaco, então estava congelando quando desci na estação da universidade e corri para o laboratório. Havia outras pessoas ali, mas não dei a menor atenção para elas enquanto me aproximava cada vez mais. Os pássaros me encontraram de novo no campus, então eu só ouvia as asas batendo. Eles não gritaram, só ficaram circulando à minha volta em silêncio, como se fossem observar e apresentar um relatório.

Preciso de uma arma, pensei, mas não havia tempo.

Meus piores medos se cristalizaram quando passei pela porta da ala científica onde meu pai trabalhava. Havia cacos de vidro espalhados pelo chão e a estrutura de metal estava amassada e parcialmente arrancada das dobradiças. Corri pelo corredor escuro, seguindo o som de batidas, coisas se quebrando e gritos que só podiam ser do meu pai.

O laboratório dele estava completamente destruído, e os monstros que vi ali dentro desafiavam qualquer descrição, como se saídos diretamente dos livros de Lovecraft – grotescos, cobertos de olhos, bocas e tentáculos, e o cheiro... O cheiro de pântano, água parada, esgoto, carne podre e decomposição. Não pareciam inteligentes o suficiente para estarem agindo por vontade própria, então isso só podia significar que tinham sido contratados por alguém. O fato de eu não estar mijando na calça já era um bom sinal.

Meu pai estava trancado no escritório que ficava ao lado do laboratório, e os monstros golpeavam a porta como fizeram com a outra. Eu me controlei para não ficar histérica. *Não cheguei tarde demais dessa vez.* Com um olhar incrédulo ao meu ver, ele começa a sacudir a cabeça, dizendo que eu deveria sair dali. Neguei. *Não, isso não vai acontecer. Eu não tenho medo de monstros. Não tenho. Não mesmo.*

Um tentáculo acertou o vidro ao lado da porta, estilhaçando-o.

Tudo bem. Talvez tenha um pouco, mas eu não vou embora.

Mas era muito mais do que eu conseguiria enfrentar sozinha. *Talvez, se eu os afastar, meu pai consiga escapar. Sou rápida.* Olhei à minha volta, procurando alguma coisa que pudesse servir como distração. A uns três metros no corredor, vi o carrinho do faxineiro e tive uma ideia. *Por favor, seja fumante. Por favor.* Quando encontrei o isqueiro, a ideia ficou mais clara. Preparei algumas coisas com mãos trêmulas.

Finalmente, alguma coisa para me ajudar. Vesti as luvas emborrachadas e empurrei o carrinho em direção ao laboratório. Outro golpe me indicou que eles já estavam quase passando pela porta. Só podia ser Dwyer, determinado a neutralizar a vantagem de Wedderburn. *Conseguida com o assassinato da minha mãe.* Eu odiava os dois com tanta intensidade que nem sabia como descrever. Naquele momento, porém, eu não estava nem aí para quem tinha mandado aqueles brutamontes acéfalos. Só conseguia pensar em tirar meu pai dali.

Era possível que eu morresse tentando.

Cobri o rosto com a blusa – não era grande coisa, como uma máscara de gás, mas era tudo o que eu tinha – e peguei um balde. Todos os professores de química que já tive na vida me disseram para *nunca* fazer aquilo. Primeiro água sanitária, depois amônia e, então, chutei o carrinho com o máximo de força que consegui em direção às feras. *Reação química: primeiro, ácido clorídrico... Depois, gás de cloramina. Será que essas coisas respiram? Acho que vou descobrir.* O carrinho seguiu seu caminho e afastou as coisas da porta. Usei os segundos para atear fogo a um pedaço de pano com óleo, o qual enfiei em uma garrafa de plástico meio vazia de Coca-Cola.

Por favor, que tenha amônia suficiente. Vamos lá. Hidrazina líquida. Preciso de uma grande explosão.

– Proteja-se! – gritei para o meu pai, e atirei um coquetel Molotov rudimentar na direção deles.

Corri para longe da porta quando os gases explodiram. As paredes tremeram e senti um cheiro horrível de carne podre queimada. Engatinhando, segui em direção à fumaça, tentando manter a cabeça baixa. *Se eu não sair dessa bem rápido, vou morrer também.* Os dispositivos contra incêndio entraram em ação, banhando todo o corredor e o laboratório. Um grito de dor e raiva indicou que pelo menos um sobreviveu ao meu ataque-surpresa.

Quando cheguei à porta, avaliei a situação. *Puta merda. Eu consegui matar um deles mesmo. Na verdade, eu o destruí. Ou qualquer coisa assim.* Pedaços borrachudos de carne estavam espalhados por todos os lados e escorrendo pelas paredes com um líquido viscoso. Engoli a bile que ameaçava subir pela minha garganta e tentei respirar fundo. Meus olhos estavam queimando como se a água fosse clorada, mas isso deve ter sido causado pelos gases da reação química. Se o laboratório estava ruim antes, agora estava completamente destruído, com focos de incêndio. Segui direto para o escritório do meu pai, desesperada.

O monstro remanescente correu atrás de mim.

— Você ficou maluca? Saia já daqui! — A voz do meu pai estava rouca, provavelmente por causa da fumaça, mas eu o ignorei.

Só consegui desviar e dar a volta por uma mesa virada que a fera atingiu com um golpe de um tentáculo. O chão tremeu, e eu cambaleei para trás, tropeçando nos escombros, mas o treinamento com Raoul tinha melhorado meus reflexos. Então, em vez de cair, recuperei o equilíbrio e comecei a procurar uma arma. Não que eu de fato achasse que poderia matar aquele monstro, mas...

Eu posso salvar o meu pai.

— Eu vou distraí-lo! — gritei para ele. — Você tem que fugir agora, ele está atrás de você, não de mim.

Ele disse alguma coisa, mas não ouvi direito. Peguei a perna de uma mesa quebrada com ponta afiada. Considerando que o monstro era imenso — mais de três metros e meio de altura —, a comparação com Davi e Golias parecia bem adequada, mas eu não tinha um estilingue. Quanto mais meu pai ficava ali, menores eram as chances de um de nós escapar com vida. Entre os vapores e o monstro Cthulhu de Lovecraft — parte humano, parte dragão, parte polvo.

Ele não vai embora. O desespero me tomou como uma noite sombria.

Mesmo assim, levantei minha arma como Raoul tinha ensinado. Eu talvez não fosse muito boa ainda, mas era uma guerreira agora, não era? O monstro me atacou, e tentei desviar com um salto. *Não sou rápida o suficiente.* O golpe me acertou bem no meio das costas e senti as costelas cedendo. Doía respirar. Tentei me virar, mas o chão escorregadio e os fragmentos de vidro impediram meus movimentos. Cortei as mãos quando tentei me levantar, deixando marcas vermelhas na arma que eu mal conseguia segurar. A distância, percebi que meu pai estava ao meu lado, tentando afastar a criatura.

E não estava conseguindo.

Ela me atingiu novamente, jogando-me contra a parede como se eu fosse lixo. O impacto quebrou as costelas do outro lado. A dor era excruciante. Eu não conseguia mais me mexer. Só piscar. Meus cílios encobriram meus últimos momentos. Pensei na minha mãe... e em Kian. Vi. Ryu. Davina. Jen. *Pelo menos eles vão sentir falta de mim.* O sangue estava subindo pela minha boca enquanto eu olhava para o monstro horrível que ia me matar.

Só que não me matou.

Ouvi o farfalhar de asas escuras à minha volta e, então, *ele* estava ali, com a presença sombria e perigosa. A voz de Harbinger sussurrou como seda sendo cortada por uma lâmina:

— Pegue o que você veio buscar. Ela pertence a mim.

Salve o meu pai, tentei dizer. Meus lábios se mexeram, mas nenhum som saiu.

O monstro fez um som horripilante e gorgolejante, como se entendesse, pegou meu pai e saiu pela porta quebrada. Lágrimas escorreram pelo canto dos meus olhos, mas eu não tinha forças para enxugá-las.

Harbinger se ajoelhou com ternura odiosa e afastou uma mecha de cabelo do meu rosto.

— O que eu faço com você?

Ao toque dele, a dor diminuiu o suficiente para eu poder sussurrar:

— Você poderia ter salvado o meu pai.

— Não tenho a obrigação de protegê-lo — respondeu ele, indiferente.

Engoli a saliva.

— Eu odeio você.

— Eu sei, queridíssima — respondeu ele, com um tom estranhamente melancólico. — Eu sei.

Então, piedosamente, ele passou a mão sobre meus olhos, e a dor desapareceu do meu corpo, como uma vela sendo apagada, e com ela, todo o mundo também.

UMA COISA ESTRANHA E IMPOSSÍVEL

Acordei na cama de outra pessoa. O colchão era mais macio do que o meu e as cobertas tinham um ligeiro cheiro de lavanda. O quarto estava escuro, então eu só conseguia enxergar contornos vagos de móveis: uma cômoda, uma cadeira de balanço, um baú com uma pilha de livros e revistas. Nada no espaço parecia particularmente ameaçador.

Notei em seguida uma peculiar ausência de dor. Com todos os ferimentos que sofri, deveria estar doendo só de estar deitada naquela cama. Antes, quando eu respirava, parecia haver cacos de vidro entrando e saindo dos meus pulmões, mas agora só sentia uma leve dor e não estava me sentindo mal. Isso... era impossível. A não ser... Estaria eu em coma e sonhando que estava acordada? Tentei pensar se estava me sentindo como se tivesse pulado da ponte, mas não consegui chegar a uma resposta; pensando pelo lado positivo, se eu pulei e sobrevivi, então meus pais deviam estar por perto. Com medo de nutrir esperanças, me esforcei para levantar e me sentar, trêmula, na beirada da cama.

A porta se abriu, e vi os contornos de uma mulher na luz do corredor.

— Você deve estar confusa.

A mulher apertou o interruptor, acendendo um abajur na mesinha de cabeceira. A luz revelou um quarto aconchegante, decorado com tons terrosos convidativos, incluindo as cobertas que eu tinha acabado de afastar do corpo. Meus pés estavam descalços sobre o tapete, que parecia ter sido feito com retalhos de pano. Eu vestia uma camisola de flanela, que imaginei ser da minha anfitriã. Seja lá quem ela fosse.

— É possível afirmar isso.

A última coisa de que me lembrava era — fui tomada novamente pela raiva — de Harbinger fazendo algum tipo de acordo com o monstro Cthulhu e permitindo que ele levasse meu pai. Cerrei os punhos. A raiva era um refúgio porque o medo e a tristeza também estavam ali, como um rio de lágrimas que eu não podia derramar.

— Percebo que você está começando a se lembrar de algumas coisas. Está com fome?

— Primeiro, eu tenho algumas perguntas.

— É compreensível. Mas você pode fazê-las enquanto come, não acha? — O tom dela era doce e compreensivo, e me senti uma babaca por insistir.

Levantar foi um pouco mais difícil do que eu imaginei, mas consegui fazer isso sozinha. Mas não deveria conseguir, para ser sincera. Considerando como fiquei destruída, levaria dias no hospital até conseguir. A não ser...

— Que dia é hoje? — perguntei.

Sorrindo, ela me respondeu. Relaxei um pouco, mesmo sem entender como era possível eu ter melhorado em dois dias. Sentia dor de cabeça, como se estivesse acordando dos efeitos de um narcótico forte. Descalça, eu a segui até a cozinha, toda em tom de marfim, com cortinas e um estilo bem feminino e bonito. Foi impossível não ficar apaixonada pelas almofadas xadrezes quando me sentei em uma delas sem saber o que perguntar primeiro.

À luz clara da manhã, olhei para ela com atenção pela primeira vez. A pele era morena e o cabelo, cacheado e curto, e ela tinha uma expressão sincera. Os traços eram amplos, mas suaves, com linhas finas de sorriso no canto dos olhos. Ela me ofereceu uma xícara de chá, colocando água quente na caneca de uma chaleira elétrica, e o aroma adocicado de hortelã chegou ao meu nariz.

— Eu me chamo Rochelle — disse ela. — Ou pelo menos esse é o nome que estou usando agora.

— Você já teve outros nomes ao longo dos anos — supus.

— Bem que Harbinger me disse que você é inteligente. É bom saber que ele nem sempre está errado.

— Você não parece ser muito fã.

— Dele? Não. Mas honro as minhas dívidas antigas.

— E por que você me curou? — Eu já sabia que ela devia ser alguma deusa defunta da cura, mas estava grogue demais para tentar me lembrar de nomes antigos, ainda mais um monte deles, como tinha feito com Harbinger, Wedderburn e Dwyer.

— Você não está cem por cento curada — admitiu ela. — Meu poder não é mais suficiente para isso.

— E como é que você ainda tem poderes?

— Ainda existem alguns cantos do mundo onde velas são acesas em meu nome. Hoje em dia, trabalho como médica... e vivo quase como uma humana. — O sorriso tranquilo me fez confiar instintivamente nela, então tive que lutar contra o impulso.

— Você não faz parte do jogo?

Ela negou com a cabeça, pegou um prato na geladeira e o colocou no micro-ondas. Aquilo me pareceu tão estranho — tão *comum* — para alguém que estava habituada com grandes orações e a curar os doentes.

— Eu não odeio a humanidade, então não posso entrar em um jogo que provoca tanto sofrimento e ferimentos para a minha própria diversão.

Fiquei surpresa ao ouvir aquilo. Um tempo antes, eu havia tido uma conversa com Kian, na qual tentava adivinhar o porquê daquela competição.

— É por isso? Não tem nenhum objetivo final. O jogo só continua.

— Exatamente. É um jeito de acabar com o tédio. E, para outros, tem a ver com vinganças sem sentido e acerto de contas com algum rival. Foram os humanos que criaram os deuses à sua imagem e semelhança. Então, todos os defeitos são ampliados em grande escala.

Deprimente.

O micro-ondas apitou. Ela me entregou um pano e um prato de comida que eu não reconheci. Havia ovos com um tipo de molho e uma espécie de bolo de aveia, mas não me pareceu uma boa ideia sair cheirando a comida, com ar de desconfiança. Além disso, o cheiro era bom, e se ela quisesse me prejudicar, a hora de fazer isso teria sido quando Harbinger me levou até ali, esmagada como um inseto. Meu estômago roncou, resolvendo o impasse.

Peguei o garfo e comi metade do que ela serviu sem dizer nada, enquanto ela tirava um saquinho de chá da minha xícara. O líquido ficou com um tom dourado e um cheiro delicioso de hortelã. A calma tomou conta de mim; todas as minhas preocupações pareciam mais lembranças distantes e meu músculos liberaram toda a tensão. Meus pais, Harbinger, Kian... Tudo aquilo poderia esperar até eu terminar de fazer minha refeição, não é? Algo naquele raciocínio não parecia certo, mas mesmo assim comi todo o café da manhã que me foi oferecido.

— Muito bem — elogiou Rochelle, com um sorriso. — É muito importante manter suas forças mesmo quando agir é de vital importância. Harbinger logo virá.

Aquilo me surpreendeu o suficiente para fazer com que eu largasse o garfo. A realidade estourou a bolha de tranquilidade que tinha se formado à minha volta. *Ai, meu Deus, meu pai. Onde está meu pai? E Kian deve estar muito preocupado. Eu estou desaparecida há 48 horas.*

— Onde está meu celular?

Ela negou com a cabeça.

— Você não estava com nenhum telefone quando chegou aqui. Suas roupas estavam destruídas e não havia nada nos bolsos.

Merda. O aparelho deve ter caído quando o monstro estava me atirando de um lado para outro. Só Deus sabia o que tinha passado pela cabeça de Kian ao se deparar com o laboratório destruído e encontrar meu celular entre as ruínas, e tanto eu quanto meu pai desaparecidos. *Mas Harbinger provavelmente deve ter dito a ele onde estou, não é?*

— Você sabe se ele contou para alguém?

— Harbinger? — Rochelle deu uma risada como se eu tivesse dito algo muito absurdo. — Você sabe que ele ama o caos. Então, se podia criar o caos ao *não* dizer onde alguém está, o que você imagina que ele fez?

— Não disse nada para ninguém — resmungo.

— Não fique com tanta raiva dele. Ele é assim por causa das histórias. A essa altura, acho que teria mudado se pudesse, mas temos um limite até onde podemos vencer a nossa natureza.

— Vocês estão falando de mim?

Tive a impressão de asas negras na janela e uma voz sem garganta capaz de falar e, então, as asas viraram um manto ou uma casaca, difícil dizer nas sombras que tomaram a cozinha de Rochelle, anteriormente clara. Quando luz e escuridão chegaram ao equilíbrio, Harbinger estava sentado na cadeira em frente a mim, tomando o meu chá de hortelã. Usava a mesma roupa espalhafatosa da primeira vez que nos vimos, o chapéu colocado cuidadosamente na cadeira ao lado dele.

— Você está se exibindo — comentou ela. — Da última vez que apareceu aqui, você bateu na porta.

Ele parecia estar sorrindo, mas eu ainda não conseguia olhar diretamente no rosto dele por causa daquele horrível peso de sua beleza trágica. Sua aparência fazia com que eu sentisse um impulso de me atirar em seus braços, mas também me fazia querer sair correndo, gritando. Ele era uma coisa estranha, impossível, inescrutável, irreconhecível, e seu olhar subia pelo meu corpo como milhares de insetos ou asas de borboletas, ou as duas coisas ou nenhuma das duas.

Eu o odiava. *Depois de eu lutar tanto, ele deixou o monstro levar meu pai.*

Eu tinha medo dele. *Quando ele falou, o monstro ouviu.*

Mas tinha mais alguma coisa, algo estranho e inquietante no fundo do meu estômago. Não era um desejo como eu sentia por Kian, mas tinha que reconhecer o sentimento. *Curiosidade relutante. Fascínio até.* Se a mariposa fosse capaz de raciocinar, talvez sentisse a mesma coisa em relação a voar em volta de uma chama. *É muito brilhante. O que vai acontecer se eu chegar mais perto?* Provavelmente uma doença, como envenenamento por radiação.

— Se eu me casar com uma mundana, querida Brigid, então eu posso muito bem encontrar um emprego. Como vai o *seu* trabalho com os pobres e enfermos? — As palavras mordazes não pareceram afetá-la enquanto ela pegava a minha caneca da mão dele e preparava outro chá para mim.

— Recompensador — respondeu ela, com voz suave. — Não é a mesma energia que eu conseguia com as cerimônias, mas é o suficiente para me manter.

— Melhor do que comer gente — resmunguei, pensando no acordo que ele fez com Kian.

Harbinger não disse nada. A aura pacífica de Rochelle parecia afetá-lo também. O senso de movimento constante e o ar carregado desapareceram. Pela primeira vez, me concentrei nos traços do rosto dele, fora o glamour ou o quer que fosse aquilo. Harbinger não era tão bonito quanto eu havia achado no início. Na verdade, o rosto dele era fino e pálido, ossudo na testa e no queixo, as maçãs do rosto eram encovadas, e não elegantes, e os olhos eram cinza. As sobrancelhas eram pesadas, os cílios pretos lhe conferiam um aspecto zangado e impaciente. Mas o cabelo era tão lindo quanto sempre foi, ainda comprido e longo, com um toque estelar prateado. Não me senti enjoada quando terminei a inspeção. Aos meus olhos, ele parecia cansado, como se me proteger tivesse sugado mais suas energias do que tinha previsto. Seu olhar encontrou o meu, tão *velho* que fiquei sem ar. Era como se eu estivesse olhando para o próprio tempo, suspenso em um poço sem fundo.

— Está claro que vocês têm assuntos para tratar, então, vou deixá-los a sós para conversar — disse ela.

Quando ela saiu da cozinha, os primeiros raios voltaram. Minha pele ardeu e eu afastei o olhar, preparando-me para o momento quando ele me atingisse visualmente como uma força da natureza. *Será que Kian sabia como seria estar sob a proteção de Harbinger quando ele fez o acordo?* Eu sinceramente esperava que a resposta fosse não.

— Você ainda me odeia — declarou ele, de forma inesperada.

Não sei se era uma declaração ou uma pergunta, mas concordei com a cabeça para o caso de ele querer mesmo saber. Então, perguntei:

— Quem pegou o meu pai? Tenho que salvá-lo.

— E o que faz você pensar que eu sei?

— O monstro reconheceu você. Então não é difícil chegar à conclusão de que você sabe quem era e a mando de quem.

— Você subestima a minha fama. Acha que há muitos imortais do meu calibre que escolhem não participar do jogo?

Era um bom argumento, mas...

— Você está tentando me enrolar. Por quê?

Ele soltou um suspiro.

— Se eu contar, você vai atrás do seu pai. E não tenho o poder para salvá-la. Edie Kramer, você é exaustiva.

— Desculpe. — O pedido de desculpa foi instintivo e me arrependi na hora de tê-lo feito. Embora eu tivesse uma tonelada de queixas contra ele, não queria sugar sua energia como um vampiro psíquico, mas eu preferia não admitir isso.

A expressão dele mudou, mas a diferença minúscula era indecifrável.

— Mas isso não muda sua determinação... e me coloca em uma posição delicada, porque se eu deixá-la morrer, isso anula o acordo que tenho com seu amado.

— Sério? — Espere um pouco, essa não era a solução. Ele tinha se oferecido para me comer um tempo atrás se eu ainda quisesse morrer, mas desistir não era o mesmo que se esforçar para salvar alguém e falhar.

— Você mudou desde que nos conhecemos, ficou mais obstinada e corajosa. Eu entendo agora como você se tornou a pequena rainha.

Aquelas palavras despertaram uma lembrança, mas eu não conseguia definir bem de quê. Então, me dei conta e arregalei os olhos.

— Sr. Love...?

O rosto de Harbinger mudou por alguns segundos, mostrando-me o professor que enlouqueceu de amor a pobre Nicole.

— Estou emocionado. Fiquei tentando imaginar se você me reconheceria.

Puta merda. Eu me lembrei do medo que senti dele, o jeito com que nos enfrentamos e como o símbolo reagiu a ele. Estranhamente, eles não se ativaram para me defender quando lutei com o monstro no poço, quando treinei com Raoul, nem quando as feras Cthulhu me atacaram. *Gostaria de saber o porquê.* Distraída, fiquei pensando no assunto por alguns segundos. Em relação a Raoul, as marcas provavelmente sentiam que ele não queria me machucar. *Talvez os outros atacantes não fossem tão inteligentes nem poderosos para disparar o alarme?* Na melhor das hipóteses, eu só estava imaginando.

— Tentando resolver um problema complexo sem dados suficientes? — Era como se ele conseguisse ler a minha mente, e como seria perturbador se ele *de fato* conseguisse.

Não, ele só deu um palpite de sorte. Ele já disse que está fora.

Sem deixar Harbinger me intimidar, perguntei:

— Por que a minha marca atacou você com tanta força? Ela não reagiu a mais nada.

— O que a faz pensar que eu diria para você, presumindo que eu soubesse?

Em silêncio, pensei se poderia machucá-lo. Naquele momento, era exatamente o que eu queria fazer, principalmente porque ele permitiu que o monstro sequestrasse o meu pai.

— Eu não faria isso — sussurrou ele.

Parecia que ele queria que eu tentasse, como se aquele fosse o primeiro passo para um caminho sem volta. Então, uni as mãos no colo.

— Você estava mesmo sugando as energias de Nicole.

Ele encolheu os ombros de modo lânguido.

— Eu só peguei o que me foi dado de mão beijada. E... Ela vai sobreviver.

— Mas nunca mais será a mesma.

— E isso é problema meu?

Cerrando os dentes, comecei a listar todos os motivos por que a resposta era sim, mas ele continuou sem esperar:

— Eu não gosto dessa necessidade, mas não posso permitir que você volte para sua antiga vida.

— Como assim? — Aquilo tirou todos os pensamentos de justiça por Nicole da minha mente.

— É uma recompensa justa, pensando bem. Você *roubou* meu bichinho de estimação favorito e agora o correto seria que o substituísse. E existem muitos pontos positivos. — Quando ele fez um gesto amplo, senti um arrepio, não de dor, mas era uma coisa bizarra. Invasiva.

— Com certeza não. — Tentei me levantar, mas vi que meus braços e minha pernas não pertenciam mais a mim.

— No meu estado atual, é a única forma que eu tenho para protegê-la. Se eu a deixar ir embora e causar problemas, vai ser o seu fim, queridíssima.

— Eu não me importo — respondi entredentes.

Ele continuou como se eu não tivesse respondido:

— Você já deve ter percebido que meu antigo bichinho é um pouco... estranho, resultado de uma vida tão longa. Humanos nem sempre conseguem isso.

Isso me distraiu o suficiente para fazer as contas. *Aaron nasceu em 1922. Foi sequestrado aos seis anos, em 1928.* Ele só envelheceu uns oito anos desde então, uma razão de um para onze. Extrapolando a partir de uma expectativa de vida de uns setenta anos... *puta merda, eu poderia viver até os 770.* Se Harbinger não me colocasse em uma luta de gladiadores. O que ele tinha feito com Aaron depois de apenas 87 anos, e isso não era um dado muito bom para a minha longevidade.

— Não estou interessada.

— Então vá embora — desafiou.

Fulminei-o com o olhar, uma vez que ele sabia muito bem que eu não podia me mexer. Ele era especialista em ilusões, mas parecia que tinha algum poder de verdade também. *Ou será que tinha enganado meu cérebro para eu achar que estava paralisada?* Assim que pensei nisso, consegui me levantar.

Harbinger pareceu muito surpreso.

– Você é impressionante.

– Não de verdade.

– A maioria das pessoas entra em pânico, e suas emoções anulam sua capacidade de raciocinar. O fato de você ter pensado em perguntar como eu fiz o que fiz... Extraordinário.

– Pare de me elogiar. – Fiz cara feia, fomentando o ódio que senti antes de desmaiar, a dor de ver meu pai ser levado, estando incapaz de salvá-lo.

– Digo isso com toda sinceridade, embora você não tenha nenhum motivo para acreditar em mim. Se vier comigo, Edie, eu vou valorizá-la. Com o tempo, você vai esquecer a dor do seu mundo e vai saborear viver no meu. – O tom dele era suave, sedutor até.

No tampo de madeira clara da mesa de Rochelle, sombras dançavam em um delicado baile, girando em resposta a um leve movimento de sua mão. Eu poderia viver naquele mundo – com ele. Sem lutas, sem preocupações sobre minha segurança. Tudo o que provocou minha tristeza iria desaparecer em risadas e diversão infinita. Mas eu estaria presa a Harbinger, dependendo da sua boa vontade. A recusa começou como um nó no âmago do meu ser, que foi crescendo até eu conseguir ver o rosto de Kian de novo e a expressão confusa do meu pai quando tentou me fazer sair do laboratório. Embora não fizesse a menor ideia do que estava acontecendo, não soubesse como lutar, ele não fugiu. Ele nunca me deixou.

Desculpe, pai.

– Nada feito – respondi.

– Você ficou tentada. – Um sorriso apareceu, mas não chegou ao brilho louco dos seus olhos.

Eu o ignorei.

– Vou embora agora, a não ser que você planeje me impedir.

– Ele não planeja – respondeu Rochelle, passando pela porta. – Tenho algumas roupas que vão servir em você... E um bilhete de metrô. Isso vai ser o suficiente para levar você para casa.

Harbinger se levantou. Eu não estava esperando o que aconteceu em seguida – quando levantou o meu queixo e me obrigou a olhar em seus olhos odiosos e tristes, como se algo muito horrível tivesse acabado de acontecer. O prazer chegou, excruciante, contra minha vontade. Ele fez com que eu ficasse consciente do calor dos seus dedos contra minha pele enquanto traçava o contorno do meu maxilar até a bochecha. Eu me contorci, imaginando mais, quando eu *não* queria mais nada daquilo. Senti uma excitação indesejada, misturada com vergonha, quando me afastei, ofegante.

Ele sorriu.

– Fique longe das sombras, minha linda. Elas pertencem a mim. E eu não gosto de ter meus desejos negados.

Fiquei tentada a perguntar, mas a intuição me disse que eu precisava ir. Agora. Enquanto Rochelle o estava acalmando e interferindo. O aposento parecia prestes a explodir com um raio a qualquer momento, junto com ventos fortes. Eu não tinha contexto para conhecer a profundidade da sua raiva. Então, me afastei e corri para o quarto, onde calça, sapatilhas e uma blusa de moletom me aguardavam. As roupas ficaram um pouco grandes, mas não eram ruins. Procurei em volta, vi o bilhete de metrô que ela mencionou e saí correndo porta afora. Ouvi um grande estrondo na cozinha, seguido por gritos e vidros quebrando.

– Que liberdade? – berrou Harbinger. – Você está mandando-a para a morte certa.

Apesar da previsão sinistra, saí correndo sem olhar para trás. O incômodo do meu corpo se transformou em dor quando tentei descer as escadas com pressa. Ecos dos ferimentos graves que sofri dois dias antes. Respirar fundo também doía, então comecei a andar quando cheguei à calçada. Girei para absorver o entorno de casas iguais de tijolos, procurando uma indicação de onde eu estava, sem conseguir. Arrisquei perguntar a um estranho. Felizmente, uma mulher mais velha foi amigável e não estava com pressa. Ela me deu explicações detalhadas sobre como chegar à estação de metrô mais próxima.

Dez minutos depois, saí da plataforma do trem que me levaria para casa. Se eu tivesse um celular, ligaria para Kian para avisar que eu estava bem, mas Rochelle também não me deu dinheiro, presumindo que eu encontrasse um telefone público. *Espero que ela esteja bem. Harbinger pareceu ficar fora de si quando eu fui embora. Gostaria de saber o porquê.*

Quando o trem partiu da estação, fui tomada pela preocupante sensação de que tinha acrescentado o trapaceiro à minha crescente lista de inimigos, um erro do qual eu talvez não vivesse o suficiente para me arrepender.

ESTE POÇO DE SOFRIMENTO PRECISA ACABAR

Assim que saí do metrô, meus pés me levaram automaticamente para o apartamento de Kian.

O meu não passava de uma concha vazia agora, e o desaparecimento do meu pai me atingiu novamente. O sofrimento quase me derrubou na calçada, e precisei me segurar em um prédio, apoiando-me a ponto de chamar a atenção de outros pedestres. Era fim da manhã e estava um frio dos infernos. O vento atravessava meu moletom. Minhas costelas doíam por causa do frio, enquanto minha respiração acelerava a ponto de quase quebrá-las de novo.

Ainda senti um gosto residual de cobre no fundo da garganta enquanto subia até a porta de Kian. Parecia errado desaparecer por dois dias e, depois, simplesmente... surgir batendo à porta, mas eu não tinha outra escolha. Não estava preparada para a cara arrasada dele quando abriu a porta, olhando para mim como se não acreditasse no que estava vendo. Por alguns segundos, ele ficou congelado, só olhando para mim, depois cambaleou e se apoiou no batente da porta e seus joelhos pareceram ceder sob o peso do corpo. Tentei ampará-lo, mas não consegui. Meu corpo ainda estava muito fraco para segurar tanto peso, então caí também. Logo depois, ele me abraçou como se eu fosse uma miragem que desapareceria ao seu toque.

— Você está aqui mesmo? É verdade? — Kian passou as mãos pelas minhas costas, para testar.

— Estou.

— Por que você não me esperou? — A voz dele falhou e ele apoiou a testa na minha, trêmulo demais para conseguir se levantar.

— Eu não pude — sussurrei.

— Seu pai...?

Um nó se formou na minha garganta, e eu mal consegui responder:

— Eles o pegaram.

— Ele...

— Eu não sei. Se quisessem matá-lo, acho que isso seria mais fácil do que sequestrá-lo, não é? — Isso me dava um pouco de esperança. Que quem quer que o tenha levado quisesse usar a pesquisa ou as habilidades dele de algum jeito. Se isso fosse verdade, talvez eu ainda pudesse salvá-lo.

— Você faz ideia de como fiquei assustado quando cheguei ao laboratório e o encontrei completamente destruído e em chamas? Quando não consegui encontrar você em lugar nenhum... — Kian afundou o rosto na curva do meu pescoço e ombro, parecendo prestes a ter um colapso nervoso.

Consegui andar de joelhos com ele para dentro do apartamento e fechar a porta, então nós dois caímos um nos braços do outro e nos abraçamos até não sabermos mais quem estava dando apoio para quem. Ele ficava me tocando sem parar — nos ombros, nos braços, no cabelo — e eu chorei como nunca tinha conseguido antes. As perguntas teriam que esperar até nós dois nos acalmarmos. Ele me abraçou sem fazer perguntas, e eu chorei até os tremores dele cederem. Então, cambaleamos até a sala, que parecia ter sido atingia por um tsunami. Havia papel espalhado por todos os cantos, mapas amassados com círculos vermelhos e X roxos, travesseiros e cobertores no chão.

— O que aconteceu?

Ele me lançou um olhar incrédulo.

— Você está falando sério? Nós procuramos você em cada pedacinho dessa cidade. Nós circulamos e marcamos com X as áreas onde já procuramos.

— De quem você está falando quando diz "nós"?

– Raoul, eu, Aaron... as pessoas que estão te procurando neste momento. E suas amigas, Jen e Davina.

– Sério? Você as envolveu nisso tudo?

– E o que você esperava que eu fizesse, Edie? Tem sorte por eu não ter enlouquecido. Onde você estava?

Eu me acomodei no sofá, fazendo uma careta. Ele não ia se acalmar enquanto eu não contasse tudo, e foi o que fiz – da forma mais resumida possível. Ele contraiu tanto o maxilar que fiquei com medo de estar rangendo os dentes, principalmente quando contei que Harbinger me convidou para ficar com ele, o que quer que isto significasse. Eu tinha certeza de que ele não estava se referindo a algo romântico, a não ser que você seja o tipo de pessoa que considere coleiras e jaulas coisas românticas.

Quando terminei, ele não disse muita coisa, só ligou para Raoul, que estava distribuindo panfletos com a minha foto. Mais alguns dias e eles teriam mandado colocar a minha foto em caixas de leite. Ele também enviou mensagens de texto para Jen e Davina, e peguei o laptop dele emprestado para avisar a Vi que eu estava bem. Ela costumava se preocupar quando eu não respondia rapidamente às mensagens dela. Então, eu escrevi:

Foi mal. Perdi o telefone. Ainda não comprei um novo. Espero que esteja tudo bem com você. Podemos falar pelo Skype amanhã?

Eu não estava muito a fim, mas se isso fizesse com que ela não se preocupasse tanto, seria o melhor. Caso contrário, ela poderia roubar o cartão de crédito da mãe, reservar um voo e aparecer na minha porta. O que resultaria em um tipo de complicação de que eu não precisava naquele momento.

Uma hora depois, Kian trouxe uma mochila cheia de roupas limpas, e eu estava no banho quando a equipe de busca chegou. Verifiquei minhas costelas no espelho embaçado, inclinando o corpo para ver as marcas arroxeadas que envolviam todo o meu torso. Era inacreditável que eu não estivesse em coma induzido com hemorragia e pulmões perfurados. Trêmula, soltei o ar ao me lembrar do tamanho imenso da coisa que levou meu pai. À beira da histeria, eu me perguntei se as câmeras da universidade não teriam capturado a imagem daqueles monstros em vídeo ou se as imagens mostrariam outra coisa.

Talvez o equipamento pareça apenas estar com problema de funcionamento.

Quando saí do quarto de hóspedes, todos estavam na sala. Que alguém tinha arrumado um pouco. Davina correu até mim e me deu um abraço gentil. Jen foi um pouco mais lenta, mas parecia verdadeiramente feliz por eu estar de volta. Olhei para Raoul, perguntando-me se tinha mencionado as nossas aulas. Ele pareceu adivinhar a pergunta e negou discretamente com a cabeça.

— Kian já nos contou tudo – disse Davina. – Que loucura!

— Sinto muito ter envolvido vocês em tudo isso.

Jen balançou a cabeça.

— Nós estávamos preocupadas com você e fomos à sua casa. Encontramos Kian, que estava sentado na escada da frente do prédio. Quando percebemos que você tinha desaparecido, a gente precisava ajudar. Eu só gostaria que nós tivéssemos *encontrado* você.

— Foi um aprisionamento provisório. — Eu não queria fazer pouco da minha situação, mas a alternativa era sentar e chorar.

— Sinto muito pelo seu pai. — Davina apoiou a mão no meu ombro.

Aaron estava sentado à mesa da cozinha, só observando todo mundo com um olhar nervoso e sobressaltado. Ele ficava bem comigo e com Kian, mas acho que acrescentar mais três pessoas ao seu círculo de convivência o assustava um pouco. Eu conseguia me colocar no lugar dele porque, não muito tempo antes, não tinha ninguém que conversasse comigo. E agora havia cinco pessoas dispostas a perder noites de sono e vascular a cidade fazendo perguntas a estranhos para me encontrar. É difícil não se emocionar com a situação. Tenho certeza de que Vi e Ryu também teriam ajudado, em um total de sete amigos e aliados.

Talvez a situação não seja tão sem esperança assim.

— Obrigada. Mas eu ainda não desisti. Tenho algumas ideia para localizá-lo.

Davina me cutucou com um sorriso maroto.

— Você se importa de me mostrar o seu umbigo?

— Haha. — Eu mostrei para ela, amando o fato de conseguirmos fazer uma brincadeira depois daquilo.

Depois que ela explicou o motivo daquilo, todo mundo levantou a camisa para que todos tivessem a certeza de que não havia imortais infiltrados entre nós. Jen e Davina ficaram olhando tempo demais para o tanquinho bronzeado de Kian, parecendo não querer olhar para a barriga mais peluda de Raoul. Aaron era um garoto muito pálido e magro, mas com certeza nasceu da barriga de uma humana. Relaxei um pouco, embora a necessidade de resgatar meu pai pulsasse dentro de mim.

— Você não pode ficar sozinha no apartamento — declarou Raoul, com voz calma.

— Por que não? — O protesto foi instintivo, mas, para ser sincera, eu não queria voltar para lá. Mas também não estava a fim de dormir no sofá da casa de Kian. Eu não estava pronta para morar com meu namorado.

Kian suspirou como se a pergunta fosse óbvia demais.

— É muito perigoso.

Fiquei com vontade de dizer que eu provavelmente o venceria em uma luta mano a mano, a não ser que ele fosse faixa-preta e nunca tivesse mencionado isso.

Raoul me avisou com os olhos para não revelar aquele segredo naquele momento. Suspirando, perguntei:

— Então, o que você propõe?

Jen respondeu:

— Meu quarto é enorme. Com certeza você pode ficar com a gente. Minha mãe é bem tranquila com coisas assim. Podemos dizer que seu pai está viajando para participar de um circuito de palestras. Ela não ia querer que você ficasse em casa sozinha.

Hesitei. Dessa vez não foi por achar que a história não ia colar nem por estar preocupada com a segurança dela — ela já estava enterrada até o pescoço na situação —, mas porque me lembrei do que Allison tinha dito. Basicamente, apesar de Jen ser humana, eu não sabia com certeza a quem ele era leal. *Em quem você confia mais: Jen ou Allison? Quem definitivamente mentiria para causar problemas?*

Ela percebeu a minha hesitação e fez uma cara triste.

— Se não quiser, tudo bem. A gente não se conhece tão bem assim e depois de tudo o que aconteceu no ano passado...

— Não é nada disso. Só estou pensando em questões logísticas. Será que sua mãe vai marcar hora para eu chegar em casa ou atrapalhar as buscas pelo meu pai?

Jen arregalou os olhos, como se não tivesse pensado em nada daquilo.

— Merda, eu não sei.

— Você tem certeza disso? Pode não ser muito seguro ter minha presença por perto. — Senti que precisava lembrá-la disso. A culpa por não ter conseguido impedir a minha humilhação no ano passado não deveria fazê-la colocar a família em risco.

— Hum...

Eu a salvei da situação:

— Não se preocupe. É um risco me manter por perto. É basicamente um convite para ferrar com a sua vida.

Jen mordeu o lábio e olhou para o chão.

— Sinto muito. Eu quero muito ajudar.

— Já ajudou ao entrar para o grupo de buscas.

— Posso ficar com você — ofereceu-se Raoul.

— No quarto do meu pai? — Apesar de uma sensação de dúvida ter me tomado, Raoul sabia muito bem se proteger. Ele estava *me* treinando, não é? E me sentiria mais segura com ele por perto. Eu não o estava usando para substituir meu pai.

— Tudo bem — respondi.

Kian franziu o cenho.

— Mas será que é seguro? Todos os olhos estão voltados para Edie agora. Se Wedderburn descobrir...

— As coisas não vão acabar nada bem para mim, eu sei. Mas já estou vivendo mais do que deveria, não é? — Raoul abriu um sorriso cansado, como se estivesse farto de toda a situação de esconde-esconde.

— Só tenha cuidado, está bem? — Kian bateu no ombro de Raoul, um gesto de coragem enquanto seus olhos demonstravam a preocupação louca que sentia.

Quando ouvimos uma batida firme, todos nós congelamos. Olhei para as janelas, imaginando se Raoul conseguiria fugir se fosse necessário. Jen abriu a porta, hesitante, e acho que ninguém ficou mais surpreso do que eu ao ver Allison Vega parada ali, usando seu uniforme de animadora de torcida. Ela passou por Jen e Davina, deixando um rastro de perfume frutado e adocicado.

Allison pareceu avaliar nossa reunião de guerra e suspirou, e então olhou para o teto.

— Essa é a coisa mais patética que já vi. Como foi que vocês sobreviveram até eu chegar aqui?

— Eu não sei o que você está fazendo aqui — irritei-me.

— Salvando sua pele, ao que tudo indica. Estão dizendo por aí que você enfureceu seu protetor e que agora podem fazer o que quiser com você.

— Ele não pode fazer isso — reclamou Kian.

— Calminha. — Allison se sentou sem ser convidada e cruzou as pernas. — Tenho certeza de que já deve ter falado sobre mim a essa altura.

— Eu tenho perguntas — disse Raoul.

Ela olhou para ele com uma expressão que eu teria classificado antes como desafiadora, mas com um toque de curiosidade. Eu não sabia como interpretar a troca silenciosa, mas ela estava sorrindo quando ele desviou o olhar. Raoul esfregou os braços e fiquei assustada ao ver que Allison era capaz de deixá-lo nervoso. No curto tempo em que eu o conhecia, ele sempre pareceu muito calmo e objetivo.

— Você não é nem um pouco nova — declarou Aaron de forma inesperada. — Você... é uma coisa muito velha.

— Dizem os bebês. Será que devo falar em sânscrito? Não, para quê? Ninguém sabe o idioma antigo. — Allison bateu com os nós dos dedos na mesa. — Eu vim aqui colocar ordem, então vamos começar.

Eu estava curiosa o suficiente em relação às intenções dela e me sentei na ponta do sofá. Kian se juntou a mim e entrelaçou os dedos aos meus. Jen e Davina se acomodaram à mesa de jantar, enquanto Aaron e Raoul preferiram ficar perto da porta. O que foi muito inteligente da parte deles se ela estivesse armando pra cima da gente. O plano dela poderia muito bem ser nos enrolar aqui até os reforços chegarem. No fundo, eu esperava que ela estivesse aqui para ajudar porque eu precisava muito de toda ajuda que conseguisse. Mesmo de pessoas a quem eu odiava.

Felizmente, Davina não tinha problemas em ser assertiva perto de Allison, independentemente de quem ela fosse.

— Fale logo o que quer, sua vaca. Você não é minha amiga.

— Não seja amarga. Você não tem mais confiança nas suas habilidades porque eu dificultei muito a sua entrada e você treinou muito para entrar na equipe?

Davina partiu para cima dela, mas Jen a segurou.

— Eu achei que me odiasse porque você é o que chamam de novo-rico e eu não tenho grana, mas não foi isso, não é?

Allison sorriu.

— Foi muito divertido esmagar os seus sonhos, garotinha. Eles eram tão frágeis.

Por alguns segundos, era como se ninguém mais estivesse na sala com elas, quando Davina sibilou:

— Você teve alguma coisa a ver com o que aconteceu com Russ?

A coisa que parecia ser uma garota hesitou, demonstrando incerteza pela primeira vez desde que tinha entrado, declarando que queria me fazer um favor.

— Eu sabia que alguma coisa estava se alimentando dele. Não sabia que havia uma morte encomendada. Não presto muita atenção em questões políticas.

Raoul estava ouvindo atentamente, como se estivesse avaliando Allison como um ativo em potencial.

— E como exatamente você se encaixa no jogo?

— Eu não faço apostas neste jogo, se é o que você quer saber. — Ela ergueu o lábio superior como se estivesse rosnando, e senti um arrepio quando seu rosto pareceu oscilar por alguns segundos, como se ela fosse completamente diferente do que estávamos vendo.

— Vamos ouvi-la — sugeri.

As perguntas e as respostas poderiam esperar até ouvirmos o que ela tinha para dizer. Allison assentiu para mim, como um agradecimento ou uma concordância. Então, ela começou:

— Vocês definitivamente não deveriam confiar em mim. Mas até aviso contrário, estou do lado de vocês. Eu sempre tive uma queda pelos pobres--coitados e é óbvio que vocês têm uma briga imensa pela frente.

— E como você pode contribuir? — perguntou Kian.

— Com meus contatos, basicamente. Pelo que sei, seu pai está desaparecido, certo? — Ela não usou a palavra *sequestro*, e eu agradeci por isso.

Eu assenti e descrevi o monstro que o levou. Allison contraiu os lábios enquanto ouvia. Foi difícil não sacudi-la até ela me dar todas as informações que eu queria, mas a mão de Kian na minha me manteve calma. Notei a troca de olhares do tipo "puta merda" entre Jen e Davina. E fiquei grata por elas não me perguntarem se eu não estava drogada quando tudo aquilo aconteceu.

— Você reconhece esse tipo de monstro? — perguntou Raoul.

Allison negou com a cabeça.

— Mas existem toneladas de monstros horríveis rondando a escuridão. As pessoas sempre compram um novo horror. Com a tendência dos humanos de criar seres fantásticos, não é de estranhar que alguns ainda andem por aí. — Ela se levantou. — Eu não preciso ficar aqui. Vou procurar notícias sobre seu pai, e tenho seu telefone, Edie. Mando mensagem se descobrir alguma coisa.

Duas palavras que jamais pensei em dizer para ela saíram da minha boca:

— Muito obrigada.

Ela sorriu e passou por Jen e Davina, demorando-se na porta o suficiente para deixar Raoul desconfortável. Todo mundo ficou tenso até ela sair e fechar a porta.

Aaron chegou a estremecer.

— Eu não gosto dela. Ela tem um cheiro azedo.

— Imagine como é estar na mesma equipe que ela — resmungou Davina.

— É perturbador o fato de ela escolher agir em uma escola — comentou Raoul.

Eu desconfiava que a escolha fosse porque o ensino médio era o lugar perfeito para criar drama e energia negativa para alimentá-la diariamente. Mas nós éramos aliadas, pelos menos por ora, não havia motivo para ficarmos especulando. Eu só precisava acreditar que ela ia me ajudar a encontrar o meu pai. É claro que talvez isso tivesse um enorme potencial de se transformar em uma cagada fenomenal, e ela estaria aplaudindo.

Levantando-me, eu disse:

— Não vamos nos preocupar com isso agora. Raoul, você está pronto para irmos?

Ele pegou minha mochila, enquanto eu calçava os sapatos emprestados. Eu estava prestes a deixar a casa de Kian, apesar dos seus protestos veementes, quando alguém bateu na porta. Ninguém parecia imaginar quem poderia ser, embora eu tenha imaginado que Allison talvez tivesse esquecido de falar alguma coisa. Para minha surpresa, quando Kian atendeu, Rochelle estava parada do outro lado.

Seu senso de urgência ficou claro:

— Não temos muito tempo. Harbinger está procurando você e não está a fim de papo. Eu me esforcei para convencê-lo a esquecer, mas ele decidiu que o único jeito de salvá-la é...

— Transformando-me no seu bichinho de estimação — concluí.

Rochelle inclinou a cabeça com um olhar sombrio.

— Você tem outras opções, Edie. Mas há escuridão por todos os caminhos. Confia em mim para ensiná-la a liberar o poder do qual precisa para sobreviver?

Não, pensei.

Mas eu a segui mesmo assim.

GAROTOS MORTOS NÃO SÃO BONS BICHINHOS DE ESTIMAÇÃO

— Você está louca? — perguntou Jen, correndo atrás de nós.
— Você *acabou* de *conhecer* essa mulher. — Davina pareceu concordar com Jen.
— Eu preciso aproveitar toda ajuda que conseguir. Vocês sabem como as coisas estão ruins, não sabem?

Elas não responderam, então interpretei o silêncio como um sim.

Raoul estava com um olhar pensativo quando fizemos uma pausa no corredor do lado de fora do apartamento de Kian. Eu não me importava com o que ninguém pensava. Se ela pudesse me ensinar algo que me desse alguma vantagem no jogo, eu ia tentar. Entreguei para ele a chave da minha casa.

— Toma. Você pode levar suas coisas lá para a minha casa. Volto mais tarde. — A não ser que eu estivesse cometendo um erro terrível. Mas estava disposta a correr o risco.

Aaron ficou parado na porta, com o olhar perdido.
— Vou ficar aqui, se vocês não acharem ruim.
— Não se preocupe — disse Kian.
— Você vai nos acompanhar? — perguntou Rochelle.

Ele parou com um brilho perigoso nos olhos verdes.
— Isso é problema para você?
— Para mim, não.

Kian relaxou e pegou minha mão.

– Então, vamos.

Nós nos separamos do lado de fora do prédio, e prometi mandar uma mensagem de texto para Jen e Davina assim que comprasse um telefone novo. Na verdade, dinheiro talvez pudesse ser um problema. *Não, nada disso, eu vou conseguir salvar meu pai antes que tenha que começar a me preocupar com a conta de luz.* Era difícil manter o pensamento positivo, mas, se eu permitisse, a realidade poderia me esmagar e me deixar indefesa.

Rochelle nos levou para Jamaica Plain, na linha laranja, onde descemos na Estação Green Street. Ela seguiu para oeste, atravessando ruas que não me eram familiares. Aquela área era cheia de lojas e cafés estranhos, e a diversidade das pessoas era grande. Eu a segui entrando e saindo de várias ruas até chegarmos a uma ruela na qual todos os prédios tinham sido construídos com o mesmo tipo de tijolos vermelhos, dando a ela um ar peculiar e uniforme. Ela parou em frente ao que parecia ser um tipo de loja de consignação. A vitrine com vidro empoeirado estava cheia de produtos interessantes: um manequim usando um espartilho velho, uma peruca de cachos pretos, duas caixinhas de música, uma das quais mostrava uma bailarina girando em círculos, sem parar, um ventilador quebrado e dois sapatos sujos de cetim. Não havia nenhuma placa indicando o horário de funcionamento, apenas um letreiro no qual se lia "TESOUROS ESQUECIDOS. ATENDIMENTO COM HORA MARCADA".

– Parece uma loja abandonada – comentou Kian.

– As aparências enganam. – Rochelle pegou um chaveiro pesado e ficou procurando a chave certa, uma coisa enorme de ferro com dentes afiados. – Aqui estamos.

Sentimos um cheiro diferente quando abriu a porta, um vento com cheiro floral e de bolor. Hesitante, entrei logo atrás dela, torcendo para que não tivesse me atraído até ali para me entregar para Harbinger ou, pior ainda, para Dwyer & Fell. Ouvi um zumbido e girei, procurando a fonte.

– São os artefatos – explicou ela, em tom gentil. – Pense nisso como um ciclo de realimentação.

— Espere, então tudo aqui...

— Está carregado, por assim dizer. Eu coleciono objetos amaldiçoados e assombrados há séculos. Começou como um hobby, até eu perceber que estava evitando que muita coisa ruim acontecesse, então continuei mantendo essas coisas longe das pessoas.

— Mas aqui estamos nós agora — comentou Kian.

Rochelle acendeu um abajur, jogando uma luz rosada em todo o ambiente entulhado.

— Não toquem em nada. Algumas dessas coisas devem estar famintas agora.

Passei pelo estreito espaço entre uma espineta e uma namoradeira com pés entalhados de madeira. Olhando mais de perto, notei uma mancha profunda e escura no assento.

— Entendido.

Senti um arrepio na espinha. Eu tinha acabado de me acostumar com a ideia de monstros; agora tinha que me adaptar à possibilidade de móveis e utensílios possuídos que talvez pudessem tentar me matar. Mas não havia dúvidas de que havia forças hostis naquele lugar. Rochelle parecia ciente disso, enquanto seguia até o balcão no fundo da loja. Tomei o cuidado de seguir os passos dela e não esbarrar em nada. Kian fez o mesmo, mantendo-se bem perto de mim, enquanto Rochelle esvaziava uma caixa em cima do balcão. Ela não demonstrou ter medo dos objetos, mas tinha o poder de se proteger.

— Aqui está. — Com um floreio, ela me mostrou um estojo quadrado e compacto, no estilo *Art Nouveau*, de estanho ou prata suja. Rochelle o abriu e revelou um espelho embaçado. No outro lado, havia um espaço para colocar uma fotografia.

Às vezes, era muito ruim ser humano.

— Desculpe, mas não estou entendendo.

Ela ficou séria, os olhos profundos e sombrios.

— Você se lembra do Cameron?

Cameron.

Eu assenti.

— O que tem ele?

— Existe uma forma para que você possa usá-lo, se ele quiser. Não sinto malícia por parte do espírito e acredito que ele queira ajudá-la.

— O que está acontecendo? — perguntou Kian, entredentes.

Rochelle explicou melhor do que eu poderia sobre o fantasma que me rondava. Não me lembrava se tinha contado para ele sobre o episódio no vestiário e as sensações que senti antes. Eu não queria excluí-lo, mas muita merda já tinha acontecido. Para minha surpresa, ele não se irritou com minha assombração e pareceu aceitar bem o que Rochelle tinha em mente.

Mas ele já está nessa vida há mais tempo que eu. Estranho é uma coisa relativa.

— Se ele vai mantê-la em segurança, pode fazer — disse ele quando ela acabou de falar.

Rochelle olhou para mim, mas eu tinha algumas perguntas antes:

— Existe algum risco?

— Sim. — A resposta dela veio mais rápido do que eu esperava, mas isso talvez fosse por ela não estar mentindo. — O maior risco é você se viciar no poder e não querer libertar seu espírito amigo quando chegar a hora.

— Sério?

— De onde você acha que vêm as histórias de bruxos, como Merlin e Rasputin? Eles eram humanos. Mas quando passamos muito tempo com os mortos, somos modificados para sempre.

— Então, eu talvez acabe nem sendo mais uma pessoa? Isso poderia... me transformar?

Ela fez uma pausa, pesando o estojo de metal na mão. Então, explicou em um sussurro:

— Eu disse que todos os seus caminhos são sombrios, não é? Embora eu não seja um oráculo, acredito que essa é a sua maior chance de sobrevivência.

— O que você acha, Cameron? — Era improvável que ele fosse responder, mas eu odiava a ideia de aprisioná-lo sem perguntar primeiro.

Kian olhou para mim com olhos arregalados. *Opa. Será que eu me esqueci de mencionar isso?* Mas Rochelle olhou em volta como se sentisse uma mudança da atmosfera, então eu senti também. Os pelos da minha nuca se eriçaram e minha pele ficou arrepiada no ar perceptivelmente mais frio. Kian se aproximou mais de mim e me envolveu com um braço de forma protetora, não que a ameaça fosse alguma coisa que ele conseguisse enxergar.

— Você está sempre com ela — declarou Rochelle, com voz suave. — Eu achei que sim. Bata uma vez se quer que a gente siga adiante ou duas vezes para se recusar. — Uma batida clara foi ouvida na parede à minha esquerda. Ela se virou para mim com uma expressão satisfeita. — O seu espírito aceitou. Isso vai tornar a ligação mais fácil.

A palavra carregava algumas conotações incômodas, mas eu não discuti quando ela começou a organizar tudo. Primeiro, tirou tudo de uma mesa comprida, depois pegou uns trinchos de metal comprido, os quais arrumou para formar um retângulo entre eles, colocando o estojo no meio e me posicionou do outro lado. Ela pegou velas e algumas ervas, polvilhou em bandejas. Por fim, seguiu até os fundos e voltou com um jarro de água.

Provavelmente notando a minha confusão, ela explicou:

— É o condutor perfeito. Vou afundar o talismã, e você vai mergulhar as mãos quando chegar a hora, estabelecendo a ligação.

— Está bem. — Meu Deus, aquela merda era muito estranha, principalmente para alguém que preferia ciência à magia. Por mais que eu tentasse entender, não conseguia descobrir uma fórmula para nada daquilo.

— Vá para o outro lado da mesa e aguarde o meu sinal.

Fiz o que ela pediu; Kian ficou à minha esquerda, embora eu não fizesse a menor ideia do que ele planejava fazer se as coisas dessem muito errado. Mesmo assim, era muito bom ele estar ali, assumindo o risco comigo. O ar ficou ainda mais frio, como uma prova de que Cameron ainda estava pairando por ali.

— Por que você está me ajudando? — perguntei.

Talvez eu devesse ter feito essa pergunta antes. Isso com certeza enfureceria Harbinger e, com certeza, Dwyer & Fell, e a minha impressão era de que Rochelle tinha conseguido sobreviver por se manter neutra. Naquelas circunstâncias, a ajuda dela poderia ser considerada uma aliança com a facção de Wedderburn. Eu não queria que percebesse que aquilo não seria nada bom para ela, fazendo-a desistir, mas eu precisava ter certeza de que não estava fechando um contrato implícito, como: *ao aceitar a minha ajuda agora, quando eu bater à sua porta daqui a três meses, você vai ter que me ajudar a enterrar este corpo, sem fazer perguntas.*

E por mais bizarro que esse pensamento fosse, era assim que minha mente funcionava agora.

— Você me lembra uma pessoa. — A expressão dela se suavizou e seus olhos estavam marejados pelo tempo e pela distância.

Nem mesmo eu me atreveria a perguntar mais.

— Nesse caso, eu só posso agradecer.

— Isso é tudo o que eu posso fazer — avisou ela. — Não vou atender se você bater à minha porta. E certamente não vou voar para interferir como Harbinger fez em mais de uma ocasião.

— Ele é obrigado — murmurei.

Ela ergueu o olhar, parecendo se divertir, e abriu um sorriso cruel. Pela primeira vez, vi o outro lado da mesma moeda. A cura não era só bondade, também havia dor.

— É isso que você acha? Ele está fascinado, Edie Kramer, e isso é perigoso. Veja bem, Harbinger é como um gato. Você conhece alguma coisa sobre o comportamento felino?

— Eles fingem ser bons e carinhosos — respondeu Kian. — Eles ronronam e mostram suavidade. E, quando você menos espera, eles mordem.

Rochelle assentiu.

— Eles também matam seus brinquedos favoritos. Sempre.

Medo era uma palavra fraca demais para descrever o nó que se formou no meu estômago. Eu não queria que Harbinger me achasse fascinante. Talvez não devesse ter demonstrado mais admiração por ele e guardado a minha opinião. Já devia fazer muito tempo desde que alguém não se atirava aos seus pés. Esse era o único motivo que eu poderia imaginar; caso contrário, o interesse dele não fazia o menor sentido.

— Podemos fazer isso? Estou me sentindo vulnerável.

– Lembre-se deste momento. – Os olhos dela encontram os meus.

– Vou lembrar.

– E não se esqueça de que não pode manter o poder que lhe foi emprestado. Confinar um espírito de forma permanente para o próprio uso, isso é o verdadeiro mal.

Seu comportamento sombrio me mostrou o quanto aquilo devia ser perigoso e como tinha potencial de se transformar em algo ruim. Eu me imaginei como uma bruxa, coberta de talismãs, e estremeci. *Não, isso é temporário. Eu vou libertar Cameron assim que puder.* Acho que me ajudar talvez permitisse que ele seguisse o próprio caminho, pois eu desconfiava de que ele estivesse preso aqui por precisar pagar pelo vídeo da garota-cachorra.

– Vou tratá-lo como um companheiro, e não um escravo – prometi.

– Então, vamos começar. Kian, preciso que você dê cinco passos para trás. Sim, perto da parede está ótimo.

Rochelle abriu o estojo e o colocou na bandeja; em seguida, acendeu as velas nos pontos cardinais. Eu não tinha a menor experiência com rituais, mas dava para perceber muito bem que aquele era legítimo por causa da energia zunindo pela minha pele. Cada um dos objetos assustadores daquele lugar parecia estar em alerta, atentos aos nossos movimentos. Ela derramou a água do jarro nas bandejas e, então, fez um sinal para mim.

– Mergulhe as mãos até os pulsos. Não as retire, não importa o que aconteça. Vou avisar quando terminar.

Isso não é nem um pouco sinistro.

Nervosa, segui as instruções dela e a água já parecia diferente, gelada, embora estivesse na temperatura ambiente. A frieza pareceu penetrar nos meus ossos e senti as mãos enrijecerem e doerem. Ela sussurrou uma palavra em uma língua que eu não falava, depois outra e mais outra, até que todas se uniram em um sussurro, como o farfalhar de um papel sobre uma pedra, e a água nas minhas mãos se transformou em um rio, indo para o meu lado e de volta para o dela. A chama das velas bruxuleou, apesar de não haver corrente de ar no aposento, que estava ficando cada vez mais frio. Logo eu conseguia ver a respiração de Rochelle formando fumaça na frente do rosto enquanto ela entoava as palavras. Embora o sol não tivesse mudado de posição, estava mais escuro ali dentro também, um agrupamento de sombras que pertencia a uma outra coisa que não era Cameron. Precisei usar todo o meu autocontrole para não sair correndo e gritando, me mantive firme. A cerimônia foi ficando cada vez mais intensa com a escuridão na água nadando com um peixe etéreo em direção ao estojo. Quando a sombra negra chegou ali, a coisa se fechou com um clique audível.

Com o rosto suado, Rochelle cambaleou para trás.

— Está feito. Venha conhecer o seu espírito.

— Fazer isso machuca você? — Ela não parecia *nada* bem.

Levou alguns segundos para ela conseguir responder.

— Um pouco. Depois disso, eu vou para o abrigo, curar os sem-teto. O apreço deles vai me dar forças suficientes para seguir.

— Obrigada.

— Como eu disse, essa é a última ajuda que vou oferecer. Como saber se será suficiente?

— Vai ser — respondeu Kian com firmeza. — Eu vou cuidar para que seja.

Segui com cuidado entre os tesouros esquecidos até o outro lado da mesa, onde o estojo aguardava por mim. A água estava límpida agora, com aparência normal.

— É seguro pegá-lo agora?

Ela deu um sorriso estranho.

— Você é a única que pode fazer isso.

Kian não gostou de ouvir isso e, de forma nada surpreendente, estendeu a mão para pegar, mas a água o bloqueou, como se fosse sólida e não líquida. Ele deu um tapinha na superfície e franziu as sobrancelhas.

— Como é possível?

— Este objeto é ligado a ela — respondeu Rochelle.

Curiosa, tentei e meus dedos mergulharam sem problemas. Peguei o estojo. Era mais pesado do que eu esperava. Mas talvez fosse minha imaginação pregando truques, uma vez que eu sabia que ele carregava o espírito de Cameron. Como tudo aquilo era novo para mim, eu não tinha muitas expectativas. Uma sensação forte de surpresa quase me fez cambalear quando vi que, no espaço vazio em frente ao espelho, havia uma imagem, bizarra e tridimensional, como um daqueles quebra-cabeças ou fotos "mágicas" em 3D. Olhei para Cameron e ele pareceu olhar para mim. Ele não se moveu nem piscou, mesmo assim senti que ele tinha consciência.

Totalmente assustador.

– Ele consegue me ver? – perguntei.

Rochelle assentiu:

– E ouvi-la também. Vou mostrar alguns usos antes de eu ir. O resto você terá que descobrir sozinha. Cada espírito tem uma especialidade diferente e já que o seu é tão jovem, talvez ainda não saiba tudo o que consegue fazer.

Naquele momento, tive uma aula de como usar o poder do meu espírito e, na hora, entendi o aviso inicial. A onda de energia era... eufórica, incrivelmente deliciosa. Meu corpo todo brilhou de prazer; parecia que eu estava me banhando de sol, beijando Kian e me dando muito bem em uma prova. *Tudo isso ao mesmo tempo.* Em questão de segundos, fiquei mais forte, mais rápida. Esses resultados poderiam roubar o desejo de me esforçar. Preparando-me para resistir à tentação, saí da loja, atrás de Rochelle.

– Mais alguma coisa que eu preciso saber?

– Se você conseguir ver a imagem dele no estojo, significa que ele tem poder a oferecer. Se ele desbotar até você quase não conseguir mais enxergá-lo, significa que você precisa deixá-lo descansar.

– Tudo bem. Eu vou me lembrar disso.

– Cuide-se, Edie. Você também, Kian.

Ele esperou que ela trancasse a porta e seguisse para a calçada, e então me abraçou. Eu estava começando a reagir ao que tinha acontecido, e era fantástico que ele percebesse isso em mim. Eu conseguia manter a calma enquanto coisas estranhas estavam acontecendo, mas, depois, precisava de um lugar seguro onde pudesse me desesperar por alguns segundos. Ele acariciou minhas costas enquanto eu segurava meu talismã, sentindo-me à beira das lágrimas. Tudo aquilo era demais para mim, mas eu não poderia simplesmente me encolher.

Meu pai depende de mim. Eu tenho que ser forte.
— Isso significa que sou uma bruxa? — perguntei baixinho.
— E isso importa? Não foi você quem prendeu aquele babaca. Ele já estava por perto, Rochelle só ensinou como você poderia usar isso a seu favor.

Ele estava tentando fazer com que eu me sentisse melhor, mas não fazia ideia de como era incrível sentir o poder de outra pessoa. Eu não queria me transformar em uma maníaca, procurando artefatos para usar. Não podia fazer o ritual, então isso já servia de consolo, mas minha reação à força concedida pelo espírito foi forte o suficiente para me deixar nervosa. Dependendo do quanto eu precisasse da ajuda de Cameron para passar por tudo e salvar meu pai, não havia como prever o que aquilo poderia fazer comigo. Rochelle confiou uma bomba a mim, basicamente, e eu torcia muito para não detoná-la.

Deixei que Kian me consolasse por alguns minutos e, depois, dei um passo para trás e abri o estojo. Cameron estava olhando para mim, sem se mover e pálido como um defunto.

— Ajude-me a salvar o meu pai, e eu o liberto. Está bem?

Uma batida na porta atrás de mim — eu me sobressaltei e meu coração disparou loucamente no peito. Mas me lembrei de que Rochelle tinha determinado os termos. *Uma batida para sim, duas para não.* Não era um meio de comunicação muito elegante, mas talvez pudéssemos aprimorá-lo no decorrer do caminho. Descobrir como sistemas complexos funcionavam era meio que meu ponto forte, então as chances de eu criar uma boa infraestrutura de bate-papo com o meu fantasma eram muito boas, se eu tivesse tempo.

Droga. Mas eu não tenho muito tempo para isso. Vamos ter que nos virar.
— Próxima pergunta: dói estar preso aí?

Seguiu-se um longo silêncio, mas ele acabou dando uma batidinha leve. Aquilo parecia mais um "mais ou menos" ou "talvez". Gostaria de não ter feito essa pergunta, porque agora eu me sentia mal por estar usando Cameron. Mas não tinha escolha se quisesse salvar meu pai. *Desculpe, Cameron.*

Para salvar meu pai, eu seria capaz de coisas muito piores.

CULPAR CTHULHU
NÃO ADIANTA

No domingo, Kian comprou um celular novo para mim. A polícia também veio me ver, o que foi uma experiência horrível. Desconfio que o policial sabia que eu não estava contando toda a verdade. Mas será que eu deveria admitir que um monstro Cthulhu levou meu pai embora? Isso só faria com que eu fosse mandada para algum manicômio.

Na segunda-feira à tarde, um grandalhão estava me esperando quando saí para ir a Blackbriar. Entre as aulas que eu estava fazendo com Raoul e meu espelho espiritual, talvez conseguisse derrotá-lo. Eu o avaliei quando ele se aproximou. Kian tinha saído com Aaron, para conversar com algumas pessoas que talvez soubessem quem havia sequestrado meu pai. Eu estava torcendo para que ele ligasse logo com alguma informação.

Meu corpo estava todo tenso quando o homem de terno preto e óculos de lentes espelhadas impenetráveis me abordou:

— Temos um amigo em comum.

— Para quem você trabalha? — Ele não era do estilo de Harbinger, mas conhecido como um filho da mãe imprevisível, e até onde eu sabia ele se deleitava com isso. Ele já tinha mandado homens de terno para me pegar, mas este cara não era um deles. *Quantos servos ele tem?*

— Nós já nos encontramos antes — disse ele, sorrindo. — E eu vi você recentemente também. Será que devo ficar magoado por você não se lembrar?

Fiquei olhando para ele. Na verdade, alguma coisa nos dentes amarelados me era vagamente familiar. Mas eu não conseguia me lembrar de onde o conhecia. O rosto dele era bem comum e o cabelo curto também não dava nenhuma dica.

— Este ano tem sido bem intenso. Por que você não me dá uma dica? — Até agora ele não tinha dado sinal de que queria me bater.

Sério, eu gritei quando o rosto dele piscou e se derreteu para formar a imagem daquele palhaço assustador que conheci no escritório de Wedderburn e na noite de Ano Novo. Dei um passo para trás, olhando em volta para observar se mais alguém tinha visto aquilo. *Merda.* Havia um garoto atrás de mim, pálido e tremendo. A boca estava aberta, mas nenhum som saía.

— Você viu...?

Cara, eu odeio fazer isso.

— O quê?

— Aquele cara...

— Meu guarda-costas? — O que fez com que eu parecesse metida a besta, mas outros alunos de Blackbriar andavam com guardas-costas. — O que tem ele?

— D-deixa pra lá. — O garoto passou correndo por mim e praticamente mergulhou no carro que estava esperando por ele.

Bem, agora ele tem um novo medo para discutir na terapia. Torci para que não receitassem remédios tarja preta para ele. O brutamontes de Wedderburn estava rindo quando eu me virei para ele.

— Queira me acompanhar — disse ele.

— Acho que não temos nada para falar.

— Você está enganada. O patrão diz que eu tenho que acompanhar você por todo lado, cumprir suas ordens, até trazermos seu pai de volta.

Surpresa, eu me virei para olhar para ele, mas parecia estar falando sério.

— Eu achei que ele estivesse por trás disso.

Depois do que ele fez com minha mãe.

— Não. Esse é um golpe clássico da oposição. Dizem por aí que o jogo dele com você está indo muito bem. Não podem deixá-lo executar.

— Acho que você não está se referindo a matar pessoas, porque até onde eu vi ele não tem problemas com isso.

A coisa riu.

– Essa foi boa. E, sim, o que estou dizendo é que eles não podem permitir que ele se fortaleça sem atirar algumas pedras.

A raiva me tomou por inteiro.

– Você se dá conta de que é do meu *pai* que estamos falando? Talvez seja uma pequena inconveniência para Wedderburn, mas...

– Calminha aí – interrompeu ele. – Eu não ligo para os seus sentimentos, nem para os seus problemas, mas *eu* estou aqui para ajudá-la a encontrar o seu pai. Wedderburn mandou batedores para a rua, exatamente como você fez e, quando ele descobrir quem são os idiotas que pegaram seu velho, nós vamos atacar.

– Parece que ele tem muita certeza de que esses idiotas são Dwyer & Fell.

– Quem mais poderia ser?

Aquilo fazia sentido. Harbinger não tinha o menor interesse no meu pai. Ele nem o protegeu. E embora tenha ficado irado comigo, eu poderia inocentá-lo daquele sequestro. Ele fez um trato com o monstro, que o reconheceu, mas não o tratou como um chefe nem como um mestre. *Meu Deus, é tudo tão confuso.*

– Entendido. Então, o que eu devo fazer com você?

– Trate-me como um móvel. Eu vou aonde você for. Vou acompanhá-la no caminho para a escola e na volta. Não posso permitir que ninguém toque em você enquanto você não completar dezoito anos.

– Defina "tocar". – Será que aquilo significava que eu teria um palhaço assassino me impedindo de namorar Kian? Explicar isso provavelmente me causaria um aneurisma.

– Eu sou forte – explicou ele, com um suspiro. – E vou servir como proteção. Entendeu?

Por alguns segundos, pensei em discutir, mas já tinha aprendido a lição sobre dar um passo maior do que a perna.

– Entendi. Então, qual é o seu nome? – Kian já tinha me dito, mas eu estava curiosa para ver o que ele ia responder.

— Buzzkill.

Merda. De repente, pensei em um problema. Se ele fosse até a escola condenada comigo, poderia reconhecer Raoul. E no meu apartamento também. Então, a situação me forçaria a ser mais babaca do que eu queria ser com alguém que estava me ajudando, mesmo se fosse sob as ordens de Wedderburn. Ele talvez ainda me considerasse um ativo — parecia que não tinha ficado tão mal por perder Kian —, mas eu o odiava com cada fibra do meu ser. Se havia alguma forma de eu conseguir salvar meu pai, assegurar que ele perdesse todos os pontos e me libertar do jogo, esse era o caminho que eu ia seguir. *Impiedosamente.* Ao matar minha mãe, ele se certificou de que eu nunca mais ia querer ferir mais ninguém. Eu me recusava a imaginar qualquer coisa irrevogável acontecendo com meu pai por causa de Dwyer & Fell.

Eu vou salvá-lo. Tenho mais recursos agora. Hora de agir como uma babaca.

— Faça o que tem que fazer. Mas não espere que eu facilite as coisas para você. Não tenho paciência com babacas horripilantes e quero que você mantenha uma distância mínima de quinze metros.

— Então, vamos trabalhar com o raio de segurança para casos de perseguidores? — Ele estava sorrindo como se estivesse encantado com minha reação.

Sim, ele provavelmente acharia estranho se eu o quisesse dentro da minha casa.

— Tudo bem.

Seguindo minhas instruções, ele ficou para trás enquanto me acompanhava até a estação de metrô. Usei esse tempo para enviar uma mensagem de texto para Raoul, avisando que talvez tivéssemos problemas. Ele respondeu com perguntas curtas, e eu contei tudo o que sabia. Por fim, ele perguntou: *Buzzkill parece desconfiado?* Olhei para trás, mas não sabia. Nada do que ele disse ou fez me fez pensar que soubesse alguma coisa sobre Raoul, então digitei: *Não.*

Tudo bem. Vamos fazer nossa aula conforme o combinado. Vou usar uma saída diferente.

O risco que Raoul estava correndo de ser pego me deixou um pouco assustada. Senti um aperto no peito quando desci na estação mais próxima da escola abandonada. A região já era ruim o suficiente para fazer um palhaço assassino apertar o passo e diminuir a distância entre nós. Tentei me apressar.

Não deu certo.

Buzzkill me alcançou.

– O que diabos você está fazendo aqui?

– Treinando – respondi.

– Para fazer o quê? Virar uma assassina?

– Que tom crítico vindo de um palhaço assassino.

Como resposta, ele me mostrou seu rosto verdadeiro.

– Pare com isso. Quero que você me espere aqui fora. Quando eu terminar, eu saio.

– Eu tenho que ficar de olho em você o tempo todo.

– E o que você vai fazer quando eu for para casa? Já disse que você não é bem-vindo.

– Isso não é problema seu. E Wedderburn vai acabar comigo se eu a deixar entrar sozinha.

Eu era obrigada a admitir que o lugar parecia perigoso. O prédio já estava abandonado há muito tempo, acostumando-se facilmente com as janelas quebradas e natureza assustadora. Trepadeiras cresciam pela lateral da construção, e o estacionamento parecia ter sido atingido por um meteoro, longe de parecer um lugar seguro para se estacionar o carro. Buzzkill contraiu o maxilar, seus olhos amarelos e assustadores. Mesmo de terno e carregando uma pasta de trabalho – provavelmente com instrumentos de tortura e morte –, ele irradiava uma ameaça aterrorizante. Isso fazia com que as pessoas olhassem duas vezes para ele, porque sua intuição avisava do perigo, mas seus ingênuos olhos humanos interpretavam a ilusão que ele usava como normal. Inofensivo até. Segurei uma risada amarga. Com base na aparência implacável, eu não conseguia imaginar que conseguiria vencer aquela discussão.

Resumindo: eu não poderia largá-lo ali fora e arriscar que ele me seguisse. Se Raoul fosse capturado, eu jamais me perdoaria, isso sem mencionar

Kian. Talvez Raoul e eu pudéssemos dar um jeito de treinar em casa, se tirássemos todos os móveis da sala. Não era o ideal, mas era a melhor alternativa.

— Tudo bem. Eu vou remarcar.

Virei e voltei correndo para a estação de metrô pela calçada desnivelada e esburacada. Quando abri uma boa distância, mandei uma mensagem para Raoul: **abortar**. Se eu soubesse que Buzzkill ia se recusar a honrar a promessa que fez, teria cancelado a ida para a escola também. Então, percebi o quanto eu tinha sido idiota por esperar qualquer coisa de um palhaço assassino. A existência dele era tão bizarra e assustadora que eu nem tinha palavras, então fiquei olhando para ele enquanto ele me seguia, mantendo distância.

Quando chegamos à estação, perguntei:

— Tudo bem, qual é a sua história?

— Pesquise. Você não é a espertinha?

Isso encerrou a conversa entre nós. Mesmo assim, ele me acompanhou em todas as transferências, ficando de olho do outro lado do vagão, deixando as pessoas que estavam voltando para casa nervosas. Ele me seguiu até meu apartamento e, estranhamente, já que eu sabia que ele trabalhava para Wedderburn para me proteger, me senti um pouco mais segura. Buzzkill não disse nada quando entrei correndo no apartamento.

Cuidado ao entrar, escrevi para Raoul. **Estamos sendo vigiados.** Pela segurança dele, eu esperava que o artefato que ele tinha roubado quando desapareceu fosse à prova de idiotas. Verifiquei por todos os cantos, embora eu não soubesse o que estava procurando. No quarto do meu pai, perdi o controle por alguns segundos, depois de respirar fundo e sentir o cheiro de sua loção pós-barba. Lágrimas escorreram pelo meu rosto. Em geral, ele deixava a porta fechada, mas agora não havia motivo para não procurar.

Fiquei parada, olhando para a cama. O lado da minha mãe estava bem arrumado, os travesseiros no lugar, enquanto as cobertas do lado dele estavam emboladas e bagunçadas; era como se ele não se sentisse confortável para ocupar a cama inteira por tê-la dividido com alguém por tanto tempo.

Mais do que qualquer coisa, aquilo me mostrava o quanto ele estava destruído sem ela, o quanto sentia sua falta. Eu mesma só tinha me dado conta do quanto ela era importante quando já era tarde demais para afirmar isso.

Meu pai deixou anotações espalhadas na mesa de cabeceira. Eu me sentei no colchão para poder ler todas elas. As equações faziam sentido, mas era difícil descobrir como construir algo como aquilo. Além do senso teórico, o maior problema com a viagem no tempo era fazer seres humanos sobreviverem a ela. Partículas subatômicas poderiam passar por uma pessoa? Considerando a compreensão atual da física, uma equipe de cientistas na China chegou a afirmar que viajar no tempo era algo impossível. Não que as descobertas deles tenham tido qualquer impacto no trabalho dos meus pais.

Era meu trabalho agora, se a porra desse jogo tivesse alguma coisa a dizer em relação a isso.

A pior parte era que parte de mim sentia que eu devia aos meus pais terminar o que eles começaram, se pudesse. Mas fazer isso parecia aceitar meu destino e eu já tinha jurado para mim mesma não facilitar as coisas quanto a isso. A melhor saída seria se eu conseguisse encontrar uma exceção à regra, algo que fizesse com que eu acabasse sendo melhor do que aquelas criaturas.

Naquele momento, eu não tinha muitas esperanças.

Passei por mais algumas anotações teóricas do meu pai que parecia a fala dele em uma conversa que ele gostaria de ter com a minha mãe. *Sobre linhas do tempo? É melhor pensar nelas como mundos alternativos porque não podemos aceitar o tempo como uma linha reta, para a frente e para trás. É mais como saltar no tempo e vislumbrar um futuro possível, ou voltar para o que poderia ter acontecido em uma das versões da realidade. E, não, eu não acredito em pontos fixos no tempo, por mais que eu ame assistir aos episódios de Doctor Who. Minha teoria é a de que é possível criar uma nova dobra em qualquer ponto, principalmente quando você incorpora a questão do espaço-tempo, e tempo como distância.*

Além disso, o tempo é relativo, não é? Então, não há como saber ao certo em qual fluxo do tempo você está ao saltar. É mais como os círculos em um lago. Então, com isso em mente, estamos falando sobre ecos temporais... Parou de escrever naquele ponto, provavelmente porque minha mãe não estava com ele para apresentar argumentos e sugerir hipóteses, como eles sempre faziam. Senti uma dor no coração.

Deixando a pesquisa dele de lado, voltei para meu quarto e abri meu laptop. Aquilo não era nem de longe a coisa mais importante na minha lista de prioridades, mas às vezes era necessário sentir que alguma coisa já tinha sido feita antes de partir para as coisas mais importantes. Digitei "Palhaço assassino Buzzkill" no mecanismo de busca e vi uma lista de resultados. Cliquei aleatoriamente em um deles e fui levada a um site de lendas urbanas, o que não foi nenhuma surpresa, já que ele não parecia ser um deus da Antiguidade. Ele até falava como um *meme* da internet:

Charles Edward Macy nasceu na década de 1940 em uma família de trabalhadores do circo, mas a data de nascimento é desconhecida. Ele treinou para ser palhaço até os dezoito anos. Por motivos desconhecidos, foi expulso do grupo e ficou sozinho, escolhendo ficar na região de Miami, no início dos anos 1960. Em 1970, ele fazia shows em festas infantis, realizando pequenos truques de mágica e fazendo esculturas de animais com bexigas. Mas Macy tinha um segredo. O palhaço, amado pelas crianças como o Dr. Sorriso, tinha um lado sombrio, como sua comunidade acabaria descobrindo.

Em 1978, a festa acabou para sempre quando o xerife Will Gladstone fez uma descoberta terrível – dezessete corpos estavam enterrados na garagem de Macy. No circo midiático que se seguiu, o criminoso ganhou a alcunha de Buzzkill e seu julgamento teve que ser transferido para outro condado por causa de sua notoriedade. Por fim, foi condenado por todos esses crimes e recebeu a pena de morte. Em 1986, depois de inúmeras apelações, ele foi para a cadeira elétrica. De acordo com testemunhas no local, houve alguns problemas técnicos e foram necessárias três tentativas para executar a pena. Depois da segunda tentativa, Macy conseguiu dizer: "Vocês nunca vão se livrar de mim. Seus filhos nunca estarão seguros."

Incrédula, fiquei olhando para a página.

– É sério isso? Tipo, são três histórias condensadas em uma. Freddy Krueger, algo de Wes Craven e John Wayne Gacy.

Ao que tudo indicava, porém, muitas crianças tinham lido isso e passado adiante como uma corrente desde os anos 1980, fazendo com que a lenda virasse realidade, soltando Buzzkill no mundo, trabalhando para Wedderburn. Que agora estava vigiando minha casa. *Puta merda. Isso é... sério.* Senti uma onda de autopiedade. Aquela criatura era má e monstruosa porque nós a fizemos assim; ela não podia escolher sua história de origem. Mesmo assim, eu ainda ficava morrendo de medo. A sede de sangue dele era real, assim como o perigo.

Meia hora depois, Raoul entrou no apartamento. Fiquei olhando para ele para ter certeza de que estava bem.

– Como você conseguiu passar por Buzzkill?

– Não foi tão difícil quanto você imagina. Mas você parecia prestes a ter um ataque de pânico nas suas mensagens de texto.

– O que...? – gaguejei.

– O artefato impede que usem magia para me rastrear. Mas também tem um recurso de disfarce. Eu não teria me arriscado a roubá-lo se não conseguisse suportar o escrutínio.

– Explique melhor.

Ele ergueu o que parecia ser um simples medalhão religioso.

– O que lhe parece?

Confusa, eu descrevi o que estava vendo.

– Isso acontece porque uma coisa tão comum assim não chama a atenção. O colar de verdade é bem mais chamativo. O amuleto faz a mesma coisa comigo.

– Torna você mais discreto?

– Agora você está começando a entender.

— Uau. E funciona com os imortais?

Raoul assentiu.

— Existe um mito obscuro sobre algum deus que queria seduzir uma mortal, então ele precisava se passar por um deles, caso contrário seu esplendor divino revelaria seu jogo...

— Deixe-me adivinhar: essa é a história de algum mito grego.

— Acho que sim. Chama-se Amuleto de Agamenon, porque ele supostamente o roubou do deus em questão por ter engravidado sua irmã.

— Estou surpresa por ele ter tido tempo. Considerando a Guerra de Troia e todos os estupros e incesto. Teve uma família bem peculiar. — Mas isso me fez questionar outra coisa que ele disse. — Se o colar torna você mais discreto, por que estava preocupado com os "mensageiros alados de Harbinger" antes? Você disse que precisava ficar longe das ruas.

— Porque a ilusão não funciona com eles. O cérebro dessas criaturas é mais simples, então seus olhos mostram o que eles de fato estão vendo.

— Como uma visão remota. — Embora eu não viesse achando graça de nada ultimamente, acabei soltando uma risada contida. — Cara, seu ponto fraco são... pássaros.

— Roedores também. — Parecia que estava sendo difícil para ele admitir. — Qualquer animal de estimação pode revelar minha identidade.

Já que a liberdade e a segurança dele estavam em risco, eu não podia provocá-lo. Mesmo assim, não consegui me segurar:

— Imagino que uma ida ao zoológico esteja fora de questão, né?

Ele me lançou um olhar sério.

— Engraçadinha.

Eu fiquei ainda mais tocada com o fato de ele fazer parte do grupo de busca. Só de andar pelas ruas, procurando por mim, ele havia se arriscado. Embora seres humanos e imortais não fossem capazes de identificá-lo, havia pássaros e esquilos por todos os lados. Que bizarro que uma coisa tão pequena pudesse causar sua ruína.

Ainda bem que isso não aconteceu.

Outra coisa que ele disse me chamou a atenção:

— Espere um pouco: imortais podem se *reproduzir* com humanos? — Certo, esta revelação era terrível.

— Se a história diz que podem. — Raoul agiu como se isso não fosse completamente horrendo.

— Então, Zeus e alguns outros deuses são férteis. Essa é uma preocupação que eu não precisava ter *mesmo*.

— Isso não deveria preocupá-la mais do que milhares de outros fatos desprezíveis que você já sabe. Vamos arrastar os móveis.

Ainda bem que não tinha ninguém morando no andar de baixo, porque os moradores com certeza ficariam zangados enquanto abríamos espaço, deixando apenas o tapete no meio da sala, quase que como uma arena.

— Está bom?

Raoul assentiu devagar.

— Não é o ideal, você pode se machucar se não cair direito. Por outro lado, lutar em um espaço confinado vai obrigá-la a criar uma maior consciência corporal.

— Eu vou me esforçar.

— É assim que eu gosto. Mas agora você já deveria estar fazendo isso automaticamente.

— Alongamento e *katas* — concluí.

Já que eu havia trocado de roupa depois da escola, estava pronta para começar. Raoul foi para a porta da cozinha para me dar o máximo de espaço, e achei bom. Alguns exercícios eram complexos, e meu equilíbrio ainda não estava cem por cento. Se eu caísse tentando colocar o pé na posição, seria melhor não cair em cima dele. Depois de uma hora, estava aquecida e alongada, pronta para ele acabar comigo. Assumi a posição de combate, e Raoul veio na minha direção com graça e flexibilidade, apesar da idade. Seu cabelo grisalho não passava a impressão certa, pois ele era durão e habilidoso.

Isso me fez pensar. Com certeza aquilo não era algo que uma pessoa comum saberia, muito menos seria capaz de ensinar.

Enquanto andávamos em círculos, perguntei:

— Como é que você sabe tudo isso?

Raoul me atacou, em vez de responder. Eu o observei enquanto me equilibrava e me preparava para bloquear o próximo ataque. Por fim, consegui me defender de metade dos seus golpes. O resto acabou em manchas roxas que eu já estava escondendo do meu namorado.

— Essa é uma *excelente* pergunta — comentou Kian, em tom perigoso.

Suada e assustada, eu me virei para olhar para ele e o vi parado com uma expressão indecifrável no rosto.

RAIVA COM MOTIVO É ESTIMULANTE

— Eu bati. — Ele entrou calmamente e fechou a porta. Um músculo saltava na mandíbula e o punho estava cerrado. *Merda. Eu nunca o vi com tanta raiva assim.* — Ninguém atendeu, mas ouvi barulho. Considerando toda a situação, eu entrei para verificar.

— Oi. — Essa não foi a coisa mais idiota que eu poderia ter dito, mas está na lista das dez mais.

— Engraçado você estar em casa depois de dizer que eu não precisava buscá-la, porque ia para a aula de teatro... de carona com Jen.

— A culpa é minha — murmurou Raoul.

Os olhos de Kian pareciam dois cacos de vidro afiados enquanto ele cruzava os braços e se encostava na porta fechada.

— Fique tranquilo porque eu estou puto com os dois.

Raoul está fazendo isso por você, pensei. Eu entendia a raiva dele por me pegar mentindo, mas se nos desse uma chance de explicar... É, sim, eu sei que uma explicação provavelmente não melhoraria muito o meu lado. Kian não era muito fã de situações que me colocassem em risco.

— Espero que você me deixe explicar. — Raoul assumiu uma posição penitente, cruzando as mãos na frente do corpo, como se Kian tivesse o direito de brigar com ele.

— Você desaparece sem dizer nada por um tempão — começou Kian, em tom ameaçador. — E depois aparece aqui dando uma de mestre do *Karatê Kid* com a minha namorada. Estou começando a me perguntar se você já se preocupou comigo alguma vez na vida.

Já que tudo aquilo era para salvar a vida de Kian — e eu, a pessoa mais descoordenada do mundo, estava aprendendo a lutar por *ele* —, perdi a paciência:

— E o que você está fazendo aqui? Você sentiu falta de ficar me perseguindo e me vigiando? — Assim que as palavras de raiva saíram da minha boca, eu me arrependi, mas não tinha como voltar atrás.

Kian se retraiu.

— Pode pensar o que quiser. Mas eu só vim verificar se era seguro para você voltar para casa. Eu não sabia que estava aqui com Raoul. — Isso visivelmente o incomodava.

— Será que não é melhor se eu responder à pergunta primeiro? — Raoul pareceu perceber que não poderíamos voltar a treinar enquanto as coisas não fossem resolvidas.

Pela expressão de Kian, acho que isso ia levar um tempo.

— Pode falar.

Eu me sentei no tapete, esperando que os dois fizessem o mesmo. Raoul esperou até nos ajeitarmos, mantendo o olhar fixo nas palmas das mãos, mas eu tinha a sensação de que ele estava vendo uma outra coisa completamente diferente. O silêncio aumentou até Kian pigarrear.

Raoul finalmente começou:

— Eu não queria que nenhum de vocês dois descobrisse dessa forma, mas... Eu faço parte de um movimento de resistência dedicado a acabar com o jogo.

— Puta merda. — Senti um arrepio percorrer meu corpo, começando nos tornozelos e parando nos joelhos. Não havia motivo para não existir uma coisa assim, mas... — Você não é Illuminati, né?

Um meio sorriso apareceu no rosto dele e logo se foi, tremeluzindo como uma vela ao vento ao perceber que Kian não estava nem um pouco impressionado.

— Sinto muito, mas não existem histórias sobre nós. Temos o cuidado de manter as coisas assim para conseguirmos agir. Entre nós, porém, somos conhecidos como Sentinelas da Escuridão.

— Isso não explica nada — retrucou Kian.

Raoul continuou:

— Minha missão era de infiltração, já que fui o primeiro catalisador nascido na Ordem em séculos.

Cheguei à conclusão óbvia.

— Cara. Você chegou logo ao *extremis* por saber o que ia acontecer?

Ele negou com a cabeça.

— A minha vida toda foi muito sofrida, e eu nunca soube o motivo. Fui criado como um escravo, açoitado e surrado. Mesmo assim, eu não sabia nada sobre o grupo das Sentinelas da Escuridão, então só fazia o que me mandavam fazer, sem questionar, e, quando meu mestre me disse que eu não servia mais para ele, eu pus fim à minha própria vida.

Puta merda. Imaginei um tipo de ordem monástica formado por lunáticos com expressão sombria e devota, criando seguidores dispostos a morrer sem questionar. Eles deviam ter marcado o truísmo de Maquiavel sobre o fim justificar os meios e tatuar na testa de cada um. *Fazer coisas horríveis pelos motivos certos, não é?* Aquilo chegava perto demais do que eu vinha fazendo desde que *aceitei* a proposta por causa de um desejo de vingança.

— Nesse ponto, ofereceram três favores para você — adivinhou Kian.

— Exatamente. Ninguém nunca tinha me perguntando o que eu queria, então eu nem sabia como responder. Foi... chegou a ser meio traumático, para dizer a verdade. Meu contato disse que eu poderia pensar um pouco, desde que aceitasse a proposta naquela hora.

— E se você tivesse desejado o fim de todos os seus algozes? — perguntei.

— Esse teria sido o fim da resistência. Mas eles tinham feito o trabalho deles *muito* bem. Jamais passaria pela minha cabeça ter pedido uma coisa dessa. Não naquela época.

E agora? Mas se eu continuasse interrompendo, ele nunca ia acabar de contar a história. Dei uma olhada para Kian, mas ele não olhou para mim. Fiz uma careta e comecei a pensar em formas com que poderia compensar aquele comentário de ele estar me vigiando. *Foi muito idiota, eu nem estava falando sério. Foi justamente por isso que eu achei que estar comigo devia ser uma grande decepção.* Senti um aperto na garganta.

— Estou começando a entender — comentou Kian com voz suave. — Vamos ouvir como termina.

— Depois disso, meu antigo mestre me procurou. Disse que eu tinha me graduado após um longo e árduo período de iniciação. A partir daquele dia, eu seria um cavaleiro para derrotar um mal muito antigo. Comecei meu treinamento de combate naquela época e continuei a "pensar" nos meus favores. Passei cinco anos em um mosteiro na Tailândia, até meu contato me dizer que meu tempo estava acabando. Nesse momento, eu pedi os favores que meu mestre havia definido para mim e fiz tudo exatamente como ele mandou.

— Para ferrar com a sua linha do tempo. — Kian balançou a cabeça, suspirando. — Eles conseguiram infiltrá-lo como um funcionário de Wedderburn. Isso é... loucura.

— Passei a servir a dois mestres, Wedderburn e as Sentinelas da Escuridão, por muitos anos. Depois, recebi novas instruções: desaparecer e me preparar para o próximo estágio. — Ele ergueu o olhar nesse momento. Seus olhos brilhavam, decididos. — Podem acreditar ou não no que estou dizendo, mas prontos ou não vocês dois têm um papel no que está por vir.

Merda. Então Raoul estava me ajudando, mas não era uma coisa altruísta. Ou seja, eu devia aquelas aulas às Sentinelas da Escuridão, outra facção que queria me controlar. Independentemente da ajuda que aquele treinamento estava sendo, se eles esperavam que eu seguisse ordens com a mesma lealdade cega que conseguiram ao fazer lavagem cerebral em Raoul, estavam muito enganados. Balancei a cabeça, em negação, sem conseguir encontrar uma resposta.

Kian não teve o mesmo problema.

— Isso só explica como você aprendeu a lutar, mas não o motivo de estar dando aulas para Edie.

Essa eu mesma poderia responder, e ele poderia ficar com raiva *de mim* por ter concordado.

— Porque ele conhece você. Ele não achou que você ia querer me ver lutando com coisas que poderiam me esmagar, me comer ou devorar minha alma. Imaginou que você ficaria irado com ele por me tornar apta a ser ainda *mais* impulsiva.

Ele baixou o olhar, envergonhado, e enrubesceu um pouco.

— Tudo bem, talvez isso não seja totalmente incorreto. Mas você já parou para pensar que eu ia odiar vê-la escondendo coisas de mim, mentindo, mais até do que a ideia de você correr riscos idiotas?

— Vamos desconsiderar a palavra "idiotas" por ora — retruquei. — E não, não parei para pensar. Porque você sabe muito bem que eu entendo muito bem os livros, mas não as pessoas. Então, eu provavelmente consiga dar um milhão de desculpas do tipo *eu deveria ter pensado nisso* antes de terminarmos. Mas eu sinto muito *mesmo*. Por guardar segredos e pelo que eu disse antes...

— Tudo bem, Edie.

— Na verdade, não está nada bem. Mas você me perdoa mesmo assim? — Tentei sorrir.

Ele não retribuiu o sorriso, mas a frieza desapareceu dos seus olhos, e eles voltaram a ser calorosos e cintilantes. Estendi a mão para pegar a dele e, embora ele não tenha estendido a dele para mim, permitiu que eu a pegasse. Meu Deus, era bom não ter mais que esconder isso dele.

— Existe muito pouca coisa que eu não perdoaria.

Senti um frisson de medo. Parecia perigoso que Kian me amasse tanto, principalmente por eu ferrar com tudo tão frequentemente. Mas eu não poderia começar a pensar no meu relacionamento agora. Não com meu pai desaparecido.

— Então, qual é o seu objetivo ao me treinar? — perguntei, olhando para Raoul.

— As Sentinelas da Escuridão querem recrutá-la um dia.

— E eu devo arruinar minha linha do tempo de propósito para trabalhar para Wedderburn?

Os olhos de Raoul demonstraram que ele não tinha achado a menor graça naquilo.

— Meu mestre não explica suas estratégias.

— E como se sente em relação a ele agora? Tipo, você já está livre há um tempo. Mais ou menos. — Será que lealdade cega consegue existir fora de um vácuo? Eu me perguntava se o condicionamento se sustentaria no mundo real quando ele sentisse o gostinho de fazer as próprias escolhas.

O homem mais velho estalou os dedos e baixou a cabeça para pensar um pouco.

— Acho que ele está desesperado para vencer uma guerra que não pode ganhar. E homens desesperados são perigosos.

— Você vai me treinar também? — perguntou Kian. — Se eu aprender, talvez consiga proteger Edie melhor.

Raoul e eu trocamos um olhar, li os pensamentos dele pelo meneio de cabeça que ele deu e respondi assentindo discretamente. *Ele não precisa saber o porquê. É melhor que ele pense ser apenas para autodefesa.* Eu me levantei sem que mandassem.

— Siga meus movimentos — disse para Kian. — Primeiro vamos alongar e depois vamos fazer os *katas*...

Duas horas depois, estávamos pingando de suor, embora Raoul continuasse irritantemente seco. Não havia espaço livre entre nós três, um problema que eu teria que resolver o mais rápido possível. Peguei água para nós três enquanto contava para Kian sobre o fato de Buzzkill estar trabalhando ostensivamente para mim. Não que eu acreditasse por um segundo sequer que ele seguiria minhas ordens se eu pedisse para ele fazer alguma coisa que contradissesse os interesses de Wedderburn.

— Vou encontrar um lugar adequado para os treinos — avisou Raoul. — Não se preocupem com isso. A escola abandonada era conveniente porque não tinha ninguém para fazer perguntas, mas podemos nos adaptar.

— Vai mandando notícias.

— Para mim também — murmurou Kian.

Logo depois, Raoul saiu para procurar instalações que permitissem um treino conjunto. O apartamento ficou silencioso demais. Eu não conseguia olhar para o garoto que me amava; eu *sempre* agia errado com ele. Talvez ele tenha começado o nosso relacionamento por se sentir culpado, mas tinha que parar de se sentir assim. Em silêncio, olhei para meu celular. Allison deveria estar investigando o sequestro do meu pai, e eu *odiava* o fato de ela ter mais recursos que eu. Nada até agora. Wedderburn também deveria estar procurando, mas eu não acreditava nas suas boas intenções. Embora eu estivesse irritada por não estar fazendo nada, não sabia o que mais poderia fazer. Não podia simplesmente sair procurando entidades sobrenaturais.

Mas talvez...

Ignorando a exclamação assustada de Kian, corri para o meu quarto e digitei Dwyer & Fell. Todas as empresas tinham registros de impostos porque, mesmo que fossem só de fachada, elas precisavam pagar impostos para o mundo mortal. Então existiam registros, fluxos de receita, filiais e provavelmente empresas de fachada. Levaria tempo para investigar tudo, mas era melhor do que ficar sem fazer nada, esperando que alguém resolvesse meu problema.

— O que você está fazendo? — perguntou Kian, aproximando-se de mim.

Ele provavelmente queria gritar comigo, mas jamais faria isso. Talvez fosse melhor se gritasse. Esclarecer as coisas parecia uma boa ideia, mas percebi que se recusava a discutir, por mais que eu provocasse. Continuar serviria apenas para magoá-lo ainda mais. Ele estava se esforçando para ser um herói perfeito para mim, mas eu só queria um namorado de carne e osso que errasse tanto quanto eu.

Expliquei tudo calmamente:

— É uma agulha no palheiro, mas é bem provável que meu pai esteja preso em alguma propriedade da Dwyer & Fell, mas há *muitas* empresas afiliadas.

E aquele nem era meu campo de *expertise*.

— Por que você não traz seu laptop para minha casa? Não gosto de deixá-la aqui sem Raoul, principalmente com Buzzkill por aí.

— Ele não vai me machucar. — *Não agora* foi a mensagem nas entrelinhas.

— Eu não apostaria sua vida nisso.

Parecia não valer a pena discutir. Então, coloquei o computador na mochila.

— Aaron está lá?

— Provavelmente. Ele não gosta muito de sair sem mim.

Quando eu me virei, ele segurou meus ombros. Com os polegares, ele os acariciou de leve enquanto olhava no meu rosto como se talvez fosse encontrar a resposta de uma charada. Ele tinha um cheiro salgado e almiscarado, e senti vontade de afundar o rosto no pescoço dele. Minha única opção era me conter. Eu não merecia ser consolada. Mas Kian não parecia saber disso, já que me puxou para um abraço.

— Parece que você está se afastando de mim — sussurrou ele. — Sei que está com medo por causa do seu pai, mas... eu também preciso de você. Meu Deus, eu sou um babaca egoísta.

— Não, isso ajuda. — Eu o abracei pela cintura e fechei os olhos com força.

Ficamos abraçados por alguns minutos, enquanto eu ouvia o coração dele batendo e me maravilhava com o fato de ele ter se apaixonado por mim. Mas... havia uma pergunta que nunca fiz. Talvez tivesse chegado o momento.

— Por quanto tempo você me vigiou? — perguntei bem baixinho.

— Pouco mais de um ano. — Ele hesitou. — Você se lembra do dia, no outono passado, quando você ganhou comida e livros de graça?

Surpresa, olhei para ele. O rosto dele estava vermelho.

— Eu me lembro. Foi estranho. Tive sorte durante todo o dia.

— Fui eu — revelou Kian.

— Ai, meu Deus, sério? Então... — Eu realmente não fazia ideia do que dizer, mas aquele dia foi um dos poucos acontecimentos bons na minha vida sombria. Finalmente, decidi dizer: — Muito obrigada.

— Era tudo o que eu podia fazer naquela época. — Ele passou a mão pelo meu cabelo e senti um arrepio.

Tive apenas alguns segundos para perceber que ele ia me beijar quando seus lábios encontraram os meus. Senti toda sua doçura enquanto abria os lábios para sentir seu gosto. Ele gemeu ao me beijar enquanto sua respiração se misturava com a minha. Kian tinha um jeito lento e profundo de beijar, dedicando tempo para provar e explorar, e o prazer daquilo me fez estremecer. Logo, eu o estava segurando pelos ombros enquanto ele foi avançando até me encostar na parede. Ele era muito gostoso, muito forte, e eu me lembrei daquela noite semanas antes. Se eu ao menos conseguisse desligar meu cérebro, esquecer toda a merda que estava enfrentando e simplesmente me deixar levar pelas endorfinas...

Mas não foi a lógica que me fez parar. A parte racional do meu cérebro estava nadando em um coquetel delicioso de dopamina e serotonina, e eu não conseguia pensar em nada. Ele estava quente e cheio de vontade agarrado a mim, com lábios e mãos mais insistentes do que o normal. Passei as mãos nas costas dele, deliciando-me com o contorno de seus músculos.

Quando ele finalmente se afastou, estávamos ofegantes, e meus lábios pareciam macios e inchados. Eu mal consegui murmurar:

— Você sabe que esta não é a hora certa, não é?

— Eu sei. Espere só um minuto e a gente já vai. — Ele se virou, os olhos tão intensos que senti a pele formigar.

— Desculpe — sussurrei.

Por tantas coisas.

Quando saímos do meu prédio, ele estava calmo. Kian me deu a mão e pegou a mochila com meu laptop. Sua atenção ficou mais aguçada enquanto caminhávamos, provavelmente procurando Buzzkill ou qualquer um que quisesse me machucar. Mas o palhaço assassino estava camuflado e não entrou em contato. Tive a terrível sensação de estar sendo mais vigiada do que nunca, com uma revoada de pássaros negros pairando sobre nós.

Podem ir, pensei. *Podem levar o relatório para o mestre de vocês.*

• • •

— Espere aqui — pediu Kian.

— Hein?

Ele foi até o quarto e ouvi enquanto remexia nas coisas. Então, voltou com uma sacolinha marrom de aparência bem comum e tão pequena que eu não fazia a menor ideia do que poderia conter. Ele a entregou a mim em silêncio.

Sem entender, abri e encontrei um bonito colar artesanal em vários tons de azul e verde, como o oceano em um colar.

— O que é isto?

— Você se lembra de que não quis aceitar nada da senhora que estava vendendo joias?

Assenti, enquanto começava a entender.

— Aquele foi o único presente que não aceitei naquele dia.

— Eu queria poder entregá-lo em mãos.

Como eu já estava usando meu colar com o símbolo do infinito, estendi o braço para Kian. Ele deu duas voltas, transformando o colar tipo gargantilha em uma pulseira. Dei um beijinho nele para agradecer, e estávamos começando a entrar no clima quando percebi que o apartamento dele estava muito silencioso. Àquela altura, já teríamos sido interrompidos.

Por Aaron.

— Onde está o garoto? — perguntei.

Com um suspiro cansado, apertei a ponte do meu nariz. Então, começamos a procurar por todos os cantos, chamando-o pelo nome. Dez minutos depois, paramos no corredor, e Kian estava visivelmente preocupado. Aaron já era como um irmão mais novo para ele, e tinha me conquistado também. O garoto não tinha capacidade de sobreviver sozinho e era tímido a ponto de parecer incapacitado perto de estranhos.

— Você acha que alguém o pegou?

— Não faço a menor ideia.

Procurei mais uma vez pelo apartamento e, quando cheguei ao quarto de Kian, o zunido começou. Levei as mãos aos ouvidos e caí de joelhos enquanto via um braço pálido vir na minha direção com a mão aberta. Meu coração quase saltou pela boca, e eu cambaleei para trás em direção à cômoda. *Meu Deus, um monstro embaixo da cama?!* Levei alguns segundo para registrar que aquela mão tinha aparência humana e normal, e agora estava sumindo na escuridão. Mesmo assim, eu estava tremendo enquanto engatinhava em direção à cama.

– Edie?

Dei um gritinho, caindo de bunda um pouco antes de pegar as cobertas para puxá-las. Meu coração quase explodiu no peito. Entre o pulso retumbante nos ouvidos e o zunido, eu mal conseguia respirar. Sem falar, apontei. Kian se ajoelhou ao meu lado e levantou a coberta, revelando Aaron encolhido em posição fetal no piso empoeirado. Os olhos dele estavam enormes e ele parecia estar tremendo.

– Aconteceu alguma coisa? – Estendi a mão para ele, e o movimento o assustou. Ele se afastou, até encostar na parede para ficar fora de alcance. Perplexa, olhei para Kian.

– Ele nunca fez isso. – Ele se deitou no chão, mas não fez movimentos repentinos.

A respiração ofegante de Aaron era audível no quarto, rápida e curta, como se ele temesse que estivéssemos prestes a assassiná-lo. Ninguém conseguiria fingir o terror que aquele garoto estava demonstrando. Senti a pele arrepiar e me afastei. Kian havia passado mais tempo com ele, talvez conseguisse acalmá-lo.

– Está tudo bem – disse ele, com voz calma. – Só saia daí e nós podemos conversar.

Aaron não respondeu, nem piscou. Fui tomada por um terror profundo. Afastei-me um pouco mais para ver se o zunido parava, mas o barulho atingiu um nível que provocava agulhadas de dor na minha cabeça. Kian parecia não estar ouvindo, o que me fez questionar por que eu tinha esse sensor contra imortais, sendo que ele tinha passado tanto tempo com Wedderburn.

Será que ganhávamos imunidade com o tempo ou simplesmente parávamos de notar? Ou talvez o cérebro humano fosse seletivo e só disparasse como um mecanismo de legítima defesa.

Não sei por quanto tempo ficamos ali no chão, com toda a paciência do mundo, como se Aaron fosse um animal selvagem. Mas Kian não desistiu. Perto do fim da vigília, comecei a ficar impaciente. *Droga, não tenho tempo para isso. Preciso encontrar meu pai.*

– Quem são vocês? – sussurrou Aaron por fim, com um dos punhos pressionando o próprio peito. – Que lugar é esse? E o que estou fazendo aqui?

ÓCULOS DE RAIOS X DIMENSIONAIS SÃO O QUE HÁ

No início, foi praticamente impossível convencer Aaron de que não íamos machucá-lo. Kian levou quase meia hora para convencê-lo a sair de debaixo da cama, com olhos arregalados e trêmulo. A última coisa de que precisávamos era mais um problema, mas não poderíamos simplesmente dizer *tudo bem, você está com amnésia, boa sorte com isso* e mandá-lo embora. Ele sempre foi esquisito, mas isso extrapolava qualquer fronteira de bizarrice.

— E agora? — perguntei para Kian, enquanto ele estendia os braços para o garoto.

Quando ele se aconchegou no abraço, como um passarinho trêmulo, tive a sensação de que reconhecia Kian como um protetor, mesmo que não se lembrasse de ter interagido com ele. Eu me levantei devagar, com cuidado para não assustá-lo. Kian olhou para mim e levantou um dos ombros. Nós já o tínhamos levado ao médico e tentado encontrar sua família, até descobrirmos que ele era um refugiado do tempo, mas eu não tinha a mínima ideia de como resolver uma situação como aquela.

— Talvez devêssemos ligar para Raoul? — sugeriu Kian.

Parecia ser a melhor opção. Ele tinha mais experiência com todo esse lance sobrenatural. Já estava trabalhando com Wedderburn há uns vinte anos quando recebeu ordens do seu mestre das Sentinelas da Escuridão. Então, talvez já tivesse ouvido falar de alguma merda que pudesse resultar em uma amnésia repentina? Não que Aaron parecesse totalmente normal quando o tiramos de Harbinger. Senti um frio na espinha quando pensei que poderia ser eu, se tivesse sido idiota o suficiente para aceitar a proposta insana do trapaceiro.

— Pode deixar comigo. — Ele tinha saído para encontrar um lugar para treinarmos sem que Buzzkill suspeitasse de nada e permitisse que eu entrasse sozinha, mas... — Espere, talvez Buzzkill possa nos dizer o que está acontecendo com Aaron. Ele faz parte do mundo dele.

Kian ficou olhando para mim com uma expressão horrorizada.

— Você quer convidar aquela coisa para vir aqui?

Neguei rapidamente com a cabeça.

— Não, nós levamos Aaron até ele. Ele está vagando por aqui, cuidando para que Dwyer & Fell não me matem enquanto Wedderburn localiza meu pai.

— Como é que você consegue dizer o nome dele com tanta calma? — Ouvi a parte da pergunta que ele não disse: *sendo que ele matou sua mãe.*

Soltei o ar devagar e estendi a mão para mostrar como estava trêmula.

— Eu estou com tanta raiva que nem consigo suportar. É assim que me sinto sempre. Mas, neste momento, ainda estou me estruturando para ficar forte. Ir atrás de Wedderburn seria o último erro que eu cometeria. Principalmente agora que Harbinger está enfurecido comigo, e a oposição está me perseguindo. Neste momento, eu preciso dos recursos dele porque ainda tenho uma chance de salvar meu pai. Escolher a vingança agora talvez reduza minhas chances de trazê-lo de volta são e salvo, que eu sei que é o que Wedderburn quer por causa da linha temporal.

— Uau — disse Kian. — Não sei se eu conseguiria ser tão lógico se estivesse no seu lugar.

— Não é nada fácil. Não quero ter nada a ver com Wedderburn. Mas vou fazer tudo o que estiver ao meu alcance, inclusive lidar com ele e Buzzkill ou Allison Vega. Quem puder me ajudar ao máximo, bem, não sou orgulhosa demais que não possa aceitar.

— Tudo bem, então. — Virando-se para Aaron, ele sussurrou algo até o garoto concordar balançando a cabeça.

Parecia mesmo que estava desorientado e com problemas para manter o olhar em foco. Kian o vestiu para sair como se ele fosse uma criança ainda mais nova. Aaron ficou parado, aceitando tudo, enquanto vestia casaco, gorro e luvas. Também coloquei meus agasalhos de inverno, esperando que Buzzkill aparecesse. Andando de um lado para outro, fiquei observando a rua silenciosa. Não havia muita gente enquanto o dia se transformava em noite. As luzes estavam acesas nos apartamentos, o céu estava cinzento e o ar frio, dando sinais de uma precipitação. Nunca mais vou considerar flocos de neve bonitos de novo, apenas como evidência do poder de Wedderburn.

Por fim, Buzzkill apareceu com a aparência de guarda-costas. Parecia mais irritado do que curioso.

— Você vai congelar aqui.

— Isso seria problema para você?

— Claro que sim. Pessoas morrerem enquanto estou a serviço, bem, isso só acontece depois que eu recebo ordens.

— Então, você ainda me cortaria em pedacinhos?

Ele arreganhou os dentes amarelados e levantou a pasta de trabalho.

— Com grande prazer.

Eu já sabia disso, mas era muito perturbador ouvir a confirmação de que ele conseguia se imaginar me transformando em carne, mesmo tendo que me proteger da oposição. Fiquei imaginando se ele sabia sobre Cameron, um peso no bolso do meu casaco que me tornava um pouco mais forte do que um ser humano comum. Embora eu temesse usar a força daquele espírito porque o poder me atingia como uma droga, aquilo também me dava a segurança de saber que eu não era mais completamente vulnerável.

— Preciso da sua ajuda — declarei, ignorando o fato de que ele estava tentando me assustar. — Tem uma cafeteria a duas quadras daqui, onde podemos conversar.

— Você está mesmo me convidando para tomar um café? — Um sorriso lhe conferiu um ar muito perturbador.

— Estou. — Eu me virei para Kian, que estava no último degrau com Aaron, que parecia absolutamente aterrorizado.

Ele escondeu o rosto no ombro de Kian, sem conseguir falar por alguns segundos.

— Você está vendo? – sussurrou o garoto, por fim.

Surpresa, olhei para Buzzkill, cujo rosto estava visivelmente se ondulando, como se ele estivesse com dificuldade de manter a ilusão, tão perto de Aaron. O resultado era uma alternância perturbadora na cabeça dele, como um filme antigo com imagem ruim. Fui atingida por um enjoo enquanto a visão monstruosa de sua cabeça de palhaço aparecia em intervalos aleatórios e psicodélicos.

— Mas que porra é essa? – perguntou Buzzkill, afastando-se do garoto.

Kian e eu trocamos um olhar, e eu respondi:

— Nós o salvamos de Harbinger. Ele não é um garoto normal?

— Acho que você já sabe a resposta para isso. Veja bem, nós não podemos ir a uma cafeteria normal, pois vai causar um surto psicótico geral. – Ele pareceu ler a minha expressão, porque acrescentou: – Isso seria engraçado à beça, mas recebi ordens para ser discreto.

— Podemos ir ao Cuppa Joe – sugeriu Kian para Buzzkill.

— Boa ideia. – Foi o lugar aonde Kian me levou para fazer a proposta que eu não consegui recusar, e ele disse que era uma lanchonete da companhia. Mas isso significava que poderíamos encontrar outras coisas estranhas por lá, mas todos seriam aliados de Wedderburn, e não estávamos tentando manter Aaron escondido dele.

— Vou pegar o Mustang – disse Kian. – Esperem aqui.

Aaron tentou segui-lo, e peguei a mão dele para impedir. Fiquei surpresa ao perceber o quanto ele estava gelado. Senti a temperatura fria mesmo através das luvas, de um jeito fora do normal, que queimava e me fazia pensar em cadáveres e garotos congelados se arrastando pela neve com olhos azuis brilhantes. Quando ele virou a cabeça para olhar para mim, estremeci e tentei não me afastar. Buzzkill não teve a mesma delicadeza; afastou-se bastante quando passamos por ele. Flocos brancos caíam preguiçosamente das nuvens cinzentas no céu. O mundo inteiro parecia estar em tons de sépia ou em um filme do cinema mudo, a não ser pelo carro de Kian e seus olhos verdes. Fui atrás com Aaron, e Buzzkill foi na frente com Kian.

— Podemos falar no caminho – sugeriu nosso acompanhante assustador.

Então, nós contamos a versão resumida dos fatos, terminando com o estado atual de Aaron. Buzzkill não disse nada, o que me surpreendeu. Ele era um psicopata, mas também um ouvinte surpreendentemente bom, uma qualidade inesperada para um palhaço assassino. Assim que Kian parou de falar, Buzzkill virou-se para trás para olhar atentamente para Aaron, que se encolheu ao meu lado. Dava para entender a reação, o rosto aterrorizador do palhaço ainda aparecia como uma luz estroboscópica subliminar, quebrando a ilusão de normalidade.

— Ele tem cheiro de humano — disse Buzzkill. — Mas tem mais alguma coisa aí.

Buzzkill colocou óculos, olhou para o garoto e estremeceu. Aquilo não parecia *nada* bom. Bem devagar, para não assustá-lo, tirei uma das luvas dele e entrelacei meus dedos com os dele. Ele achou que eu estava tentando aquecê-lo e abriu um sorriso grato. A culpa abalou minha expressão casual porque eu, na verdade, estava tentando encontrar o pulso para sentir os batimentos cardíacos dele. Por alguns segundos, achei que ele estivesse morto e precisei usar todo meu autocontrole para não gritar e ir para o outro lado do carro. Mas, então, eu encontrei, bem fraco, como em uma pessoa com hipotermia. Mas ele não apresentava nenhum outro sintoma.

Mas o que está acontecendo?

O palhaço assassino não disse mais nada até chegarmos ao Cuppa Joe. Exatamente como antes, o lugar estava cheio de idosos, mas eu achava que nenhum deles fosse humano, pois alguma coisa nos dentes, nos olhos e nas veias das mãos era sinal de alguma outra coisa monstruosa. A mesma garçonete de antes cumprimentou Kian com um sorriso caloroso, Buzzkill com um mais frio e manteve a expressão neutra enquanto analisava Aaron e eu. Ela apresentou os especiais do dia e nos levou para uma mesa longe de todo mundo, o que foi muito inteligente da parte dela.

— O que você vai querer?

— Bloody Mary sem álcool — pediu Buzzkill.

— Você acha que isso aqui é um bar? Posso trazer um suco de tomate simples — disse Shirl.

— Exatamente o conceito de Bloody Mary sem álcool.

A mulher suspirou e anotou o pedido. Pedi chocolate quente, e Aaron só assentiu. Interpretei que ele queria o mesmo. Kian pediu café. Então, ela foi embora para deixar o pedido na cozinha, pregando-o na roda giratória. Aquela lanchonete era muito retrô. Esperamos as bebidas chegarem porque não adiantava começarmos e então sermos interrompidos. Assim que o pedido chegou, tomei um gole, porque os donos poderiam ser assustadores, mas a cozinha era maravilhosa. Buzzkill ficou mexendo a bebida com um talo de aipo, e fiquei tentando imaginar se aquilo era mesmo suco de tomate ou se era sangue de alguém.

— Desembuche logo — tomei a iniciativa.

— Tem alguma coisa a ver com ele, algo antigo.

Meus pensamentos se voltaram imediatamente para Harbinger, porque me lembrei de como ele se alimentou de Nicole e como planejava devorar a essência de Kian. Mas não, aquilo não se encaixava. Apesar de Nicole ter empalidecido e perdido a energia, ela nunca se esqueceu de quem era. Então, eu só podia concluir que o que quer que fosse que estava dominando Aaron não tinha nada a ver com Harbinger.

— E você sabe o que é? — perguntou Kian.

Boa pergunta.

Buzzkill negou com a cabeça.

— Seria mais rápido se vocês simplesmente usassem os óculos.

Estendi a mão e os peguei. Pareciam óculos comuns, tipo de aviador, mas não poderiam ser se me ajudassem a entender a coisa que estava se alimentando das lembranças de Aaron. Respirei fundo, coloquei os óculos e olhei para o garoto. Mal consegui conter o grito. O resto do mundo empalideceu e se tornou distante e bidimensional, mas havia uma coisa horrenda pendurada na base do pescoço dele. Era grotesca e inchada, vibrando de energia que girava em tons de violeta e citrino. A cada pulsar era como se a alma de Aaron estivesse saindo por seu tronco cerebral, embora a resposta provavelmente não fosse tão simples.

— Mas o que é isso? — Soltei o ar e tirei os óculos com as mãos trêmulas.

Kian os pegou e teve uma reação bem melhor do que a minha, apesar de ter empalidecido.

Aaron nos olhou, obviamente confuso.

— Estou doente?

— Mais ou menos — respondi, ao mesmo tempo em que Kian disse:

— Não se preocupe com isso.

Daquela vez, o olhar que trocamos estava carregado de controvérsias. Percebi que Kian achava melhor não contar que ele tinha um problemão pendurado bem na base do crânio, mas eu não conseguia enxergar o benefício de esconder a verdade. Buzzkill claramente não tinha o menor interesse pelos sentimentos do garoto, e eu me preocupei quando comecei a concordar com um palhaço assassino. Sentimentos não salvariam Aaron.

Merda. Talvez eu já fosse um monstro.

— Digam a verdade — sussurrou Aaron.

Ao ouvir isso, argumentei:

— Se ele tem coragem para perguntar, merece uma resposta.

Deixei Kian explicar da melhor forma possível. Mas o garoto pareceu não entender quando passou a mão na nuca.

— Mas não tem nada aqui.

Só porque você não consegue tocar, não significa que a ameaça não exista. Esse era meu novo mantra, não que ele servisse de *consolo*. Olhei para Buzzkill, me perguntando se ele tinha algum conhecimento para compartilhar, mas ele estava tomando seu drinque com ar indiferente.

— Espere, você pode *beber*?

— E isso importa? — perguntou ele.

— Não, mas estou curiosa.

— Você já sabe o que a curiosidade fez com o gato, não é?

— Vou arriscar.

— Então, tá. Eu posso beber. Não preciso beber, mas posso. Já que supostamente fui humano um dia, minha "vida posterior" tem alguns bônus.

— Bônus? — perguntei sem querer.

Buzzkill deu um sorriso irônico.

Ai, meu Deus.

Aaron estava com expressão neutra, e Kian com cara de nojo. Mas voltou ao assunto da conversa:

— Então, quanto ao sugador de cérebro...

— Você me pegou. Nunca vi nada igual.

— Não vem de alguma das nossas histórias?

— Nenhuma que eu já tenha ouvido. Mas existem coisas no universo que não vêm dos humanos. Coisas antigas. Que já estavam aqui antes.

— Como Allison Vega — sugeri.

Buzzkill inclinou a cabeça com ar de dúvida.

— Quem?

— Esse provavelmente não é o nome dela. Ela disse algo sobre falar sânscrito — comentou Kian. Ele começou a contar para o palhaço assassino o que sabia sobre ela, incluindo que ela se fartava de discórdia e não tinha umbigo.

— Ah — disse ele, perdendo o interesse. — Antigamente, esses seres eram chamados de demônios. Mas isso não significa muita coisa fora do contexto religioso. Para ser justo, eu entendo por que eles têm tanta raiva dos seres humanos. Eles tinham uma vida boa aqui antes de vocês saírem da lama e tornarem esse mundo tudo o que vocês querem.

Aquele era um outro problema. Suspirei.

— Aposto que eles acharam engraçado quando nós começamos a usar o inconsciente coletivo para criar nossos próprios pesadelos.

— No início, provavelmente — concordou ele. — Mas vocês sabem que eu não estava por aqui, não é? Na escala de longevidade imortal, ainda sou um feto.

— Um feto horripilante — murmurou Kian.

Buzzkill abriu um sorriso cruel.

— Valeu, garoto. Só estou fazendo meu trabalho.

A parte triste disso tudo é que era verdade.

— Essa coisa presa ao pescoço dele não é um monstro que nós criamos?

— Não mesmo. Só surge no nível subatômico. O que me diz que talvez seja algum tipo de ser dimensional. Eu poderia verificar com Wedderburn se vocês quiserem. — Seus olhos assustadores me desafiaram a responder que sim.

Tomei um pouco mais de chocolate quente antes de assentir. Pedir informações não seria pior do que permitir que ele me ajudasse a salvar meu pai — depois de ele ter mandado matar minha mãe. O ódio queimou como fogo no meu peito, como se eu tivesse engolido carvão em brasa, atiçado a mil graus de ódio fervente. Esperava que Buzzkill não notasse ou ele certamente alertaria seu mestre.

Não que eu esperasse que Wedderburn levasse a ameaça que eu representava a sério.

Eu esperava que ele não sobrevivesse para se arrepender.

Mas eu tinha outras questões para cuidar primeiro. Aaron. Meu pai.

Ultimamente, a escola não representava nem um pontinho no meu horizonte, sendo que antes era o centro do meu universo. Eu conseguia sentir que estava me distanciando da realidade. Era fácil entender por que Kian agiu da forma como agiu logo que nos conhecemos, afastado da humanidade. Viver tempo demais naquele mundo e no mundano estava começando a parecer um eco, uma sombra que pertencia a outras pessoas.

As palavras de Buzzkill ao telefone também não ajudaram muito. Ele só repetiu o que nós contamos a ele e o que tinha visto com aqueles óculos estranhos. Depois, ficou em silêncio, ouvindo.

Aaron se levantou enquanto Buzzkill estava ao telefone, mantendo a cabeça baixa.

— O banheiro é ali?

— Sim, é só seguir direto até os fundos. — Kian apontou em direção a um arco que ficava depois da última mesa.

Buzzkill largou o celular assim que Aaron saiu.

— Eu não estava errado — começou ele. — Wedderburn disse que essas coisas não têm um nome de verdade, mas as chamou de parasitas temporais porque elas se prendem a pessoas que ferraram o fluxo temporal de alguma forma. Pelo que ele já viu, elas são um tipo de... equipe de limpeza cósmica.

— Isso não faz o menor sentido — contrapôs Kian.

— Pense bem. Vocês me disseram que esse garoto nasceu em 1922, mas só tem uns 14 anos ou algo assim. Como isso é possível se ele se lembra de que deveria ter quase cem anos? Está fora do tempo. A culpa não é dele, Harbinger fez alguma coisa com ele. Mas esse tipo de coisa não pode acontecer, não é?

— Não faço a menor ideia.

— Wedderburn diz que não. Que o universo odeia paradoxos. Então existem forças fora do jogo que fazem pressão para restaurar o equilíbrio. Por que você acha que ele está tão ansioso para ter controle da tecnologia de viagem no tempo que você e seu pai vão inventar? — Minha expressão fez com que ele fizesse uma careta. — Como se você não soubesse disso.

Kian havia me mostrado alguns arquivos confidenciais um tempo atrás que davam a entender aquilo. Mas ele estava confirmando a nossa teoria.

— Por que uma pessoa é tão crítica para o universo? — perguntou Kian, referindo-se a Aaron.

— Como um antigo catalisador, você está me perguntando isso mesmo? Como é que vou saber? Não posso explicar tudinho para você. Eu só mato coisas.

— Então, basicamente, Aaron tem um parasita dimensional preso a ele — interrompo. — Wedderburn disse qual é o resultado disso?

Buzzkill encolheu os ombros.

— Não está sacramentado. Às vezes, o hospedeiro morre, às vezes fica completamente sem memória, como uma tábula rasa.

Kian arregalou os olhos.

— Se ele não se lembrar que nasceu em 1922, é um processo lento de reinicialização. Ele vai virar apenas outro garoto-problema.

— Ponto para o bonitão. Além disso, o equilíbrio é restaurado — concluiu Buzzkill.

— Ele estava bem frio. — Considerando como o pulso dele estava fraco, essa reinicialização poderia acabar com ele. Cutuquei Kian do outro lado da mesa. — Já faz um tempo que ele foi ao banheiro. Melhor dar uma olhada.

Assentindo, ele se levantou e seguiu para lá, mas em menos de trinta segundos estava de volta, pálido e ofegante.

– Aaron sumiu. Acho que ele fugiu pela janela.

Praguejando, eu me levantei enquanto Kian deixava dinheiro na mesa para Shirl. Corri para o lado de fora, esperando vê-lo. Ele era tão jovem e vulnerável, apesar da idade cronológica, que eu não consegui controlar o terror que tomou conta de mim. Buzzkill nos alcançou no beco atrás do Cuppa Joe. Ele farejou o ar, duas vezes, e congelou, mas eu só senti o fedor de comida podre da lixeira misturado com urina.

– O que houve? – perguntou Kian.

– Preparem-se – avisou o palhaço assassino com um terrível contentamento. – Dwyer está chegando cheio de gás.

CORAÇÃO EM UMA CAIXA

– Piadinha infame – comentou Kian.

Naquele momento, eu o amei tanto que chegou a doer. As tiradas inteligentes faziam parte do papel de herói que ele queria representar. Não acreditei que tenha tido a presença de espírito de dizer aquilo antes de tudo virar uma loucura. Infelizmente, ele não tinha o preparo para combate de que precisava e isso me assustava muito. Mesmo assim, àquela altura, eu já tinha percebido que ele não dava a mínima para a própria segurança. Eu já tinha perdido tanta coisa que preferia morrer a levar outro golpe emocional. Dor física era finita, certo? A morte poderia ser o fim; não seria um triunfo, mas se eu morresse salvando meu pai, meus amigos ou Kian, valeria a pena.

Buzzkill riu.

– Ué? Eu sou palhaço.

Kian pegou minha mão em um gesto de solidariedade. O ar frio à nossa volta começou a esquentar, derretendo a neve acumulada perto da parede do beco. Ao mesmo tempo, uma nuvem brilhante nos cercou por todos os lados, tão forte que me cegou por um instante, substituindo minha visão por um brilho que aparecia ao olharmos muito tempo para o sol. Um medo repentino explodiu dentro de mim. Aquilo significava que o próprio Dwyer estava liderando o ataque? Eu não esperava isso. Imaginei que ele fosse mandar seus servos, como os monstros que usou para sequestrar meu pai.

Não tive tempo para pensar. Não podia deixar meu ímpeto de fuga entrar em ação. Lutar não era minha reação instintiva, mas, para sobreviver, era o que eu precisava fazer. Já tinha desperdiçado uma chance de salvar meu pai. Antes que a cegueira temporária passasse, enfiei a mão no bolso. Cameron deveria estar com força total, já que eu não o usara desde o ritual de ligação e das lições na Tesouros Esquecidos. Respirando fundo, abri o estojo e sussurrei o primeiro comando que Rochelle me ensinou.

Senti a força tomar meu corpo até a parte de cima da minha cabeça formigar. Minha pele também parecia congelada de frio, como se mãos mortas tivessem tocado meu corpo inteiro. Guardei o estojo e esperei minha visão voltar. Ouvi Buzzkill praguejar e o ruído que ele fez ao pegar as ferramentas na pasta. A minha maior preocupação era com Kian, que não tinha treinado tanto comigo e com Raoul. Se as coisas chegassem às vias de fato, eu saberia como atacar, bloquear e cair, não que estivesse convencida de que poderia enfrentar Dwyer e sua laia fisicamente.

Quando voltei a enxergar, estávamos em um tipo de bolha que não fazia parte do mundo moderno. Eu tinha visto isso antes, quando visitamos a Oráculo, no prédio de Wedderburn. Kian dissera que ela tinha sido confiscada, presa em âmbar, porque não poderia existir no mundo real. Será que aquele lugar era como a caverna dela? Apesar dos perigos, fiquei pensando em toda a física envolvida na criação de um subespaço como aquele. Eu daria qualquer coisa para estudar o fenômeno... mas Dwyer ou seus servos logo chegariam para tentar nos matar. E aquela realidade me colocou em alerta.

As paredes eram claras e comuns, com algumas sombras ao longe. Aquele tipo de poder me assustava muito.

Como se estivesse respondendo aos meus pensamentos, Dwyer caminhou na nossa direção, seguido por seus servos. O deus-do-sol sorriu. Estava de branco naquele dia, conferindo um contraste profundo com o bronze e o dourado do cabelo e da pele. Ele deu um passo para a frente, erguendo uma das mãos para seu séquito parar. Pareciam ser serpentes emplumadas formando as cores do arco-íris, algo direto do mundo maia, pensei, mas o sibilar e as presas e o jeito que se retorciam olhando para nós me dizia que elas definitivamente nos consideravam presas.

— Tenho certeza de que você já sabe agora — disse ele.

— O quê?

— Que estamos com seu pai.

— Não estamos aqui para conversar — interrompeu Buzzkill. — Foi você quem nos convidou, então vamos dançar.

Lancei um olhar rápido e vi que ele estava usando sua forma verdadeira de palhaço aterrorizante e demente, com olhos e dentes amarelos e serras afiadas nas duas mãos. A roupa e o cabelo tinham sido criados para ser engraçados, mas estremeci e afastei o olhar. *Ainda bem que, dessa vez, ele está do nosso lado.*

— Eu já vou falar com você, sua aberração. Essa será uma oferta única de clemência. Venha comigo, e você e seu pai ficarão juntos. Vocês dois podem trabalhar em um dos *meus* laboratórios sob minha proteção. O que foi que Wedderburn fez para merecer sua lealdade? Você é uma garota esperta, tenho certeza de que sabe o que ele fez com sua mãe.

— Eu sei — consegui responder.

A questão era que eu seria idiota de não considerar a proposta. Mas Buzzkill me lançou um olhar.

— Não seja idiota, garota. Wedderburn vai preferir vê-la morta do que ajudando a oposição.

— Nem pense nisso — rosnou Kian.

Eu não sei com quem ele estava falando, provavelmente com os dois. As palavras eram fofas, mas ele não tinha como resolver meu problema. Não sem ser destruído por aquele bando de titãs. Então, soltei a mão dele e me afastei, atraindo o olhar do inimigo.

Dwyer abriu um sorriso radiante e cintilante.

— Olha, eu me sinto do mesmo jeito.

Merda. Eu sou a corda do cabo-de-guerra. Eles vão ficar puxando até que eu arrebente.

Então, ouvi um sussurro baixinho na minha cabeça. *Você se lembra de como se sentiu quando eu a coloquei de joelhos?* A raiva e a humilhação quase me sufocaram, mesmo um ano depois. Algumas lembranças não perdiam a força. *Cameron?*, sussurrei na minha mente. Ele fazia parte de mim agora, envolvendo-me por inteiro, e a sensação era terrivelmente poderosa.

Use isso. Use agora.

– Você não pode me pegar – rosnei para Dwyer.

Ninguém ficou mais surpreso do que eu quando meu punho atingiu o queixo dele, e uma energia escura saiu pelos meus dedos, jogando-o para trás. *Cameron?* Mas meu espírito não respondeu. Aquela força estranha surgiu de novo, alimentando minha raiva. Senti medo por muito tempo – dos idiotas da escola, dos monstros e dos imortais, de decepcionar minha família e meus amigos, de perder as pessoas que eu amava. Estava na hora de revidar.

Ele não caiu, mas fez uma pausa, esfregando o queixo com as pontas dos dedos dourados.

– Como se atreve?

Mas não dei tempo para ele ficar falando merda. Fui atrás dele de novo, tentando me lembrar de tudo o que Raoul havia me ensinado. Pela visão periférica, vi Buzzkill começar a lutar com as serpentes emplumadas, mas o vento estava ficando forte, mantendo-me longe do meu alvo. Cambaleei à medida que a claridade aumentava. Logo eu estava cega e não conseguia encontrar Dwyer. O primeiro golpe dele acertou minha barriga, meus órgãos deveriam ter sido pulverizados, mas Cameron pareceu absorver parte do impacto. Cambaleei para trás, mas, graças a Raoul, eu sabia como cair e logo fiquei de pé.

Kian gritou:

– Edie!

Eu não podia olhar para ele.

O calor estava aumentando com a força dos ventos. Eu precisava de todas as minhas forças para me manter de pé, enquanto Buzzkill acabava com uma das serpentes emplumadas que eu acreditava serem as responsáveis pela tempestade. A outra se juntou, acrescentando raios e trovões à peleja. Caiu no chão, a alguns centímetros de onde eu estava, chamuscando as solas dos meus sapatos. Dei um passo para trás e escapei por um triz do golpe de

Dwyer. A expressão dele irradiava uma descontração assustadora, como se não esperasse que eu tornasse aquilo tão interessante.

Ele tinha me machucado feio, e as coisas provavelmente ficariam ainda piores. O deus-cobra mais próximo me atacou, considerando-me mais perigosa do que Kian. Isso me deixou feliz, apesar de Kian praguejar. Eu me desviei do ataque e desejei ter uma arma. Desarmada em combate com oponentes muito poderosos. Um grito de terror fez com que eu me virasse, rápido o suficiente para evitar um ataque dos dentes afiados.

Para o meu horror, Aaron saiu voando das sombras, atirado de um lado para outro no vento assassino como destroços de um navio. *Ele provavelmente estava escondido por perto quando Dwyer nos trouxe para cá.* O garoto caiu no chão com força e foi quicando por mais alguns metros. Ele não estava se movendo como um presa, mas mais como um monte de trapos sendo arrastado, e o deus-cobra atacou assim mesmo, fincando as presas afiadas nele, muitas vezes. Corri até a coisa, mas Dwyer me derrubou. *Não acredito que me esqueci dele.*

— Aguente firme! — gritou Buzzkill. — O chefe vai mandar reforços, mas vai levar um tempo para estourar a bolha.

Aquele ataque me derrubou de costas e teria sido suficiente para me apagar se eu não soubesse como cair. Dei um impulso para a frente e levantei, vacilante, mas ainda na luta. Com uma expressão indecifrável, Dwyer me atacou novamente, cavalgando no vento como se estivesse em uma charrete. Pairou sobre mim, tentando usar aquela droga de aura contra mim, mas meu espírito amigo impediu que a pior parte daquilo me atingisse. Em vez de ajoelhar, ataquei os joelhos dele porque ele estava pairando muito acima de mim. Tentou chutar minha cabeça, e levantei o braço para bloquear o golpe. A luz que tinha derrubado Harbinger na escola fez o deus-sol se afastar. *Valeu por isso, Wedderburn.* Minhas marcas ainda me mantinham a salvo, agora eu tinha certeza. Se tivesse tentado ir com Dwyer, elas talvez tivessem queimado tanto a ponto de me matar. Piscando, eu me lembrei o quanto elas doeram quando deixei Boston com Davina. *Droga. Eu basicamente tenho uma bomba em cada pulso.*

Dwyer praguejou em uma língua que eu não conhecia, e cambaleei em direção a ele, semicerrando os olhos.

— Isso não é nada comum — comentou ele, em inglês.

Minha visão entrou em foco. O golpe na barriga tinha me machucado e me deixou mais lenta quando Dwyer estendeu uma das mãos. Um brilho feroz saiu da palma, o tipo de brilho que dizia que queimaria tudo se fosse preciso. O fogo explodiu como uma bomba de fumaça, dificultando muito a respiração. Mergulhei, mas não havia lugar para me proteger, e o vento me pegou, atirando-me contra a parede dos fundos. Aquele era um espaço restrito criado pelo deus-do-sol; por quanto tempo ele conseguiria manter a nossa prisão e usar o poder que precisava para me dominar?

Quando meus olhos pararam de doer por causa do calor intenso, olhei para o corpo chamuscado perto de mim. Eu já tinha visto cenas de explosões de bombas e não estava preparada para ver os estragos. Buzzkill ainda estava lutando. *Aquele... Aquele é...* Ali perto, Kian bateu no chão com força, sangrando em vários lugares. *Então aquele é Aaron. Nós o salvamos de Harbinger e ele morreu por nossa causa.* Não tive tempo para pensar nas implicações daquilo — se a vida da qual o tiramos tinha sido melhor do que uma morte corajosa.

Buzzkill cortou a cabeça de uma serpente emplumada, mas a coisa não parava. Em vez disso, o corpo simplesmente se retorceu e outra cabeça nasceu em seu lugar. Ele praguejou até dizer chega.

— Eu não tenho como vencer aqui. Elas não podem me matar e eu não posso matá-las. Mas você...

Eu sou fraca. Humana. E Kian já está quase no chão. E uma das cobras o picou.

Ele também não estava mais se mexendo. Minha raiva ficou fria de repente, e Cameron... ele mergulhou mais fundo em mim. Seu sofrimento por causa de Brittany, sua vulnerabilidade, suas emoções, tudo correu por mim como água em uma represa com barragem rompida. Ele não se importava com quem era o alvo, só queria que alguém pagasse. E precisei de todas as minhas forças para não permitir que ele tomasse meu corpo completamente. Por pura força de vontade, eu o sufoquei e aceitei toda sua fúria como se fosse minha. Eu não sabia bem que aparência eu tinha naquele momento, mas Buzzkill na verdade me deu passagem quando eu avancei com as duas mãos levantadas, intimando-o para lutar.

— Você pode me machucar — afirmei com frieza. — Mas não pode me destruir.

Dwyer atirou mais fogo na minha direção, e eu passei *através das chamas*. Isso teve um preço, tirando a maior parte da força do meu espírito. A força de Cam tinha limite e estava quase esgotada, mas eu continuei correndo. A mais absoluta força de vontade me fez avançar, e Cameron guiou minha mão com precisão monstruosa. Meus dedos mergulharam no peito de Dwyer e eu continuei empurrando. Ele não tinha a mesma consistência biológica que um ser humano, não era feito de carne e osso, mas eu o estava ferindo, sem dúvida. Meus dedos se fecharam em volta de algo duro e quente e, quando puxei a mão para fora, estava segurando uma pedra laranja em brasa e feia que contrastava com a beleza da sua aparência exterior.

A expressão dele era de surpresa e medo. Dwyer cambaleou para trás quando a bolha explodiu. Cacos de luz choveram à minha volta quando me joguei em cima de Kian. Quando abri os olhos de novo, estava no chão do beco sujo atrás do Cuppa Joe, ainda em cima de Kian e com o corpo irreconhecível de Aaron por perto. Wedderburn chegou alguns segundos depois em uma chuva de gelo e granizo. Eu mal senti quando me atingiram nas costas.

— Você enfureceu Harbinger só para fazer com que seu bichinho de estimação fosse morto... e foi para isso que você salvou o querido Kian? — O deus frio deu uma risada. — Às vezes eu me pergunto se você é tão inteligente quanto seus registros acadêmicos indicam, srta. Kramer.

— Talvez não — respondi entredentes.

— Que pena. Seus planos nunca parecem sair como você espera. Teria sido muito mais gentil permitir que Buzzkill executasse Kian Riley. Muito mais rápido do que veneno.

A brasa queimava minha mão, mas não abri os dedos. Algum instinto secreto sussurrou que se ele visse o que eu estava segurando, tiraria de mim a força, e eu não podia permitir uma coisa dessa. Olhei para Buzzkill e vi que ele estava pesando as opções, mas, no fim, ficou quieto. Eu não sabia o motivo. Senti uma leve esperança, apesar da dor excruciante, mas não podia demonstrar.

– Eu cuido dele. Vá. – A última palavra saiu entredentes. Por alguns segundos, temi que Wedderburn fosse ficar mais tempo e eu morreria de choque, mas ele desapareceu com uma nuvem em uma partida exuberante e invernal.

Gemendo, bati a mão na neve que o deus frio deixou para trás, ela esfriou a pedra até uma temperatura suportável e o latejar da minha mão se transformou em dormência, o que provavelmente não era um bom sinal. Eu estava mais preocupada com Kian, que ainda não tinha se mexido. Saí de cima dele e verifiquei se o coração ainda estava batendo. *Fraco, mas ainda estava.* Ofegante, apoiei a cabeça no peito dele.

– Você não pode manter o coração de Dwyer em um banco de neve. Ele está fraco agora, mas vai voltar para pegá-lo.

– Por que você não contou para Wedderburn? Ele provavelmente faria bom uso disso.

– Provavelmente – admitiu ele. – E... eu não sei bem. Tecnicamente, você é minha chefe agora e eu percebi que você queria manter isso em segredo.

– Mas não foi esse o motivo.

Ele negou com a cabeça, assumindo o papel de guarda-costas de novo.

– Espere um pouco, vou ver o que eu tenho aqui para ajudá-la.

– Hein?

Em vez de responder, ele começou a procurar na pasta e pegou uma caixinha quadrada.

– Acho que isso vai resolver.

Buzzkill a abriu e revelou uma caixa de chumbo por dentro. Meu braço inteiro já parecia meio morto, e precisei de toda minha força para levantar a pedra e colocá-la lá dentro. Ele a fechou e me entregou de novo. Eu estava tonta de exaustão e dor quando a enfiei no bolso do casaco, mas não podia desmaiar.

— Vou dar um pulinho no Cuppa Joe para avisar a Shril que precisamos da equipe de limpeza aqui no beco para recolher o morto.

— Não tem graça nenhuma.

Pobre Aaron.

Mas eu não podia nem ceder à tristeza, porque estava extremamente preocupada com Kian. Enquanto Buzzkill entrava, tentei fazê-lo voltar a si, mas nada funcionou. A respiração estava cada vez mais fraca, até eu temer ser capaz de ouvir a morte estalando em seu peito. *Ai, meu Deus, não. Não dessa maneira.* Medo e raiva travaram uma luta na minha mente. Talvez fosse fútil me sentir assim, já que ele tinha uma data de validade. Em alguns meses, ele ia fazer vinte e um anos e, no dia do seu aniversário, Harbinger beberia sua alma como se fosse um refresco.

As primeiras lágrimas já estavam escorrendo pelo meu rosto quando Buzzkill voltou para me pegar.

— Faça esse saco de ossos se levantar ou vamos deixá-lo para trás. Encontre a chave do carro.

O jeito brusco me fez entrar em ação provocada pela mais pura antipatia. Olhei para o estojo e vi que Cameron só tinha mais um pouco de energia para me ajudar. Ele era uma sombra clara, mas eu não tive a menor pena de chamá-lo de novo. Sussurrei a palavra para o espelho quase vazio e tive força para levantar Kian sobre meu ombro.

— Não mesmo – disse eu. – Você fez autoescola? Porque eu fiz.

Uma vez na vida, Buzzkill ficou sem palavras, enquanto eu passava por ele em direção ao Mustang. Ele me seguiu resmungando sobre eu não saber quando desistir, e o ignorei. Coloquei Kian no banco do passageiro e liguei para Raoul enquanto esperava Buzzkill entrar no banco de trás.

Meu guardião/mentor atendeu no segundo toque:

— O que foi, *hija?*

— Espero que não esteja muito longe – respondi, trêmula. – Porque é uma emergência.

EM CASO DE EMERGÊNCIA, LIGUE PARA O PALHAÇO ASSASSINO

Contei tudo para Raoul em voz baixa. Ele ouviu sem me interromper e, então, para meu completo alívio, assumiu o comando com voz séria de medo.

– Vamos nos encontrar no apartamento dele. Eu tenho que pegar algumas coisas e logo vou para lá. Livre-se do palhaço.

– Entendido. – Dei a partida sem me virar.

Eu ainda não tinha tirado minha carteira de motorista, mas tinha feito todas as aulas de autoescola. Motivo pelo qual não dirigi para trazer Davina de volta de New Hampshire, mas era uma questão de vida ou morte. Não poderia permitir que um documento laminado me impedisse de conseguir a ajuda de que Kian tanto precisava. Levá-lo ao hospital provavelmente seria uma perda de tempo, considerando a qualidade sobrenatural do veneno. Quando chegássemos – *se* chegássemos –, eu confirmaria com Raoul. Por mais que eu quisesse ver como Kian estava, não me atrevia a tirar as mãos do volante nem os olhos da estrada.

Dirigir na cidade era assustador. Eu já tinha feito aula prática de direção, mas como Blackbriar ficava na área residencial, o trânsito não era nem um pouco parecido com o que eu estava enfrentando naquele momento em Boston. Os nós dos meus dedos estavam brancos no volante, devido à pressão. Se eu batesse em algum carro ou em um hidrante, nós nos atrasaríamos e Kian talvez não resistisse. Salvá-lo foi uma escolha que eu fiz e não sair dirigindo pela cidade em ruas estranhas quando minha experiência se resumia a exatamente doze horas atrás do volante, sempre com um instrutor profissional sentado no banco do passageiro, equipado com pedais de freio e um volante. Meu coração parecia prestes a sair pela boca.

Por fim, parei na frente do prédio dele e contornei o carro para ver como Kian estava. Não parecia nada bem. Os locais das picadas do deus-cobra estavam ficando pretos com marcas vermelhas no local da incisão. Buzzkill não disse nada, simplesmente jogou Kian sobre um dos ombros, provavelmente notando que eu não tinha mais forças. Enquanto seguíamos pela porta, meu desespero interno crescia. *Se Raoul estiver aqui... mas não, ele disse que imortais não o reconheceriam.* Mas eu não estava ansiosa para testar nossa sorte. Afinal, até agora ela tinha ido de mal a pior.

Usei a chave de Kian para abrir a porta e disse:

— Coloque-o no sofá.

— Se você não fizer alguma coisa, ele vai morrer em menos de uma hora. — A declaração fria me fez empurrar Buzzkill em direção à porta. — E não será uma morte bonita. Quer saber como vai ser?

— Cale *já* essa boca!

Ele fez uma pausa, descansando uma das mãos na moldura da porta.

— Wedderburn talvez possa fazer alguma coisa, mas tenho certeza de que você já sabe que ele nunca faz nada de graça.

— Kian preferiria morrer a voltar a trabalhar para Wedderburn.

Buzzkill assentiu.

— Tente não enfurecer mais ninguém. Você já tem inimigos.

— Inimigos bem públicos — concordei.

Qual seria o nível de raiva de Harbinger? Ele disse que eu quase tinha exaurido seus poderes, mas talvez fosse um exagero. Comecei a relacionar mentalmente as coisas que fiz para enfurecê-lo: arruinei sua festa, roubei Aaron dele, recusei a oferta esquisita de me tornar o seu bichinho de estimação e, finalmente... causei a morte do garoto. Senti um aperto do estômago de tristeza e arrependimento.

O palhaço ficou olhando para Kian por alguns segundos e a conclusão a qual chegou fez com que ele negasse com a cabeça.

— Eu poderia simplesmente matá-lo. Só dessa vez, eu posso fazer isso de forma rápida e indolor.

— Saia.

— Isso não é maneira de tratar um companheiro de luta. — Mas ele foi embora, deixando-me com menos um problema.

Assim que a porta se fechou, eu me ajoelhei ao lado de Kian e peguei sua mão.

— Ei, você ainda tem algum tempo. Não pode desistir e me deixar agora. — As pálpebras se mexeram, mas ele não abriu os olhos. Lágrimas começaram a escorrer pelo meu rosto e pingaram no dele, uma delas escorrendo até os lábios, onde tremeluziu e se espalhou. Em um conto de fada, as lágrimas do seu verdadeiro amor poderiam ser a cura.

Ele não se mexeu.

Ou eu não sou o seu verdadeiro amor ou finais felizes não existem. Chorando em silêncio, encostei a testa na dele, ouvindo a respiração fraca. Parecia que ele poderia partir a qualquer momento, e *eu não estava pronta*. Havia tantas coisas que não tínhamos feito juntos. Eu não esperava um "para sempre", mas queria mais tempo.

Alguns minutos depois, Raoul passou pela porta com uma sacola de papel. Ele rosnou uma ordem assim que parou ao lado do sofá:

— Ferva água.

Em questão de segundos, levei uma panela ao fogo enquanto ele tirava vários itens: uma taça de ágata, um pingente de ametista, uma colher de osso, uma pedra que eu não consegui identificar, que parecia dente de tubarão ou algo ainda mais estranho. Fiquei andando de um lado para outro, esperando a água ferver, e, assim que vi as bolhas, peguei o cabo com a mão que não estava machucada e fui correndo para a sala. Em silêncio, Raoul colocou a água na taça e, depois, acrescentou todos os outros objetos. Se ele estava fazendo alguma poção mágica, ela não estalou, não soltou vapores nem mudou de cor. Para mim, parecia que ele estava colocando um monte de objetos de molho.

— O que é tudo isso?

— Suprimentos — respondeu ele, tenso. — Conversaremos depois.

Subjugada, sentei no chão e apoiei a mão machucada no peito. Eu provavelmente precisava de tratamento médico. Também precisava de um plano, porque Buzzkill estava certo; Dwyer não esperaria muito tempo para vir buscar a brasa que arranquei do seu peito. Eu desconfiava que aquilo devia ter algum dispositivo de localização também. Enquanto o objeto estivesse comigo, ele poderia me localizar a qualquer momento, como se eu portasse algum chip de GPS.

Raoul me ignorou e continuou mexendo, enquanto eu tremia. A reação estava começando, mais pesada e mais forte do que o choque. Eu me lembrei do aviso de Rochelle e baixei a cabeça. Meu cabelo estava com cheiro de fumaça e vi, olhando para trás, que havia pontas pretas e chamuscadas. Não me levantei para verificar.

Por fim, bem na hora que eu tentava controlar o impulso de mandá-lo se apressar, Raoul cortou o tecido em volta das picadas de Kian e, então, simplesmente jogou água quente ali. Embora não devesse haver nenhuma reação, Kian soltou um berro horrível, mas não acordou. Raoul repetiu o processo até toda a água acabar, restando apenas os estranhos objetos no fundo da taça, molhados e inexplicáveis.

— Funcionou? — perguntei, analisando Kian, ansiosa.

— Eu não sei.

— Você deveria ter todos os tipos de recursos, Artefatos das Sentinelas da Escuridão. Por que você *não* tem certeza?

— Eles não me deram nada — revelou ele. — Por que meu mestre pediria para que eu roubasse de Wedderburn se tivesse algo suficientemente poderoso para me esconder?

— Então parece que eles não servem para nada — resmunguei.

— Talvez. Mas são os únicos que sabem sobre o jogo.

Ignorei aquilo.

— Explique o que você acabou de fazer com ele antes que eu comece a enlouquecer aqui.

— Tudo o que está aqui vem do mundo antigo, são objetos que as pessoas acreditavam ser capazes de neutralizar os efeitos de venenos. Uma colher de calau, um pedaço de prato de cerâmica *celadon*, uma taça de ágata, dentes de um tubarão fossilizado, pedra de cobra...

— Então, se pessoas suficientes acreditarem em um desses objetos, ele vai funcionar. Se não... — Não consegui concluir a frase.

Nem Raoul. Em vez disso, ele assentiu em silêncio.

— O que é uma pedra de cobra?

— Um fóssil amonita, um criatura marítima extinta semelhante ao náutilo. Civilizações antigas a valorizavam porque parecia uma serpente enrolada.

— Magia por associação? — sugeri.

— Parece que sim. — Raoul ficou em silêncio, e vi uma tristeza infinita em sua expressão.

Kian não estava errado ao pensar que esse cara se importava com ele. Aposto que ele odiou ter que partir.

Andei de joelhos até Kian e segurei a mão dele. Por ora, ele ainda estava respirando. Os ferimentos estavam inchados e escuros, mas talvez os buracos vermelhos não estivessem mais tão ruins. Talvez eu só quisesse acreditar naquilo. Raoul ficou ao meu lado, de joelhos também. Quem passasse e nos visse, pensaria que estávamos rezando. Fiquei assim até as patelas começarem a doer, junto com todos os outros ferimentos.

— Será que não é melhor levá-lo para um hospital?

Ele negou com a cabeça.

— Os médicos não vão saber o que fazer. Os tratamentos contra envenenamentos costumam ser bem-sucedidos na medicina moderna, principalmente quando eles têm o antídoto específico em mãos. Às vezes, as pessoas morrem mesmo depois de receberem o tratamento porque os médicos não conseguem o que precisam com a rapidez necessária.

— Isso não está ajudando — sussurrei.

Franzindo as sobrancelhas, Raoul me olhou atentamente.

— Mas parece que *você* está precisando de um médico.

— Pois é.

Minha mão estava definitivamente ferrada. Eu não conseguia abrir os dedos; eles se fecharam sobre a queimadura que sofri ao roubar o coração de Dwyer. Minhas costas, barriga e as laterais do corpo, tudo estava doendo, mas não era nada comparado ao que tinha acontecido no laboratório. Meu espírito amigo me protegeu até certo ponto.

— Deixe-me ver.

Eu me encolhi quando ele pegou minha mão, não porque doeu, mas porque não doeu nada. Aquilo parecia ainda pior; eu não senti absolutamente nada quando ele forçou meus dedos a se abrirem. Do pulso para baixo, parecia uma zona morta e, quando eu vi a palma da minha mão em carne viva, quase vomitei. Afastei o olhar, e meus olhos ficaram marejados.

— *Mierda* — praguejou ele. — O que foi que você fez? Agarrou um fio desencapado e se recusou a soltar?

Certo, ele não sabia sobre o coração dentro da caixa.

— Algo do tipo.

— Temos que levar você para o pronto-socorro imediatamente.

— Mas Kian...

— Você pode perder a mão se não formos agora.

— Vou arriscar — respondi em voz baixa. — Kian vai acordar do seu tratamento duvidoso... Ou não. De qualquer forma, não quero deixá-lo sozinho.

Fiquei sentada ao lado dele por uma hora, mais tempo que Buzzkill supôs. Usei compressas de gelo para controlar o inchaço, e Raoul conseguiu fazer com que ele bebesse um pouco de água. Duas horas depois, a febre dele subiu muito, mas isso costumava ser um bom sinal, certo? Significava que o corpo estava tentando lutar contra a infecção.

A essa altura, eu já estava mais do que tremendo.

— Tudo bem, acho melhor eu ir para o hospital. Você fica com ele, está bem?

Raoul assentiu.

— Mando uma mensagem de texto se houver qualquer mudança por aqui.

Saí cambaleando do apartamento e desci a escada com um pano de prato cobrindo a enorme ferida que minha mão tinha se tornado. A pedra do coração de Dwyer ainda estava queimando um buraco figurativo, escondida em segurança no bolso do casaco. O palhaço assassino começou a andar do meu lado, surgindo do nada, enquanto eu cambaleava em direção à estação de metrô. O hospital onde Brittany havia morrido não ficava muito longe. Por motivos óbvios, eu não queria ir até lá, mas, no meu estado atual, não consegui pensar em nenhum outro lugar.

— Você não tem absolutamente nenhum plano, não é? — Buzzkill suspirou.

— Você descobriu isso sozinho?

— Não seja babaca com quem está estendendo a mão para você. Venha.

— Hein?

Em vez de me levar ao hospital, Buzzkill me levou para o quartel-general. Quando percebi que estava na frente da WM&G, quase quebrei o tornozelo tentando fugir. Mas o palhaço me agarrou e me arrastou pelo vestíbulo, onde vi a recepcionista arrumada em tons horrendos de laranja para combinar com a nova decoração assustadora. Iris parecia saída de alguma revista estranha de moda, com o cabelo todo para cima em um penteado que precisava de uma estrutura de metal como aquelas usadas na época da Revolução Francesa. O resto parecia ter saído diretamente dos anos 1960, saia e blazer de poliéster, botas de cano longo e cílios postiços imensos.

Ela estendeu a mão para pressionar o botão de segurança quando viu Buzzkill atrás de mim.

— Você está assumindo a responsabilidade por ela?

— Não se preocupe, boneca.

Levantei as sobrancelhas, sem acreditar, mas Buzzkill estava segurando meus ombros e me levando para o elevador, que ele chamou e aproximou seu crachá para leitura, entrando no primeiro que abriu. Subimos direto para o 36º andar, uma parte do complexo que eu nunca tinha visto. Enquanto subíamos, uma versão bizarra de "Don't Worry, Be Happy" começou a tocar. Como se as coisas não estivessem estranhas o suficiente, Buzzkill começou a assoviar com a música.

— O que estamos fazendo aqui?

Antes de conseguir responder, as portas se abriram, revelando uma parede na qual se lia MEDICINA E PESQUISA com setas apontando para os dois lados. Seguimos pela direita, seguindo o cheiro de antisséptico, umas cem vezes mais forte do que sentíamos em um hospital. Também senti um cheiro estranho, que não consegui identificar, semelhante a metal quente.

— Consertando você — respondeu Buzzkill, por fim. — Eu sei que prefere ver a cabeça do chefe pendurada em um poste a pedir ajuda, mas existem algumas vantagens disponíveis.

— Você me disse que eu teria que pagar para salvar Kian — protestei.

— Ele está fora do jogo, lembra? Ao passo que *você* ainda é a peça favorita do chefe. Como é mesmo aquele ditado? "O pior cego é aquele que não quer ver" e tudo o mais. A não ser que você queira de fato cegar alguém. Nesse caso, dou a maior força, vá em frente, mas lembre-se de que é bem difícil arrancar o olho de alguém.

— Você é pior do que tudo nesse mundo.

— Se soubesse o tanto de autocontrole que estou exercendo neste exato momento para não cortá-la em pedacinhos, você me daria uma medalha.

— Me solta! — Lutei, convencida de que ele estava me levando para ser dissecada ou algo assim. Espere, não, ele tinha todas as facas de que precisaria e estávamos seguindo para um ambiente perfeito, com um ralo no chão e uma mangueira para lavar todo o sangue.

Como resposta, ele me levantou, como já vi gatas fazendo com seus filhotinhos. Quando me largou, cambaleei por uma porta até as instalações médicas, chamando a atenção de duas coisas que estavam trabalhando ali. Não eram seres humanos, mas também não pareciam ser monstros. Na verdade, pareciam droides saídos de um filme de ficção científica: brilhantes, cilíndricos, equilibrados em duas rodas, com múltiplos apêndices, embora *acessórios* talvez fosse uma palavra melhor. O mais próximo me envolveu com uma luz azul e, então, um holograma da minha imagem apareceu com uma lista dos meus problemas físicos: anemia leve, várias contusões, uma pequena perfuração gastrintestinal provavelmente provocada por um impacto forte e uma queimadura de terceiro grau na palma da mão direita. Olhando com mais atenção, o lugar parecia um tipo de clínica de tratamento. Reconheci o nome escrito em alguns frascos nas prateleiras por causa das aulas de química. Minha respiração ficou mais calma e parei de ofegar.

— Só deixe a coisa tomar conta de você — pediu Buzzkill com explícita impaciência. — Acha que é a primeira catalisadora idiota a ter que enfrentar a porra da oposição? É para isto que este departamento existe. Eu não preciso de um plano de saúde, gênio.

— Ah. — Eu estava me sentindo bem burra mesmo. Se eu soubesse disso, teria chegado depois da festa de Harbinger, mas ninguém nunca me avisou sobre nada daquilo.

Obediente, subi na maca e fiquei parada enquanto o médico-robô fazia seu trabalho em mim. Era bem melhor do que o hospital porque eu não precisava responder por que estava tão machucada. O que fazia sentido. Quanto menos informações no arquivo, melhor para os envolvidos no jogo imortal. *Na verdade...*

— Foi por isso que Dwyer nos puxou para um espaço-bolha?

Buzzkill franziu ligeiramente as sobrancelhas e me olhou sem entender.

— Sobre o que você está tagarelando agora? Nunca *ninguém* falou tanto comigo assim.

— Espaço-bolha, estou tentando entender por que Dwyer escolheu lutar lá. Isso exige um custo de energia, o que significa que ele não tinha muita coisa para usar contra nós. Preciso saber o porquê.

— Ah. — Ao entender, o palhaço ficou com um ar endiabrado. — E o que faz você achar que eu sei o porquê?

— Bem, você tem mais informações para adivinhar do que eu.

— Tudo bem, já que você está sendo tão agradável comigo. Dois motivos. Um, ele não quer interferência humana. Se as bolas de fogo e tempestades de raios explodirem no meio de Boston, as pessoas vão notar e tentar ajudar. Dois, se ele já conseguiu isolá-la, tudo o que precisa fazer é deixá-la incapacitada.

— Mas nós demonstramos mais força do que ele esperava.

Buzzkill sorriu.

— Foi exatamente o que fizemos. Nada mal para uma garotinha e um meme da internet.

— Venha aqui e diga isso. — O robô colocou uma coisa no meu braço que me fez ficar um pouco tonta.

Ele me deu algumas injeções e depois usou um tipo de laser, mas eu estava feliz demais para me preocupar. Não senti o que quer que tenha feito no meu estômago, mas o efeito das drogas já estava passando quando prendeu minha mão direita à cadeira. Senti uma picada no braço. Edward, Mãos de Tesoura, estava colhendo meu sangue, mas eu não fazia ideia do motivo. Tonta, fiquei olhando o fluxo vermelho subindo pelo tubo e entrando na máquina que fazia uns barulhos centrífugos.

— Mas o que é isso?

O robô falou comigo pela primeira vez:

— O procedimento vai começar. Por favor, não se mexa.

Minha mão estava fixa no lugar, o médico-robô enfiou um pedaço de carne na palma da minha mão, que começou a rastejar e entrou na ferida. Gritei, achando que eu estava meio louca por causa dos remédios para dor, mas Buzzkill se aproximou para observar tudo com uma expressão fascinada. E isso foi o que bastou para me mostrar que aquele tratamento horrível estava acontecendo de verdade.

— É agora que meu peito vai começar a crescer até explodir daqui a cinco dias? — As palavras saíram da minha boca mais como um choro do que como uma afronta, que era o que eu queria.

— Você é engraçada, garota. Não, isso é uma versão mais avançada de uma injeção de pele. Uma combinação de células-tronco, um ascídio de DNA e spray de queratinócitos.

Aquilo parecia uma explicação científica, mas...

— *Aquilo se mexeu.*

— Sim, é o ascídio de DNA. Foi feito para se alimentar da pele morta enquanto suas próprias células-tronco curam a queimadura.

Havia menos riscos quando o paciente usava o próprio tecido.

– E eu vou recuperar a sensibilidade?

Ele deu de ombros.

– Eles apenas me *chamavam* de Doutor Alegria.

– Tudo bem. Quanto tempo até podermos ir?

– Por favor, descanse por doze minutos para permitir que o processo de ligação seja concluído. – Esta foi a resposta do robô num tom bem mais educado do que a maioria dos médicos de pronto-socorro.

Mais tarde, quando me levantei da maca, meu celular vibrou. Eu quase o deixei cair antes de ler a mensagem de Raoul:

Volte. Kian precisa de você.

MOMENTO PARA UMA MÚSICA DE VIAGEM

Naquele exato momento, desejei ter um daqueles relógios elegantes de deslocamento espacial. É claro que se eu tivesse um significaria que estava trabalhando para Wedderburn, então talvez fosse melhor pegar o metrô com um palhaço assassino. Minha mão ainda estava totalmente dormente e o tato ainda não tinha voltado, então o robô teve que colocar uma bandagem antes de eu ir embora.

Já era tarde, então não pegamos o trânsito da volta do trabalho. Fiquei balançando a perna durante todo o caminho de volta para a casa de Kian. Minha esperança era de que a mensagem de Raoul significasse que meu namorado estava acordado e chamando por mim, mas o nó no estômago me dizia que não era isso. Fui tomada por um sentimento de culpa. *Eu não deveria ter saído.* Mas os ferimentos na mão e na barriga foram sérios, então eu não tinha saído para tomar um sorvete. Analisei o colar de pedras azuis que ele tinha colocado no meu pulso um pouco antes. As pedras contrastavam lindamente com minha pele, mas também a sombreavam, ecoando o sangue aparecendo nas minhas veias.

Buzzkill se sentou de frente para mim, parecendo um empresário a caminho de casa. Esperou alguns segundos depois que me levantei para desembarcar e, assim que consegui, comecei a correr. Meu coração trovejava nos ouvidos, e eu corria como se pudesse fugir do medo e da tristeza. Alguns minutos depois, entrei no apartamento de Kian, sem dizer nada para o palhaço. Sabia que não era para entrar, o que resolveria qualquer questão a respeito do que fazer com ele.

Raoul olhou para mim. Pelo que percebi, ele não tinha se mexido muito. Ainda estava no chão ao lado de Kian, embora também estivesse com uma tigela de água gelada e diversos outros remédios em volta. O apartamento estava com cheiro de infusão de ervas, e Kian parecia estar respirando melhor, mas ainda estava suado e se revirando de um lado para outro. Depois de tirar o casaco e jogá-lo em uma poltrona próxima, parei ao lado do sofá.

– Ele acordou?

– Mais ou menos. Está delirando e achou que deveria estar tomando conta de você. Tive que impedi-lo de sair. Espero que, ao ouvir sua voz, ele se acalme.

Dei um beijo no rosto quente de Kian.

– Você está causando problemas? Bem, pode relaxar. Estou aqui agora. – Virei-me para Raoul. – Eu assumo aqui, se quiser descansar um pouco.

Ele hesitou.

– Tem certeza?

– Tenho. Pode usar o quarto de Kian.

O homem mais velho não discutiu comigo, o que significava que devia estar exausto. Quando Raoul foi para a cama, arrumei a sala e me acomodei no sofá junto com Kian, substituindo o travesseiro molhado de suor por minha perna. Coloquei o termômetro, que era algo bem básico. A febre estava alta, mas não assustadora a ponto de levá-lo para o hospital. Com tom carinhoso, consegui convencê-lo a beber um copo d'água e tomar um remédio para a dor. As picadas pareciam bem melhores, embora eu não fizesse ideia de qual dos artefatos acumulava crença humana suficiente para ser eficaz. Tentei pegar cada um deles, mas nenhum disparou o zunido.

– Você tem que melhorar – disse para Kian, com a voz suave.

Fiquei sussurrando para ele até ficar rouca, enquanto acariciava o cabelo macio e afastava os fios sedosos da sua testa. Enquanto cuidava de Kian, tentei planejar o que faria a seguir. Tinha que *existir* um jeito de ganhar alguma coisa com o coração de Dwyer. Se eu não agisse rápido, o deus-do-sol poderia atacar de novo e ele estaria com muita raiva para ser misericordioso. Wedderburn devia saber exatamente o que fazer para aproveitar ao máximo, mas também tiraria o objeto de mim para usar contra seu antigo inimigo.

Nem pensar. Eu roubei. É meu.

Fui dominada pelo sono antes de ter uma resposta. Quando acordei, o dia já estava amanhecendo, e Kian estava olhando para mim, confuso, mas lúcido. Senti uma onda de alívio quando toquei o rosto dele.

— Como está se sentindo?

— Como se eu tivesse sido atropelado por uma serpente emplumada. Como ainda estou vivo?

— Raoul — respondi, mostrando para ele os suprimentos antigos.

— Uau. Eu meio que achei que aquele era o meu fim. Tive sonhos *estranhíssimos*. Mas acordar com você fez tudo valer a pena.

Sorri para ele e dei um beijinho na ponta do seu nariz.

— Ele salvou você, não fui eu. Só fiquei tomando conta de você à noite.

— Você já me salva há anos — sussurrou ele. — Mesmo antes de saber que eu existia.

— Que maldade ficar dizendo essas coisas quando está fraco demais para me beijar.

— E quem disse que estou fraco? — Ele tentou se levantar, mas eu tive que ajudá-lo. Quando levantei as sobrancelhas, contrariada, Kian suspirou. — Está bem, talvez não neste minuto. Vou colocar na minha lista de afazeres.

— Me beijar?

— Você, ponto.

— *Eu* sou sua lista de afazeres? — Ri, tentando imaginar se ele pretendera dar uma conotação sexual àquilo.

Ele ficou vermelho, mas abriu um sorriso. Naquele momento, senti como se eu tivesse sido atingida por uma onda forte na praia, que me derrubou, me fez beber água e fez meus olhos arderem. *Aaron. Eu tinha que contar a*

Kian e Raoul. Eles vão ficar loucos da vida... Permiti que a equipe de Wedderburn cuidasse daquilo como se Aaron não passasse de um saco de lixo que precisava ser jogado fora. Talvez eu não tivesse opção melhor na hora, mas não estava feliz comigo mesma por ter tomado aquela decisão prática. Cada vez que escolhia salvar minha própria pele, eu sentia que perdia parte de mim.

Mas a alternativa é morrer.

— Edie? O que houve?

— Perdemos Aaron.

Ele franziu as sobrancelhas, totalmente confuso.

— Eu sei. Eu me lembro disso. Ele fugiu da lanchonete.

— Estava escondido em algum lugar daquele beco. Dwyer o puxou junto com a gente e ele... Aaron ficou no meio do fogo cruzado e foi atingido. Sinto muito.

Ele piscou e afastou o olhar, como se não quisesse demonstrar o que estava sentindo.

— Droga. Eu sou um herói de merda.

— A maioria dos heróis é idiota — respondi. — Praticamente tudo o que fazem é destituído de bom senso e só funciona porque eles têm dublês para as cenas perigosas.

— Você de fato não se importa por eu ser imprestável? — A suavidade do tom dele não conseguiu esconder a tristeza por ter perdido Aaron.

— Como pode dizer uma coisa dessa? Sem você, eu provavelmente já teria desistido. Teria decidido que eu não tinha como salvar meu pai nem escapar do jogo. Mas você vive me dizendo o quanto sou especial desde o dia em que nos conhecemos. É por você que eu continuo, mesmo quando parece que nada vai dar certo. Eu estava com medo de você ficar com raiva de mim. Aaron morreu por minha causa.

Efeito colateral.

— Foi *Dwyer* quem o matou, não você. A culpa não é sua, Edie.

Kian me abraçou, apoiando-se mais em mim do que de costume. A febre sugou suas energias, mas era bom sentir o peso da cabeça dele apoiada no meu ombro. Eu nem percebi que estava chorando até ele tocar meu rosto molhado. Abri os olhos e vi que os olhos dele estavam tomados por lágrimas também. Choramos juntos por Aaron, aquele pobre menino indefeso que não conseguimos salvar.

Raoul saiu do quarto quando me levantei para lavar o rosto. O espelho mostrou que eu estava tão horrível quanto me sentia, agora que o efeito dos analgésicos tinha passado. Meu cabelo estava chamuscado e queimado de um jeito bizarro. Peguei a tesourinha de unha embaixo da pia e cortei da melhor forma que consegui. Com certeza fiquei com uma aparência esquisita, principalmente do lado esquerdo. Encolhi os ombros e fui cortando tudo, bem rente ao couro cabeludo, em um estilo punk, rock, chique. Era o melhor que eu conseguia. Escovei os dentes com o dedo e usei os produtos que estavam ali.

Quando saí, Raoul ajudou Kian a ir ao banheiro. Quando todos nós estávamos relativamente limpos, tomamos café da manhã. Era um dia muito estranho, mas eu nem podia me dar ao luxo de sofrer. Quando tudo acabasse, eu ia tentar encontrar a família original de Aaron, embora dificilmente conseguisse reunir todas as informações necessárias para localizar pessoas de 1922. Mesmo assim, eu tinha uma dívida com ele. Se não conseguisse encontrar seus descendentes, então eu faria um memorial para ele em um columbário.

— Você decidiu ficar com a gente, hein? — Embora a voz dele estivesse neutra, percebi pelas olheiras de Raoul que as coisas foram mais assustadoras do que ele estava demonstrando.

— Ainda tenho algum tempo. E quero aproveitá-lo ao máximo. — As mãos de Kian ainda estavam trêmulas enquanto ele comia o cereal matinal.

— Falando nisso... Eu tenho uma coisa especial aqui. — Fui até meu casaco e peguei a caixa, abrindo-a o suficiente para mostrar a pedra incandescente lá dentro.

O calor era intenso, o suficiente para queimar meus dedos antes de eu fechar a tampa. Por mais estranho que fosse, a caixa impenetrável de Buzzkill não dava sinais do fogo que continha. *Por que cargas d'água ele carregava uma coisa dessa por aí?* Mas levava uma pasta cheia de instrumentos cirúrgicos, então talvez Wedderburn tenha ordenado que ele tirasse alguma parte de um outro imortal qualquer e que tal parte talvez fosse o equivalente sobrenatural de objetos radioativos. Missões daquele tipo estariam exatamente de acordo com as habilidades do palhaço.

Raoul colocou a xícara de café na bancada com força, derramando o líquido escuro na superfície.

– Isso é o que acho que é?

– Se você acha que é o coração do deus-do-sol, então está certo.

– Edie, não podemos ficar parados aqui. Temos que fugir.

Isso era óbvio.

– Eu *sei* disso. Pensei a noite inteira, e a única solução é transformar isso em uma arma. Infelizmente, não conheço nenhum ferreiro lendário.

Raoul sorriu.

– Que bom que eu conheço. Hora de uma viagem de carro.

• • •

Três horas depois, estávamos em Vermont, e minhas marcas não pareceram se importar. Diferentemente da viagem que fiz para New Hampshire, que não tinha nada a ver com o jogo, minhas marcas pareciam perceber que aquilo tinha tudo a ver com o jogo. O que me fez imaginar como tudo funcionava, mas eu já tinha passado do ponto de admitir que nem tudo podia ser explicado pela ciência. Certos aspectos daquela competição bizarra podiam definitivamente ser classificados como magia, por mais que eu relutasse em usar essa palavra.

A cidade de St. Albans parecia uma aldeia pitoresca, às margens do lago Champlain. Normalmente, eu hesitaria em me referir a uma cidade americana com esse termo, mas a descrição se aplicava. Casinhas charmosas no estilo de Cape Cod misturadas com bangalôs e a elegância vitoriana decrépita e desbotada. Até mesmo no inverno, tudo era bonito ali, embora fosse um tipo de beleza de Ansel Adams em preto e branco. Raoul dirigiu pela VT 36 até a Samson Road, ou Estrada de Sansão, que parecia um nome irônico. Mas talvez tenha sido justamente por isso que o deus da forja escolheu morar ali.

Meu Deus, espero que eu esteja certa sobre ele ter bom senso de humor. Mas a história nunca mencionou isso. Em geral, ele é caracterizado como manco e mal-humorado. *Não, isso se aplica basicamente aos mitos gregos e romanos. Você não sabe nada sobre a histórias de ferreiros nórdicos ou celtas.* Mas eu sabia que existiam lendas javanesas e hindus também. *Como essas coisas funcionam? Eles crescem para incorporar todas as versões de deuses semelhantes?* Isso parecia... desconfortável, no mínimo.

Raoul virou à esquerda, dirigindo com confiança na estrada de terra, mesmo depois de passar por uma placa indicando "Propriedade Particular". Preocupada, eu me debrucei para a frente. Kian estava dormindo, o que era bom, pois ele precisava descansar. O olhar do homem mais velho encontrou o meu pelo espelho retrovisor.

— Eu posso fazer as apresentações. Govannon não é amigo de Wedderburn, mesmo que tivesse percebido que fugi dos serviços dele. Mas ele me conhece por outro nome... de uma outra vida.

— Literalmente? — Talvez fosse uma pergunta idiota, mas aprendi a não descartar nenhuma possibilidade, por mais improvável que parecesse.

Raoul deu uma risada baixa.

— Não. Acho que já contei para você que estudei no Oriente por cinco anos? Meu mestre lá ainda honra o grande ferreiro. Durante anos, Govannon forneceu as armas para o mosteiro, embora tenha se aposentado.

— Sério? — O tom da minha voz deve ter demonstrado minha decepção.

— Não custa nada pedir — disse ele. — "E amigos seus, dispunham-lhe a viagem."

Levantei as sobrancelhas.

— Você vai citar a *Odisseia* para mim? Sério? Aquele cara demorou quarenta anos para chegar em casa.

— Vamos tentar ser mais eficientes — retrucou ele, estacionando o carro em frente a uma casa de madeira pintada de amarelo-limão, um grande contraste com os troncos escuros das árvores à sua volta.

A casa ficava de costas para a água com um caminho de pedras que levava a um lago cinzento. Alguma coisa naquele cenário parecia familiar, como se eu já tivesse sonhado com aquilo, mas, para minha decepção, não consegui me lembrar do que tinha acontecido ali... ou, mais importante, como tudo havia acabado. Havia um espaço ao lado da casa destinado a vários carros, mas o que de fato me impressionou foi a oficina atrás do estacionamento. Fumaça saía de uma chaminé do anexo, então pelo menos não íamos tirar Govannon da cama.

— Parece que ele está acordado.

Kian despertou naquele momento.

— Estou acordado. Onde nós estamos?

Como resposta, Raoul abriu a porta.

— Vamos dar um oi.

— Hum... Você disse que ele não é amigo de Wedderburn. Mas e quanto a você sabe quem? — Levantei a caixa contendo o coração do deus-do-sol. — Isso vai deixá-lo com raiva?

— Ao contrário. Tenho certeza de que já se passou muito tempo desde que ele teve a chance de trabalhar com algo tão poderoso. Foi por isso que se aposentou, por não haver desafio em forjar ferramentas simples. E, sem matéria-prima extraordinária, não há como construir uma arma lendária. — Raoul fez uma pausa, todos nós saímos e ele disse:

— Você, Edith Kramer, está escrevendo sua própria história. Um dia, eles podem falar com você como a garota que roubou o coração do deus-do-sol.

— Literalmente. — Foi Kian quem disse isso dessa vez, sem entonação de pergunta, e eu consegui sorrir.

Precisei de todo autocontrole para não ficar com os dentes batendo — e não era por causa do frio — enquanto seguia Raoul em direção à oficina. Ele não parecia preocupado, mas considerando que todos os imortais, a não ser Rochelle, queriam me ferir de alguma forma, eu não tinha muitas esperanças para aquele encontro. Nem mesmo Harbinger, que deveria me proteger, mandou seus pássaros assassinos atrás de mim, e não havia como *prever* o que ele faria se pusesse as mãos em mim.

Kian começou a andar, e eu segurei a mão dele. Os dedos eram compridos e quentes e quase me matou pensar, de novo, que tínhamos pouco tempo.

Mas esse é mais um dos motivos pelos quais eu devo valorizar cada momento, não é? Olhei para ele, tentando imaginar como ele seria se a natureza tivesse seguido seu curso para aquele calouro desajeitado. *Gostaria de poder ver o rosto dele, o verdadeiro, só uma vez.* A força daquele desejo me pegou desprevenida.

Antes que Raoul pudesse bater, um homem imenso como uma montanha abriu a porta. Ele ocupava todo o espaço da entrada com mais de dois metros de altura, ombros enormes cobertos com uma camisa de flanela desbotada. Bíceps fortes esgarçavam o tecido, e eu nunca tinha visto um peitoral daquele fora das telas dos filmes de ação. A pele estava gasta como couro velho, mas não consegui ver muita coisa atrás da barba avermelhada e do cabelo comprido, preso por uma tira de couro. Com olhos em brasa, ele nos observou. Mãos marcadas, grandes como frigideiras, me fizeram pensar que ele definitivamente poderia forjar uma arma com o coração de Dwyer. A única dúvida era se ele estaria *disposto* a isso.

Mas ele já estava com as sobrancelhas franzidas.

— Pois não?

— Sinto muito incomodá-lo, mestre.

Inesperadamente, a expressão de Govannon se suavizou quando pareceu reconhecer Raoul.

— Li Jun, o que você está fazendo aqui? Foi o Mestre Wu quem o mandou?

Raoul baixou a cabeça e a manteve assim até Govannon dizer:

— Nada disso, pode entrar, meu velho amigo.

Será que imortais e humanos poderiam ser amigos? Mesmo assim, entrei, ainda de mãos dadas com Kian. Lá dentro, havia uma forja de aparência antiga, completa, com bigorna, marreta, tenazes e ferramentas cujos nomes eu não conhecia. Eu nunca tinha visto nada como aquilo fora de uma vila histórica. A temperatura me fez querer tirar o casaco; parecia que ele estava alimentando a fornalha quando chegamos.

— Mestre Wu faleceu — revelou Raoul. — Seu sucessor talvez entre em contato com você em algum momento, mas eu não estou mais no mosteiro. Minhas obrigações estão em outro lugar.

Govannon pareceu sentir... alguma coisa ao ser informado da morte do velho monge. Eu não sabia dizer o quê.

— Já faz tanto tempo assim? Eu... não sinto o tempo passar.

— Já se passaram quinze anos desde a última vez que nos falamos – informou Raoul.

— Hum. E que jovens fagulhas são essas que trouxe com você? – Quando o olhar brilhante pousou em mim, resisti ao impulso de dar um passo para trás.

Ele tinha uma presença forte e natural, que dizia que eu não era digna de estar diante dele. Mas era algo diferente do glamour de Harbinger, do pavor do deus do frio ou da arrogância brilhante de Dwyer. Govannon tinha uma realeza tranquila de uma floresta na primavera. Ele não precisava me ameaçar ou demonstrar para mim o senso de sua permanência. Tudo nele era maciço e sólido, como uma rocha formada por geleiras um milhão de anos atrás.

— Eu me chamo Edie. — Isso não chegava nem perto de ser suficiente, mas foi tudo o que consegui naquele momento. Seguindo o exemplo de Raoul, fiz uma reverência, até ele indicar que eu poderia me levantar

— Kian. — Ele fez o mesmo, e Govannon abriu um meio sorriso.

— Já percebi a reverência de vocês. Mas... sinto que a senhorita tem assuntos a tratar comigo. Estou errado?

Raoul não respondeu; nem Kian. Fui eu quem havia arrancado o coração de Dwyer. Agora era *eu* quem tinha que usar isso a nosso favor.

— Não está. — Dessa vez, consegui falar com mais firmeza: — Eu tenho um metal que poderia ser transformado em uma arma devastadora, e você é o único capaz de trabalhar com ele.

Passou-se um minuto. Então, Govannon respondeu:

— Interessante... Estou curioso.

Quando mostrei a brasa na caixa de relance, as sobrancelhas espessas se levantaram até quase a linha do cabelo.

— Consegui isto ontem. Se eu não encontrar uma maneira melhor de me defender, ele vai se vingar e eu vou virar churrasquinho.

— E a força que você usou ontem acabou? — perguntou o ferreiro.

— Era uma força finita. — Não mostrei a ele meu estojo, mas nem precisava olhar para saber que meu espírito familiar ainda estava muito fraco.

— Eu adoraria fazer isso para você. — Os olhos de Govannon brilharam como moedas de cobre.

— Sinto que você vai dizer um "mas".

— Você é muito sagaz, minha jovem. Antes de eu concordar em fazer esse trabalho, preciso ter certeza de que você é *digna* de brandir uma das minhas armas.

UMA PEDRA PRECIOSA NÃO PODE SER LAPIDADA SEM FRICÇÃO

– E como posso provar que sou digna?
Govannon sorriu, um sorriso afiado como uma de suas famosas lâminas.

– Você precisa passar em um teste, é claro.

Kian segurou minha mão com mais força, mas não permiti que ele protestasse.

– Tudo bem. Mas eu tenho certeza de que não preciso dizer o quanto isso é importante.

– É importante para mim também – respondeu o ferreiro.

Eu me lembrei do que Raoul tinha dito sobre já fazer muito tempo que Govannon só trabalhava com metais comuns.

– É só dizer o que eu preciso fazer.

Como resposta, ele fez um gesto e a oficina desapareceu. De repente, eu estava sozinha em um precipício rochoso, mas já tinha visto aquele tipo de coisa acontecer algumas vezes, pensando bem. Não havia vento, nem sensação de frio. O que significava que era uma ilusão. Quando Kian nos transportou para uma montanha no Tibete, a sensação foi diferente. Então, o que quer que aquilo fosse, estava acontecendo na minha mente, enquanto meu corpo ainda estava na oficina.

Govannon não explicou nada sobre o teste, nem sobre qual era o objetivo. Tudo bem, eu ia seguir adiante. Segui a trilha de pedras até chegar a um tipo de clareira. Havia duas árvores, uma do lado da outra, e estavam em flor, bem diferente da estação do ano no mundo real. A árvore da esquerda tinha uma fruta branca enorme, diferente de tudo o que já vi na vida. A comparação mais próxima seria uma abóbora gigantesca, mas a textura estava mais para um melão com casca branca como a neve. À direita, os galhos estavam carregados de frutinhas vermelhas que cresciam em raminhos de cinco, como framboesas, mas com uma cor semelhante à de azevinhos.

Vejamos, a maioria das frutinhas vermelhas é venenosa. Mas eu provavelmente não estou aqui para decidir o que comer. Talvez eu não precise fazer nada com a fruta. Talvez seja só uma distração. Então, tentei passar por elas, mas os galhos desceram e fecharam o caminho. *Tudo bem, é óbvio que preciso tomar uma decisão aqui.* Mas não havia qualquer outra informação disponível.

Torcendo para não ter tomado uma decisão apressada, virei para as frutinhas e peguei um raminho antes de dar um passo adiante. Os galhos não desceram dessa vez. *Será que fiz a escolha certa?* Sem ter muita certeza, continuei até chegar a um braseiro no final do caminho, que se abria para a direita ou esquerda da montanha. O rosto de Govannon apareceu nas chamas e ele falou com voz trovejante:

— Prove que não foi uma questão de sorte. Explique sua escolha.

Caramba, minha explicação parecia meio idiota:

— Bem, havia muitas frutinhas vermelhas. Pareceu melhor pegar um raminho delas do que arrancar aquele melão gigante. Afinal, só tinha um, e isso o torna especial, não é?

— Foi uma escolha altruísta — concordou ele. — Pode seguir, minha jovem.

Então, o fogo se extinguiu, emitindo apenas umas fagulhas que não queimavam. Analisei os caminhos, mas nenhum deles parecia ter alguma característica diferente; não era uma situação na qual um parecia difícil e o outro, fácil. Ambos pareciam ter a mesma inclinação e mais ou menos a mesma quantidade de pedras. Talvez aquilo não fizesse parte do teste. Então, escolhi o caminho mais próximo e comecei a descer. Ao longo do trajeto, vi um lobo com a pata presa em uma armadilha, mas, quando tentei ajudá-lo, o animal rosnou para mim.

Mesmo em um cenário ilusório, não estava a fim de ver meu braço dilacerado, e Govannon talvez fosse poderoso o suficiente para que qualquer ferimento que eu sofresse aqui fosse transferido para o mundo real.

Hum. Será que se eu lhe der comida ele vai se acalmar? Mas não quero machucá-lo. Já que eu não tinha como saber se as frutinhas podiam ser comidas, tirei uma delas do ramo, abri e provei o suco. Era doce e, mesmo se fosse venenosa, uma provinha não seria o suficiente para me matar, não é? Esperei um pouco para ver como eu me sentia. O lobo se sentou, observando-me com seus olhos cor de âmbar. Rosnava de vez em quando, mas não estava mais comendo a própria pata.

Por fim, decidi que as frutinhas não representavam risco e peguei outra, deixando três no ramo. Rolei a frutinha em direção ao lobo, que a devorou, faminto. Para minha surpresa, ele caiu poucos segundos depois. *Ah, merda, será que era veneno, no final das contas?* Corri em direção ao animal, para ter certeza de que não o havia matado, mas ele parecia estar dormindo. *Hum, talvez a frutinha tivesse um efeito sedativo em lobos?* Quando tirei a pata ferida da armadilha, eu nem estava mais pensando em testes. Depois de rasgar minha camiseta em tiras, fiz uma bandagem para a pata machucada e amarrei com força. Afastei-me em seguida, porque não queria estar perto demais quando ele acordasse.

Sentei-me a uma certa distância e esperei. O lobo ficou apagado por um tempo enorme por causa de uma frutinha e, quando acordou, olhou em volta, sem sentir dor nem medo. Cheirou e cutucou a bandagem com o focinho, mas não tentou arrancá-la. Então, ele olhou para mim, em postura de alerta.

— Está tudo bem agora — disse eu, com voz suave.

O lobo respondeu saltando na minha direção e eu me sobressaltei, mas, em vez de me atacar, ele pulou com boas intenções, lambendo meu rosto como um cachorrinho. Trêmula, acariciei o pelo de suas costas. Com cuidado, eu me levantei e ele começou a me seguir como se estivesse pronto para uma aventura. Estava mancando um pouco, mas não o suficiente para eu ter que diminuir o ritmo.

– Ah, então você agora é meu amigo? Que bom!

Ouvi um arfar baixo como resposta, olhei para trás e me deparei com um olhar que parecia sábio demais para ser de um lobo. Terminei a descida e encontrei outra brasa. Parei na hora e olhei para o lobo antes de falar:

– Hum. Você era o segundo teste?

– Exatamente. – O fogo ganhou vida novamente com o rosto de Govannon. – A inteligência ao procurar, instintivamente, ajudar uma criatura hostil, o modo com que se arriscou para fazer isso e a compaixão demonstrada ao cuidar dos ferimentos do animal... você passou no teste de astúcia e bondade com mérito, minha jovem.

– Uau. – Fiquei imaginando o que haveria no outro caminho que não escolhi.

– Como recompensa, o lobo vai acompanhá-la na última etapa.

– Obrigada – agradeci, mas o deus da forja já tinha desaparecido.

O lobo latiu e cutucou minha perna. Acariciei sua cabeça e continuei o caminho, até chegar a um planalto, e não havia escolha a não ser seguir em frente. Na distância, vi estacas de madeira no chão, organizadas em círculo como se formassem uma arena primitiva; não era um poço como aquele no qual eu tinha lutado na festa de Harbinger, mas algo mais parecido com um campo de provas de nativos americanos. A terra era seca e fina sob meus pés, salpicada de pedras.

Um enorme humanoide estava no centro da arena, arrastando consigo um bastão gigantesco. A criatura estava vestida com pele de animal e tinha um crânio disforme. Quando se virou, vi que tinha apenas um grande olho no meio da testa. *Ciclopes? Sério?* De alguma forma, eu duvidava que conseguiria controlá-lo com as frutinhas. A criatura berrou ao me ver, mas parou assim que eu cheguei às estacas. Ao que tudo indica, eu tinha que entrar por livre e espontânea vontade antes que o ciclope pudesse atacar.

– Lute comigo.

– Teste de combate, hein?

O lobo rosnou baixinho enquanto se agachava para atacar. Eu não estava pronta para lutar; não tinha armas, mas isso não me impediu quando fui obrigada a enfrentar Dwyer. Então, quando o lobo atacou, corri atrás dele. O animal era rápido demais para o ciclope com o pesado bastão. Quando ele bateu com o bastão com espinhos no chão, a terra tremeu e eu cambaleei antes de me aproximar. Nos filmes, a heroína daria um salto improvável, montaria nas costas do monstro, esfregaria as frutinhas nos olhos dele para deixá-lo cego por tempo suficiente para cortar sua garganta com as próprias mãos. *Eu* mal tive tempo de rolar para o lado para não ser partida em duas. Sem meu espírito amigo, minhas habilidades de luta eram só um pouco além de rudimentares. Embora, em tese, eu soubesse atacar, cair e bloquear, a realidade era um pouco mais caótica. Além disso, Raoul nunca tinha tentado esmagar meu crânio enquanto treinávamos.

O lobo não estava se saindo muito melhor agora, principalmente com a pata ferida. Quando mordeu o ciclope, a criatura levantou o bastão. Minha reação foi instintiva ao mergulhar em direção ao golpe fatal. Eu só sabia que precisava salvar o lobo, pois sua lealdade cega seria seu fim. A dor agoniante explodiu nas minhas costas e tudo apagou.

Quando acordei, estava deitada no chão sujo de fuligem da oficina de Govannon, aninhada no colo de Kian. Comecei a me mexer devagar para ver se tinha ficado paralisada. Mas só senti uma ligeira dor, então eu me sentei, me sentindo um pouco enjoada e trêmula. Raoul me ofereceu a mão quando Kian tentou me abraçar por mais tempo, e Govannon ficou nos observando com expressão impassível.

— Sinto muito — desculpei-me sem conseguir sustentar o olhar. — Não consegui derrotar o inimigo. Então eu não passei no último desafio.

— Quem disse que você não passou, minha jovem?

— Como assim? — Sobressaltada, olhei para o deus da forja e me deparei com um sorriso.

— Seu primeiro instinto foi proteger o mais fraco. A questão nesses desafios não foi testar suas habilidades de combate, mas o seu *valor* para brandir uma de minhas armas. O treinamento vai transformá-la em uma rainha guerreira, mas eu precisava conhecer o seu coração.

— Então você vai forjar uma arma para mim? — Hesitante, entreguei a caixa para ele, sem conseguir acreditar que aquele deus queria o fracasso no meu teste.

— Será um prazer. Vai demorar um pouco. Então, se você tem algum pedido especial, esse é o momento.

Como eu ainda estava processando tudo aquilo, olhei para Kian e para Raoul.

— O que vocês acham?

— Você está oferecendo algum tipo de aprimoramento? — perguntou Raoul.

— Exatamente. Esta arma *será* muito especial, mas não posso tornar a pessoa que a usar imortal nem nada tão extravagante.

— Você pode me proteger de outros imortais?

Govannon parou para pensar.

— Posso dificultar que a machuquem? Sim.

— Isso pode me dar a vantagem de que preciso, junto com meu espírito amigo. Não sei se isso conta, mas também seria útil se ela nem sempre parecesse uma arma. Porque se eu não puder carregar, nem a lâmina mais poderosa do mundo vai me ajudar.

— Concordo — respondeu Govannon. — Isso é uma característica.

Como Raoul fez no início, fiz uma reverência, esperando que o ferreiro nos liberasse.

Ele não demorou a fazer isso.

— Vocês três devem esperar na minha casa. Sintam-se à vontade para comer, ou dormir, ou o que quiserem. Ah, e seria ótimo se pudessem dar comida para meus animais de estimação.

Inesperadamente, eu me vi do lado de fora da oficina com Kian e Raoul, que parecia um pouco preocupado.

— ... Animais de estimação?

Fiquei imaginando que tipo de animais o deus da forja poderia ter, mas quando entramos pela porta dos fundos, fiquei surpresa com o ambiente aconchegante. Havia cortinas de renda nas janelas de uma cozinha à moda antiga, completa com um gato branco fofinho tomando banho de sol em uma cadeira clara de vime. Feliz por ter alguma coisa para fazer, abri os armários até achar latas de comida para gato. Quando liguei o abridor elétrico, apareceram mais quatro felinos de todos os lados. Foi uma loucura de gatos por um tempo até encontrarmos pratos para todos e servir o café da manhã ou almoço, não sei bem ao certo. Eu tinha perdido completamente a noção de tempo, e o céu claro de inverno não dava muitas dicas. Olhei para meu celular, que me mostrou que na verdade era hora do jantar; acho que fiquei apagada por um bom tempo.

– Estamos vulneráveis aqui? – perguntou Kian, depois que os gatos se acalmaram.

Raoul pensou um pouco antes de responder:

– Menos do que se ainda estivéssemos em Boston. Se Edie atingiu Dwyer com força suficiente para arrancar seu coração, então ele ainda está lambendo as feridas e recuperando as forças. Mas não resta dúvida de que ele vai atacar assim que estiver confiante em uma vitória.

– Ele não vai subestimá-la de novo – avisou Kian.

– Tudo bem. Enquanto ele está se recuperando, meu espírito amigo também está.

O que me fez dar uma olhada no estojo. *Merda. Eu mal consigo enxergar o contorno do rosto de Cameron.* Provavelmente levaria uma semana ou mais até poder contar com a força e a proteção que ofereceu durante a luta. Só naquele momento me ocorreu perguntar se ele estava bem. Apesar de estar morto.

– Cameron? – sussurrei.

No início, não obtive resposta.

Mas Rochelle disse que ele sempre estaria comigo.

– Eu exagerei muito na luta?

Duas batidas bem fracas.

– Sinto muito. Eu me deixei levar. – Fiquei olhando para o contorno desbotado por mais alguns segundos, fechei o estojo e o guardei.

Kian estava me observando com expressão séria.

— Você conversa com ele?

— Ele é uma pessoa. — Ou era.

— Uma pessoa que magoou e humilhou você, Edie.

E o vídeo da garota-cachorra tinha sido a última gota, um acontecimento tão terrível que não consegui superar. Naquela época, eu não fazia ideia do que era sofrimento. Achava que minha vida não poderia piorar — achava que se pudesse fazer as pessoas que me magoaram sofrerem um pouco, conseguiria superar tudo. Mas a vingança não mudou absolutamente nada, e o sofrimento delas só fez com que eu me sentisse péssima. Então, minha mãe morreu... e agora meu pai estava desaparecido. Respirei fundo para afastar a dor da culpa e da tristeza.

Assim que eu estiver com a arma de Govannon, é melhor que esteja preparada para enfrentar Dwyer e salvar meu pai. Wedderburn e Allison estavam tentando localizá-lo para mim, mas eu não podia simplesmente ficar sentada sem fazer nada naquele meio-tempo. Não havia como saber o que Dwyer poderia fazer se meu pai se recusasse a oferecer seu trabalho. E eu não conseguia imaginá-lo aceitando trabalhar para alguém que o sequestrara e o aterrorizara.

Presumindo que ele não estivesse morto. Presumindo que Dwyer não tivesse arrancado seu coração como retaliação pelo que fiz.

Comecei a suar frio. *Não, não posso pensar assim. Não posso entrar em pânico. Preciso de mais informações. Preciso pensar de forma lógica.*

Com os gatos alimentados, eu precisava manter as mãos ocupadas, então coloquei água para ferver. Na geladeira de Govannon encontrei muito queijo. Já que ele supostamente não *precisava* comer, devia amar o sabor. Felizmente para nós, também havia pão, então preparei alguns sanduíches e chá. Quando coloquei o lanche na mesa, a histeria que crescia dentro de mim tinha se contraído em um nó apertado no fundo do meu estômago.

Tentando manter a calma, perguntei para Raoul:

— E quanto a Fell? Eu não sei nada sobre o sócio de Dwyer. Na verdade, também não sei nada sobre Mawer e Graf.

— Fell... em suma, ele é um deus da morte. Mas isso pode induzir ao erro. Entre as várias culturas, ele já foi representado como homem e como mulher, como rei e/ou rainha do mundo subterrâneo, então ele é as duas coisas. Ou nenhuma delas. Dependendo do seu humor.

— E a morte está associada ao deus-do-sol? Hum...

Kian se sentou ao meu lado, adicionando leite e açúcar ao chá.

— E você acha isso estranho?

— Acho que eu associo mais a morte com Wedderburn, embora ele tecnicamente esteja do meu lado.

Comecei a me perguntar por que Buzzkill não estava ali... Se ele não tinha me visto fugindo com Raoul e Kian. *Ou talvez ele esteja... e esteja me vigiando sem que eu o perceba.* Arrisquei uma olhada para os lados. *Os gatos provavelmente reagiriam a um palhaço assassino invisível, não é?* Mas estavam deitados no chão em volta da mesa em poses completamente despudoradas. Um gato enorme estava lambendo a própria barriga.

Raoul disse:

— Pelo que consegui entender, os acordos nem sempre acontecem como você esperaria a partir das histórias. As rivalidades, entretanto, às vezes sim.

— Tipo o deus do inverno ser inimigo do deus-do-sol? — sugeri.

— Exatamente. Fell está jogando o próprio jogo contra a deusa da fertilidade, contando com o apoio de Dwyer.

— Ah, então o fato de Fell não ter ajudado Dwyer durante a *nossa* luta talvez cause algum tipo de conflito? — Isto era muito interessante.

Raoul deu de ombros.

— É possível. Mas desconfio que Dwyer esteja envergonhado diante da grande perda.

Apoiando o queixo na mão, Kian franziu as sobrancelhas em uma expressão pensativa. Felizmente, ele parecia ter superado o fato de eu conversar com Cameron.

— Então, existem vários jogos acontecendo, mesmo no meio das alianças?

— Existem centenas de alianças.

Aquilo fazia mais sentido para mim do que existir algum tipo de competição maciça organizada com um único juiz definindo um vencedor. Mas a escala completa era impressionante e insana. Todo meu sofrimento aconteceu porque fiquei no meio da disputa entre Dwyer e Wedderburn. Ponto. Eles estavam determinados a me usar, mover-me como um peão em um tabuleiro.

— Tudo bem. E quanto a Mawer e Graf?

Raoul comeu metade do sanduíche antes de voltar a falar:

— Mawer era um catalisador que fez um acordo com Wedderburn e pediu a imortalidade como o primeiro favor.

— E como isso funcionou? — Eu podia imaginar.

— Wedderburn o congelou e colocou o nome dele na placa. — O brilho sombrio nos olhos escuros de Raoul mostrava que ele não estava brincando.

— Que bom que eu não pedi isso.

— Pois é — murmurou Kian.

Eu me lembrei de uma coisa e disse:

— Mas Mawer testemunhou o contrato de morte da minha mãe.

Raoul assentiu.

— Mawer testemunha *tudo*. Mas não pode fazer nada. Wedderburn tem um senso de humor muito estranho.

— Nossa. — Kian estremeceu.

Raoul continuou:

— Graf era o deus da guerra. Só o vi uma vez. — Um tremor involuntário percorreu seu corpo. — E isso foi mais do que suficiente. Você talvez não acredite nisso, mas entre aqueles dois, Wedderburn é o bonzinho.

Considerando o destino sombrio da minha mãe, eu temia pensar no que o deus da guerra seria capaz de fazer pelo jogo.

A ERA DE GATOS & HERÓIS

Passamos mais dois dias sem ver Govannon.
　　Antes de ficar sem bateria, mandei mensagens para Davina, Jen, Vi e Ryu. Avisei às duas primeiras que eu ficaria uns dias sem ir à aula, e Davina logo me ligou.
　　— Você está bem? — perguntou logo de cara.
　　Olhei para a sala do deus da forja, que era estranhamente decorada em tons alegres.
　　— Estou inteira e trabalhando para trazer meu pai de volta.
　　— Tudo bem. Eu só queria ouvir sua voz e ter certeza de que nada terrível estivesse usando seu telefone ou vestindo sua pele como disfarce.
　　Estremecendo, respondi:
　　— Você tem problemas.
　　— E você pode me julgar? Forças sombrias estão perseguindo você, garota.
　　Ela não estava errada.
　　— No momento, estou entre amigos.
　　— Avise se precisar de mim.
　　Embora eu tenha respondido que sim, basicamente estava mentindo. Já tinha passado da hora de admitir a verdade; meu envolvimento no jogo imortal indicava que eu tinha que cortar os laços com a maior parte de minha vida normal. Kian era a exceção, já que ele sabia tanto sobre aquilo quanto eu. Quanto a Jen e Davina, eu tinha que arrumar uma maneira de me afastar delas sem magoá-las.

Virei-me para Raoul e entreguei meu celular para ele.

— Preciso que você finja ser meu pai. Diga a eles que vai me tirar da escola por motivos emocionais. Que estou tendo problemas para lidar com a morte da minha mãe. — Essa última parte com certeza era verdade.

Concordando com a cabeça, ele fez a ligação. Kian lançou um olhar pesado, como se tivesse entendido exatamente o que eu estava fazendo. *Sim, estou mergulhando neste mundo. Não posso mais esticar a corda.* Minhas marcas não reagiram; então, aparentemente, minha vida escolar não representava um grande papel na minha invenção. Blackbriar ficaria horrorizada ao descobrir que mesmo sem o diploma respeitado eu ainda podia criar uma tecnologia crucial. Trabalhar com meu pai devia ser o segredo, então era melhor que Wedderburn levantasse a bunda da cadeira e descobrisse logo onde Dwyer o estava escondendo.

— Alô, aqui quem fala é Alan Kramer, pai de Edith. Estou ligando para falar sobre a educação da minha filha. — Surpresa, olhei para Raoul, que tinha perdido qualquer vestígio de sotaque. Ele não parecia meu pai falando, mas a equipe administrativa não tinha como saber. — Sim, eu aguardo.

Parece que o transferiram para o diretor, e ele apresentou minha versão dos eventos.

Raoul ouviu o que eles tinham a dizer do outro lado da linha com uma expressão séria e paternal, como se o diretor pudesse vê-lo. Achei graça. Não demorou muito para eles resolverem tudo.

— Eles vão aceitar seus deveres pela internet e vão marcar provas on-line para você.

— Uau! — exclamei, surpresa.

— Você pode voltar quando estiver pronta.

Abri um sorriso cansado.

— Por que não? Vou colocar isso na lista de afazeres.

— Disse que, desde que você entregue os deveres e trabalhos e faça as provas, ele não vê motivos para você não se formar em maio, já que sempre foi uma aluna exemplar e existem circunstâncias atenuantes.

O diretor nunca havia demonstrado um pingo de gentileza comigo. Mas talvez ele tenha olhado meu desempenho acadêmico... que *realmente* era impressionante. Antes de eu conseguir responder, a porta se abriu e Govannon entrou, enchendo a casa inteira com o cheiro de metal quente que exalava de cada poro do seu corpo, e não da arma que estava segurando.

— Não faço uma peça tão boa há mil anos. Obrigado, minha jovem, pela chance de servir ao meu objetivo de vida mais uma vez. — O tom humilde dele fez com que eu me sentisse estranha.

— Hum. Imagina. Na verdade, sou eu que devo agradecer.

— O prazer foi todo meu. Disseram que já passamos da era dos heróis, mas espero que o tempo seja uma roda e que eu ainda viva para ver o ciclo começar de novo. Talvez com você, minha jovem.

Com um floreio, ele tirou o linho, e o pomo brilhou sob os raios de sol que entravam pela janela, quase me deixando cega. Abri a mão e dei uma olhada mais de perto para ver a elegância do objeto delgado que estava em sua mão. A lâmina tinha uma curvatura graciosa e não parecia tão longa ou pesada a ponto de me deixar exausta ao usá-la. Eu já tinha visto armas assim antes. Alguns segundos depois, me lembrei que ela se chamava *wakizashi*. A lâmina em si era lindamente trabalhada, prata com as beiradas de ouro, mas eu sabia muito bem que a matéria-prima era o metal do coração do deus-do-sol.

Quando a peguei de Govannon, o calor do material subiu pelo meu braço e me senti imediatamente mais segura e mais concentrada. *Essa deve ser a proteção que pedi.* Mas não tentei me enganar acreditando que aquilo me tornava invencível. Não permitiria que aquela espada se tornasse uma muleta. Mesmo assim, adorei brandi-la, sentindo uma alegria plena com a leveza e o silvo que emitia ao cortar o ar.

— Combina com você — declarou Govannon, com prazer escancarado.

Ele se aproximou e pressionou meu polegar em uma discreta depressão no cabo. A *wakizashi* reagiu tremendo e se fechou em volta do meu braço, brilhando como ouro derretido. Agora era um bracelete ornado. Fiquei olhando para ele, surpresa.

— Isso é incrível.

— Um pouco — reconheceu ele. — É sua agora e você deve lhe dar um nome.

— Agora? — Assustada, não consegui me imaginar tendo uma ideia perfeita para uma arma lendária assim, de repente.

— Quando chegar a hora, você vai saber — declarou Govannon.

— Nós alimentamos os gatos, como pediu. — Raoul tirou um pouco da pressão ao falar sobre os bichanos.

— E quanto ao dragão no quintal? — Govannon falou de um jeito tão casual que eu não sabia se ele estava falando sério ou não. — Vocês o deixaram com fome durante todo esse tempo?

— Hum. — Kian se levantou para dar uma olhada pela janela dos fundos com uma expressão perturbada.

Aqueles dias de descanso tinham feito bem a ele, permitindo que se recuperasse totalmente da fraqueza resultante das picadas das serpentes emplumadas. Eu tinha a sensação de que a maioria das pessoas nunca acordava.

— Brincadeira. Vocês são muito sérios, não são? — O ferreiro sorriu, mostrando dentes brancos e uma alegria que lhe conferia uma beleza surpreendente. Diferentemente do palhaço, seu sorriso era caloroso e sincero.

— Tem sido um ano bem difícil — respondi em voz baixa.

— Bem, espero que sua missão seja um sucesso.

Raoul fez uma reverência e segui seu exemplo. Dez minutos depois, estávamos no Mustang, voltando para Boston. Eu só esperava que não fosse tarde demais.

Dormi no banco de trás durante a maior parte do caminho. Quando acordei, vi as luzes da cidade brilhando a distância, mas foi meu braço que me assustou — e não foi porque as marcas estavam queimando. Na verdade, a espada presa ao meu pulso parecia magnetizada. O bracelete ficava apontando para o oeste. Raoul olhou para trás; parecia cansado da viagem, mas não permitiu que Kian o substituísse. Depois da última parada, meu namorado decidiu ir atrás comigo, embora eu tenha protestado, dizendo que Raoul se sentiria um motorista. Kian passou o braço pelos meus ombros e se inclinou para examinar o modo como o bracelete fazia meu braço parecer uma alavanca.

— O que houve? — quis saber Raoul.

— Não sei ao certo. A arma parece estar tentando me dizer uma coisa.

— Alguma ideia do quê? — Kian ficou analisando a curva dourada elegante que envolvia meu braço, mas além de me fazer apontar, ela não se comunicava mais.

— Não. Govannon não disse que a arma tinha consciência própria, não é?

Raoul negou com a cabeça.

— Não, ele certamente teria nos alertado.

— Ótimo, então isso não está fora de questão. — Tomei uma decisão rápida. — Pode parecer loucura, mas sinto que devemos verificar. Se ela tentar nos tirar de Boston, a gente volta.

— Já fiz coisas mais estranhas — declarou Kian.

Em vez de voltar para o apartamento, seguimos as indicações, indo cada vez mais para oeste. Por fim, paramos em frente a um prédio residencial em ruínas. Deveria ter sido condenado anos antes, mas pela figura fantasmagórica de uma velha olhando por uma janela suja isso obviamente não tinha acontecido. Pensei que ela fosse sair quando notasse que nós estávamos olhando para ela, mas o olhar vazio não nos deixou. Usava uma camisola antiga com colarinho alto, e o cabelo grisalho liso ultrapassava os ombros magros. Então, para minha total e absoluta surpresa, ela começou a dançar.

— O que é isso?

Eu não estava entendendo o que fazíamos ali, nem o que a *wakizashi* estava tentando me dizer, até ver o magrelo do outro lado da rua, assistindo à divina loucura da mulher. A criatura estava parada ali, hipnotizada pelos giros e toscos da velha. Ainda não tinha notado nossa presença, mas eu o tinha tocado. Ou seja: talvez houvesse algum tipo de ligação entre mim e o magrelo, já que ele trabalhava para Dwyer e a lâmina tinha sido forjada com a essência do deus-do-sol. Então, usando termos científicos para explicar, nós estávamos em um tipo de ciclo de retroalimentação limitado. Isso significava que, se eu conseguisse capturar o magrelo, ele poderia me levar ao mestre.

E espero que até ao meu pai.

— Já sei por que estamos aqui — sussurrei.

Sem explicar, bati no encosto do assento do motorista. Raoul saiu do carro enquanto Kian segurava meu braço, tentando fazer com que eu fosse mais devagar. Mas eu não podia, não naquele momento. Não estando tão perto.

Quando pisei no calçamento, Buzzkill estava diante de mim. Não tive tempo de me preocupar se ele tinha visto Raoul. Ele não pareceu reconhecê-lo, o que significava que o amuleto estava funcionando. Além disso, o palhaço estava totalmente concentrado em mim.

— Onde foi que você se meteu, garota? Consegue imaginar o quanto eu estava com medo?

— Com medo? — Dei uma risada.

— De ter que admitir para o chefe que eu perdi você.

— Isso não é importante. Se quer vir, vamos nessa. Vocês fiquem aqui — acrescentei para Kian e Raoul.

Kian tentou passar, mas Raoul segurou seu braço. Não olhei para trás enquanto caminhava na direção do magrelo, que só pareceu me notar quando eu estava quase em cima dele. *Parte do efeito de proteção da wakizashi?* Naquele momento, o nome perfeito apareceu na minha mente.

Égide.

Quando pensei nisso, a arma voou do meu pulso para a minha mão. Buzzkill pareceu realmente surpreso e arregalou os olhos.

— Puta merda. Isso é...

— Meu. Fiquei de olho no inimigo.

Decepcionado, ele disse:

— Isso.

O magrelo ficou alerta.

Tentou desaparecer, mas eu o prendi entre a parede de tijolos e minha lâmina. A criatura pareceu reconhecer a essência de Dwyer, então se acalmou. O fedor de cemitério que exalava me envolveu, junto com o eco dos horrores que havia me mostrado. Mas eu sabia a verdade dele; aquele monstro tinha nascido da loucura e do distúrbio, então não era de estranhar que se sentisse atraído pela velha, que ainda dançava na janela. Sua psicose era completa e impressionante por desconsiderar completamente o resto do mundo.

— Leve-me até ele — sussurrei.

— Você não pode me obrigar, garota morta-viva. — Mas aquele cachorro não mordia, só ladrava. Ele não se mexeu.

Não podia.

— Acho que você sabe o que estou segurando. Recuse-se de novo.

O magrelo se sobressaltou, dando um pequeno sinal de que estava com medo, mas foi o suficiente para que uma sensação maravilhosa e deliciosa percorresse meu corpo. O jogo tinha virado agora, e *eu* tinha algum poder naquele mundo. Fiquei mais firme e pressionei um pouco mais. Não fazia ideia do que aconteceria se atravessasse a adaga, mas o magrelo não ia querer descobrir. Ele tentou segurar a lâmina, e uma fumaça negra começou a sair da ponta dos seus dedos. Eu me lembrei de Govannon dizer que ele precisava saber o que havia no meu coração.

Será que isso significa que a espada vai rejeitar os indignos? Nossa.

— Vou levá-la até ele — disse o magrelo, ofegante. — Mas você não vai ganhar nada com isso. O filho da estrela da manhã vai queimá-la até virar cinzas.

Então, ele me agarrou e me puxou para uma fenda na parede. O toque dele ainda era pura loucura, invadindo minha mente com intensidade. Cachorros mortos, troncos podres cheios de larvas e uma casa vazia com paredes caindo aos pedaços e cobertas com símbolos antigos. Afastei as imagens e não permiti que elas entrassem. Quando me soltou, eu estava em outro lugar.

Buzzkill estava atrás de mim. Não sei como chegamos onde estávamos, mas era obviamente a entrada de uma mansão. O piso tinha a imagem de um sol estilizado, feito com ouro e mármore marfim. O lustre acima continha centenas de cristais brilhando e refletindo a luz. O lugar era mais quente do que o esperado pelo tamanho. Um sinal definitivo de que Dwyer estava ali.

Com uma voz grossa e cheia de raiva, o magrelo declarou:

— Na casa de meu Pai há muitas moradas; se não fosse assim, eu vo-lo teria dito. Vou preparar-vos lugar.

Que assustador ouvir aquela criatura citar a Bíblia Sagrada. Senti um arrepio que não entendi direito.

— Encontre Dwyer ou meu pai. Qualquer um deles vai fazer com que eu poupe sua vida miserável.

— Não precisa ameaçar os servos — disse alguém, do alto das escadas. — Não imaginei que você fosse educada o suficiente para devolver o que é meu.

— Errado. Estou aqui para matá-lo.

— Você e esse palhaço? — O deus-do-sol deu uma risada enquanto descia a escada na nossa direção.

Quando chegou ao chão, cambaleou um pouco porque a Égide atraiu sua atenção para minha mão, na posição perfeita de batalha. Não fui *eu* que fiz isso, mas ela o reconheceu, do mesmo modo que havia acontecido com o magrelo, e eu desconfiava de que ela sabia que éramos inimigos. *Ele deve estar muito furioso.*

— O que foi que você fez? — rugiu ele. — Eu vou arrancar seu coração e *devorá-lo* por isso. Isso... Isso é grotesco. — O ódio dele era visível.

Eu sorri.

— Govannon manda lembranças.

— Eu cuido dele depois.

Não havia motivo para atrasar mais as coisas. Eu talvez morresse ali, mas pelo menos Kian e Raoul não estavam comigo. Além disso, Buzzkill estava empunhando suas facas e, juntos, cercamos Dwyer. Se ele chamasse reforços, estaríamos ferrados. Então, parti para cima dele fingindo que atacaria pela esquerda, mas cortando pela direita. Ele desviou do golpe e eu dei um giro, maravilhada ao ver como a Égide era leve na minha mão.

Também parecia... faminta, o que me pareceu ligeiramente canibalesco.

A lâmina bateu no corrimão de ferro da escada, soltando faíscas. A vibração subiu pelo braço até os cotovelos e meus ossos doeram. Eu esperava as mesmas bolas de fogo que ele tinha atirado da última vez em que lutamos, mas não fazia tanto tempo, e eu estava usando parte do seu próprio poder contra ele. *Talvez... não consiga?* Senti uma onda de alívio e acelerei o passo. Dwyer caiu sob meu ataque, mas assim que atingiu o chão, sussurrou e uma lança e um escudo apareceram em sua mão. Diante dos meus olhos, o terno de linho branco se transformou em uma armadura de guerra dourada, e aquilo não pareceu deixá-lo mais lento.

– Com medinho? – provocou Buzzkill.

Concentrado em mim, Dwyer não respondeu. Quando atacou, tive que me esforçar para me defender, já que eu não tinha experiência com armas e a dele tinha um alcance maior. A ferocidade dos ataques fez com que eu me arrependesse da minha petulância. A lança bateu na *wakizashi*, mas ele não conseguiu me desarmar. A Égide estava presa aos meus dedos como um amante. Embora eu estivesse completamente em desvantagem, não desisti.

Isso não é um teste das suas habilidades de combate. Não sei por que ouvi a voz de Govannon naquele momento, mas aquilo me deu forças. De alguma forma, consegui continuar lutando, e a Égide estava onde precisava estar. Eu não conseguia derrubar a guarda de Dwyer sem meu espírito amigo, mas ainda não estava morta. Buzzkill se aproximou por trás dele. Com um sorriso horrível para mim, enfiou uma das facas de serra pelas dobras do peitoral do deus-do-sol. Ele se virou.

Por uma fração de segundo, o deus-do-sol abriu a guarda e era tudo de que a Égide precisava.

Nem parecia que era eu quem estava brandindo a espada, pelo contrário. Meu braço se ergueu e girou, um corte perfeito no pescoço dele. O rosto de Dwyer empalideceu. Não havia sangue de onde a cabeça dele caiu, mas os olhos ainda estavam olhando para mim em choque, como se aquilo não fosse possível. E, então, ele simplesmente... desapareceu. Deixou de existir.

Não deixou nem uma mancha no chão.

Buzzkill soltou dez palavrões imundos.

— Você sabe o que tem nas mãos, garota?

— Um milagre? — sussurrei.

— Essa coisa tem o poder de aniquilação. Você deve ter impressionado muito o deus da forja. Significa que ele confia em você para decidir que monstros merecem morrer.

Senti os joelhos fraquejarem.

— Então... Dwyer...

— Ele se foi. Bateu as botas. Partiu dessa para uma melhor ou o eufemismo que você escolher usar. Embora eu realmente ache... — Buzzkill parou de falar, ficando sério, pra variar. — Ele simplesmente desapareceu. Para nós, não existe nada além.

— E existe para nós?

Com um olhar de irritação, ele deu de ombros.

— E você acha que *eu* tenho cara de idiota? Vamos encontrar seu pai antes que Fell sinta um distúrbio na Força.

NÃO BASTA SER O SALVADOR

Levou uma hora para fazermos uma busca completa na propriedade.
    Buzzkill derrubou uma porta do porão, e encontramos meu pai em um laboratório bem-equipado, mas sem trabalhar, apenas sentado. Parecia que não tinha feito nada, o que não me surpreendeu. Fiquei feliz por Dwyer não tê-lo torturado por se recusar a trabalhar, mas não tinha se passado tanto tempo para os padrões imortais, então provavelmente ele não tinha desistido de convencê-lo. Meu pai piscou quando passei pela porta.
    A voz ele saiu rouca pela falta de uso e descrença:
    – Edith...?
    – Pai! – Corri para ele e o abracei.
    A magreza dele me assustou. Já estava acentuada antes de ser levado, mas agora eu ficaria surpresa se ele tivesse comido alguma coisa desde o dia em que desapareceu. Os ossos das costas estavam tão proeminentes e o cheiro dele era indescritível. Mas ele me abraçou com todas as forças que ainda lhe restavam e afundou a cabeça em meu ombro. Por alguns segundos, parecia que eu era uma mãe dando as boas-vindas para um filho perdido. Mas meu pai já não cuidava de mim havia um tempo – era mais eu quem cuidava dele – quando os monstros o levaram.
    – Como você me encontrou?
    Eu não tinha uma resposta compreensível para a pergunta.
    – Vamos conversar depois.
    – A polícia trouxe você?

Aquilo... exigia mais explicações.

— Ele é um agente federal — menti, inclinando a cabeça para Buzzkill.

— Imagino que queira me interrogar — disse ele, com voz cansada.

Ele estava mais fraco do que eu imaginava; tive que ajudá-lo a se levantar. *Talvez ele tenha feito greve de fome.* E como já não estava se alimentando bem antes, fiquei bastante preocupada. Meu pai apoiou o braço em meu ombro.

— Eu não comi nada e só bebi água enquanto estive aqui — revelou. — Eles me atingiram de alguma forma antes do sequestro. Eles me fizeram *ver* coisas, Edith. Você não pode nem imaginar o horror. Acho que colocaram alucinógenos nas minhas roupas ou no equipamento do laboratório.

Era provavelmente melhor se ele achasse uma explicação racional para o fato de ter visto os monstros Cthulhu. Eu não queria que ele vivesse no meu mundo. Nós teríamos que nos encontrar onde os caminhos se cruzavam. Então, eu só disse:

— É mesmo?

— Se eles usaram o sistema de ventilação, as evidências já devem ter desaparecido. Imagino que não tenham como verificar.

— Não sei bem. O lugar estava bem destruído quando levaram você. — *Graças a mim.*

— Então eu não imaginei a explosão. Você estava lá também, não estava?

— A incerteza dele o deixava muito... vulnerável, uma palavra que eu nunca tinha usado para descrever meu pai.

— Estava sim, mas não consegui impedi-los.

— Eles machucaram você?

— Não muito. — Certo, isto era uma grande mentira.

Quando eu era pequena, achava que meu pai sabia tudo. Ele *sempre* sabia quando eu mentia para ele. E isso, em geral, acabava em sermão sobre a importância da honestidade, e eu ganhava uma balinha de menta. Até hoje eu associava o barulho do papel da bala com dizer a verdade.

Desta vez, ele apenas assentiu:

— Que bom.

Embora eu estivesse grata por evitar as perguntas que não podia responder, a tristeza foi um grande peso. Aquele realmente era o fim de uma era. Agora eu conseguia enganar meu pai sem ser punida e sentia falta da época em que ele era onisciente e onipotente até. Mesmo que eu soubesse que aquilo não passava de uma fantasia infantil, existia um tipo de consolo. Porque agora que eu sabia a verdade, tinha que aguentar o peso.

Respirando fundo, apoiei meu pai pela escada até sairmos. O magrelo não estava em lugar nenhum, mas ele não ia perder tempo para espalhar a notícia para o mundo sobrenatural do que eu tinha feito com Dwyer. Coisas ainda mais assustadoras provavelmente apareceriam em busca de vingança e para testar minha lâmina. Eu não acreditava que minha vida seria menos perigosa agora que tinha a Égide, embora ela me preparasse melhor para me defender e para proteger as pessoas que eu amava.

A entrada externa da casa era linda, formando um semicírculo diante da mansão, com uma fonte no centro. Naquele momento, a água estava fechada. Sombras se mexiam no fundo, exatamente como eu tinha visto no shopping antes do Natal. Não fui a única a ver.

Buzzkill praguejou.

— Wedderburn está nos vigiando. Droga. Achei que ele confiasse mais em mim.

— E você está chateado com isso?

— Cauteloso. Decepcionar o chefe tende a ser nossa última missão.

Com uma autoconfiança admirável, o palhaço roubou o carro luxuoso estacionado do lado de fora. Ele olhou para mim, dando de ombros enquanto eu ajudava meu pai a se sentar no banco do passageiro. Depois, entrei atrás, sem acreditar que eu estava confiando nele para a nossa fuga. Meu pai prendeu o cinto de segurança com as mãos trêmulas e inclinou a cabeça para trás, completamente exausto.

— Eu não sei para qual agência o senhor trabalha, mas terá a minha eterna gratidão.

— Tem uma primeira vez para tudo — resmungou Buzzkill.

— O quê? — perguntou meu pai.

— Hum, é só muito incomum que as pessoas apreciem meu trabalho na minha área de atuação.

Aquilo soou muito estranho, mas, felizmente, meu pai estava cansado demais para pegar as nuances.

— Verdade, as pessoas tendem a culpar o governo — comentou ele. — Mesmo quando acontecem coisas que não têm como ser evitadas.

O palhaço olhou para trás, para mim, como se estivesse dizendo *bater papo com seu pai não era parte do acordo, garota.*

Antes que ele pudesse jogar um monte de realidade louca na cabeça do meu pobre pai, interrompi:

— Você poderia parar no mercado? Preciso carregar meu celular.

— Sério? Eu não sou seu motorista.

— Por favor?

Buzzkill resmungou, mas fez o que pedi. Saí por dois minutos e cheguei com um kit básico para carregar o telefone no carro. Passei a ponta para que ele a plugasse no carregador do carro e meu pai a plugou. Ver como as mãos dele estavam trêmulas me deixou com um nó na garganta.

Para o palhaço, acrescentei:

— Por que você não nos deixa no hospital? Ele precisa ser examinado.

— Eu estou bem — protestou meu pai, com voz fraca.

Eu o ignorei.

— Obrigada. Nós vamos responder todas as perguntas depois.

— Não importa — resmungou Buzzkill, parando na porta do pronto--socorro.

— Achei que você não soubesse dirigir — sussurrei.

— Eu nunca disse isso. Você simplesmente achou.

Meu Deus, que constrangedor. Saí do carro com um suspiro fraco. Buzzkill agarrou meu braço.

— Você sabe que chegamos ao fim da linha, não é, garota?

Falei bem baixo para meu pai não ouvir:

— E você voltou a ser o número um de Wedderburn e não é mais meu aliado. Entendi.

– O que significa que vou ter que contar para ele sobre aquela coisa agora. – Ele lançou um olhar para o bracelete ao redor do meu punho.

– Ele não vai ficar zangado por você não ter contado antes, logo que arranquei o coração de Dwyer?

A expressão de Buzzkill ficou impassível.

– Eu não sei nada sobre isso. Você sumiu do meu radar por um tempo e voltou com essa arma.

– Mesmo assim, ele vai acabar com você.

– Valeu a pena estar lá quando você acabou com a raça de Dwyer. Mas desconfio que ele vai ficar preocupado. Você não apenas acabou com o deus-do-sol, como também finalizou o jogo dele com Wedderburn. Não sei bem como ele vai reagir a isso. Você lhe deu uma vitória, mas qual é o objetivo dele? Além disso, vai ficar cauteloso. Se você conseguiu fazer isso com a oposição, o que vai impedi-la de ir atrás dele?

– E com razão – sussurrei. – Mas eu não tenho uma arma feita com Wedderburn, e a fortaleza dele é muito mais impenetrável do que a de Dwyer. Tocar no magrelo e roubar aquele coração me deu uma oportunidade. Mas invadir um quartel-general me parece muito mais difícil.

– É mesmo – avisou Buzzkill, com voz suave. – Se levar esse assassino de deuses para as nossas dependências, eu vou acabar com você, sem hesitar.

– Entendido. Obrigada pela ajuda.

Dei a volta pelo carro e abri a porta para meu pai, que ainda estava sentado ali como se estivesse hipnotizado. Ele cambaleou para sair. O cérebro dele definitivamente não estava estabelecendo sinapses suficientes, caso contrário ele teria uma tonelada de perguntas. As costelas pareciam muito salientes quando o abracei para ajudá-lo a entrar no pronto-socorro. Depois, houve uma rodada de perguntas, que respondi pela tangente, mais interessada em conseguir que ele recebesse o tratamento adequado do que em qualquer outra coisa.

– Eles eram agentes de outro país – disse ele para a enfermeira.

Sobre a cabeça dele, ela me lançou um olhar como quem perguntava *ele é louco?* Com um pouco de remorso, dei de ombros como uma resposta que dava a entender que talvez fosse mesmo.

Em voz alta, eu disse:

— Ele não comeu nem dormiu. Desde que minha mãe foi assassinada há alguns meses, ele apenas... bem, eu estou muito preocupada.

Tudo o que falei era verdade. Eu esperava que eles conseguissem tratá-lo tanto física quanto mentalmente.

— Falta de sono associada a um trauma emocional pode provocar ilusões e alucinações. Tente não se preocupar, tenho certeza de que vamos conseguir ajudar seu pai.

Meu Deus, espero que sim.

Nós tínhamos um bom plano de saúde por causa do trabalho dele na universidade, então passei a primeira meia hora preenchendo formulários. Em duas semanas, eu teria idade suficiente para assumir toda a responsabilidade legal. *Que coisa assustadora.*

Quando internaram meu pai, sob seus protestos de que estava tudo bem, liguei meu celular e telefonei para Kian para avisar onde eu estava. Para minha total surpresa, ele berrou comigo por cinco minutos, sem fazer uma pausa nem para respirar. Eu nunca o tinha visto com tanta raiva, e nunca de mim, pelo menos jamais tinha demonstrado como se sentia, e aquilo foi ótimo, de um jeito "eu te amo e estava morto de preocupação".

— Venha para o hospital — pedi quando ele parou para respirar.

— Estou a caminho. — Ele desligou na minha cara.

O quarto do meu pai era escuro e silencioso. Ele estava na cama e havia sido medicado. Colheram sangue para fazer alguns exames e descobrir quais eram seus problemas de saúde. Mesmo não querendo, encontrei o número de telefone do policial que estava investigando a destruição do laboratório. Se eu não entrasse em contato com eles agora, as coisas poderiam ficar piores depois, uma complicação da qual eu realmente não precisava.

O telefone tocou duas vezes e, então, o detetive Lutz atendeu:

— Alô?

— Aqui é Edie Kramer. Estou no hospital com meu pai.

Ele não perguntou mais nada.

— No Mass Gen? Chego em quinze minutos.

Ele demorou mais de meia hora e chegou com Kian e Raoul, o que me ajudou um pouco. Kian ficou visivelmente mais calmo quando viu que eu estava viva e inteira. Mas não podia gritar comigo sobre perigos sobrenaturais com um policial no quarto. Tentou interrogar meu pai, mas os médicos deram um remédio para ele dormir, então estava apagadão.

O detetive Lutz pousou o olhar profundo em mim.

— Conte-me como conseguiu encontrar seu pai. Ele veio para casa sozinho? Houve algum pedido de resgate?

— Ela só tem 17 anos — disse Raoul, com a voz baixa. — Você não precisa da autorização do pai dela para interrogá-la?

Graças a Deus só faço aniversário no fim de fevereiro.

— E quem é você? — quis saber Lutz.

— Sou um amigo da família e fiquei responsável por Edie enquanto o pai estava desaparecido. — Embora o tom fosse educado, a firmeza de Raoul deixou claro que ele não queria que ninguém mexesse comigo.

— Vou voltar quando o Dr. Kramer estiver acordado — disse o detetive, por fim.

Assim que o policial saiu, fechando a porta, Kian correu até mim e me abraçou.

— Diga-me que você não planejou nada disso. Quando desapareceu, eu quase morri de preocupação.

— Não, eu não fazia ideia de que as coisas fossem acontecer desse jeito. Sinceramente, não quis deixar vocês dois para trás. — Eu não tinha planejado, mas *fiquei* aliviada.

— E o que aconteceu? — perguntou Raoul.

Havia duas cadeiras no outro lado do quarto, e Raoul as puxou. Por enquanto, não havia outro paciente, o que era bom para nós. Eu me sentei com Kian em uma, e Raoul ocupou a outra. Falando bem baixinho, contei tudo o que eles perderam. Quando terminei, o homem mais velho me olhava com um misto de assombro e respeito, o que me deixou extremamente constrangida.

— Começou — disse ele, por fim.

— O que começou? — Assim como eu, Kian estava cauteloso.

— Meu mestre das Sentinelas da Escuridão vai querer conhecê-la. *Você é a arma que nos prometeram para a batalha contra a escuridão.*

— Ela é uma pessoa — irritou-se Kian.

Eu não esperava ter que ser apaziguadora na relação entre Kian e Raoul.

— Não precisamos resolver isso hoje.

Eu me aconcheguei mais nos braços de Kian, como se ele pudesse me proteger dos imortais que queriam me matar e dos humanos que queriam me usar para matar seus inimigos. Meu futuro estava se tornando um lugar duro e difícil. Embora tivesse dado a vitória do jogo para Wedderburn, aquela nunca foi minha intenção. Agora que eu mostrara que ninguém poderia me manipular e que eu não era simplesmente um peão do jogo, não sabia como ele reagiria. Mas provavelmente não seria de um jeito bom.

Por fim, Raoul foi embora, provavelmente para fazer um relatório para seus superiores. Sozinha no hospital com meu pai adormecido, Kian me sentou em seu colo e me deu um forte abraço. Ouvir as batidas do coração dele me trouxe uma paz que eu não sentia há semanas. *Por favor, deixe-me aproveitar este momento. Não deixe que nada dê errado por enquanto.*

— O que os médicos disseram? — perguntou ele delicadamente.

— Que ele está desnutrido e desidratado. Os resultados dos exames mais complexos só devem sair amanhã de manhã. Espero que não seja nada sério.

— Eu também. Ele já passou por muita coisa.

— Por culpa minha.

— Ei. — Levantou meu rosto para que eu olhasse para ele. — Não diga isso.

— Por que não? É verdade. Se eu não tivesse permitido que o pessoal da Galera Blindada me levasse ao *extremis*, nada disso teria acontecido. Se não tivesse aceitado a proposta, ele e minha mãe estariam juntos, de luto, mas... juntos. Isso provavelmente...

— Se eu não tivesse aceitado a proposta, Tanya provavelmente estaria viva, e eu não. Você nunca teria me conhecido. E mesmo que você chegasse ao *extremis*, talvez a pessoa que Wedderburn tivesse enviado não fosse capaz de convencê-la a aceitar.

Franzi as sobrancelhas.

— Não faça isso. A culpa não é sua.

— Nem sua. Não adianta ficar olhando para trás, Edie. Não podemos mudar nada. Então o arrependimento não adianta nada. Tudo o que podemos fazer é seguir em frente.

— Acho que sim. Eu só... Odeio ver no que minha vida se transformou. — Dizer isso fez com que eu me sentisse muito mal, mas também foi meio libertador.

— Você tem uma chance de ser mais — sussurrou Kian. — Antes, eu só esperava que você sobrevivesse para pagar os favores. Mas agora, com a Égide, tem poder suficiente para abrir seu próprio caminho. Mate Wedderburn, como fez com Dwyer, e esse será o fim.

— E quanto a Fell e Graf?

Ele hesitou, passando os dedos pelo meu cabelo.

— Eu não sei. As alianças são estranhas. Eles concordaram em dar apoio para outra pessoa no jogo, mas não sei como vão se sentir em relação à morte de um associado. Pode ser apenas uma questão de negócios ou talvez existam laços emocionais depois de séculos como associados.

— Verdade, não é algo que eu consiga imaginar. É difícil imaginar Wedderburn inspirando sentimentos calorosos em alguém, muito menos no deus da guerra.

— Se forem espertos, Fell e Graf vão recolher as perdas e deixar você em paz.

— Eles também podem me considerar uma ameaça e decidir que eu não posso ter permissão de manter a Égide.

Kian assentiu.

— Nesse caso, eles vão atacar para tirá-la à força de você.

— Então não é mais uma questão de linhas temporais ou jogos. É uma questão de vida ou morte.

— É melhor se preparar para lutar, mas você também é um perigo para eles, um que eles não enfrentam há muito tempo. Desconfio que os predadores não vão descansar sabendo que você está livre.

— É exatamente o que eu acho.

Nesse caso, matar Wedderburn não significaria o fim do perigo. Eu acabaria no caminho que as Sentinelas da Escuridão queriam que eu seguisse, dedicando minha vida para caçar e matar imortais perigosos. Se seguisse o caminho de pagar pelos favores, estaria ajudando Wedderburn, o babaca que mandou matar minha mãe como parte de um *jogo*. E nada daquilo levava em conta nada do que eu talvez quisesse para mim mesma.

Como se eu soubesse.

— Será que podemos esquecer tudo isso por um tempo? — Escondi o rosto no peito dele, ouvindo o ritmo estável de seu coração acompanhado pelos bipes das máquinas que garantiam que meu pai estaria vivo e bem, fora de qualquer risco no momento.

— Tudo bem. O que você quer fazer?

— Vamos fingir que somos normais. Como vamos comemorar o Dia dos Namorados?

— Ah, boa pergunta. — Kian apoiou o queixo no alto da minha cabeça, e ficou brincando com meu cabelo. Ele não tinha comentado sobre meu corte de cabelo esquisito. Para ser sincera, nem sei se notou. Ele realmente não parecia se preocupar se eu era bonita, o que me fazia acreditar que me quis quando ninguém mais queria. O prazer disso era... indescritível.

— Jantar e cinema não bastam — declarei. — É a nossa primeira data comemorativa e comercial.

— Estou sentindo certa ironia aqui. Não deboche do amor verdadeiro.

— Boston representa um desafio. A maioria das atividades ao ar livre não funciona, a não ser que estejamos completamente encasacados.

— Difícil ficar sexy com tanta roupa — concordou ele.

Embora a conversa tivesse me feito sorrir, também era um pouco agridoce, mas tentei não demonstrar.

— Poderíamos ir ao show do planetário ao qual você prometeu me levar?

– Com certeza. – Ele pareceu adorar o fato de eu ter me lembrado. – E o que você acha de rosas?

– Minha mãe sempre achou um desperdício, mas... eu adoro. Tipo, elas já foram colhidas, então ninguém mata as rosas só para mim.

– Então aceita *alguns* recursos românticos tradicionais. – Os olhos verdes dele brilharam, e fiquei feliz por ter começado aquela conversa idiota.

– Claro. Mas nada de chocolate. Prefiro chiclete. Ou jujuba. Tipo gourmet, e não aquelas açucaradas.

– Você está falando sério? Tudo bem. Eu vou me lembrar disso.

Ainda estávamos cochichando como bobos quando a enfermeira veio nos mandar embora. Ela foi educada, mas firme:

– O horário de visita acabou. Você pode vir ver seu pai amanhã de manhã.

No seu mundo, eu posso. Ela obviamente não sabia o que eu tinha feito – que nada era certo – e que o amanhã talvez nunca chegasse.

ALGO TÃO INCRÍVEL

Kian me tirou do quarto, meio contra a minha vontade. Mas como eu só tinha duas escolhas, sair ou ser expulsa, decidi que não queria arrumar confusão com a enfermeira. Meu pai estava apagado. Então, decidi que voltaria bem cedo no dia seguinte.

Eu ainda não tinha processado tudo; a realidade era grande demais. O crédito de tudo era de Govannon, mesmo assim acabei matando um deus. Bem, *destruir* era uma palavra precisa. Assim como *imortal*. Mesmo assim. Enquanto esses pensamentos giravam na minha mente, Kian pegou minha mão e me levou até o Mustang. A ida para casa foi tranquila. Sem perguntar, fomos direto para o apartamento dele. De alguma forma, ele percebeu que eu preferia passar a noite lá do que na minha casa, onde Raoul talvez estivesse esperando com algum tipo de ordem.

Era estranho voltar para o apartamento e não encontrar Aaron. Embora não tivesse percebido antes, eu tinha me acostumado a ver o garoto como uma sombra de Kian. Fui tomada de tristeza. Ele merecia mais do que ter ficado para trás, até mesmo na morte. Às vezes, eu não gostava de como conseguia ser lógica, como era capaz de fazer escolhas horríveis em nome da minha própria sobrevivência.

— A culpa não foi sua — sussurrou Kian, abrindo minha porta.

Eu nem percebi que ele já tinha saído do carro. Isso mostrava como eu estava desligada de tudo. O que não era surpresa nenhuma, considerando tudo o que havia acontecido naqueles últimos dias. Consegui sorrir, enquanto saía do carro e seguia até o apartamento. Abraçando-me, ele me levou até o banheiro.

— Vou pegar uma camisa para você dormir.

Aquilo parecia maravilhoso. Parecia fazer uma eternidade desde a última vez que eu havia dormido bem. E talvez não devesse dormir naquela noite. Mas pelo que eu sabia sobre imortais, a percepção deles de tempo era diferente. Então, duvidava muito que Fell viesse se vingar imediatamente. A morte talvez preferisse analisar as implicações antes de tomar uma decisão sobre o que fazer. Por outro lado, ela também poderia me considerar uma ameaça grande demais para me deixar viva, então talvez mandassem algum assassino na manhã seguinte.

Perigo mortal, inimigos fatais e total incerteza. Negócios, como sempre.

Passei vinte minutos no chuveiro e, quando saí, com cabelo ainda molhado, Kian estava me esperando com um copo de macarrão instantâneo. Como aquele era o prato mais gostoso que ele fazia, tentei não rir.

Ele se fingiu de ofendido.

— O que foi? Pelo menos eu sou consistente.

— Verdade.

Quando acabei de comer, estava pronta para ir para a cama, mas havia uma nova camada. Naquele momento, não havia nenhuma crise. Nada que me impedisse de transar com Kian. Nós já havíamos dormido juntos, mas já fazia um tempo que não ficávamos juntinhos como dois cachorrinhos exaustos. Mas o alívio de encontrar meu pai são e salvo me deixou muito exausta para tentar "qualquer coisa mais" naquele momento. Sem esperar que ele saísse do banheiro, fui para a cama dele e dois minutos depois eu tinha dormido.

Embora não tenha visto quando ele se deitou, eu acordei no meio da noite, sentindo calor. Alguns segundos depois, descobri o motivo. Kian estava me abraçando por trás, como se não suportasse ficar longe de mim nem durante o sono. A doçura do gesto me deu um nó na garganta. No fundo, eu ainda não entendia o que havia de tão especial em mim, e como ele poderia ter se apaixonado por mim ao me observar vivendo minha vida triste e patética de antes. Mas talvez essa fosse a chave. Ele me viu como alguém que realmente compreenderia tudo pelo que passou porque nós trilhamos basicamente o mesmo caminho, só que com alguns anos de diferença.

Lentamente, para não acordá-lo, me virei nos braços dele e percebi que nossa pele estava em contato. Eu sabia que os braços dele estavam nus, mas não o peito e as costas. *Olá, garoto sem camisa.* Sabia que era fútil da minha parte, mas não havia como negar a beleza dele. Ele sofreu por aquela escolha.

Apoiei meu braço na cintura dele e tomei consciência de como o cheiro dele era bom. Eu tinha usado o mesmo sabonete que ele, uma mistura de coco com limão, que combinada com o pH do corpo dele... o deixava, bem... acho que o termo científico seria *lambível*. Fechei os olhos e tentei dormir de novo, mas quando os dedos dele mergulharam no meu cabelo, ficou impossível. Foi tão bom que eu estremeci.

— Você está acordada? — sussurrou ele.

— Estou. Que horas são?

— Tarde ou cedo, dependendo da sua definição.

— Eu acordei você?

— Acordou. Você está acariciando as minhas costas há uns cinco minutos. — Notei o sorriso na voz dele.

Ai, meu Deus. Que constrangedor.

Quando ele disse isso, minha mão parou. Mas eu ainda conseguia sentir a firmeza e a maciez dos músculos sob meus dedos.

— Desculpe.

— Acha que eu me importo de ser acordado assim? Só seria melhor se você estivesse me beijando.

— Hum, eu não sei bem o que fazer. Não sei se existe alguma regra sobre fazer coisas com pessoas que estão dormindo. Tipo, será que eu tenho a *autorização* para...

— Se for comigo, você tem. — Kian interrompeu meu fluxo de palavras com um tom divertido.

Aja naturalmente.

— Talvez fosse melhor eu me levantar. — Eu me virei, excitada por estar em contato com o corpo dele.

Meu rosto estava encostado no peito de Kian, e precisei me segurar para não começar a beijá-lo ali. Mas não sabia o que fazer e se ele queria que eu fizesse. Kian sabia que eu nunca tinha tido um namorado antes e estava permitindo que eu ditasse o ritmo. Eu gostava disso, mas não fazia ideia de como avisá-lo de que estava pronta para subir de nível em termos de sexo. *Por que sou tão estranha?* Eu nunca quis tanto uma coisa, mas talvez estragasse tudo ou fizesse tudo errado ou...

— Nós temos quatro horas até você poder visitar seu pai — disse ele, com delicadeza. — E eu me sinto na obrigação de dizer que o jeito com que você está se mexendo está me deixando louco.

Uau, isso é o que eu chamo de honestidade.

— Eu também estou — sussurrei.

Graças a Deus, ele interpretou minha resposta como um convite e me beijou. Os lábios dele sobre os meus eram como fogos de artifício. Tive alguns segundos para aproveitar o calor antes de ele aprofundar ainda mais o beijo. A língua dele... me fez esquecer de tudo. Aqueles momentos felizes eram apenas de desejo. Senti o gosto de canela da pasta de dentes, e parecia que nunca seria o suficiente para mim. Quando nos separamos, eu estava ofegante, e ele começou a beijar meu pescoço. Senti a pele formigar quando ele afastou o tecido frouxo do meu ombro e me deu um cheiro. Escorregou a mão pelas minhas costelas de forma suave e gostosa. Em silêncio, respondi à pergunta não dita quando tirei a camisa e permiti que ele continuasse me tocando.

— Tudo bem? — A voz dele saiu rouca.

Não havia palavras para descrever como estava bom. Ele tocou meus seios, até que eu o puxasse para cima de mim. Da última vez, nós estávamos vestidos e mesmo assim foi incrível. Mas agora eu estava pronta para tudo. Kian começou a beijar a base do meu pescoço e foi descendo até eu começar a me retorcer. As mãos dele me tocavam em todos os lugares, e eu pensei algumas vezes em impedi-lo porque era estranho e novo, mas era bom demais para pedir que parasse. E eu também comecei a explorar o corpo dele. Quando o toquei, ele gemeu baixinho.

Sim, agora. Agora mesmo.

Beijei o ombro dele, tocando-o pela primeira vez.

— Diga que isso vai ter um final feliz.

Ele gemeu suavemente e afastou minha mão.

— Você quer...?

— Se você quiser. — Talvez fosse idiota dizer isso quando eu poderia muito bem dizer a resposta. É claro, aquilo era só o corpo dele falando. Talvez não estivesse pronto emocionalmente.

— Claro que quero. Eu já volto.

Ele foi e voltou do banheiro em tempo recorde. Estava gostoso demais só de cueca boxer, e tentei não demonstrar minha excitação misturada com medo porque eu estava sentindo as duas coisas. Na teoria, sexo era nojento, gosmento e uma coisa nada prática. Na prática, eu mal podia esperar para descobrir por mim mesma.

— Quando foi que você comprou isso? — perguntei quando ele abriu a caixinha.

Ele abriu um sorriso ao baixar a cabeça.

— Logo depois que Wedderburn não me executou. Imaginei que eu devia estar pronto quando você estivesse.

— Gosto disso em você. Melhor ainda: eu *amo* isso.

— E eu amo você — declarou Kian, com um carinho imenso que fez meu coração quase explodir de felicidade.

— Eu também.

Ele abriu o pacotinho. *Ai, meu Deus, isso realmente está acontecendo.* Tentei ajudar com o preservativo, mas ele não deixou.

— O que houve?

— Sério, você não pode fazer *isso* por mim. Ou nós não vamos conseguir continuar.

— Hein... Ah! — Ainda bem que estava escuro demais para ele ver que eu estava ficando vermelha. Como era a minha primeira vez, não a dele, era bom saber que ele estava tão excitado. — Então... como nós...

É, eu não posso perguntar isso. Droga, a pausa para sexo seguro me fez começar a pensar de novo.

— Não se preocupe tanto — sussurrou.

Ele pareceu notar que eu não estava pronta ainda por causa da interrupção e, então, voltamos a nos beijar. Acariciá-lo era quase tão bom quanto sentir as mãos dele no meu corpo, e por fim eu estava me movendo junto com ele, sem pensar. Ele me surpreendeu quando nos fez girar e inverter as posições.

— Agora é com você.

Eu não pensei, só fiz o que parecia ser certo. Senti certa resistência, mas não o suficiente para me fazer parar. Quando conseguimos, nós dois enlouquecemos um pouco.

Depois, ele jogou o preservativo fora e voltou para ficar abraçadinho comigo. Eu ainda estava com a cabeça nas nuvens, surpresa. Nunca imaginei que fosse capaz de emitir sons como aqueles. Mas a melhor parte era que eu não estava sozinha. Ele estava tão perdido em mim quanto eu nele. Resquícios de prazer ainda faziam minha pele formigar.

Ficamos abraçados por algum tempo, até que eu quebrei o silêncio:

— Em uma escala de um a dez, eu só digo uau!

— Uau não é um número — argumentou ele.

— Eu sei, mas ouvi dizer que sempre é estranho e ruim. Isso significa que somos a exceção à regra?

— "Sempre" é uma impossibilidade empírica. Até mesmo entre os grupos de controle, sempre existem exceções estatísticas.

— Você sabe que fica gostoso quando banca o cientista comigo, não sabe?

— Fala sério, eu sou sempre sexy. — Kian beijou minha testa.

— Verdade. Quero outro poema agora.

— Você quer que eu seja um clichê romântico, não é?

— Ei, eu deixei você pular a parte das pétalas de rosas na cama, não foi?

Rindo, ele deu o braço a torcer:

— Você quer um poema meu ou de alguém famoso?

— Eca para os poetas famosos. Eles não eram todos drogados ou sofriam de alguma doença depressiva?

— A maioria deles, provavelmente. Isso ou realmente deprimidos. Então você quer que eu levante da cama, procure meu caderno e leia um poema para você. É isso?

— Por favor.

— Quero deixar registrado que não estou fazendo isso só porque você me tornou um escravo submisso quando transou comigo — resmungou ele, indo até a sala.

Traseiro lindo.

Eu me senti um pouco estranha por ficar olhando para ele dessa forma, mas como era meu namorado, eu provavelmente tinha o consentimento implícito. Ele disse que eu poderia tocá-lo na cama, e olhar com certeza era bem menos invasivo. Eu me recostei na cama, acendi o abajur e me cobri com o lençol. Até podia ser bobeira, mas não era tão confiante como Kian. Eu quase não me observava nua, nem mesmo agora que era bonita. Anos evitando me olhar no espelho e me escondendo na hora de tirar fotos cobraram um preço na minha mente, e eu não conseguia mudar isso tão rápido assim. Então, ficava fingindo até a mudança realmente se tornar real.

Quando ele voltou para a cama, fiquei meio assustada ao perceber como aquilo parecia natural, como eu tinha me acostumado tão *rápido* a algo tão incrível. Ele abriu os braços segurando o caderno com uma das mãos, e eu me aninhei ali. O coração dele estava batendo e parecia que eu estava em casa. O ritmo tinha uma pequena hesitação, uma diferença que eu adorava. Abraçando-me, Kian virou as páginas, muitas e muitas, ao que parecia. Fechei os olhos e me concentrei na voz dele.

— Lembra que você me disse para voltar a escrever?

— Lembro.

— Bem, este poema é novo, o primeiro que escrevi em muitos anos. O título é "Para Edie".

Beijei o peito dele.

— Eu já adorei.

Ele pigarreou algumas vezes e seu coração deu uma acelerada. Achei inacreditável que eu pudesse deixá-lo nervoso.

— "Escrevo minha alma novamente / Tinta negra, coração no papel / Sozinho, eu só sabia queimar / Desejar / Para dentro olhar / Uma faísca fraca que não sabe onde começar / Sem saber onde você termina e eu começo / A entender o amor / Você é amor / eu sou seu / Infinitos somos."

Ele fez uma pausa, esperando a minha reação.

— Desculpe, acho que ficou um pouco exagerado. Não escrevo dessa forma há muito tempo, e eu era muito bom escrevendo sonetos. Meu Deus, eu deveria ter escrito outra coisa. Algo menos... Edie, você prefere um soneto? Eu posso...

— Não, obrigada. — Eu não tinha parâmetros para saber se o poema era *bom*, mas o jeito com que ele enfatizou *você*, *eu* e *somos* me deixou com um nó na garganta. — Isso significa muito para mim.

Ele passou um tempo segurando uma caneta, olhando para o espaço e pensando em mim. Pensar em Kian sonhando acordado comigo enquanto procurava a palavra perfeita? *Eu amava isso.* Curiosa, abri os olhos e peguei o caderno para dar uma olhada. É, com certeza havia frases cortadas, palavras substituídas por outras. Parecia um bilhete de pedido de resgate em forma de poema que precisou de um pouco de dedicação e edição para ser concluído.

— Não julgue o processo. — Ele pegou o caderno e o fechou.

— Não estou julgando, estou admirando. Nas aulas de literatura, eu tenho muita dificuldade na hora de criar alguma coisa. Até meus trabalhos são cheios de citações de outras pessoas e fatos comprovados.

— Gosto disso em você — comentou ele.

— O fato de eu não ter imaginação?

— Isso não é verdade. Se fosse, você não curtiria tanto ficção científica e fantasia. E é um salto enorme deixar de gostar do mundo de outra pessoa e ser capaz de criar seu próprio mundo.

— Hum. Bem, tenho muitas questões sobre o modo como nosso mundo funciona para inventar uma outra coisa. Além disso, algumas parecem incrivelmente contraditórias.

— Você está falando sobre os imortais agora.

Assenti.

— Fico louca da vida quando não consigo quantificar tudo.

— Bem-vinda ao meu mundo.

— Já estou aqui há um tempo.

— Graças a Deus — murmurou ele, beijando o alto da minha cabeça.

— Tudo bem, de acordo com o relógio já são quase seis horas. Vamos dormir ou...

— Estou aberto a sugestões.

— Eu provavelmente vou ficar ocupada com meu pai por um tempo.

— Isso é um aviso? — Ele apagou o abajur e colocou o caderno de poesia ao lado dele. — Não se preocupe, eu sei que você tem que lidar com muita coisa.

Levar meu pai para casa, lidar com as autoridades e uma possível vingança da morte. Dizer isso pareceu quase sarcástico. Mas Kian estava sendo sincero.

— Só estou falando. E estou pensando em uma coisa.

— Em quê?

— Nossas opções.

Ele me puxou de forma que minha cabeça ficasse apoiada no peito dele. Demorei um pouco para decidir o que fazer com meu braço, mas assim que resolvi isso fiquei bem confortável. Eu poderia me acostumar com isso. Então, a parte babaca e realista do meu cérebro — maldito lobo frontal — sussurrou: *Não, você não pode. Ele ainda vai morrer.* Embora e conseguido salvar meu pai, fui responsável pela morte de Aaron e quantos outros da Galera Blindada? Imediatamente me senti péssima por estar na cama com Kian — por me sentir feliz e me esquecer da minha mãe, mesmo que por um segundo. Se eu permitisse, esses sentimentos me levariam para um lugar muito, muito escuro.

— E quais são elas? — Felizmente, a voz dele quebrou a espiral horrível de pensamentos antes que se tornassem uma avalanche de vergonha.

— Bem, nós poderíamos dormir.

— Ou...?

— Poderíamos transar de novo. Pelos menos *eu* poderia. E você?

— Sério? Se fizesse ideia do quanto eu quero você... ou por quanto tempo eu quis, nem estaria fazendo essa pergunta.

— Menos papo e mais beijos.

A segunda vez foi mais lenta e menos desesperada, mas tão boa quanto, talvez até melhor, porque eu não estava tão nervosa. Foi doce e quente enquanto Kian tentava se controlar. Perto do fim, em vez de me beijar, ele afundou o rosto na curva do meu ombro, para que eu pudesse *sentir* o êxtase o tomar de forma louca e maravilhosa, enquanto ele ofegava e estremecia. Eu estava perto, mas ainda não... tinha chegado lá, mas acho que ele percebeu e começou a me tocar.

— Você quer que eu... assim?

— Assim.

Eu ficava excitada por nós dois estarmos aprendendo. Ironicamente, a incerteza dele me relaxava, então eu conseguia me soltar. Ele ficou olhando para mim, me matando com a intimidade do seu olhar, mas não desviei os olhos. As pessoas sempre me disseram isso, e eu sempre achei um exagero – que fosse propaganda em prol da abstinência –, mas o sexo *mudava* tudo. E ali estávamos nós.

— Tudo bem? — perguntou ele.

— Muito mais do que bem. — Eu estava sentindo as pernas fracas quando fui ao banheiro.

Meu pai está esperando. Embora eu ainda não estivesse pronta para começar o dia, a vida não esperava. Ela seguia adiante, sempre.

E é o que eu ia fazer.

NUNCA MAIS VOU SENTIR AQUELE FARDO DA MELANCOLIA

Felizmente, os médicos não viram motivos para manter meu pai internado. Mas assim que o levei para casa, foi bem difícil, porque o comportamento dele beirava a paranoia. Não que eu o culpasse. Eu não fazia ideia das coisas pelas quais ele havia passado enquanto Dwyer o manteve prisioneiro. No segundo dia depois que voltou para casa, ele tentou ir direto para o laboratório para ver como estavam as coisas, e eu simplesmente menti:

— Eles estão consertando tudo ainda — argumentei, embora eu soubesse muito bem que a universidade já tinha concluído. — Você não pode fazer nada lá, e o médico disse que você precisa descansar e comer bem pelo menos durante uma semana.

Ele resmungou um pouco, mas voltou para o sofá.

— Você está fazendo com que eu me sinta como um velho.

— Qualquer pessoa precisaria de um tempo depois... — O que eu poderia dizer?

Ele estava convencido de que tinham lançado algum gás com um alucinógeno experimental, e aquela era definitivamente uma explicação muito mais lógica do que a realidade oferecia. O fato de ainda estar confuso sobre o que aconteceu depois me fez imaginar o que Dwyer teria feito com ele. No hospital, os médicos disseram ao detetive Lutz que meu pai certamente havia passado por um evento traumático e que algumas das respostas dele fizeram com que acreditassem que alguém havia tentado fazer uma lavagem cerebral. Lutz nos interrogou por duas horas no dia em que meu pai recebeu alta. Eu entendia a frustração dele; o prédio de ciências da universidade havia sofrido grandes danos e ele precisava saber quem culpar.

Eu não tinha respostas fáceis.

Naquela noite, preparei uma sopa de legumes e carne para o jantar e liguei a TV para assistir ao noticiário com meu pai. Nós dois precisávamos de um pouco de normalidade, e ele precisava se alimentar bem e dormir bastante. Ele franziu a testa, mas parou de ler seu periódico científico. As primeiras notícias eram sobre conflitos em diversas partes do mundo, com foco em outras regiões dos Estados Unidos e, então, a última matéria da noite foi anunciada pela apresentadora:

— Última notícia: o grupo extremista de Direitos dos Animais, TALA, que significa Todos os Animais Livres Agora, assumiu a responsabilidade pela recente explosão... — Ela começou a explicar que eles postaram um vídeo na internet com os rostos embaçados e voz alterada por moduladores, ameaçando atacar uma universidade de Nova York se todos os programas científicos não parassem imediatamente de fazer experimentos com animais.

Meu pai ficou hipnotizado pela matéria.

— Mas... meu departamento não faz isso. Eu trabalho com lasers e espelhos, não com chimpanzés.

Como eu sabia muito bem que era uma jogada, só consegui brincar:

— Talvez eles tenham ouvido falar sobre o gato de Schröder e feito uma avaliação errada da situação.

— Você acha? — Meu pai pareceu estar me levando a sério.

— Quem sabe? As pessoas que saem por aí explodindo as coisas para mandar um recado para todos serem mais compassivos... você imaginava que eles iam explodir todos aqueles cilindros?

— Provavelmente não — concordou ele. — Mas... isso não explica por que eu fui levado. Os homens que me levaram não disseram nada sobre direitos dos animais.

Droga. Meu pai era inteligente demais para cair naquilo.

— Talvez alguém os tenha abordado.

— Para explodir o laboratório e esconder meu sequestro? — Ele parou enquanto absorvia meu comentário.

Por favor, decida que isso faz sentido.

— Talvez — admitiu ele por fim. — Eu não sei bem por que aqueles homens estavam tão concentrados em mim. Mas acho que talvez tenham pago um grupo de fachada para despistar.

Para que isso fosse perfeito, a TALA deveria ter assumido a responsabilidade um pouco antes, mas meu pai não pareceu se importar.

— Seu trabalho é conhecido. Em quantas revistas você já apareceu?

— Não me lembro. — Isso não era nem um pouco surpreendente. — Imagino que eles podem ter planejado isso. Ouvi dizer que a TALA é um grupo internacional... E tenho certeza de que meus sequestradores eram estrangeiros.

— Por quê? — perguntei.

— Ficavam pedindo para que eu trabalhasse para eles. Um disse que usariam minha pesquisa muito bem e que me pagariam muito dinheiro para mudar de lado.

Aposto que estavam se referindo a Wedderburn, e não aos Estados Unidos. Mas meu pai não podia descobrir isso em hipótese nenhuma.

— Como foi?

— Cansativo — respondeu ele com a voz baixa. — No início, só muita conversa. Tentei explicar que eu não trabalho para o governo... que também não trabalho para o setor privado e que não estava interessado no consórcio deles, mas eles não aceitavam não como resposta. Não mesmo.

Ele não sabia como aquilo era verdade. Os imortais não estavam acostumados a se privarem de nada, e foi por isso que deixei Harbinger louco da vida.

— Eu não comia nada que eles me ofereciam porque estava com medo de ter mais alucinações. Por um tempo, fiquei sozinho em um quarto, sem nada, apenas com uma cadeira e paredes brancas. Depois, eles me levaram para um laboratório muito bem-equipado, acho que para me mostrar quanto dinheiro tinham. Tentei explicar que meu trabalho ainda é teórico... que estou a décadas de um protótipo ou de fazer testes. Mas eles não acreditaram... A partir daí, as coisas ficaram... mais violentas.

Aquilo poderia ser a lavagem cerebral que mencionaram no hospital.

– Banhos de água fria, luzes fortes, mensagens repetidas, privação de sono?

Ele desviou o olhar, enquanto assentia, e o telejornal dava lugar para um programa de comédia.

– Se não se importa, prefiro não falar mais sobre isso.

– Desculpe.

– Não precisa se desculpar. É natural que você esteja tentando entender tudo isso. É exatamente o que eu tenho feito.

– E está fazendo algum progresso?

Ele fechou os olhos e assentiu.

– Se quiser, pode sintonizar em um filme. Algo engraçado talvez, eu vou gostar muito.

– Tudo bem.

Escolhi uma antiga comédia na Netflix e me sentei com ele enquanto ele dormia.

Às nove e meia da noite, eu o convenci a ir para a cama e cheguei se ele tinha apagado as luzes. Antes do sequestro, eu já tinha a sensação perturbadora de que estava me tornando a responsável por ele; agora que ele estava de volta, eu percebia o quanto as coisas eram leves naquela realidade. Nunca achei que sentiria falta dos dias em que ele me passava sermão sobre coisas estranhas e gastava horas do meu tempo compartilhando seu fascínio por coisas estranhas e aleatórias para as quais eu não ligava. Meu pai tendia mais para o espectro de Asperger da interação social, mas agora era só uma sombra do que tinha sido no passado.

Por volta das dez da noite, recebi uma mensagem de texto de Kian:

Tudo bem?

Tudo, respondi. **E com você?**

Exatamente como eu previra, a gente não tinha conseguido se ver muito nos últimos dias. Eu não gostava de deixar meu pai sozinho. Ele ainda não estava normal ou estaria perguntando por que cargas d'água eu não estava na escola. Por algum motivo, ele ainda não tinha se ligado de que estávamos no início de fevereiro, então eu vagava pelo apartamento livre como um pássaro. Fazer meu dever de casa parecia uma total perda de tempo agora, graças à minha possível briga com a Morte.

Meu Deus, minha vida é esquisita.

Saudade, respondeu ele.

Não faz tanto tempo.

Por fim, cedi e fiz um pouco do dever de casa e enviei por e-mail para meus professores. Fiquei feliz quando Vi me chamou assim que mandei o último trabalho. Parecia que já tinha passado muito tempo desde a última vez que conversamos, quando as coisas estavam realmente ruins; eu me esforcei muito para conversar com ela para impedir que entrasse em um avião para uma intervenção de emergência. Falamos por vídeo e vi que pintou as pontas do cabelo de rosa, uma coisa meio punk e relaxada que combinava com ela. Também estava de batom, e eu nunca a tinha visto assim antes.

— Você falou com Seth antes de falar comigo pelo Skype — deduzi, rindo.

Ela ficou vermelha.

— Dã. Estou feliz por você finalmente ter atendido. O que aconteceu?

Merda. Ela não sabia *nada* sobre o desaparecimento do meu pai. Então tentei não dar muita importância a isso, enfatizando que ele estava em casa e bem. Também deixei de fora o papel que desempenhei para trazê-lo de volta. Àquela altura, eu desconfiava saber muito bem como o Batman se sentia sempre pesando o que poderia falar, o quanto poderia falar e para quem.

Que droga. Eu deveria ter uma capa e um cinto de utilidades.

— Ai, meu Deus — disse ela quando eu terminei. Os olhos estavam arregalados. — Você acha que as pessoas que sequestraram seu pai tiveram alguma coisa a ver com... — Ela parou de falar, sem conseguir concluir o pensamento ou dizer "sua mãe" naquele contexto.

Eu não a culpava. Evitar o assunto da morte da minha mãe tinha se tornado um hábito para mim. Desde que chorei no seu túmulo, não gostava de pensar nela, principalmente agora que eu tinha a *wakizashi*. Parte de mim só queria esquecer *tudo* e caçar o velho do saco junto com aquelas crianças assustadoras. Seria diferente agora que eu tinha meu espírito amigo e a Égide. Diferentemente da última vez, quando eles me atraíram para longe, me provocando, eu não precisaria da intervenção do Harbinger.

Você é poderosa, sussurrou Cameron. A voz dele na minha cabeça parecia uma veia cheia de gelo negro, provocando frio dentro de mim. Mas também fazia toda dor desaparecer. Não havia mais conflitos. Não havia mais dúvidas. Só a escuridão e a promessa deliciosa. *Você queria se vingar de nós... e conseguiu. Imagine o que pode fazer agora.*

— Edie? — Vi parecia estar repetindo meu nome há um tempo. — Tudo bem?

— Com tudo isso que está acontecendo, eu estou bem cansada. Do que você estava falando?

— Eu só perguntei... Na verdade, fiquei imaginando...

— Se as mesmas pessoas que mataram minha mãe também sequestraram meu pai? — Viu, eu falei, disse com tom afiado e glacial.

— Isso. — Ela não conseguiu olhar para mim e ficou brincando com algumas canetas na mesa.

— Provavelmente. Parece que tudo está ligado ao trabalho deles.

— Você está em segurança? — perguntou ela.

Meu Deus, ela era uma boa amiga. Por mais que eu a evitasse ou ignorasse, ela não parava de se preocupar. O núcleo frio queimando como gelo seco no meu coração derreteu um pouco. Parei de pensar sobre o velho do saco.

— Acho que sim.

— Olha só, não vou contar nada disso para meus pais, e eu não vou aceitar não como resposta. Daqui a um mês, começam as férias de primavera e vou aí ver você.

— Tudo bem — respondi.

— Quando começam suas férias?

— Já estou de férias. Vou terminar os estudos como aluna independente. Com tudo isso que está acontecendo, não consigo assistir às aulas tendo que cuidar do meu pai.

— Entendi. — O tom de Vi foi gentil. — Mas isso significa que vamos poder ficar juntas o tempo todo quando eu estiver aí. Seth disse que vai tentar ir no fim de semana, pelo menos.

— Uau, sério? Então será um reencontro!

— Menos Ryu.

— É, não podemos esperar que ele venha do Japão. Você tem falado com ele?

Ela negou:

— Não nos falamos desde o Natal. Ele veio aos Estados Unidos para visitar os avós, mas estava ocupado demais para falar pelo Skype.

— Não é surpresa nenhuma. Ele é um cara muito popular.

— Com certeza — concordou ela.

Hora de mudar de assunto; Ryu parecia pertencer a uma outra vida, quando tudo era mais simples.

— Mande um e-mail quando souber o dia em que vai chegar. Eu pego você no aeroporto.

— Você tem carro agora?

— Meu namorado tem.

— Kian, né? Eu vi vocês se beijando no campus. Ele foi até a Califórnia só para ver você, e nem estavam *namorando...* Ele deve gostar muito de você.

Era estranho, mas ela não estava completamente errada. Naquela época, eu não sabia por quanto tempo ele tinha me espionado, nem quanto eu significava para ele. Não fazia ideia de que ele tinha me dado o melhor dia da minha vida em segredo. Com um sorriso, mexi nas pedras azuis da minha pulseira.

— Talvez — respondi. — Mas a gente não podia ficar junto. As coisas eram complicadas.

— É, começar um namoro quando alguém vai viajar no verão não faz sentido. Foi inteligente continuar solteira até voltar para casa.

— Exatamente. — Embora não pelos motivos de sempre.

Conversamos um pouco mais, principalmente sobre os projetos de robótica nos quais ela estava trabalhando, e então, o irmão dela, Kenny, bateu na porta dizendo que ela tinha que lavar a louça, como a mãe já tinha pedido quatro vezes. Vi suspirou e disse:

— Foi mal. Parece que não posso ter uma vida social ou ir dormir se houver uma xícara suja na pia.

Kenny berrou:

— A cozinha está nojenta, Vi! Eu usei o último copo limpo hoje de manhã. Não conseguimos ver a pia há dois dias. É a sua vez.

A discussão deles me fez sorrir. Eu sempre quis ter um irmão mais novo e irritante.

— A gente se fala depois.

— Isso. Vou ligar logo. Tenha cuidado. Parece que as coisas estão perigosas por aí.

— Estão mesmo — admiti.

Depois de desligar, eu me lembrei de que o fuso-horário dela era uma hora a menos do que o meu, então eram só dez e meia lá. Aqui, o relógio estava seguindo direto para a hora do terror, e eu estava exausta por ter tomado conta do meu pai o dia todo. A preocupação era uma coisa exaustiva. Lavei o rosto e escovei os dentes, não me demorei na frente do espelho. Desde o dia em que meu próprio reflexo confessou que queria me matar e/ou roubar minha vida, eu temia demorar muito para me arrumar.

Apaguei a luz e fui deitar. As cortinas estavam abertas, mostrando o brilho dourado do poste iluminando o piso do quarto, e fiquei olhando para ele, tentando fazer meu cérebro se desligar dos possíveis cenários desastrosos. Estava quase dormindo quando um *tum, tum, tum* veio da minha janela. Sobressaltada, eu meio que estava esperando ver a garota com olhos pretos assustadores e seu avental cheio de sangue.

Mas não. Em vez disso, vi um grande pássaro preto batendo no vidro com o bico.

Tum, tum, tum.
— Não pode ser — falei.
Tum, tum, tum, tum.

Resmungando, fui até a janela e abri o vidro, e o vento frio me atingiu. A tela ainda estava fechada, embora o pássaro pudesse arrebentá-la. Por alguns segundos, ficamos só nos olhando. Eu não via Harbinger desde que ele havia enlouquecido na cozinha de Rochelle. O pássaro não falou nada e comecei a duvidar da minha própria certeza. Para testar minha teoria, eu me aproximei mais. Um corvo normal se assustaria e fugiria voando. Aquele esperou.

Imaginando se aquela era a decisão mais idiota de todos os tempos, afastei a tela.

— Você quer entrar?

Então, agitando as penas e em uma nuvem de fumaça, *ele* estava empoleirado com uma graça fora do normal em uma borda estreita demais para ele.

— Você está me convidando? Rituais e gentilezas importam, principalmente para alguém como eu.

— Acho que estou.

— Sim ou não, queridíssima.

— Então... sim. — Dei um passo para trás, para ele conseguir dar um salto leve para dentro do meu quarto, e fechei a janela para afastar o frio.

Voltar para minha cama parecia uma opção quentinha e segura, então eu me enfiei embaixo das cobertas. Além disso, precisava me afastar da aura dele, que me envolvia com aquela doçura nociva. Ele era uma gloriosa maçã vermelha envenenada, o suco ácido na minha língua enquanto a fatia se alojava na minha garganta. Harbinger começou a andar de um lado para outro, sua casaca batendo nos tornozelos a cada passo.

— O que foi que você aprontou, coisinha perversa?

— Você está falando sobre Dwyer?

— De fato. Você arrancou o sol do céu. Não teme que ventos gelados possam envolver o mundo novamente quando não há ninguém para contrabalançar com Wedderburn?

Arregalei os olhos.

— Eu nem tinha pensado nisso. É possível?

— Quem sabe? Sempre existiu um deus-do-sol enquanto existia um rei do inverno. Mas você mudou o tabuleiro do jogo, sua adorável idiota. Estou com inveja, sabe? Sua capacidade de criar o caos rivaliza com a minha.

— É por isso que você está aqui? Para me avisar que eu posso ter provocado uma nova era glacial?

Ignorando minha pergunta, ele se empoleirou aos pés da minha cama e segurou os joelhos.

— Não. Eu só acho uma diversão interessante. Como você.

— Você não está mais tão zangado. — Foi uma observação cautelosa, pois eu não tinha cem por cento de certeza disso, já que ele talvez estivesse escondendo os sentimentos e logo explodiria meu quarto.

— Uma gatinha ardilosa. Com o presente de Govannon, você tem muito potencial. Você *realmente* não tem medo de mim?

Pensei no assunto.

— Na verdade, não. Eu já vi tantas coisas assustadoras que preciso traçar um limite em algum lugar. Você é temperamental, mas me ajudou. Nunca me machucou. Mas eu fiquei com muita raiva quando você deixou aquele Cthulhu idiota levar meu pai.

— Eu não sou seu cavaleiro — declarou ele, com voz sedosa. — Não confunda o acordo com seu amado como sendo algo mais. Nas circunstâncias certas, sou bem capaz de machucá-la, queridíssima. Talvez... até você goste disso.

O tom dele me pareceu estranho. Desesperado até. Era bizarro que eu tenha começado a conhecê-lo tão bem para perceber isso, mas, subjacente à ameaça elegante, ele parecia preocupado, fraco e ferido. Imaginando que eu devia estar louca, sussurrei:

— O que houve?

— Por que você quer saber?

— Sei lá. Por que você está no meu quarto à meia-noite?

— Por que você me convidou?

Percebi que não chegaríamos a lugar nenhum dessa forma.

— Então, sobre o que queria conversar? Deixe-me adivinhar você tem um aviso ou uma punição para mim.

Pela primeira vez desde sua chegada, Harbinger sorriu.

— Nada disso. É o contrário, na verdade. Eu sou um jogador, como você bem sabe, e estou curioso.

— Com o quê?

Ele se inclinou para mim e deixou a mão pairar sobre meu bracelete dourado, mas sem tocá-lo. Os olhos cinzentos ficaram escuros como estanho velho, com um brilho como os raios distantes na sua profundidade.

— Só existe uma maneira de salvá-lo, querida.

Fiquei congelada.

— Kian?

— Essa é a *única* maneira. — Harbinger pegou minha mão e a pousou no peito dele. Era como tocar mármore ou alabastro, duro e inflexível, completamente sem vida. — Acabe comigo, como você fez com o deus-do-sol. E seu amado vai viver.

A GAROTA QUE CAÇOU A MORTE

Congelada, sussurrei:
— Isso é um truque. É isso que você faz.
— Você acha? — Harbinger inclinou a cabeça para trás, oferecendo o pescoço. — Se tem tanta certeza, coloque a lâmina contra o meu pescoço. Arranque minha cabeça e deixe que isso acabe com tudo. Você me odeia, não é? Pense no que fiz contra Nicole... e contra Aaron também. Imagine os crimes contra a humanidade que você vai impedir com um golpe da sua arma e, como um bônus, seu querido amor sobreviverá. Oba! É claro que eu não vou mais estar por aí para livrá-la de toda fúria imortal, mas isso não importa muito. Você não precisa mais da minha proteção.

— Eu não posso simplesmente executá-lo. — As palavras saíram da minha boca sem que eu parasse para pensar, mas eram verdadeiras. — Foi diferente com Dwyer. Ele me atacou diversas vezes.

— Mas você o caçou até seu quartel-general com uma espada que poderia acabar com a existência dele. Não esperou que ele atacasse de novo. Isso mostra uma inclinação à pena de morte, queridíssima. Você não deveria salvar seu namorado a todo custo?

Eu me lembrei do que Rochelle havia dito, de que manter um espírito amigo encantado para sempre era pura maldade. Mas isso também se aplicava a fazer o que fosse preciso para conseguir seus desejos, independentemente do custo. Sim, eu queria salvar Kian, mas... não poderia simplesmente decapitar Harbinger enquanto ele estava sentado na minha cama pelo simples motivo de meu namorado estar com problemas. Embora ele possa ser assustador e destrutivo, também tinha me ajudado muito, e eu não conseguia superar a ideia de que sofria demais sob todo aquele show e brilho.

— É melhor você ir embora — pedi em voz baixa. — Eu não vou fazer isso. Não posso.

Pelo cintilar dos olhos escuros, percebi que eu o surpreendi.

— Por que não? Eu não vou lutar. Isso seria ridículo. Vou apenas me submeter e esperar o julgamento pelos meus pecados.

— Não mesmo. Você sabe que eu só tenho dezessete anos, não sabe? Além disso... A culpa não é sua. Sei que isso não ajuda as pessoas que você machucou, mas sei que fomos nós que criamos você assim. — Como bem disse Buzzkill, fomos *nós* que escrevemos a história. Aquelas criaturas eram resultado das trevas humanas, tomando formas estranhas e terríveis.

— Estou impressionado — sussurrou Harbinger.

— Com o quê?

— Você se *importa* comigo. Eu não sou apenas um monstro aos seus olhos.

— Não seja idiota.

— Se você não se importasse, não hesitaria em atacar — argumentou ele, com voz gentil. — Você tem motivos suficientes, uma vez que o meu desaparecimento representa a única forma certeira de salvar seu Kian.

— Mas isso seria errado.

— Só se eu não for um monstro, Edie Kramer. Desde quando matar um demônio é errado?

As palavras dele faziam sentido, mas eu não conseguia me obrigar a pressionar a lateral do meu pulso para ativar a Égide. Pensar em executar Harbinger me fazia passar mal. Cerrei os punhos. Ele abriu um sorriso bobo e charmoso, e eu não confiava no lado brincalhão dele. Como Rochelle dissera, de muitas maneiras, ele era como um gato. Em vez de fazer algo perigoso, se deitou aos pés da minha cama, algo que nunca achei que eu fosse ver. A aura dele diminuiu bastante, uma mudança intencional para permitir que eu visse seu verdadeiro rosto.

— Você é uma pessoa singular, sabe? Quando eu usei um rosto falso que atraía todo mundo, você me achava esquisito e inquietante. E agora que mostro tudo para você, você oferece toda a sua bondade.

— Eu sempre prefiro a verdade — retruquei.

— Talvez eu deva me transformar no seu bichinho de estimação — sugeriu ele, levando as mãos atrás da cabeça. — Você vai cuidar de mim e me manter longe de confusões?

Eu esperava que ele estivesse brincando.

— Parece que seria muito trabalho.

— Infelizmente é verdade. Nesse momento, estou me comportando muito bem, mas isso não vai durar. Não pode durar. — A voz dele ficou mais baixa nas últimas duas palavras, tornando-se suave e triste:

— Eu sei.

Hesitei por alguns segundos, porque não sabia qual era meu papel ali, mas ofereceria conforto para qualquer outro amigo. Então pousei a mão gentilmente na cabeça dele. O cabelo era macio e frio sob meu toque, e ele virou o rosto para olhar para mim. Mas não se moveu. Nem eu. A não ser para acariciar o cabelo dele como se *realmente* fosse meu gato. Ele fechou os olhos.

— Você me lembra Sigyn.

Já que o nome me soava familiar, mas eu não conseguia me lembrar quem era, eu disse:

— Sinto muito se você queria que eu o matasse. Mas não posso. Não sem motivo. Isso faria de *mim* um monstro.

— Talvez eu quisesse, um pouco porque você pode acabar com o infinito. Mas eu estava mais curioso. Govannon deu essa arma para você por um motivo. Estou começando a entender o porquê.

— Hum?

Para minha surpresa, ele permaneceu tranquilo sob o toque dos meus dedos.

— Deixa pra lá. Só continue fazendo isso. E, então, vou voar para longe. Da próxima vez que nos encontrarmos, Edie Kramer, vou partir seu coração... e me sinto inesperadamente triste com isso.

— Ainda temos um tempo — retruquei. — Eu não desisti de encontrar a brecha. Agora que meu pai está seguro, vou concentrar toda a minha energia nisso.

— Boa sorte — desejou Harbinger.

E achei que estava sendo sincero. Ele manteve a palavra e ficou por mais cinco minutos, antes de se levantar da minha cama em uma crepitação de energia sombria. Havia uma perversidade renovada nele e fiquei me perguntando se eu não tinha sido doida por não aceitar a proposta. Considerando o modo como ele tratou Aaron — *ah, merda. Eu tenho que me desculpar.*

— Sinto muito. Achei que eu estava salvando Aaron, mas, no final, fiz com que ele fosse morto.

O tom dele era gentil:

— Eu sei. Dwyer fez churrasquinho dele. Você acha que eu não ia ficar sabendo o que aconteceu com meu bichinho favorito? Eu sempre amo o que mais machuco. Pelo menos um pouco. E é por isso que você deveria ter muito medo de mim. Porque eu realmente gosto de você, mas isso tende a acabar mal para nós dois. — Ele parou, olhando para mim com uma intensidade que me fez tremer. Mas não tentou me atrair para ele com aquela compulsão terrível. — Neste momento, eu gostaria de ter um nome para dizer a você. Gostaria de ouvi-la dizê-lo, só uma vez.

— Você tem uns quarenta nomes.

— Exatamente — concordou ele, com um sorriso melancólico. — E nenhum deles é meu.

Com isso, ele abriu a janela e desapareceu numa revoada de asas escuras. O vento gelado me atingiu antes de eu fechar a janela. Eu não sabia como explicaria aquela conversa para Kian, mas talvez fosse melhor que não fizesse isso. Ele talvez considerasse aquilo uma traição, mas certamente ia entender que eu não poderia simplesmente sair por aí matando imortais só porque era fácil e conveniente. Demorei uma eternidade para pegar no sono naquela noite.

Nos dias seguintes, tentei tirar Harbinger da minha mente. Meu pai brigou comigo porque não queria passar na consulta de acompanhamento, mas, depois de alguma resistência, consegui levá-lo ao médico, que disse que ele se recuperava muito bem. Ele franziu as sobrancelhas para meu pai, que resmungava sobre voltar ao trabalho.

— Isso não significa que o senhor está liberado para voltar para o laboratório. Depois de tudo pelo que passou, precisa de mais uma semana de tranquilidade.

Graças a Deus. Já que meu pai estava ouvindo isso, não brigaria comigo depois. Estava mal-humorado quando chegamos em casa, mas senti alívio ao perceber que ele era capaz de ser irritante. Pelo menos ele não estava mais vagando como se fosse um zumbi. Nós dois sentíamos mais saudade da minha mãe do que conseguíamos expressar, mas tínhamos que encontrar um jeito de seguir adiante; ela não ia querer que a gente desistisse.

Tive que usar muito poder de persuasão, mas convenci meu pai a *fazer* alguma coisa comigo. Não podia permitir que ele ficasse sozinho no apartamento. Nas semanas seguintes, fomos a museus, ao cinema e passamos mais tempo juntos do que nunca. Aqueles momentos foram agridoces, porque eu sabia que Fell poderia aparecer repentinamente. Então, eu precisava criar lembranças enquanto ainda tinha a oportunidade.

Raoul apareceu uma vez e tentou conversar sobre as Sentinelas da Escuridão, mas eu não queria saber de nada daquilo. Estranhamente, ele não mencionou recomeçarmos minhas aulas, talvez porque entre meu espírito amigo e minha Égide eu tinha capacidade suficiente para sobreviver. O que não era muito, com certeza, mas agora eu tinha poder. Caso contrário, levaria anos para eu ter treinamento suficiente para enfrentar um imortal.

Então, use-me, sussurrou Cameron. *Não espere que Fell venha pegá-la. Não quer ficar conhecida como a garota que caçou a Morte?*

Definitivamente, não. Nesse momento, eu poderia aceitar meu status de assassina porque Dwyer tinha se colocado como meu inimigo. Até que Fell fizesse algo hostil, eu ia manter um padrão. Outras pessoas poderiam não se importar com agressões gratuitas. Mas eu não era assim.

Quando me dei conta, já estávamos no fim de fevereiro, meu aniversário estava chegando e eu não tinha mais motivos para manter meu pai em casa.

Ele ligou quando saí para fazer compras e descobriu que o laboratório *estava* totalmente consertado. Então, basicamente, ia voltar ao trabalho, sem se importar como eu me sentia em relação àquilo. Como não me restavam favores para protegê-lo, a perspectiva me aterrorizou. Naquela manhã, ele finalmente percebeu que eu deveria estar na escola, outro sinal de que estava voltando ao normal.

– Por que você está em casa? – quis saber ele. – Seu registro de presença deve estar um horror. Vai ter sorte se não repetir de ano.

– Quando você desapareceu, eu recebi permissão para terminar os estudos sozinha.

Ele pareceu realmente impressionado com a informação. Os olhos dele se anuviaram e ele me abraçou, o que era um grande acontecimento, considerando que não tinha o hábito de demonstrar carinho fisicamente.

– Obrigado por ser tão forte, Edith. Eu sei que a decepcionei, mas prometo que as coisas serão diferentes a partir de agora. Vamos ficar bem.

– Tudo bem – sussurrei, retribuindo o abraço.

– Faça seu dever de casa primeiro. E não saia escondido para se encontrar com seu namorado quando eu sair.

Assentindo, fui com ele até a porta. Depois do café da manhã, *terminei* os deveres e trabalhos e mandei para os professores, principalmente porque não queria terminar com um diploma comum depois de ser uma aluna exemplar por tantos anos. Eu não tinha a menor dúvida de que conseguiria passar na prova agora, mas uma parte tranquila de mim queria se formar na Blackbriar, que tinha sido um desafio muito duro naquele ponto.

Por volta de meio-dia, Kian me ligou.

– Você tem compromisso amanhã?

– O que está pensando em fazer?

– Nós perdemos o Dia dos Namorados. Então eu queria ir ao show do planetário para comemorar seu aniversário, se você puder sair.

– Puta merda. É amanhã?

– Você se esqueceu mesmo do seu aniversário de dezoito anos?

– Tenho me concentrado demais na recuperação do meu pai.

— Faz sentido. Está tudo bem com ele?

— Está. Ele foi trabalhar. Ainda não consigo acreditar que conseguimos salvá-lo a tempo de impedir que Dwyer o enlouquecesse de vez. Foi a única coisa que fiz certo no ano passado.

— Hum.

Depois que as palavras saíram da minha boca, percebi como ele devia se sentir. A mágoa escondida atrás daquela única sílaba, mas... *droga*.

— Além de namorar você, é claro.

— É aqui que devo dizer que se salvou por um triz?

— Meu aniversário é amanhã, seja bonzinho. Que horas você vem me buscar? — Se meu pai estava bem o suficiente para trabalhar, eu certamente poderia tirar uma folga de uma noite para sair com Kian. Eu não saía com ele havia semanas. E embora eu estivesse ficando por perto basicamente para oferecer uma proteção física para o caso de Fell nos atacar, estava começando a achar que a Morte estava tomando o caminho lento e contemplativo em direção à resolução do conflito.

— Às seis da tarde. Vamos jantar e ir ao planetário ver as estrelas.

— Ótimo. E Kian...

— O quê?

— Obrigada por se lembrar do meu aniversário quando nem eu me lembrei.

Ele riu, obviamente satisfeito. *Que bom, ainda bem que ele não ficou magoado com a minha falta de tato anterior.*

— Parte dos serviços do namorado de ouro.

— Maravilha. Até amanhã.

Naquela noite, meu pai cumpriu a promessa e chegou em casa mais cedo para me ajudar a preparar o jantar. Comemos comida saudável pela primeira vez em muito tempo: peixe assado, arroz integral e legumes no vapor. Eu sentia falta da obsessão dele de nos oferecer alimentos altamente nutritivos, às vezes se esquecendo até do sabor. Naquela noite, comi tudo com muito prazer.

— Tudo bem se eu sair com Kian amanhã à noite?

Eu desconfiava que meu pai tinha se esquecido do meu aniversário, mas estava tão feliz por tê-lo de volta que nem me importei.

— Claro. E pode abrir meu presente de aniversário amanhã, logo que acordar. Mas já que vai sair, você se importa se eu trabalhar até tarde? Tenho muita coisa para colocar em dia.

Ai, meu Deus, ele pediu permissão, como se a minha opinião realmente importasse.

— Por mim, tudo bem, mas não se esqueça de comer, está bem?

— Pode deixar, Edith. — Por trás dos óculos, seus olhos sorriram para mim, e eu quase chorei. Fazia tanto tempo desde que o tinha visto agir de forma normal.

Pela primeira vez em uma eternidade, fui dormir feliz e acordei me sentindo da mesma forma. Mas aprendi a ficar alerta com essa emoção. Até mesmo agora, eu temia que pudesse ser a calmaria antes da tempestade, e tinha *muita* coisa a perder. Embora estivesse mais forte e não fosse mais apenas um destroço sendo carregado pela corrente imortal, eu não podia estar em todos os lugares ao mesmo tempo. Vi ficaria bem, mas ainda tinha meu pai e Ryu, Jen, Davina e Raoul. Gostar significava ficar vulnerável.

Meu Deus, não seja tão depressiva no seu aniversário, tonta.

Fiz um esforço para me alegrar e fui para a cozinha, onde meu pai estava me esperando com o café da manhã.

— Feliz aniversário, Edith. Esse dia é muito animador... agora você já pode votar.

Senti vontade de rir. Só meu pai consideraria isso uma mudança animadora.

— Mal posso esperar para participar do processo eleitoral.

Como ele achou que eu estava falando sério, ficou radiante.

— Essa é a minha garota.

Comemos panquecas com carinhas sorridentes, como as que ele preparava quando eu era pequena, e, diferentemente das alcachofras recheadas e do peixe escaldado, eram deliciosas. Também comi ovos fritos, fatias crocantes de bacon e tomei suco de laranja espremida na hora. Ele deve ter saído bem cedo, porque eu sabia que na geladeira não havia tudo isso na noite passada.

– Obrigada, pai.

– Prometi um presente. – Ele me entregou um pacote lustroso sobre a mesa.

Abri e encontrei um livro sobre Nikola Tesla e dois cartões de presente, um de uma livraria local e outro de uma loja de departamentos.

– Uau. Que demais. Obrigada!

Quando eu me levantei, ele me abraçou. *Dois abraços em dois dias. Isso é incrível.*

– Pode tirar o dia de folga. Se os professores reclamarem, diga para virem falar comigo. – Ele me lançou um olhar sério.

– Que fofo, pai, mas já que todo mundo está estudando, acho que vou manter a rotina dos deveres e trabalhos. Bom dia para você.

– Para você também. Aproveite seu encontro com Kian hoje à noite. Eu não vou esperar acordado.

Assim que ele saiu, fui fazer o dever de casa e troquei mensagens de texto com amigos que me mandaram lembranças pelo aniversário. Imaginei que Kian tivesse espalhado discretamente a notícia. Por volta das três horas, fui tomar banho. Não demorei muito para me arrumar, mas, quando olhei para a calça jeans e para a blusa de lã, franzi a testa. Kian tinha planejado algo especial para mim naquela noite, então eu deveria usar um vestido, não é? Mas eu não tinha nada legal.

Você tem um cartão de presente.

Se eu me apressasse, daria tempo de comprar alguma coisa bonita e voltar antes das seis. Tomei uma decisão rápida, peguei a bolsa e o telefone e saí de casa. Quase dei de cara com Raoul, provavelmente voltando para conversar sobre meu destino de novo. Eu gostava dele, mas era meio obcecado. Abrindo um sorriso, acenei e tentei passar por ele, mas ele segurou meu braço.

– Só me escute por um instante – suplicou ele.

Meu Deus, esse tom me deixa muito desconfortável.

– Hoje é meu aniversário – revelei. – E eu realmente preciso comprar um vestido novo antes de Kian vir me buscar. Sei que isso parece muito fútil, mas não importa o que está acontecendo no momento. Eu só tenho dezoito anos e mereço a *porra de um vestido novo*.

Ele deu um passo para trás.

– Com certeza. Desculpe. Eu não sabia. Felicidades para você, Edie. Quer companhia para fazer compras?

– Desde que você não tente me convencer de nada.

– Vou banir esse assunto por hoje.

Por mais estranho que fosse, fui para o shopping com Raoul. Ele se sentou na cadeira do lado de fora do provador enquanto eu experimentava os vestidos, mas diferentemente de outros caras, ele dava opinião. Logo, fiquei feliz por ele ter vindo, porque juntos conseguimos escolher um vestido muito bonito. Ele se ajustava aos seios e ombros e depois descia solto, então não passava a ideia de que eu estava me esforçando para ser sexy, nem nada, e amei os tons de roxo e rosa no fundo branco.

Chegamos ao apartamento com uma hora de folga. Como eu já tinha tomado banho, só precisava arrumar o cabelo e me maquiar – e achava que Raoul já podia ir embora, não que eu pretendesse ser grossa. Felizmente, ele pareceu entender isso, porque me deixou livre para me arrumar. O que não foi fácil, considerando que Kian tinha planejado uma noite incrível para nós. Minhas mãos estavam tremendo quando passei o batom.

Você é tão boba. Esse não é o primeiro encontro de vocês.

Mas *era* especial. Eu estava fazendo dezoito anos, e meu pai tinha me liberado da hora de voltar para casa, que era o jeito dele de dizer *eu confio em você*, e me compensar por toda a merda que me fez passar nos últimos meses. Eu estava feliz com as coisas agora.

Um pouco antes das seis, ouvi uma batida na porta e fui abrir.

– Puta merda – disse Ryu. – Eu não sei como você conseguiu, mas está ainda mais gata.

DESTINADOS A SOFRER

— Mas o que você está fazendo aqui? Achei que você estivesse no Japão.

Provavelmente esse não era o jeito mais educado de cumprimentar um cara que eu não via havia sete meses, mas Kian chegaria a qualquer minuto e eu não fazia ideia de como explicar a presença de Ryu na minha casa.

Ele estava bonito. As pontas louras tinham desaparecido, substituídas por azul e acompanhadas por um piercing na sobrancelha. Ele ignorou minha surpresa e foi logo entrando. Pelo menos aquilo indicava que ele não era um imortal disfarçado enviado pela Morte, porque criaturas sobrenaturais tendiam a esperar um convite. Fiquei imaginando que devia ter sido assim que as histórias de vampiro começaram. Mas bastava que um bom número de pessoas acreditasse em algo para que isso se tornasse realidade.

— Vi armou tudo. Ela me disse que você havia passado por muita coisa, e eu convenci meus pais a me deixarem tirar uma folga. Meu pai não gostou muito, mas minha mãe o convenceu. Ela é muito boa nisso.

— Puta merda.

Enquanto eu ainda estava processando, ele se aproximou e me abraçou. Bem próxima ao corpo dele, de forma bem ocidental, então eu tinha certeza de que aquilo vinha da mãe, californiana. Por alguns segundos, eu me lembrei do acampamento e respirei fundo. Ele ainda usava o mesmo perfume, aquela combinação familiar de limão, cidreira e cedro.

— Ela está esperando Seth no aeroporto. Vim na frente porque estava preocupado com você.

— Eu estou bem. — Apoiei as mãos nos ombros dele para abrir um pouco de espaço entre nós.

Ele agarrou meu pulso antes que eu tivesse a chance de impedir e afastou minha pulseira.

— Eu sabia. Droga, Edie. Estava morrendo de preocupação desde que você me enviou aquela foto.

Puxando a mão, dei um passo para trás.

— Está tudo sob controle. Como você está aqui por causa do meu aniversário, nós vamos comemorar, mas... não faça perguntas, está bem?

— Isso é muito tranquilizador.

Antes que eu tivesse a chance de responder, ouvi uma batida na porta. *Deve ser Kian.* Tensa até dizer chega, coloquei um sorriso no rosto e abri a porta. E lá estava ele, meu atual namorado, com um enorme buquê de flores: rosas vermelhas com lírios cor-de-rosa, estrelas ardentes e mauritânias. Uma beleza. Só Deus sabia como ele reagiria; eu sabia que Kian tinha sentido ciúmes quando fiquei com Ryu no verão, mas ele nunca falava disso. Então, eu me preparei para o pior cenário possível quando ele entrou. Agitada, peguei as flores e o beijei.

Dando um passo para trás, Kian me surpreendeu ao sorrir para Ryu.

— Que bom que conseguiu chegar.

Espere, o quê?

— Você sabia disso? — perguntei.

— Sabia. Naqueles dois dias que você desapareceu, eu estava aqui quando Vi tentou falar com você pelo Skype. Respondi, para que ela não se preocupasse, embora estivéssemos todos morrendo de medo. Trocamos informações de contato para que eu pudesse dar notícias para ela. Parece que você não é muito boa em se comunicar com seus amigos.

— E depois vocês planejaram um reencontro do acampamento para mim? Como uma surpresa de aniversário?

Kian abriu um sorriso.

— E nós conseguimos enganá-la direitinho, não é?

— Eu não fazia ideia. Vi mentiu na minha cara quando disse que não falava com Ryu há meses.

Ryu passou a mão pelo cabelo, fazendo com que ficasse ainda mais arrepiado.

— Não seja dura com ela. Ela só queria ver você feliz.

Como aqueles dois não estavam brigando, fiquei imensamente tocada. Eu sabia que Kian tinha planejado uma coisa especial para meu aniversário, mas achei que fosse algo mais romântico, só para nós dois. Isso não era pior. Na verdade, foi muito legal que ele quisesse me ver cercada por amigos.

— Devo muito a ela. Não estou acreditando que vocês planejaram tudo isso. E agora?

Kian pousou a mão nas minhas costas.

— Nós vamos nos encontrar para jantar naquele restaurante italiano. Lembra o primeiro ao qual fomos juntos?

— Tecnicamente, seria naquela lanchonete na Califórnia.

Com um suspiro, Kian reclamou:

— Por que você tem que ser tão detalhista? A gente não estava namorando na época.

— Verdade – admiti. – Então, vamos.

Como ele disse, Seth e Vi estavam esperando a gente no restaurante. Eu a abracei muito forte, mas sussurrei:

— Você me enganou direitinho! Não imagina o susto que levei quando Ryu apareceu lá em casa do nada! Achei que Kian ia ficar nervoso.

Ela cochichou no meu ouvido:

— Ele ficou tranquilo com o fato de você ser amiga do seu ex-namorado. Tipo, talvez um pouco *triste*, mas não morrendo de ciúme como alguns machos-alfa. Você definitivamente tem que ficar com ele. Ele se preocupa mais com sua felicidade do que com o próprio orgulho ou qualquer coisa do tipo.

As palavras dela me fizeram gelar por dentro. *Ah, meu Deus. É isso... ele está me dando a* bênção. Ele sabe que só temos mais dois meses juntos. Foi difícil respirar enquanto as lágrimas ameaçavam me sufocar. O motivo de Kian ter organizado aquela festa tinha sido para me mostrar que eu não ficaria sozinha, mesmo depois que ele partisse.

A mesa ainda não estava cheia, então levei um susto quando Jen apareceu com um cara do time de *lacrosse*, que, se não me engano, se chamava Phillip. Havia ainda um lugar vazio, e Davina o ocupou cinco minutos depois. Era tão bom vê-las; até aquele momento, não tinha notado o quanto sentia falta delas ou de Blackbriar. Aquele lugar já tinha sido um inferno para mim. Mas, depois de tudo pelo que passei, eu conseguia ver as coisas de maneira diferente. Estávamos em número par, apesar de Davina e Ryu não formarem um casal. Notei que ele estava de olho em Jen, mas ela estava distraída com o namorado e não notou o sutil interesse.

Como ele estava sentado ao meu lado, eu o cutuquei:

— Você não está namorando?

Ele deu de ombros.

— Eu não estou *fazendo* nada, não é? Mas sou obrigado a dizer que você tem amigas muito gatas, Edie.

Seguindo a lei de Murphy, bem nessa hora as pessoas pararam de falar e todos na mesa ouviram as palavras dele. Davina ergueu o copo em um brinde debochado e Jen sorriu. Phillip parecia não saber ao certo se devia se ofender e olhou para Jen para saber como reagir. Ela balançou a cabeça discretamente, e Seth abraçou Vi.

Ele fingiu repreender Ryu:

— Fique bem *longe* da minha namorada, seu pervertido.

Isso estabeleceu o tom da noite. A comida estava deliciosa, e eu dividi o prato com Kian, como fizemos da primeira vez. Embora tenha amado cada minuto daquilo, nunca estive mais consciente do fato de que nossos dias juntos estavam se esgotando. Ele me tocava o tempo todo, não de um jeito possessivo, mas pegando minha mão por baixo da mesa, com dedos firmes e calorosos. Quando terminamos, Kian pagou a conta e seguimos para o planetário. Ele não havia alugado o lugar, mas tinha ingressos para todo mundo, e o show foi maravilhoso.

Depois disso, fomos para o apartamento de Kian. Foi um pouco estranho ver Jen e Davina junto com meus amigos do acampamento, mas todos se deram muito bem. Phillip não foi tão babaca como costumava ser quando andava com Russ. Não *podia* ser, ou Jen jamais o namoraria. Pelo que percebi, ela era muito exigente com os namorados, embora eu não tivesse certeza de que eles realmente estavam namorando. Talvez ela só estivesse fazendo um teste.

Abri os presentes lá, mais presentes do que já ganhara na vida. Davina me deu uma linda blusa de lã vermelha, e Jen, sapatos fofos, que serviram direitinho. Eu não fazia a mínima ideia de como ela sabia o meu número. Abracei as duas e abri um elegante diário que Vi escolheu para mim. Seth me deu um cartão de presente de uma loja de discos, e Ryu, uma delicada pulseira prateada com diversos pingentes. Quando olhei atentamente, vi que cada um deles representava uma coisa que eu amava. Fiquei surpresa por ele se lembrar, mas nós tínhamos conversado muito no último verão, mais do que com qualquer outra pessoa, com exceção de Vi.

— Tome — disse ele, colocando-a no meu pulso esquerdo sem olhar para a marca.

Havia espaço suficiente para ela ao lado da pulseira de pedras azuis que Kian havia me dado. Olhei para as duas joias pensando em como aquilo era simbólico. A expressão tranquila e resignada de Kian parecia indicar que sim. Mas Ryu tinha namorada, e eu não era uma caneca que podia ser passada de um dono para outro. Senti raiva.

A parte do aniversário acabou e os rapazes começaram a jogar Xbox, deixando as garotas livres para conversar na cozinha sobre eles.

— Então... Phillip? — perguntei para Jen.

— Ele é bem insistente. Até agora não fez nada para levar um pé na bunda, mas não sei se estou a fim mesmo.

— Melhor terminar — aconselhou Davina.

— Fácil para você falar. Tipo, quatro caras já a convidaram para o baile de formatura.

Vi suspirou:

— Nem me falem sobre o baile. Nós temos discutido por causa disso. Seth quer que a gente escolha um. Não quer gastar dinheiro duas vezes.

Eu não fazia ideia de quando o evento de Blackbriar seria. Não que isso importasse. Kian e eu não iríamos. Embora eu não soubesse quando seria, parecia provável que fosse depois do aniversário de Kian. Eu precisava circular aquela data do calendário porque era quando nosso tempo acabaria.

Enquanto ouvia a conversa, fiquei maravilhada com o fato de aquela ser a minha primeira festa de aniversário organizada pelo primeiro garoto que amei.

— Você está muito quieta — comentou Jen, por fim.

— Eu só estou muito feliz. — *E com o coração partido.*

Quando deu meia-noite, Jen foi embora com Phillip, e Davina foi logo em seguida. Depois da nossa viagem para New Hampshire, a mãe dela ainda não confiava plenamente nela, então a sra. Knightly enviou uma mensagem de texto avisando que estava esperando lá embaixo. Com isso, só ficamos nós cinco, e eu percebi que Seth e Vi estavam doidos para passar um tempo a sós. Quando eles estavam juntos, não tinham um lugar com privacidade para ficar.

Então, eu disse:

— Tenho certeza de que vocês estão cansados. Não é mais meu aniversário; então, se quiserem descansar...

Vi ficou radiante:

— Maravilha. A gente conversa mais amanhã.

— Com certeza.

Olhei para Ryu, que ainda estava jogando videogame.

— Não se importem comigo. Eu durmo no sofá. Só quero terminar esse nível e vou dormir.

Kian pegou lençol, travesseiro e cobertor. *Caramba, ele vai deixar Ryu dormir no sofá da casa dele?* Talvez eu estivesse errada, mas tudo aquilo parecia... legal demais. Tipo ele tinha que considerar o cara como concorrente ou, pelo menos, uma ameaça possível. Kian foi a primeira pessoa que beijei, mas Ryu foi a segunda, e nós ficamos juntos por seis semanas. *Você não se importa* nem um pouco, *Kian?* Mas ele não demonstrou o menor sinal de preocupação com isso quando fomos para o quarto. Como eu não tinha hora para voltar, planejava passar a noite.

Assim que a porta foi fechada, sussurrei:

— Mas o que você pensa que está fazendo?

— Estou cuidando para que você fique bem. Vai precisar de alguém depois.

Engoli em seco.

— Que droga, Kian. Isso não é legal. Você poderia até fazer um testamento me deixando para ele, como um relógio antigo.

— Sinto muito que você veja as coisas dessa forma.

— E de que outra forma eu poderia ver? Consigo sentir você me deixando, e isto *não é justo*. Prometi ficar com você até o fim, não importa a dificuldade, mas você não está fazendo a mesma coisa.

Ele se afastou de mim e cerrou os punhos.

— Essa é a única maneira na qual consigo pensar para lidar com tudo. Sinto muito por magoá-la, Edie. Essa é a última coisa que quero fazer. Mas é tudo *tão* difícil.

— Você achou que eu ficaria impressionada com seu altruísmo? Isso me deixa louca da vida.

— Eu não sou altruísta. Odeio saber que ele a beijou e tocou. Odeio o fato de ele ainda gostar de você, mesmo enquanto finge que está tudo bem.

— Como é? — A honestidade dele me deixou sem palavras. — Isso não é... Não... Você está errado. Ele nunca se apaixonou loucamente por mim, Kian.

A risada que ele deu não foi descontraída.

— Para uma garota inteligente, você é muito burra às vezes. Acha que eu não consigo reconhecer alguém fazendo a mesma coisa que eu?

— Do que você está *falando*?

— Ele talvez esteja namorando alguma garota lá no Japão, mas ainda é apaixonado por você. Você se convenceu de que esse não é o caso, para ficar mais fácil seguir adiante. Para você, foi um namoro de verão. Para ele, foi uma coisa totalmente diferente. Ele olha para você com desespero. E eu sei como ele se sente.

— Então você achou que poderia me dar um cara de presente de aniversário, é isso? — Era difícil manter a voz baixa. Ouvi o jogo de videogame, então Ryu ainda estava acordado.

Kian suspirou:

— Eu não quero brigar. Você não tem que ficar com ele. Ele é seu amigo, e eu achei que você fosse ficar feliz por vê-lo. Foi por isso que ajudei quando Vi sugeriu o reencontro. Ofereci meu apartamento porque...

— Espere, isso foi ideia da Vi?

— O que você achou?

Agora eu estava me sentindo péssima. Fiz todo tipo de suposição com base na personalidade excessivamente altruísta do meu namorado. Mas antes que eu tivesse a chance de me desculpar, por ele ser inteligente, ligou os pontos com base nas merdas que eu já tinha dito. Ele fez cara de zangado.

— Você *realmente* achou que eu estava desistindo de você? "Olha, fique com minha namorada para você. Já que eu não posso ficar com ela, você pode continuar o que começou com ela."

— Parece algo que você faria — murmurei.

— Uma ova que eu faria isso — rosnou ele.

Tudo bem, isso me deixou incrivelmente feliz. Mas ele estava muito puto da vida para se importar.

— Eu talvez não tenha muito tempo, mas, por ora, você é *minha*. Esta noite não foi legal porque eu queria você todinha para mim, mas estou me esforçando para não ser um babaca egoísta. Poderia muito bem pegar você e não deixá-la conversar com mais ninguém até eu não estar mais aqui.

— Desculpe.

— Vai ter que me compensar por isso. De alguma forma.

— Eu tenho algumas ideias.

Já eram quase três horas da madrugada quando parei de compensá-lo. Nós dois estávamos suados e exaustos. Pelos sons do outro quarto, Vi e Seth tinham mais energia. A privação os deixava mais entusiasmados. Dei risada. Os lábios de Kian estavam inchados, e o lindo cabelo, bagunçado. A sombra da barba por fazer foi um convite para eu passar a mão em seu rosto. Os olhos verdes se fecharam e os cílios sombrearam seu rosto.

— Você tem visto sua mãe? — Esta parecia uma pergunta estranha, mas eu sabia o quanto ela era frágil.

Ele assentiu:

— Visito sempre que posso. Ela logo vai ser liberada da reabilitação.

— E para onde ela vai?

— Encontrei uma instituição que cuida de ex-viciados e os cercam de pessoas que entendem sua luta. Também vão ajudá-la a conseguir um emprego. — Ele não parecia muito esperançoso, mas também não estava tão desesperado como sempre se sentia. A ideia de deixá-la completamente sozinha estava acabando com ele.

Mas eu não disse nada sobre isso. Minha compaixão não facilitaria as coisas para ele.

— Você ainda está na faculdade?

Kian negou balançando a cabeça.

— Para quê? Eu não vou me formar.

Queria muito que você não tivesse feito isso por mim.

Mas talvez, se não tivesse feito, eu não teria sobrevivido o tempo necessário para conseguir as armas para destruir Dwyer. Eu não teria salvado meu pai. Parecia horrível que minha família estivesse intacta à custa da dele.

— Sinto muito — sussurrei.

— Por quê? — Mas ele sabia. Só estava fingindo.

Então, eu peguei a dica e não insisti.

— Vamos dormir um pouco.

De manhã, fomos mostrar a cidade para Seth, Vi e Ryu. Era estranho bancar a anfitriã em Boston, mas Kian e eu encontramos lugares que os três iam gostar. Lá em cima, um grande pássaro negro estava de olho no grupo, mas não dei atenção. Ninguém parecia notá-lo pairando sobre nós, pousando em fios elétricos quando entrávamos em algum café para nos aquecermos com guloseimas e chocolate quente.

— A gente podia ir ao cinema hoje — sugeriu Vi. — Estou cansada do tanto que andamos.

Seth implicou com ela:

— Você deveria malhar mais.

— Claro, vou colocar isso na lista de coisas para fazer, junto com manter meu lugar como oradora da turma e terminar meu projeto de robótica.

A discussão deles me fez rir. Virando, vi que Ryu estava olhando para mim. Por um instante — exatamente como Kian dissera — a expressão dele ficou aberta e clara, mostrando um tipo de desejo primitivo que eu nem sabia que Ryu *pudesse* sentir. Ele sempre passou uma vibração tranquila e casual, mas o que escolhia mostrar para o mundo e o que realmente era verdade? Eram coisas diferentes. Era por isso que não conversávamos muito, não era por ele ser muito ocupado e popular — embora provavelmente fosse tudo isso —, mas sim porque ele não queria que eu soubesse.

Kian estava certo.

Sem perceber que ele tinha mostrado alguma coisa, Ryu abriu um sorriso tranquilo.

— Você vai acabar de comer isso?

Sem dizer nada, empurrei o prato com metade do meu pão doce para ele. Kian cobriu minha mão com a dele, e eu olhei para meu namorado. Ele levantou as sobrancelhas como se perguntasse *eu não disse?* Eu assenti discretamente.

É, *eu vi.*

Mesmo assim, eu não teria feito nada de diferente. Antes do acampamento científico, eu já estava meio apaixonada por Kian, apesar de ele estar fora do meu alcance. Naquela época, eu achava que entendia que era impossível ficarmos juntos, mas não fazia ideia. Desde o primeiro dia, nossa felicidade foi como uma xícara de porcelana sendo mantida sem firmeza na mão de um bêbado.

Por mais que eu quisesse que as coisas fossem diferentes, estávamos destinados a sofrer.

UMA PROPOSTA IRRECUSÁVEL

Voltei para casa às seis horas da manhã seguinte, saindo antes que Kian acordasse. Embora meu pai tivesse dito que não ia me esperar acordado, e eu tenha mandado uma mensagem de texto para dizer que estava bem, não pareceu certo chegar em casa no segundo dia depois de ele ter saído para trabalhar. Quando o despertador dele tocou, o café da manhã já estava na mesa. Ele saiu do quarto com o cabelo bagunçado.

Ajeitou os óculos antes de se sentar.

— Seu aniversário foi bom?

— Foi. Eles organizaram uma festa-surpresa para mim. Meus amigos do acampamento científico vieram.

Ele assentiu.

— Seu dever de casa está em dia?

— Está.

Como eu não precisava mais perder tempo nas aulas, tinha bastante tempo para fazer todos os trabalhos. Essa abordagem não funcionava para todo mundo, mas eu sempre aprendi mais com a leitura. Costumava ficar sonhando acordada, em vez de assistir às aulas.

Quando ele foi para o trabalho, limpei a cozinha e me arrumei para me encontrar com todo mundo. Ryu, Seth, Vi e Kian estavam me esperando na frente do prédio dele quando cheguei. Davina e Jen tinham aula, já que o calendário de férias de Blackbriar era diferente.

— Vocês estão prontos para mais diversão? — perguntei, sem fôlego.

— Claro. Eu queria ver... — Então, Vi listou quatro lugares que ela queria conhecer antes de eles irem embora aquela noite.

— Acho que conseguimos — disse Kian.

Ryu não pareceu curtir muito a primeira parada, um museu de arte. Passou a maior parte do tempo nos bancos, enquanto Vi e Seth passeavam. Eu já tinha visitado o museu, mas muito tempo antes, provavelmente em alguma excursão de escola. Kian e eu permanecemos de mãos dadas enquanto admirávamos antigas pinturas. Paramos na frente de uma que representava a Oráculo, pensando na criatura que estava presa para sempre na armadilha de Wedderburn.

— Não é um quadro muito bom — declarou Kian, delicadamente.

Balancei a cabeça, concordando.

— E é *tão* estranho dizer isso.

— Com certeza — concordou Ryu.

Ah, merda.

Virei devagar para olhar para ele. Tinha se aproximado discretamente, e eu não sabia o que dizer. Kian apertou minha mão, mas não me deu qualquer sinal de como eu deveria reagir. Eu não poderia contar tudo para ele, mas também não queria mentir.

— Só estamos brincando — tentei.

— Não faça isso — pediu Ryu. — Dá para perceber pelas marcas nos pulsos de vocês que tem alguma coisa estranha acontecendo. Não vou tentar descobrir os seus segredos nem nada disso, mas só quero que saiba que estou preocupado com você. Tenho a sensação de que está passando por coisas bem difíceis.

— Sinto muito. Eu não posso mesmo falar sobre isso.

— Você vai ter que me matar se falar? — Ele tentou brincar, mas eu não consegui rir.

Não, outra coisa vai te matar.

Para minha surpresa, ele olhou para Kian.

— Cuide bem dela, está bem?

— Esse é o meu principal objetivo — respondeu Kian, de um jeito bem nerd.

Ryu sorriu.

— Isso me tranquiliza um pouco.

Durante o resto do dia, notei as observações especulativas. Parecia que ele achava que Kian tinha me colocado em perigo, o que não era totalmente errado. Mas Ryu estava enganado por achar que Kian não me protegeria. Eu ainda estava lutando para reverter o último acordo que ele havia feito para fazer exatamente isso.

— Foi muito divertido — disse Vi mais tarde, quando estávamos comendo.

Só tivemos tempo para dar uma passada no apartamento de Kian antes de levá-los para o aeroporto. Todos se espremeram no Mustang. Felizmente, Vi e Seth não notaram como Ryu tinha ficado silencioso, e eles conversaram o suficiente para que o clima não ficasse estranho. Eu me esforcei para manter os pulsos cobertos. Andava meio descuidada e não era surpresa que Ryu tenha notado.

Quando estávamos saindo da lanchonete, vi Buzzkill do outro lado da rua. Ignorando todos o trânsito, passou no meio de cinco carros que buzinaram para ele. Ainda bem que ele parecia um guarda-costas. Não queria traumatizar meus amigos. Esperei por ele no meio-fio.

— O chefe quer ver você. — Ele olhou para o bracelete.

— Estou com amigos na cidade. Não é um bom momento.

— E você acha que ele se importa com isso?

Ryu e Kian se posicionaram ao meu lado, fazendo Buzzkill abrir um sorriso. Eu rapidamente neguei com a cabeça.

— Não, está tudo bem. Vou ter que ir agora. Sei que é rude, mas vou ter que me despedir aqui. Kian, você se importa de levá-los para o aeroporto?

— Claro que não. — O tom dele era tranquilo e despreocupado, provavelmente para os outros três não notarem como aquilo era perigoso.

Wedderburn deve ter decidido que eu não poderia ficar com a Égide. E não vou permitir que ele fique com ela. Aquele babaca que mandou matar minha mãe.

Então eu abracei Vi, Seth e, finalmente, Ryu, que demorou um pouco mais do que os outros.

— Você me contaria se estivesse com problemas sérios?

Não, pensei.

— Claro. Ele é só um amigo do meu pai. Acho que meu pai deve ter ficado chateado pelo tempo que passei comemorando meu aniversário. Já se passaram dois dias.

Ryu ficou olhando para mim, mas, por fim, pareceu aceitar. Ou, pelo menos, fingiu aceitar — ao que tudo indicava, eu não era muito boa em interpretar as pessoas. Eu jamais poderia ter imaginado que ele tinha me considerado qualquer coisa além de um namoro de verão. Eu o empurrei de leve, indicando que ele deveria me soltar. Kian estava olhando atentamente, mas percebi que não gostava de me ver abraçada com outra pessoa, provavelmente porque não teríamos isso por mais muito tempo.

E eu ainda não encontrei aquela brecha.

— Muito obrigada por terem vindo. Mando mensagem depois.

Trocamos mais alguns abraços, e eles ficaram acenando até Kian virar a esquina em direção ao aeroporto e desaparecerem de vista. Soltei o ar devagar e me virei para Buzzkill, que parecia não estar nem aí por ter atrapalhado minha vida.

— Você contou para ele? — perguntei.

— Acha que eu estaria aqui se ele soubesse que permiti que você ficasse com o coração de você-sabe-quem? Só para você saber, eu disse que não tinha conhecimento de nada. Isso foi tudo o que consegui fazer por você.

— Por quê?

— Porque é muito engraçado ver esses babacas morrendo de medo. Essa é a primeira vez em séculos que eles têm algo a temer. E tudo por causa de uma garota idiota. Esse tipo de diversão *não tem preço*.

— Obrigada, eu acho. Devo me preparar para uma luta?

— Acho que depende do que você quer. Se entrar com hostilidade, a maioria das coisas dentro da torre dele vai tentar matá-la. E embora tenha essa coisa brilhante no pulso, você *ainda* não é tão boa com ela. É claro que tem seu espírito amigo já completamente fortalecido, então talvez você ache que vale a pena arriscar.

— Eu não sou burra. Sei que minhas chances de derrotá-lo no território dele são praticamente nulas.

— Então deve entrar preparada para entregar sua arma e aceitar o agradecimento por ter despachado o inimigo dele.

— Pois é, também não quero fazer isso.

— Responda uma coisa, garota. Vai vir comigo em paz ou vamos ter que lutar? Acho que você sabe que eu não tenho os poderes de Dwyer, então tudo vai acontecer aqui bem na frente dessas pessoas tão boas e facilmente impressionáveis. E você sabe que sou muito bom nisso. Então?

Droga.

— Tudo bem. Vamos — respondi, decidindo pensar em como lidar com Wedderburn no caminho.

— Sua consciência está interferindo — comentou Buzzkill.

— Mas é parte do que me torna humana.

— Pois é, eu não quero saber de nada disso. Vocês *me* criaram, lembra?

— Não fui eu pessoalmente.

— Acha que não sei que você está enrolando?

Mas antes que eu pudesse segui-lo, um homem em uma motocicleta passou por nós e me puxou para a garupa da moto. Eu não sabia quem era por baixo do capacete, mas qualquer pessoa que quisesse me manter longe de Wedderburn devia ser um aliado, não é? Mal tive tempo de me segurar quando ele acelerou, deixando Buzzkill para trás, gritando alguma coisa incompreensível. Nós nos afastamos rapidamente da lanchonete, mesmo sabendo que isso não resolveria meu problema, apenas o adiaria.

Talvez isso fosse o melhor que eu ia conseguir.

— Segure firme. — Reconheci a voz de Raoul e relaxei um pouco.

Ele tocou minha palma sobre o medalhão que o mantinha oculto. Se nós dois estávamos nos tocando, será que funcionaria da mesma forma ou a eficácia ficaria pela metade? Enquanto cruzávamos a cidade, meu lado cientista tentou descobrir isso. A motocicleta só parou vários quilômetros adiante. Apesar do senso predatório de Buzzkill, ele não conseguiria superar o artefato, caso contrário Wedderburn já teria encontrado Raoul. Isto fez com que eu me sentisse um pouco melhor, mas não poderia passar o resto da minha vida agarrada ao peito de Raoul. Essa era uma solução temporária, na melhor das hipóteses.

Quando a moto parou, Raoul teve o cuidado de nos manter em contato. Um pouco tonta por causa do passeio, cambaleei para a frente, mas ele me segurou. Olhando em volta, percebi que estávamos em um antigo mosteiro fora da cidade. Considerando o fato de que o nosso primeiro encontro havia ocorrido em uma igreja, isso combinava com o que eu já sabia sobre a organização dele.

— Por que estamos aqui? — perguntei.

— Você não quis ouvir o que eu tinha a dizer — respondeu ele, em voz baixa. — E eu entendo o motivo. Sente-se traída, como se eu só tivesse ajudado você porque recebi ordens de outras pessoas.

Não adiantava mentir.

— Exatamente.

— As coisas não são tão simples assim, *mi hija*. O coração humano é complexo, como você bem sabe.

Suspirei:

— Tudo bem. Vamos ouvir seu discurso.

— Trouxe você aqui hoje para conhecer meu mestre.

Uau. Inesperado.

Ele continuou:

— Está chegando a hora em que você terá que escolher.

— Escolher o quê?

— O seu caminho.

— Você está falando como se, depois de tomar minha decisão, não houvesse mais como mudar o rumo das coisas.

Raoul não respondeu, e o silêncio dele me incomodou. Não era fácil me mover com ele, com a mão pousada no seu peito, mas a alternativa era Buzzkill me arrastar pelo cabelo até Wedderburn. Por enquanto, eu estava segura, embora não pudesse mais voltar para meu apartamento... nem para o de Kian. Aquele seria o primeiro lugar onde me procurariam.

Droga. Meu pai.

Desde a morte de Dwyer, o jogo particular tinha basicamente acabado. Imaginei que Wedderburn ainda quisesse a tecnologia, mas eu não tinha como ter certeza da segurança do meu pai. Se houvesse qualquer chance de eu concluir o trabalho sozinha, ele talvez usasse meu pai como moeda de troca para que eu me rendesse, entregando tanto meu livre-arbítrio como a Égide. Pelo menos ele não poderia atacar Kian.

Por que você hesita tanto?, sussurrou Cameron. *Você é forte agora. Lute com eles.*

Eu acabaria morrendo se começasse a superestimar minhas capacidades. Embora tenha vencido Dwyer, contando com o elemento da surpresa ao meu lado, os outros imortais não seriam idiotas o suficiente para jogarem limpo agora. Não, eles mandariam seus brutamontes atrás de mim até exaurirem todas as minhas energias nos seus servos, deixando-me sem forças para uma luta final. Wedderburn, principalmente, era conhecido por nunca deixar sua fortaleza.

Quem quer que o chefe de Raoul fosse, pelo menos não era imortal. Ele foi bastante claro sobre as Sentinelas da Escuridão serem a única organização exclusivamente humana que sabia sobre o jogo. O que tornava os recursos deles mais limitados do que os meus, para ser sincera. Mas entrei com Raoul sem causar problemas, com uma das mãos no medalhão, enquanto contornávamos o edifício. Era uma estrutura antiga, coberta por mato e mofo. Dava para perceber que tinha sido bonita outrora, mas o tempo tinha cobrado seu preço.

— Aqui é o quartel-general de vocês? — sussurrei.

Raoul negou com a cabeça.

— Eles me vendaram quando saí para que eu não os traísse. Aqui é apenas um ponto de encontro. Como foi a igreja quando nos conhecemos.

— Eles são cautelosos. Então você basicamente não sabe nada sobre as Sentinelas da Escuridão, a não ser o fato de que eles o trataram de forma abusiva por dezoito anos?

— Não é muito diferente dos outros testes pelos quais nossos iniciados precisam passar pra cimentar seus laços à Ordem e criar guerreiros fortes a partir do barro maleável — declarou um idoso saindo de trás do tronco de uma das árvores do jardim que outrora tinha sido adorável.

Eu esperava alguém mais impressionante, com barba comprida ou um bigodão, um corte de cabelo eclesiástico e vestes laranja, mas aquele senhor era deprimentemente comum. Usava um chapéu russo com pele, sobretudo xadrez e botas de cano longo. O rosto era enrugado, mas não de um jeito que me fizesse acreditar que ele tinha algum poder ou sabedoria especiais. Eu não olharia duas vezes se cruzasse com ele na rua.

E talvez esse fosse o superpoder dele.

— Crianças não são barro — declarei.

— Você desaprova nossos métodos. — Ele se aproximou de nós com uma bengala que me lembrou a que Harbinger usava, só que a dele tinha uma esfera simples de latão no topo, e não a cabeça de um cachorro.

— Parece que você está tentando jogar um jogo antigo, só que não tem as peças certas.

— Tem certeza disso? Acredito que Raoul não contou quase nada a você.

— Verdade.

— Srta. Kramer, estou esperando há muito tempo para conhecê-la. Sou Tiberius Smith, a pessoa que pode ser culpada por todos os sofrimentos de Raoul. Mas seja lá o que você possa pensar sobre nossos métodos de treinamento, Raoul nos serve por livre e espontânea vontade desde que se formou como iniciado. Se você pudesse ver nossos arquivos, ficaria chocada com o sofrimento sem sentido e toda carnificina que os imortais trouxeram. Juntos, eles mataram mais de nós do que todas as nossas guerras juntas.

Isso me fez parar.

— Sério? Mas existem tantas pessoas. Não parece que os humanos estejam em perigo de entrar em extinção.

— A questão é complexa — admitiu ele. — Mas, veja bem, à medida que a população aumenta e nossos sonhos ganham vida, a internet os alimenta. Nas eras passadas, havia um limite para as histórias se espalharem e para as pessoas acreditarem nelas.

— Então, basicamente, a internet está agindo nos imortais como um vírus.

— Meu Deus, será que alguma coisa poderia ser mais assustadora? Buzzkill era um excelente exemplo do que ele tinha acabado de dizer, um mal moderno a serviço de um deus antigo e impiedoso.

— Uma analogia bastante correta. Eu adoraria contar mais a você sobre o papel que desempenhará nos próximos anos, mas não posso revelar a não ser que se torne nossa guerreira.

— Isso parece bem familiar — resmunguei. — Foi exatamente o que me disseram quando aceitei a primeira proposta. Espero que compreenda que esse é o motivo pelo qual desconfio de pessoas que não me fornecem todas as informações de cara.

A voz calorosa esfriou quando não aproveitei a chance de aceitar.

— Isso é para nossa proteção. O sigilo é nosso norte, srta. Kramer. É por causa disso que sobrevivemos por eras, apesar de sermos caçados. Os imortais desconfiam que têm inimigos mortais e estão corretos. Nesse momento, existe uma sombra sobre sua lealdade. Você pensa em questões pequenas, como seu namorado e seu pai, quando os riscos são muito maiores do que sequer desconfia.

Dei um passo para trás, aproximando-me de Raoul. Os olhos daquele velho me incomodaram. Não por serem pretos e diabólicos, como os do velho do saco e daquelas crianças horrorosas, mas porque, no início, pareciam normais e humanos, em um tom de azul-claro com íris e pupilas normais. Mas quanto mais eu olhava, mais convencida ficava de que ele já tinha perdido qualquer senso de compaixão e empatia. Só se importava com a causa e não via mais valor em vidas humanas individuais. O que significava que eu não era uma pessoa para ele, apenas uma ferramenta para ser usada.

Exatamente como Dwyer. E Wedderburn.

E isso o tornava tão ruim quanto os monstros contra os quais ele lutava.

— Meu namorado e meu pai podem até ser questões pequenas para você, mas são o mundo *para mim*. E se acha que vou abandoná-los em prol de uma grande causa, então você está muito enganado. Eu *jamais* quis ser a salvadora da pátria.

— Que pena.

Alguma coisa na expressão dele me preocupou, então decidi ser esperta e esconder o jogo. Aquele era o rosto de um homem que me mataria para impedir que os imortais tivessem alguma vantagem, e eu não fazia ideia se a Égide seria eficaz contra o pessoal dele. Para piorar a questão, Raoul com certeza acabaria comigo, e eu não *fazia a menor ideia* se seria capaz de ferir inimigos que sangravam.

— Posso pensar sobre o assunto? É um grande compromisso e tenho certeza de que não espera que eu me junte a você neste exato momento.

Smith assentiu.

— Eu teria questionado sua sanidade se você fosse impulsiva. Quando perceber como é imperativo entrar em ação, vai precisar se despedir e resolver todas as questões da sua vida antiga, pois, ao se juntar às Sentinelas da Escuridão, você nunca mais vai poder voltar para casa.

Pelo menos ele era honesto em relação a isso. O que ele disse não ajudava muito em relação à causa dele, mas eu preferia a verdade do que uma história qualquer.

O velho se virou para Raoul.

— Leve-a de volta à cidade. Ela deve confiar na própria inteligência e capacidade para se proteger do rei do inverno até estar pronta para dedicar a vida à nossa causa.

Não só o deus do frio. A Morte também está atrás de mim.

Para mim, Smith acrescentou:

— Mantenha-se em segurança, srta. Kramer. Suas ações aqui vão criar mais consequências do que pode imaginar.

— Todo mundo tem alguma janela secreta que permite que vejam o futuro?

Mas Smith não respondeu. Ele só se virou e seguiu o caminho, desaparecendo atrás das árvores mortas. Logo, éramos apenas Raoul e eu, minha mão ainda no pingente.

— Sinto muito, *mi hija*. Isso foi só para mostrar o quanto é necessário que você se junte às Sentinelas da Escuridão para lutar por nós e pela sua vida.

— Existe outro caminho. Você só precisa ser inteligente o bastante para encontrá-lo.

O GAROTO QUE AMAVA DEMAIS

Antes de sairmos, mandei uma mensagem de texto para Kian dizendo onde me encontrar.

Seria a última vez por um tempo, já que eu ainda não tinha pensado em como lidar com tanta coisa depois de ter renegado Wedderburn. Esperava que Kian pudesse intervir por mim e explicar as coisas para meu pai. Eu não gostava de pensar em deixá-lo sozinho tão rápido, mas era a opção mais segura para todos nós. Eu tinha que ir embora e me afastar das pessoas que amava.

Até descobrir o que fazer.

Quando Raoul parou a moto, meu braço estava dolorido por ficar na mesma posição. Ele virou quando desci e tirou o capacete para olhar para mim.

— Assim que eu partir, você estará vulnerável. Sabe disso, não sabe?

— Sei. Eu não vou ficar muito tempo.

Só o suficiente para me despedir de Kian. Depois de tudo o que passamos juntos, eu devia isso a ele antes de desaparecer. Embora fosse muito ruim fugir sem um plano, eu não tinha tempo para sentar e pensar. Wedderburn e Fell eram a cruz e a espada, e se eu não fugisse bem rápido, eles iam me partir ao meio.

Talvez fosse só o nervosismo, mas o ar esfriou quando afastei a mão do medalhão de Raoul. Ao mesmo tempo, minhas marcas pareciam brasas, um aviso de Wedderburn. A dor me fez cair de joelhos, e eu fiquei olhando para meus pulsos, incrédula, porque para uma coisa doer tanto assim *devia* causar algum tipo de dano físico. Mas não, as marcas não pareciam estar queimando minha pele, só aumentando meu nervosismo com a pior dor que já senti na vida.

Cambaleei em direção à fonte no centro do parque. Meus pés derraparam no gelo na calçada. O mundo à minha volta parecia preto e branco, e eu tinha a impressão de que havia um alvo vermelho pintado nas minhas costas. Uma fina camada de neve cobria os bancos e comecei a correr. Não havia muita gente por ali, apenas uns cinco corredores dedicados. Lágrimas escorriam dos meus olhos, mas ninguém olhou para mim. Eu não conseguia mais mexer as mãos. Dos cotovelos para baixo, tudo queimava como se estivesse em chamas.

A distância parecia intransponível. Tropecei e não consegui estender os braços para me proteger. Meu rosto sofreu a maior parte dos danos. Senti gosto do sangue, que começou a escorrer da minha boca pelo queixo. Enquanto estava deitada ali, ouvi passos. As marcas me lembraram que eu tinha assinado um contrato com Wedderburn. E agora elas serviam como correntes que me controlavam. Mais alguns minutos e aquela agonia acabaria me matando. Eu não conseguia mais manter o olhar focado, mas alguém me levantou com mãos gentis.

Provavelmente não era Buzzkill, pensei, tonta.

Kian me puxou para ele, mas meus joelhos pareciam não aguentar o peso do meu corpo.

— O que foi que aconteceu? Quem machucou você?

Sem conseguir falar, mostrei meus braços. A pele estava irritada, exatamente como estivera na viagem para New Hampshire. O jeito que Wedderburn tinha de provocar dor em mim remotamente, e não apenas uma dor-fantasma, mas uma ferida real.

Por alguns segundos, ele pareceu lutar para encontrar as palavras:

— Você… Isso é pior do que eu imaginava. *Por que* Raoul impediu seu encontro com Wedderburn?

— Seu tempo acabou – disse uma voz baixa.

Embora o tom fosse desconhecido e, de alguma forma, andrógeno, senti um arrepio na espinha. Virei a cabeça e me deparei com uma figura sombria na neve. Era impossível distinguir os traços do ser na neblina à sua volta, mas mais revelador, um pombo voou pela névoa e caiu morto no chão. *Só podia ser Fell. A Morte.*

– Você sabe que há uma recompensa pela sua cabeça, Edith Kramer? Wedderburn retirou todas as proteções e declarou que você é perigosa demais para existir.

– Isso é... extremo. – O ar frio não era nada em comparação à asfixia que apertava minha garganta. Era quase impossível falar na presença da Morte. Junte isso à dor e eu não conseguia acreditar que já tinha enfrentado um imortal antes.

Você consegue fazer isso de novo, disse Cameron. *Pegue o estojo. Chame por mim.*

– Você tem uma dívida comigo, humana. Por causa da sua violência, eu não tenho mais um parceiro e um companheiro. Estou mais fraco.

– Eu achava que a Morte não tinha tempo para jogos – disse Kian.

– É exatamente o contrário. O que é a vida, se não uma grande competição?

Fell deu um passo na minha direção.

Eu ainda não sabia nada sobre sua aparência, mas isso não importava. O ar ficou mais pesado, tomado pelo fedor de cadáveres e plantas mortas. Com a proximidade dele, senti a vida se esvair de mim. Não demoraria muito até Kian e eu morrermos juntos, como Romeu e Julieta. E que merda de final.

– O que eu devo fazer com você? – perguntou Fell.

Tentei ativar a Égide, mas minhas mãos estavam trêmulas demais. Eu não tinha mais forças nos dedos, meus joelhos cederam e caí na calçada onde não havia neve suficiente para suavizar a queda. Kian tentou me segurar, mas ele não estava muito melhor que eu. Não consegui pensar em *nenhuma* história na qual a humanidade lutava contra a morte e saía vitoriosa. De alguma forma, bati o pulso no chão no lugar certo e ativei a espada. Mas não consegui levantá-la.

– Você não pode vencer – disse Fell, com a voz calma. – Mesmo que use essa lâmina contra mim, as história dizem o seguinte: aquele que derrotar a Morte deve assumir seu manto e se tornar o próprio ceifador de vidas. Você quer se arriscar?

Claro que não.

– Não vai haver nenhuma batalha aqui. Dê-me a lâmina assassina de deuses e vou libertar seu parceiro. Não pode haver piedade para alguém que se levantou contra nós.

– Eu conheço o fim da história de Ícaro – sussurrei.

Mas Govannon disse que a Égide não permitiria que ninguém mais a pegasse.

A dor nos meus pulsos estava diminuindo. Provavelmente, Wedderburn estava debruçado sobre sua máquina esquisita, observando enquanto eu estava caída aos pés da Morte. O rei do inverno tinha total confiança de que as coisas sairiam exatamente como ele havia ordenado. Embora eu só tivesse desistido da minha vida uma vez, ocorreu-me agora que por mais que alguém lutasse, algumas vezes, não havia como ganhar.

Eu só sou uma garota.

Eu jamais me vingaria pela morte da minha mãe, nem descobriria como salvar Kian do acordo com Harbinger. Essa foi a clareza que a Morte trouxe para mim. Minha vontade era finita, e eu não tinha como proteger todo mundo. O mundo talvez até ficasse melhor sem mim. *O que foi que você conseguiu?* Lentamente, fechei os olhos e baixei a cabeça.

Não dê atenção a nada disso, sussurrou Cameron. É assim que a Morte seduz as pessoas.

Senti uma centelha de vida se acender dentro de mim. *Não, eu prometi que não ia ser fácil. Prometi que não ia desistir.* Meus olhos se abriram. Ao meu lado, o rosto de Kian estava pálido e os lábios azulados, e não era por causa do frio.

– Wedderburn! – gritei. – Você está falhando com suas promessas. Ele deveria permanecer intocável por qualquer imortal no jogo. *Esse foi meu último favor.*

Uma parede de gelo se formou entre nós e a Morte, apenas um alívio temporário.

– Dê o fora daqui – falei para Kian.

Mas a expressão do rosto dele era firme e resoluta, uma que eu nunca vi antes. Em vez de me ouvir, ele juntou as últimas forças e correu em direção à parede de gelo bem na hora em que a Morte a estava atravessando. A pele dele estremeceu e eu vi a verdade daquilo – Fell não estava mentindo quando disse que um toque poderia ser fatal. Meu coração morreu várias vezes enquanto eu me arrastava até ele, olhando enquanto ele lutava para respirar. Não foi como antes, com o veneno. Dessa vez, não havia esperança. Puxando o corpo dele para mim, eu o segurei com todas as minhas forças. As lágrimas congelaram no meu rosto, o primeiro sinal de que tínhamos a atenção total do rei do inverno.

A Morte pairava sobre meus ombros, perto o suficiente para que eu visse a escuridão por entre o calor cortante das minhas lágrimas.

— Seu idiota. Por quê?

— Vivo, eu sou um risco. Morto, sou seu motivo para continuar lutando. – Kian olhou para mim, mas não me viu. A luz dos seus olhos estava se esvaindo. – Eu amo você.

O corpo dele ficou mole nos meus braços enquanto a Morte circulava à nossa volta. A dor nos meus pulsos nem se comparava com a dor que eu sentia no coração, que berrava com uma fúria infinita, e eu nem me importava se Fell tocasse o meu ombro enquanto eu abraçava o garoto que eu amava, balançando para a frente e para trás, o cabelo dele tocando meu ombro. Nada que eu fizesse poderia acordá-lo.

— Isso foi... muito imprudente – declarou Fell.

— Depende do seu ponto de vista. – Harbinger cruzou a neve, sem deixar rastros. Os olhos estavam vermelhos como sangue, e ele estava com um manto de penas negras, como se estivesse vestido para a guerra.

— Eu não tinha a menor intenção de machucá-lo.

— Isso não importa, pois você roubou meu banquete mais do que desejado. Kian Riley era *meu* e você o roubou de mim. Também acredito que você violou o acordo com Wedderburn, e isso tem um preço, não é?

Harbinger se ajoelhou ao meu lado e afastou meus dedos de Kian. Seja lá o que ele viu, pareceu diverti-lo.

— Vejam só, no fim das contas o cavaleiro tolo acabou salvando você.

Meus olhos ardiam tanto que demorei para perceber. As marcas tinham desaparecido, embora eu ainda tivesse a Égide e a pulseira de pedras azuis. Olhei para as duas coisas, surpresa.

— O que...

Pousando uma das mãos na minha cabeça, Harbinger disse com voz sedosa:

— É bem simples... como o rei invernal não cumpriu sua parte do acordo, *você* não está mais presa ao contrato.

Na névoa sobre minha cabeça, vi o contrato ilusório se transformar em fumaça e, em seguida, em cinzas. A Morte permaneceu em silêncio, o que imaginei significar concordância. Harbinger me envolveu em parte do seu manto de penas. Distraidamente, percebi a neve encharcando minha calça, mas não importava se eu sentia frio. Mais lágrimas escorreram pelo meu rosto, mas não congelaram, um sinal sutil de que Wedderburn tinha batido em retirada.

— Verdade — admitiu Fell, por fim.

— Isso significa que não sou mais uma catalisadora?

Tudo o que Kian sempre quis foi que eu sobrevivesse e ficasse livre do jogo. Gostaria de ter compreendido a importância disso para ele ou o quanto estava disposto a sacrificar para conseguir isso. Naquele momento, eu quis morrer também, mais do que no dia em que subi na ponte. Seria tão fácil. Bastava eu me afastar de Harbinger e...

— Roubar uma alma destinada a mim... isso é um crime. — O tom casual não enganou ninguém. O ódio do trapaceiro saía por todo os poros.

— Ela ainda tem uma dívida comigo — começou Fell.

— E você tem uma dívida enorme *comigo*. Você não pode ferir a garota que a vítima colocou sob minha proteção.

Antes que eu pudesse fazer qualquer coisa, a Morte simplesmente... desapareceu, me deixando sozinha com o corpo de Kian e o carinho inesperado de Harbinger.

— Por que intercedeu por mim? Você disse que ia partir meu coração quando nos víssemos de novo.

— Olhe só para você — disse ele, com voz suave. — Parece mais provável que parta o meu. E sim... eu subestimei o amor dele por você. Tente sorrir por ele, queridíssima. Ele descobriu o que precisava fazer para conseguir a sua liberdade... e fez.

Eu resisti quando ele tentou me afastar. Meus braços não soltavam os ombros de Kian, e afundei o rosto no cabelo dele. Impossível acreditar que ontem ele estava me abraçando e me beijando. *Nunca mais vou ouvir a voz dele. Nunca mais vou tocá-lo. Nunca mais... nada.* Enquanto Harbinger olhava, eu chorava pelo meu amor perdido. Ele molhou um lenço na neve para limpar meu rosto, mas não ajudou. Eu devia estar um horror e *não* me importava nem um pouco.

— Era eu quem deveria descobrir uma brecha — sussurrei.

— Não há nenhuma brecha. Mesmo que você procurasse por duas vidas humanas inteiras, não há escapatória das cláusulas. Mas ele descobriu uma forma de escapar.

— Isso não me ajuda.

Harbinger deu uma risada fraca.

— Também não me ajuda. Você *não* faz ideia de como estou faminto.

Por fim, o mundo real ganhou foco. Havia muitas pessoas à nossa volta, conversando em tons assustados. Alguém chamou uma ambulância e, em algum momento, Harbinger assumiu suas feições bonitas de professor. Dessa vez, gostei de ver sua fachada calma e respeitável. Eu não tinha respostas para as perguntas, só um buraco negro no peito e uma tristeza sem fim.

— Parece que ela está em choque — disse uma senhora.

— Provavelmente — concordou alguém. — Ele é tão novo. A gente não espera...

— Será que foi um aneurisma?

Eu ignorei todo mundo. Quando pegaram o corpo dele, chorei até vomitar. Harbinger me resguardou dos olhares curiosos, estranhamente protetor, mesmo sem ter nada a ganhar por me ajudar. Sem energia para protestar, permiti que ele me colocasse em um táxi para seguir o carro do necrotério. Precisavam que eu preenchesse alguns formulários e, embora aquilo me matasse por dentro, fiz tudo o que pediram. Depois de tudo, percebi que o atendente do necrotério queria que a gente fosse embora, mas só de pensar em deixar Kian naquele lugar eu me debulhei em lágrimas de novo.

— Ele se foi, queridíssima. Isso é horrível para você, mas ele não está mais aqui.

— Como você sabe? — Fulminei-o com o olhar e peguei meu estojo. — Isso prova que existe vida depois da morte. Como sabe que ele não está bem aqui, olhando para nós?

Notei quando ele esboçou um sorriso, mas não era espontâneo.

— Por um motivo bem simples, eu o veria. Mas, a não ser por isso, apenas as almas com arrependimentos e assuntos não terminados ficam por aqui.

Kian finalmente conseguiu o que queria. Ele é um grande herói. Agora eu tenho que viver com essa terrível tristeza? Isso é uma droga.

— E agora? Tudo está acabado e eu simplesmente volto para casa?

Por algum motivo, minha raiva o divertiu.

— Se você quiser. Eu poderia fazê-la esquecer, exatamente como fiz com Aaron. Não se lembraria de nada sobre Kian, nem sobre o jogo.

— Sem nenhum parasita temporal?

— Aquilo foi um efeito colateral. Mas como você está firme e forte neste tempo, nenhum pesadelo a atingirá.

A possibilidade colocada diante de mim era extremamente tentadora. Minha mãe ainda estaria morta, junto com meus colegas de turma, mas eu não me lembraria de como tudo aquilo tinha sido minha culpa. Justamente por isso, eu não poderia escolher o caminho mais fácil. Então, neguei com a cabeça.

— Não posso fugir disso. Seria covardia simplesmente me esquecer dele e de tudo o que fez por mim.

— Uma escolha corajosa.

— Talvez. Talvez eu me arrependa dela quando for dar a notícia para a mãe dele.

— Podemos ir agora? — Sem esperar a minha resposta, Harbinger me tirou do hospital.

Na rua, já estava escuro. Meu pai devia estar se perguntando onde eu estava, e eu ainda não estava pronta para contar para ele que Kian estava morto. Nada daquilo parecia real, parecia mais um pesadelo do qual eu não conseguia acordar. Belisquei-me com força, na esperança de que alguma coisa mudasse. Mas nada aconteceu. Em vez de Kian ao meu lado, eu tinha um deus louco da trapaça com olhos profundos como um abismo.

Por fim, respondi:

— Acho que sim.

A tarefa não ia ficar mais fácil ou menos dolorosa se eu a adiasse. Mas tinha me esquecido de que a mãe de Kian havia sido liberada da reabilitação e ido para uma instituição de apoio. Kian havia me contado, mas eu não me lembrava do nome da nova casa, e a enfermeira não me deu a informação, porque eu não era parente. Não me agradava a ideia de deixar um recado para que eles dessem a ela uma notícia tão horrível como aquela.

Ela finalmente está no caminho da recuperação. Isso vai acabar com ela.

— Basta por hoje — disse Harbinger enquanto eu saía de Sherbook House.

— Está bem.

Apática, me joguei no primeiro banco que vi. Minha calça jeans estava molhada na frente e atrás, e eu não tinha mais nada para dar. A liberdade era só uma palavra; ela não me amava, não podia me abraçar, rir das minhas piadas bobas nem me perdoar quando eu era uma idiota. Nunca na vida fiz nada para merecer tanto o amor que ele me dava, mas essa era a magia disso. *Não precisamos ser merecedores... às vezes coisas lindas simplesmente acontecem.*

— As pessoas que estão passando por nós vão achar que te magoei — comentou Harbinger.

Eu nem tinha notado, mas estava chorado havia uns dez minutos, não eram soluços altos, mas uma torrente silenciosa que eu não conseguia impedir. Ele apoiou a mão na minha cabeça e vi que as pessoas estavam olhando para nós. *Um adulto, uma adolescente, tarde da noite, e ela está chorando sentada em um banco?* Sim, aquilo definitivamente parecia estranho. A última coisa de que eu precisava era algum transeunte achar que Harbinger era um tarado.

Fiquei incomodada vendo-o fingir que era um ser humano, sendo que claramente *não* era. Colin Love talvez tivesse sido uma pessoa de verdade, alguém que ele destruiu, mas eu também não queria ficar sozinha. Naquele momento, parecia que *apenas* Harbinger seria capaz de entender a dor no peito que eu estava sentindo, até que só houvesse sangue e ódio cobrindo uma torrente infinita de perda.

— O que aconteceu com o sr. Love? — perguntei.

— Essa não é uma história feliz, queridíssima. Agora não é a hora.

Provavelmente não.

Então eu fiz outro pedido, deixando toda prudência e normalidade de lado:

— Não consigo suportar. Não *consigo*. Então, por favor, me leve para bem longe de tudo isso, só por um tempinho.

Com o farfalhar de penas negras, foi exatamente o que ele fez.

UM ESTADO DE GRAÇA IMAGINÁRIO

Na manhã seguinte, eu precisava localizar a mãe de Kian para contar a verdade para ela. Então é bem provável que eu a ajudasse a organizar o funeral. Fiz o mesmo pelo meu pai. Era muito errado que alguém da minha idade soubesse tanto sobre a morte – sobre alugar um salão, escolher o caixão, a música e as flores –, tantas questões com as quais o morto provavelmente nem se importaria.

Kian se foi, se foi de verdade.

Por ora, eu não conseguia lidar com nada daquilo. Só precisava de um lugar para me esconder. E quem poderia imaginar que Harbinger me protegeria?

Ele me levou para a mansão decrépita onde fomos à Festa dos Loucos, que parecia ter acontecido muito tempo antes. Não havia monstros naquele momento, a não ser ele e eu. Sem a ilusão, a casa parecia diferente, abandonada e em ruínas. Acabamos em um escritório bem preservado no meio da casa, protegidos da chuva e do vento que haviam atingido outras partes da casa. Ali os vitrais estavam intactos, e o aposento estava lotado de objetos interessantes, embora não fizessem os pelos da minha nuca se arrepiarem, como havia acontecido na loja Tesouros Esquecidos. O piso estava coberto por uma tapeçaria roxa e vermelha, e os móveis eram uma mistura estranha de antigo e moderno, antiguidades misturadas com móveis da Ikea. Havia livros por todos os lados, primeiras edições com capa de couro junto com brochuras baratas da década de 1930, com páginas amareladas e com orelhas.

Tive a sensação de que ele estava me mostrando seu coração.

Joguei-me na cadeira mais próxima, e passei os dedos no veludo vermelho, opulento como um trono. Os pés eram folheados a ouro e o encosto, entalhado em um estilo complexo, barroco. Harbinger fez um gesto e o fogo foi aceso na lareira. No início, achei que fosse apenas um show de luzes, mas depois o aposento começou a aquecer lentamente. Não era para ele, então devia estar preocupado por eu estar ensopada e gelada, além de triste demais para me importar.

— Aqui — disse, enrolando um xale de tricô que parecia ter sido roubado de uma cigana.

— Por que você está cuidando de mim? — perguntei.

— Eu poderia dar várias respostas e todas seriam verdadeiras.

— Escolha uma.

— Recebi a missão de protegê-la, e faz *muito* tempo desde que desempenhei esse papel. Além disso, sinto-me extremamente indisposto a permitir que os outros acabem com você. Ninguém destrói meus brinquedos além de mim.

— Eu já estou destruída — sussurrei.

Ele abriu um sorriso maldoso.

— Isso é parte do problema. Não é bom destruir uma coisa que o mundo já destruiu de tanta tristeza.

Isso não explicava a intervenção dele.

— Mas Kian se foi, ele não cumpriu a parte dele no trato. Isso não acaba com sua responsabilidade em relação a mim?

Ele se agachou do meu lado, com todos os traços estranhos e elegância canhestra. De alguma forma, era o paradoxo encarnado, beleza e angústia entrelaçadas.

— Isso não é verdade, queridíssima. Você realmente acha que não existe nada entre nós além do sacrifício do seu namorado?

— Não sei aonde você quer chegar. — Mas isto não era completamente verdade.

Embora não fosse uma ligação como a que eu tinha com Kian, *existia* alguma coisa ali, sofrimento atraindo sofrimento, talvez. Ele não tinha a menor dificuldade para falar sobre destruição, mas cada vez que repetia o ciclo, como a mãe de Kian, a pessoa que Harbinger machucava mais era ele mesmo. Porque não gostava do sofrimento que causava, mas parecia viciado naquilo. E cada vez mais o ódio que sentia por si mesmo ficava mais profundo porque não conseguia resistir à compulsão que nós demos a ele. Eu não me enganava achando que estava segura com ele. Chegaria o ponto em que a bondade dele perderia para o desejo de me ferir.

Eu não me importava se fosse naquele dia.

— Mentirosa — retrucou ele.

Eu não consegui olhar para ele e me enrolei mais no xale. Ainda estava incrivelmente frio ali, embora talvez fossem minhas roupas falando. Os tremores me surpreenderam, e eu não consegui evitar que meus dentes batessem. Harbinger sentou nos calcanhares e começou a remexer em um baú. Não queria ficar olhando o tipo de lembranças que ele havia guardado.

Mas ele pegou apenas uma camisola antiga de musselina grossa com gola alta e bainha de babados. Não havia manchas de sangue. Peguei quando ele me entregou e, pelo modo como evitou meu olhar, percebi que não responderia a nenhuma pergunta sobre o motivo de ter preservado aquilo com tanto cuidado. Senti que a dona da camisola tinha sido importante para ele.

— Obrigada.

— Você pode se trocar ali. — Ele indicou um biombo elegante.

Havia um espaço pequeno atrás dele, também cheio de livros e caixas. Consegui me espremer e me trocar. Quando saí, ele pegou minhas roupas no alto do biombo e colocou perto do fogo para secar. Voltei para meu lugar no trono vermelho e me enrolei no xale cigano. Achei que eu fosse me sentir melhor quando me secasse, mas aquilo não teve o menor impacto sobre o sofrimento na minha cabeça. Naquele momento, eu estava a dez segundos de sucumbir completamente à tristeza. Depois do modo como chorei no parque, achei que não tivesse me restado mais nenhuma lágrima. Mas parecia que eu tinha me subestimado.

— Você gostaria de ficar sozinha? — perguntou ele.

Era uma pergunta tácita, e pensei muito antes de negar com a cabeça.

— Acho que eu ficaria apavorada aqui se você não estivesse comigo.

— Então eu sou o pesadelo que mantém os piores monstros bem longe de você? — O tom dele era carinhoso e divertido, misturado com curiosidade.

— Algo do tipo.

— Você me perguntou por que estou tomando conta de você...

— Isso.

— Minha resposta não foi tão completa quanto deveria. Mas, na verdade, é bem simples. Já faz muito tempo desde que alguém escolheu a minha companhia por livre e espontânea vontade.

— Sem ser seu bichinho de estimação, sua prisioneira ou totalmente iludida sobre sua verdadeira natureza? — Como Nicole, quando ele fingia ser nosso professor.

— Exatamente. Existe um certo prazer em ser... conhecido.

— Imagino que sim.

Quanto mais aquecida eu ficava, mais difícil era segurar o choro; era como um degelo emocional acompanhando o físico. Afundei o rosto nos braços e deixei as lágrimas fluírem. Não esperei o toque nos meus cabelos. Alguns segundos depois, percebi que ele os estava acariciando exatamente como havia feito com ele. Não era o suficiente para fazer com que me sentisse melhor, mas eu me senti menos só. Ele não falou comigo, nem tentou me consolar. Não existiam palavras capazes de fazer com que eu me sentisse melhor. Porque, naquele momento, percebi que Kian *sempre* planejara morrer por mim, de um jeito ou de outro. Na mente dele, só existia um jeito de me libertar.

Eu me lembrei do poema que ele escreveu só para mim. Será que encontraria mais algum no caderno dele quando eu voltasse ao apartamento?

O choro foi ficando mais alto, acompanhado por soluços que tentei controlar no parque. Eu não conseguia mais enxergar nem respirar. Por fim, a tempestade passou, porque eu não poderia continuar daquele jeito para sempre, por mais que quisesse. Aquilo não expiou os sentimentos, mas chorar me deixou momentaneamente oca. Quando finalmente levantei a cabeça, encontrei Harbinger sentado em silêncio ao meu lado, com os olhos fechados. A mão dele ainda estava pousada na minha cabeça e, então, ele se afastou e se sentou em outra cadeira do outro lado do aposento.

— Eu costumo sentir muito prazer com esses sons — declarou ele.

— Então espero que tenha sido bom para você.

Quando ele abriu os olhos, fiquei surpresa ao ver a tristeza refletida ali.

— Não hoje. Suas lágrimas não são néctar para mim, queridíssima. Acho... Acho que tenho medo de você.

Embora eu ainda tivesse a Égide, já havia recusado acabar com a vida dele, e agora eu tinha ainda menos motivos, já que estava me ajudando tanto. E ele não representava mais nenhuma ameaça para Kian. Na verdade, se não fosse uma ideia tão estranha, eu talvez até o chamasse de amigo. Então, balancei a cabeça.

— Não tenha medo.

— Alguma coisas são imutáveis — declarou ele.

— Você realmente acredita nisso? Eu quero acreditar que o que faço importa, que as minhas escolhas podem mudar alguma coisa. Caso contrário, qual é o objetivo de tudo?

— Lembre-se de que o curso da minha vida foi definido pelas histórias de vocês; então, eu nunca tive livre-arbítrio.

— Desculpe. Eu esqueci.

Ele deu uma risada baixa.

— Isso significa que você me vê como pessoa. Não se ofenda.

— Eu estou segura?

— Comigo?

Eu, na verdade, estava me referindo aos outros imortais, mas como ele abordou o assunto... resolvi esperar para ver o que ia dizer. Antes, ele era cheio de atitudes e ameaças veladas de "vou matar você amanhã". Harbinger parou para pensar. Como resposta a um gesto distraído, duas bonecas decapitadas que estavam esquecidas em uma mesa começaram a dançar.

Ele finalmente respondeu:

— Por ora. Tenho certeza de que não é o que você gostaria de ouvir e existe um pedacinho de mim que gostaria de ser seu cavaleiro. Mas não sou altruísta, nem bom. Chegará a hora em que terei que pedir algo em troca e você não vai querer me dar.

As palavras dele me provocaram um pouco de frio, pois eu tinha me colocado completamente à sua mercê. Mesmo assim, eu tinha capacidade de me defender.

— Obrigada por dizer a verdade. Mas eu não estava me referindo a você. Eu estava falando dos outros.

— Fell e Wedderburn?

Concordei com a cabeça.

— Você está fora do jogo, mas sabe muito sobre nós. E tem meios para nos ferir. Embora não possa dizer com toda certeza, eu imagino que você será caçada.

Era exatamente o que eu achava.

— Tudo bem. Vou ter cuidado.

— Eu poderia proteger você. Você sabe o meu preço.

— Eu *nunca* vou ser seu bichinho de estimação. Gosto muito da minha liberdade de escolha para viver em uma jaula, mesmo que seja de ouro.

— Não seria — disse ele, fazendo-me estremecer.

— Então esta noite é basicamente a última em que nos veremos. Você não vai receber seu pagamento por ter me protegido, então não há mais motivo para você intervir.

Harbinger afastou o olhar como se não tivesse gostado de ouvir a declaração.

— Verdade, queridíssima. Essa é nossa festa de despedida, por mais melancólica que pareça. Eu sempre vou me orgulhar de não ter ferido você.

— Eu não permitiria — lembrei.

— Eu sei. Às vezes é muito bom ser salvo de si mesmo.

Uma coisa, porém, ficou muito clara para mim. Eu jamais teria uma vida normal. O mais provável é que eu não durasse muito tempo com diversos imortais no meu encalço. Sempre havia a possibilidade das Sentinelas da Escuridão, mas, apesar do meu respeito por Raoul, o mestre dele me preocupava. Além disto, eu não queria passar o resto da vida lutando, embora tudo indicasse que não teria muita escolha.

Meu pai nunca ficará seguro, não enquanto eu estiver por aqui.

Wedderburn provavelmente não o atacaria, nem agora, porque talvez ainda tenha esperança de controlar a tecnologia que meu pai vai desenvolver um dia. Mas sem minha mãe e eu, isso levaria mais tempo, se é que realmente aconteceria. O que tornava o valor do meu pai mais como uma garantia. Ele seria um alvo constante até eu entregar a Égide, mas eu não tinha ilusões de que ficaríamos livres para viver em paz. Quando eu entregasse a arma, nós provavelmente seríamos executados, e não de forma rápida e indolor.

Tenho que ir.

Tomei minha decisão e perguntei:

— Você poderia fazer uma coisa para mim?

— A resposta ao *poderia* provavelmente é sim, dependendo do pedido. — As bonecas pararam de dançar e caíram na mesa, mostrando que eu tinha a total atenção dele. — Mas vou fazer? Essa é uma questão totalmente diferente. Por mais que eu goste de você, ainda tenho um coração mercenário.

— Quero fazer uma cópia de mim. Para fazer companhia ao meu pai.

— Uma sósia?

— Sempre achei que essas criaturas fossem do mal.

— Só às vezes. Também são conhecidas como fadas. Enganar seu pai, isso certamente está na minha linha de trabalho. Você vai me contar o motivo?

— Não é segredo. Já que não vou estar por aqui, não quero que ele se preocupe. Preciso que alguém esteja lá, que seja eu, para que ele não fique sozinho.

— Ela não será real — avisou ele. — Não terá muita personalidade. E não vai durar para sempre. Meus poderes são limitados.

— Sem problemas. Ela pode ficar só por um tempo, até eu partir para a faculdade. Isso ajudaria muito. Vai dar tempo de ele se acostumar à ideia.

— De perder você? — Harbinger contraiu os lábios. — Eu já fui pai, e pode confiar em mim quando digo que não existe tempo suficiente para isso.

— Eu faço você se lembrar da sua filha? — perguntei.

Isso pode explicar o interesse relutante.

Ele negou com a cabeça.

— Eu tive dois filhos, fortes e bonitos. Eles se parecem com a mãe deles.

Uau. Isso foi a coisa mais pessoal que ele já disse. Fiquei tentada a continuar fazendo perguntas, mas tinha pouco tempo para fechar aquele acordo. A noite estava passando e, quando a manhã chegasse, eu teria que ser rápida. Parecia impensável poder chorar por Kian apenas por uma noite, mas ele usou seu último suspiro para me dizer o que fazer. *Ele quer que eu continue lutando.* Nunca prometi ter vida longa nem me casar com outra pessoa.

— Então, nós já estabelecemos que isso é uma coisa que você pode fazer. Agora, aqui está, minha oferta: você pode se alimentar de mim como fez com Nicole. Então, pegue a quantidade que achar justa pelo seu serviço.

Ele ficou olhando para mim.

— Você tem uma confiança alarmante na minha decência. Eu poderia tirar tudo e dizer que é junto. Você *sabe* que sou o trapaceiro, não sabe?

— Mas *não* quando se trata dos seus acordos. A única regra que você respeita é a que vem com esses acordos. — Eu citei as exatas palavras que Harbinger dissera no nosso primeiro encontro.

O olhar dele ficou mais intenso e sua aura acendeu. Em algum momento, ele tinha parado de usá-la comigo e sua volta era opressiva.

— E qual é a primeira regra? O trapaceiro mente.

— Acho que você quer dizer o médico, e eu não acredito que tenha mentido, não sobre isso.

Por fim, ele afastou o olhar, os olhos cinzentos mirando a lareira.

— Só vou concordar com isso porque quero manter uma partezinha sua comigo. Você entende isso?

— É uma coisa meio nojenta e parasita, mas eu entendo. Você quis manter alguma coisa da Nicole também?

— Não. Eu não guardo tudo o que roubo. Às vezes, as pessoas funcionam apenas como combustível, como madeira para o fogo, e só restam as cinzas.

— Até mesmo as cinzas carregam vestígios do que eram — sussurrei. — É assim que eles sabem que algumas construções da Escócia foram erguidas com cimento feito de mortos.

— Você sabe umas coisas estranhas. — Mas ele estava sorrindo.

— Então, negócio fechado?

— Sim. Quando você quer que sua sósia apareça?

Por mais que eu quisesse me despedir do meu pai, isso talvez o deixasse desconfiado e acabaria colocando-o em perigo. Fechei os olhos e dei a resposta mais difícil da minha vida:

— Agora.

— Então você tem que pagar primeiro — disse ele, baixinho.

— Está bem. — Eu me levantei, sem saber o que ele queria que eu fizesse. O xale preto de cigana escorregou das minhas costas e senti a maciez do tapete sob meus pés.

— Venha aqui.

Estranhamente, eu me senti como uma noiva gótica, seguindo seu destino, depois de ter se casado com o senhor feudal demoníaco e cheio de cicatrizes, apesar dos inúmeros avisos de que ele não era bom. Harbinger estendeu uma das mãos quando eu me aproximei. Se ele não estivesse tão sério, eu talvez me preocupasse que aquilo não passasse de alguma piada elaborada, e ele cairia na risada e me daria o fora. Se isso acontecesse, nem sei o que eu faria, porque não conseguia *nem sequer* pensar em deixar meu pai sozinho.

— Eu fiz alguma coisa errada? Ah, você quer que eu chame meu espírito amigo? Talvez isso... apimente as coisas ou algo assim. — Meu Deus, era muito estranho falar de mim mesma como se eu fosse um pedaço de frango assado.

— Não, eu só quero você. Vou tentar não machucá-la. — Com esta frase assustadora, ele me puxou para si e foi como ser abraçada por luz fria e mármore.

Eu sabia que ele não precisava tocar em mim para se alimentar, mas talvez esse fosse o jeito de ele dizer que eu era diferente de Nicole. Senti uma pontada ao pensar nela e me perguntei onde estaria, se tinha sido internada em alguma instituição para doentes mentais por tê-lo amado tanto, por ter dado tudo para ele. Para ele, ela era descartável, uma sacola de fast-food. Só aquilo já deveria ser suficiente para eu odiá-lo, mas não conseguia chegar a esse ponto. Ele tinha me mostrado uma boa parte do seu coração.

Harbinger apoiou a testa na minha, e o primeiro tranco pareceu um beliscão dentro do meu cérebro; não era bem uma dor de cabeça, mas sim uma pressão. Senti vertigem. Era uma coisa invasiva e horrível, e eu conseguia *senti-lo* praticamente dentro de mim, descobrindo meus segredos e desejos ocultos. Todos os medos e inseguranças, parecia que ele acariciava cada uma dessas coisas antes de prosseguir. Quando se afastou, eu me senti enjoada e um pouco suja.

— Isso foi o suficiente? — Minha voz saiu rouca.

— Sim. — Para minha surpresa, ele não parecia melhor, rouco e trêmulo, embora o rosto dele estivesse com mais cor. Mas quando cambaleou para trás e se sentou, as mãos estavam trêmulas.

— O que... Você está bem?

— Não me pergunte isso — pediu ele.

— Por que não?

— Porque você já tem muito de mim. Você não vai saber disso, Edie Kramer. Não vou responder à sua pergunta.

— Desculpe. A minha sósia pode ir para casa agora?

— Assim que ficar pronta.

Ele pegou um pouco de barro e começou a fazer uma réplica rudimentar, então, sussurrou alguma coisa, fazendo a obra estremecer diante dos meus olhos e se transformar em... mim. Com outra palavra, ela desapareceu e eu presumi que tivesse aparecido no meu apartamento.

– Obrigada.

– Os negócios entre nós estão concluídos, queridíssima. Você não pode passar a noite aqui, pois meu impulso agora não é de confortá-la nem de ser gentil.

Assenti.

– Leve-me de volta. *Meu* trabalho está apenas começando.

NADA MAIS IMPORTA

Passei a noite em uma lanchonete que funciona vinte e quatro horas, tomando café e olhando para meu celular. Mandei várias mensagens de texto e estava esperando as respostas. A garçonete estava cansada de me servir café quando saí, mas era melhor do que ficar vagando pelas ruas escuras. Eu sabia melhor que ninguém sobre os monstros à espreita na escuridão. Quando o sol raiou, paguei a conta ridiculamente baixa e saí no frio.

Nunca mais vou voltar para casa.

Da lanchonete, segui para a estação de metrô, mas no meio do caminho ouvi o barulho inconfundível das botas de salto. O velho do saco já tinha me seguido uma vez, e eu o tinha perseguido antes de ter qualquer poder. *Harbinger me salvou de mim mesma.* Mas agora tinha que existir um fim para tudo aquilo. Eu não sabia se Wedderburn o tinha mandado atrás de mim, mas não tinha medo daquele monstro que tinha matado minha mãe.

Não há nada que você possa tirar de mim.

Virando-me, ativei a Égide e me preparei para lutar. Ouvi as botas dele, mas não o *vi*. *Mais glamour imortal.* Então, antes que ele pudesse me enganar, peguei meu estojo e abri. O rosto de Cameron apareceu em um reflexo integral. Eu não o tinha usado desde que arrancara o coração de Dwyer. Sussurrei a palavra que Rochelle me ensinou e, então, aquela força escura envolveu-me por inteiro. Ela disse que eu aprenderia as capacidades de Cameron conforme o usasse, mas cada vez que eu fazia isto sentia que perdia um pedaço de mim.

Quem se importa?, sussurrou ele. *Juntos somos mais fortes. Agora nós vamos fazer essa coisa pagar pelo que fez com a gente.*

Estranhei o uso do pronome, mas meus olhos entraram em foco, nada que eu pudesse quantificar, mas, de repente, estava enxergando através de múltiplos espectros, algo incrivelmente confuso, mas também maravilhoso, e eu aparecia em um brilho inverso de roxo agora que o velho do saco estava se aproximando discretamente pela esquerda. Girei com minha espada em punho e ele riu baixinho.

— Você realmente achou que isso ia funcionar? Eu não sou mais aquela menininha assustada.

— Não — respondeu o monstro com um sorriso. — Você é praticamente uma de nós agora.

Aquilo me deixou horrorizada, mas não o suficiente para me fazer soltar minha arma.

Sua lâmina serrilhada brilhou e, então, as crianças de olhos mortos apareceram, uma de cada lado dele. *Três contra um.* Eu não sabia se elas lutariam. A garota-monstro dava a impressão de que se alimentaria de mim se eu fosse idiota o suficiente para deixá-la entrar.

— Vamos fazer isso.

— Acha que eu vim lutar com você, que conseguiu matar um deus? — O velho do saco balançou a cabeça, negando. — Estou aqui para dar um recado.

Diga logo. E, então, vou matá-lo.

— De Wedderburn?

— Ele disse que está esperando... e que sabe que você irá até ele. — Ele mal acabou de falar quando o ataquei.

O velho do saco levantou a lâmina para bloquear meu golpe, mas foi lento demais. Pela armadura gelada do espírito, mal senti o corte no meu antebraço. A Égide conseguiu passar e cortar o pescoço dele, decepando a cabeça. Ele desapareceu em uma nuvem de fumaça. Talvez eu devesse ter hesitado, mas quando as crianças partiram para cima de mim com garras e presas, eu as acertei também. A garota-monstro foi a primeira a morrer, seguida pelo garoto, e então eu estava sozinha na calçada com uma chuva de partículas pretas. O saco também se dissipou, então eu não poderia reaver a cabeça da minha mãe, supondo que ele ainda a carregasse. Eu deveria ter sentido algum tipo de satisfação ao fazê-lo pagar pelo que fez com minha mãe, mas senti o buraco no meu estômago crescer. Não era fome, mas algo parecido.

Viu como eles são fracos, comparados com você?, sussurrou Cameron com prazer na minha mente, e, quando verifiquei o estojo, percebi que quase não tínhamos gastado energia. Assenti distraidamente e desativei a Égide, que se ajustou novamente ao meu pulso. Depois continuei o caminho para a estação de metrô. Embora estivesse me sentindo péssima com isso, tomei a decisão de não procurar a mãe de Kian. O Estado a encontraria e daria a notícia. Quando pedi que Harbinger mandasse uma substituta para minha casa, eu sabia que estava abdicando da vida normal.

Quando eu estava descendo a escada, meu telefone vibrou. Li a mensagem e mudei meu destino. Usando transporte público, demorei bem mais para chegar à igreja do que quando Kian me levou de carro para conhecer Raoul. *Será que a mãe dele vai vender o Mustang? Não. Não posso pensar assim.* Pensar no passado dificultaria ainda mais as coisas que eu tinha que fazer.

Até as pessoas começarem a se afastar de mim, indo para o trabalho de manhã, não percebi que ainda estava usando os poderes de Cameron. Mas evidentemente elas conseguiam sentir alguma coisa estranha, porque havia um espaço enorme entre mim e todas as outras pessoas. Rindo, continuei assim. Talvez fosse atacada a qualquer momento, e por que eu me importaria se assustasse estranhos aleatórios?

Raoul estava me esperando no confessionário, exatamente como antes.

– Você pensou na nossa proposta? Foi mais rápido do que eu esperava.

– Kian morreu – contei de forma direta. – E isso muda tudo.

Ele praguejou em espanhol.

– Você prometeu...

– Foi uma escolha *dele*. Eu odiei isso e gostaria de ter morrido no lugar dele, mas... não morri. Ele cuidou para que isso não acontecesse.

— Garoto tolo. — A voz de Raoul estava rouca, e percebi que ele estava tentando controlar as lágrimas. — Isso nunca foi parte do plano.

Não permiti que a tristeza dele despertasse a minha. Tranquei todos os sentimentos no meu coração. Talvez um dia, quando tudo aquilo tivesse acabado, eu me permitisse sentir de novo. Até lá, os momentos de sofrimento que compartilhei com Harbinger tinham que bastar.

— Era o plano de Kian — retruquei com voz suave. — Não o nosso. Então, agora eu vou jogar com as cartas que tenho nas mãos.

Raoul respirou fundo algumas vezes e seu tom ficou brusco. Assim como eu, ele entendia que existia uma hora e um lugar para tudo.

— O que você tem em mente?

Eu contei para ele.

— Isso é suicídio, *mi hija*.

— Talvez. Mas essas são as minhas condições. Se você quer que eu lute pelas Sentinelas da Escuridão, então tem que vir comigo. Depois, se nós dois sobrevivermos, eu vou treinar com você do jeito que você quiser e vou seguir as ordens desse tal de Smith. Mas antes disso quero ver o fim do rei do inverno.

— Eu não tenho uma espada que me permita matar imortais — argumentou ele.

— O prédio vai estar cheio de servos humanos. Você consegue cuidar deles?

Antes, eu não sabia se conseguiria cortar pessoas, pessoas vivas que respiravam e sangravam. Agora, a resposta era sim. Qualquer um que ficasse entre mim e Wedderburn sofreria as consequências.

— Sim, tenho essas habilidades. Mas por que é tão imperativo que eu a acompanhe? — perguntou Raoul.

— Porque você conhece o layout do prédio. Conhece as fraquezas de Wedderburn. Você é basicamente o meu guia e eu preciso usá-lo.

Ele hesitou por alguns segundos antes de dizer:

— Muito bem. Aceito seus termos. Quando você quer ir?

— Quanto antes melhor. Estou esperando a resposta de mais uma pessoa. Quando eu souber a decisão dela, envio uma mensagem para você. — Com isso, abri a porta do confessionário.

— Não vou contar nada para o mestre Smith. Ele não aprovaria.

— Como ainda não trabalho para ele, não estou nem aí. — Sentindo-me um pouco culpada, acrescentei: — Mas sinto muito se isso lhe causar problemas.

— Nesse caso, creio que ele diria que o fim justifica os meios.

— Ele sempre se sente assim?

Raoul não respondeu, então segui para a nave da igreja, consciente das sombras dos dois lados. A luz do sol passou pelos vitrais coloridos enquanto eu caminhava, conferindo um tom de pedras preciosas a tudo. Do lado de fora, o dia estava mais quente do que ultimamente, provando que não precisávamos de Dwyer para que o sol nascesse e as estações do ano mudassem. Coloquei o gorro do meu casaco para evitar o olhar dos outros pedestres. Cameron se agarrou mais a mim.

Você não é mais um deles. Você é especial.

E talvez uma parte de mim sempre tenha desejado isso. Eu dissera para o mestre de Raoul que nunca quis ser a salvadora da pátria. Aquilo era... mentira. Porque mesmo que não quisesse aquilo, sempre houve uma parte sombria de mim que desejava vingança. Foi o que me atraiu para a estrada, para começo de conversa. Alguém com um coração melhor e mais puro teria recusado a proposta.

Talvez não tenha sido a bondade que atraiu Harbinger para mim. Poderia ter sido a atração de duas coisas afins.

Encontrei Allison Vega em uma cafeteria não muito longe de Blackbriar. Como sempre, ela estava impecável, curvilínea e linda. Os olhos verdes estavam especialmente vibrantes e me lembraram os de Kian. De alguma forma, consegui não piscar.

— Você está com uma aparência péssima — declarou ela quando me sentei.

— Esses últimos dias foram uma merda.

— Ouvi dizer que você andou ocupada. — Ela examinou as cutículas, fingindo desinteresse, mas percebi que estava morrendo de curiosidade para ouvir os detalhes. Mesmo no mundo sobrenatural, ela se animava com a fofoca.

— Mais do que ocupada. Já acabei com quatro imortais.

— Quatro — disse ela, ofegante. — Só ouvi falar sobre Dwyer.

— É, a contagem só aumentou hoje cedo. E se você quiser cair nas minhas graças, é melhor ouvir o que eu tenho a dizer.

— Primeiro, me conte quem você matou.

Dei de ombros e contei:

— Foi o babaca que decapitou minha mãe. Gostaria de dizer que ela está em paz agora, mas duvido que ela saiba a diferença.

— Alguém está sombria e niilista hoje.

— Você também estaria se tivesse visto seu namorado morrer diante dos seus olhos no dia anterior.

— Puta merda.

Levou um pouco mais de tempo para contar tudo, mas já que ela tinha se oferecido para me ajudar com meu pai, talvez estivesse interessada em um pouco de ação de verdade. Para uma criatura como ela, devia ser chato passar o tempo na escola, mesmo que fosse o melhor lugar para se alimentar. Notei que ela sentia falta da verdadeira batalha, e eu poderia oferecer isso de sobra para ela.

— Então, eu estou, basicamente, convidando você para participar de uma invasão — concluí. — Muita carnificina e morte. Além disso, tem muita coisa guardada lá. Sei com certeza que Wedderburn tem um cofre cheio de artefatos e tecnologia do futuro.

— E você está me oferecendo privilégios de saque? — perguntou ela, parecendo satisfeita.

— Isso adoça a proposta?

Ela passou o dedo com a unha pintada de vermelho na borda da xícara.

— Um pouco. Mas, para ser honesta, você me convenceu quando disse "carnificina". As coisas andam muito civilizadas ultimamente. Eu estava jantando com Graf um dia desses, e ele anda tão entediado que você nem acreditaria. Com certeza, existem países onde a guerra nunca acaba, mas muitos humanos andam dando uma chance para a paz.

— Mas... Graf é aliado de Wedderburn. Se você jantou com ele... — E eu estremeci ao pensar o que eles deviam ter comido. — Como você pode pensar...

Ela deu um sorriso terrível, dando um pequeno vislumbre do rosto verdadeiro por baixo da beleza de capa de revista.

— Existe o social e existe o *prazer*. Graf vai entender. Na verdade, se criarmos uma explosão bem grande, talvez ele entre na festa. Ele ama essas coisas.

— Mas contra quem?

Allison deu de ombros.

— Ele pode mudar de lado. Nunca se sabe para que lado a guerra vai virar.

Aquela aliança não parecia muito segura para Wedderburn, mas não era problema meu, a não ser que Graf viesse para cima de nós.

— Então, posso considerar que você aceita?

— Escreva com tinta à prova d'água. Só me diga quando. E já que foi tão gentil em me incluir nesse festival de morte, vou esclarecer uma coisa para você. — A voz dela ficou baixa, em tom de segredo: — Já me chamaram de Lilith. E sim, eu existi antes de vocês, macacos.

Tudo bem, apesar de mitologia não ser meu lance, eu me lembrava muito bem da história dela, que ao que tudo indicava tinha sido escrita por ela, e *não* por nós. Buzzkill me disse alguma coisa sobre demônios terem aparecido aqui antes de nós, mas eu não me lembrava exatamente o quê. Eu não podia perguntar para ele agora que éramos inimigos mortais.

— Hoje, antes da meia-noite. Vamos nos encontrar no estacionamento subterrâneo. Acho que consigo começar a invasão a partir de lá.

— Se você não conseguir, *eu* consigo. — Pelo sorriso dela, o jeito envolvia sangue, tripas, explosões, vísceras e estripação.

Por mim, tudo bem.

Fell não tinha como saber que Harbinger havia se despedido e me soltado, então eu estaria segura em relação à Morte, que era o único imortal que eu realmente temia, já que não poderia usar a Égide quando ele se aproximasse. Eu sabia que Cameron poderia me proteger dos demais, desde que não sugasse muito suas forças. Falando nisso, olhei para o estojo e o reflexo dele estava firme e forte, e seus olhos encontraram os meus no espelho.

Eu jamais vou deixá-la. A promessa me encheu de uma satisfação sombria, embora alguma coisa me incomodasse na declaração. Rochelle tinha dito...

Mas o que é que ela sabe? Ela não tem o necessário para lutar... para fazê-los pagar pelos próprios crimes.

Aquilo era verdade. Puxei a armadura espiritual para mais perto do corpo. Estranhamente, ela diminuía até a dor e o luto que me tomaram com tanta força na noite anterior. Mas aquelas coisas eram para os vivos, não para o espírito vingador que eu tinha me tornado. Não importava o custo, eu arrancaria o coração de Wedderburn do seu peito. Pela minha mãe, por Kian, por Raoul e por todas as pessoas do mundo que ele prejudicou e cujos nomes eu nem sabia.

Na hora certa, vamos punir todo mundo. A voz na minha cabeça poderia ser de Cameron ou a minha. E que importância tinha tal distinção?

Enviei uma mensagem de texto para Raoul, informando o lugar e a hora. Meu telefone estava praticamente sem bateria. Dei de ombros e joguei o aparelho na lixeira. É estranho como é fácil deixar uma vida. Eu esperava que a sósia criada por Harbinger fosse capaz de responder a mensagens de e-mail. Caso contrário, eu não tinha o que fazer. Meu destino estava definido.

Antes daquela noite, eu precisava visitar mais um lugar.

Fui até Jamaica Plain e, depois de me perder algumas vezes, encontrei a loja para onde Rochelle nos levou. Assim como antes, estava trancada e parecia deserta. Sussurrei para Cameron, o cadeado congelou e eu o parti com um golpe certeiro. A porta se abriu. Lá dentro, todos os objetos amaldiçoados se eriçaram, praticamente vibrando de animação.

— Encontre algo que possa nos ajudar — sussurrei para o espírito amigo.

Virei a cabeça, e ele usou minhas mãos para remexer nas pilhas. Pegou um anel em forma de cobra, com rubis no lugar dos olhos. Doeu um pouco quando o coloquei, mas também fui tomada por uma calma fria e uma sensação de controle absoluto. Eu precisava daquilo para o que estava por vir. Mas antes que eu pudesse pegar qualquer outra coisa, uma sombra apareceu na porta aberta.

— Depois de tudo o que fiz por você, pequenina, você vai *roubar* de mim? — Rochelle estava com uma expressão de fúria controlada e não havia o menor sinal de bondade e compaixão agora.

— Você disse para eu não procurá-la.

— Realmente acha que o garoto que você perdeu ia querer isso para você? — Ela me arrastou pelos ombros até um espelho na parede oposta.

O espelho era incrivelmente antigo, de prata polida, em vez de vidro, e no reflexo tremeluzente vi uma coisa de olhos vazios, pálida e com um capuz, com sombras espectrais brilhando em volta. Naquela luz, eu era uma bruxa ou um demônio, não uma garota humana. Aquele não era um espelho comum, pois mostrava o que realmente havia lá.

Afastei o olhar.

— Você disse que todos os meus caminhos eram sombrios, não disse? Este foi o que eu escolhi.

— Eu não vou impedi-la. — Ela deu um passo para trás. — Não porque eu não devo... mas porque *não posso*. Pense nisso. Sua espada ganhou gosto por matar... e você também.

— Besteira.

— Você acha que tudo vai acabar com essa batalha? Acho que já sentiu o desejo por mais. O sangue sempre quer mais.

Senti frio onde a Égide estava presa ao meu pulso. Eu mal consegui segurar as palavras *posso parar quando eu quiser*. Em vez disso, respondi baixinho:

— Govannon não me deu uma espada amaldiçoada.

— Será que não? Você já tentou soltá-la?

Isso me deixou em silêncio por um momento, mas no final, não importava. Nada importava, a não ser fazer Wedderburn pagar.

— Sinto muito pelo cadeado. Vou pegar o anel e ir embora.

— Não é tarde demais — sussurrou Rochelle. — *Nunca é tarde demais.* Consegui mudar e começar a escrever minha própria história agora. Eu curo os doentes agora. Vivo da gratidão. Antigamente, as pessoas tinham que fazer sacrifícios por mim, um filho por outro, filhas por filhos. Mas você tem que querer, você tem que ser mais forte do que nunca.

Eu me lembrei de Raoul me dizendo exatamente isso durante meu treino, como eu precisava aprender a lutar por Kian. Mas, no fim das contas, a Morte o tirou de mim. *Eles tiraram tudo de nós, tudo o que amamos. Temos que fazê-los pagar. Vingança é tudo o que nos resta.* Uma parte de mim lutou contra aquela certeza opressiva. *Meu pai, Jen, Davina, Vi, Seth, Ryu...*

Espere.

A raiva tomou minha mente, bloqueando tudo. Ódio, vermelho como sangue. Cameron usou minha boca para falar, mas tudo bem, porque as palavras também eram minhas:

— Eu já estou mais forte do que nunca. Logo vou provar.

Ela retrucou alguma coisa, mas não ouvi, nem dei bola. Saí correndo da energia daqueles objetos assombrados e me concentrei apenas no meu objetivo.

Hoje à noite, eu vou matar o rei do inverno.

MAIS NINGUÉM PARA TORTURAR

Fui a primeira a chegar. Se Wedderburn estivesse vigiando, já sabia disso. Eu meio que esperava que houvesse um comitê de guerra no estacionamento subterrâneo enquanto eu aguardava por Raoul e Allison na sombra de uma pilastra. Allison chegou primeiro, vestida praticamente toda de preto da cabeça aos pés. Estava usando até botas com bico de ferro para honrar a ocasião. Ela olhou em volta e eu apareci.

— Estou aqui. As câmeras não mostram esse canto, pelo que percebi. Caso contrário, a equipe de segurança já estaria atrás de mim.

— Bem pensado.

Raoul entrou alguns minutos depois. Na verdade, apareceu bem na nossa frente. O que quer que ele tenha estudado no Oriente, não perdeu nada trabalhando para Wedderburn por todos aqueles anos. Eu não me preocupei em dizer qual seria a missão. Eles sabiam que estávamos ali para destruir completamente o lugar e, no final, acabar com o rei do inverno. Qualquer um que entrasse no nosso caminho seria apenas dano colateral.

Fiz um gesto para o elevador, e Raoul assentiu. Aquele foi o motivo por eu ter insistido para ele vir comigo. Ele conhecia caminhos secretos e acessos internos. Nenhuma fortaleza era impenetrável. Guiou nosso caminho, evitando as câmeras até chegarmos ao elevador de serviço. Era necessário usar um código de acesso, e Raoul tentou um, mas não funcionou.

— Era de esperar — murmurou ele.

— Isso vai disparar algum alarme? — perguntei.

— Não deveria. Às vezes, as pessoas se esquecem dos códigos de acesso. Antigamente, eram necessárias três tentativas antes de o sistema travar.

— E agora? — quis saber Allison.

— A equipe de limpeza já vai sair — declarou Raoul. — Então, é só esperarmos.

Exatamente como ele disse, cinco minutos depois vimos as luzes do elevador piscarem. Apenas um homem saiu, então, talvez o restante estivesse ainda trabalhando ou trocando de roupa? Raoul o agarrou e o jogou contra a parede interna do elevador antes que as portas se fechassem. Pelo que percebi, era um cara normal, de meia-idade; não ouvi nenhum zumbido. Com o braço preso nas costas, ele gemeu quando o rosto bateu na parede de metal.

— Eu não tenho dinheiro — balbuciou ele.

Allison riu.

— Você acha que somos batedores de carteira?

Pressionei o botão para abrir as portas.

— Queremos seu cartão de acesso. E se você quiser continuar vivo, vai correr até onde suas pernas aguentarem. Não vai ligar para ninguém e não virá trabalhar amanhã à noite. Talvez nem exista mais um edifício aqui quando acabarmos.

— Meu Deus, eu gostaria de poder desistir. — O homem ergueu o olhar sofrido e olhou para mim. — Você quer me matar? Vá em frente! Eu era um catalisador. Era para eu *ter sido* alguém.

— E agora você é o zelador de Wedderburn? — Allison usou um tom debochado.

— Nem todos se tornam agentes de comunicação — sussurrou o cara.

— Puta merda. — Eu não fazia ideia de que a equipe que trabalhava no prédio era formada por escravos. Mas fazia sentido. A WM&G não poderia confiar em terceiros. Então, as pessoas que trabalhavam ali ou eram propriedade de Wedderburn e Graf ou eram imortais.

— Então, hoje é o dia da sua independência — declarou Raoul, com a voz calma.

Talvez devêssemos tê-lo matado, mas ele pareceu *feliz* ao entregar o crachá. O nível de acesso não era grande coisa, mas Raoul disse que conseguiria trabalhar com aquilo. Jogamos o zelador para fora do elevador enquanto Allison inseria o cartão no compartimento acima do painel numérico. Luzes vermelhas acenderam, mostrando os andares ao quais o homem tinha acesso. Fui guiada pelo instinto naquele momento. Escolhi o mesmo andar do dia em que Kian me levou para ver a Oráculo.

— Você tem algum plano que ainda não nos contou? — perguntou Allison.

— Talvez. — Mas o que eu mais queria naquele momento era libertar uma prisioneira.

As portas se abriram, e tudo era exatamente como eu me lembrava. Pelo piso lustroso no corredor comprido e sobrenatural, o zelador tinha cuidado bem daquele andar. Imaginei-o usando algum tipo de enceradeira até a porta atrás da qual Wedderburn mantinha a Oráculo presa. Ela não queria nada além de acabar com a própria existência, depois de todos aqueles anos sozinha. Eu provavelmente tentaria matar qualquer um que viesse me pedir um favor também, mesmo se trouxessem oferendas, como Kian fizera.

Kian.

Cameron, gelado, havia me envolvido para evitar que eu sentisse muito qualquer coisa. A gratidão foi sumindo enquanto eu guiava o caminho em direção ao cofre. Raoul manteve-se perto do meu ombro, observando as câmeras enquanto passávamos. Não demoraria muito para os seguranças chegarem, mas se ele achava que aquilo era burrice, não disse nada.

— Você consegue entrar? — Allison se movia mais silenciosamente do que eu esperava e tinha uma graça predatória. Percebi que estava faminta pela batalha.

— Espero que sim.

Quando chegamos às portas enormes, ativei a Égide e atravessei o painel numérico com toda a minha força. O choque resultante me sobressaltou, mas não senti nenhuma dor. Minha armadura espiritual absorveu aquilo, e eu me mantive firme até a porta abrir. Os alarmes dispararam em todo o prédio, do tipo alto e de emergência. Allison olhou para mim com uma expressão que não consegui interpretar, então atravessou a fumaça. Demoraria um pouco para chegarem ali, então eu a segui, sabendo que teríamos uma batalha quando saíssemos. Raoul entrou por último, semicerrando os olhos no meio da fumaça.

Fiz uma pausa e levantei a voz:

— Não estamos aqui para pedir que preveja nosso futuro. Estou voltando para libertá-la, se é isso o que você quer. Mas tem que se apressar.

A Oráculo apareceu diante de nós com toda sua elegância e delicadeza. O cabelo era formado por mil cobras e olhos completamente desvairados. Mas ela não atacou. Olhou para a porta quebrada, quase não visível pela fumaça deste lado da porta.

— Apressar-me? Não existe tempo aqui, menina. É assim que ele me mantém prisioneira.

— Ah, tá. Mesmo assim. Eu não vim pedir nada. Não tenho tintas nem oferendas. Então, tudo bem, pode ir agora. Você está livre.

— Isso é um gesto nobre? Então você precisa ser recompensada. Vou oferecer uma última visão, antes de ir para meu merecido descanso.

Antes que eu tivesse a chance de dizer que não queria, a fumaça ficou mais grossa à nossa volta, isolando-me. Eu não conseguia enxergar um palmo diante do nariz, muito menos Raoul e Allison. Então, a primeira imagem apareceu. Era eu... mas não eu. Parecia que não comia havia muitas semanas, como se vivesse na miséria e na desgraça, e a Égide estava erguida na minha mão. Ao meu lado, estava Harbinger, e ele sorria. Estávamos diante de um grande exército de monstros escravizados, prontos para atacar se déssemos a ordem, e a cidade estava destruída diante de nós, com prédios bombardeados e pessoas esfarrapadas cambaleando. Meu rosto encovado parecia impassível. Tremendo, dei um passo para trás.

— Você não gosta do caminho da Rainha Sombria? É o caminho que escolheu. O que fizer aqui hoje vai definir o seu destino, que não estará mais escrito em água. Ele vai lutar ao seu lado até o momento que ele se tornar o Destruidor dos Mundos. Juntos, vocês podem acabar com tudo o que existe.

O quê? Nós já nos despedimos. Eu não quero esse futuro. Como faço para evitá-lo?

Mas a imagem já estava mudando. Eu estava com uma aparência um pouco melhor naquela versão, ainda humana, pelo menos, mas tinha o mesmos brilho zeloso nos olhos que notara em Tiberius Smith. Eu estava em um pódio, falando para uma multidão sem rosto, então a cena mudou e eu liderava um grupo em uma batalha contra Cthulhus. Homens morriam, mas eu continuava lutando. A Égide me tornava uma guerreira terrível.

— Ah, aqui você se torna a esperança da humanidade. Haverá guerra contra imortais tendo você como líder. Vão chamá-la de Dama de Gelo, aquela que roubou o coração do deus-do-sol e matou o rei do inverno. Incapaz de amar, ela só vive para a próxima batalha.

Isso é o que vai acontecer se eu executar Wedderburn e me juntar às Sentinelas da Escuridão. As palavras de Rochelle voltaram para mim. *Eu mencionei que todos os seus caminhos são sombrios, não foi?* Mas devia haver uma forma de consertar as coisas. Com certeza eu não me tornei uma assassina sem coração ou um monstro em todas as linhas do tempo.

Quando pensei nisso, a fumaça serpenteou e formou uma nova imagem. De certa forma, aquela era a predição mais incompreensível. Eu estava sozinha em um quarto escuro, curvada sobre um torno de oleiro, consertando cuidadosamente uma xícara quebrada. Quando terminei aquela, peguei outra cerâmica quebrada. O ciclo parecia interminável, já que havia uma pilha enorme de coisas quebradas para consertar. Eu não olhava para a frente e não falava, só continuava o trabalho.

Mas o que é isso?

— Basta — falei.

— Mas tem muito mais coisa para ver. Você tem *tantos futuros* lutando para ascender. Na verdade, é fascinante até para mim.

— Eu vou descobrir quando chegar a hora. Você deve ir.

A Oráculo fez uma reverência quase obsequiosa e, então, passou correndo por nós como se esperasse que a impediríamos. Quando o corpo dela se chocou com a porta, ela se transformou em fagulhas de luz, ideias incipientes perdendo a forma enquanto o mundo real exerce sua atração. Respirei fundo e mergulhei em direção à saída. Pisei no chão bem em frente a um time de seguranças prontos para nos atacar. Raoul e Allison estavam logo atrás de mim quando começaram a atirar. O corpo inteiro de Allison se alongou, as mandíbulas se tornaram mais proeminentes. Naquela forma, consegui definitivamente entender por que as pessoas a chamavam de demônio antigamente.

Como cheguei agachada, consegui evitar a primeira rajada, então eu estava pronta para partir para a luta. Aqueles caras não tinham sido treinados para combate tático corpo a corpo. Eles só sabiam fazer uma coisa: mirar e atirar. Cortei o braço de um homem e foi uma leve surpresa a facilidade com que fiz isso, como passar faca na manteiga em temperatura ambiente. O sangue começou a jorrar da ferida enquanto ele caía berrando.

Isso. Foi o pensamento exultante de Cameron ou o meu, então parti para o próximo homem que estava tentando me acertar. Péssima escolha em um espaço restrito; então, enquanto ele tentava pegar a arma, eu atravessei seu corpo com a espada. Chutei o corpo para trás, me virei para atacar mais um, e encontrei Raoul quebrando o pescoço dele enquanto Allison drenava a vida do último guarda. Consegui *ver* enquanto ela ficava mais rosada e ainda mais bonita. Nojento, mas também sedutor, como uma viúva-negra que se alimentava do seu macho.

– Acho que não teremos problemas para tomar esta fortaleza – disse ela, praticamente lambendo os dedos.

– A resistência será maior conforme formos subindo – retrucou Raoul. – E os elevadores estão parados agora.

– Então vamos para a escada.

Ele guiou o caminho. Enquanto Allison arrombava a porta, outro esquadrão nos atacou. Os rádios estavam estalando, pedindo uma atualização, mas eles estavam ocupados esvaziando os cartuchos contra a parede. Não foi uma estratégia muito eficaz e teve zero impacto em Allison. O corpo dela foi atingido e se recompôs enquanto as balas caíam no chão. Um cara chegou a se mijar quando ela mostrou o maxilar. Parecia que não precisava de mim nem de Raoul, então deixamos aquele time para ela, e ela devorou *todos* eles.

— Faz muito tempo desde a última vez em que me alimentei tão bem — ronronou ela.

— Quantos guardas humanos eles têm?

Quem se importa? Cameron parecia impaciente, mas aquele... tom me incomodou. Eu *deveria* me importar por ter sido a responsável pela morte de dez homens. Não é? Mas em vez disso estava ansiosa pela próxima batalha. Parecia que a Égide estava vibrando nas minhas mãos, puxando-me para os níveis superiores, onde as mortes seriam ainda melhores. Eu estava coberta de sangue, mas não me importava.

Espere. Melhores? Não. Eu não deveria pensar assim. Estou determinada a fazer isso, mas...

Raoul interrompeu meus pensamentos confusos:

— Não sei ao certo, eram pelo menos cem quando eu fugi. Ele pode ter aumentado a segurança esperando nosso ataque.

— Que delícia — comentou Allison. — Até que andar nós vamos?

Eu disse para ela em que andar Wedderburn estava, e vimos que ainda tínhamos que subir mais vinte. Mas não pararíamos em mais nenhum. Subimos mais dois andares, quando a outra equipe de segurança nos encontrou. Com uma parte indiferente de mim, notei que as armas modernas não tinham sido feitas para se defender contra ataques-relâmpago. Allison subiu nas paredes usando suas garras e os atacou de cima. O homem que ela atingiu voou para cima em um arco fora de controle e seus camaradas berraram quando foram atingidos. A Égide cortava facilmente seus escudos e coletes à prova de bala. Com um golpe certeiro, matei meu oponente e segui para o próximo.

Raoul estava ofegante quando o último guarda foi derrubado. O sangue da minha lâmina atingiu seu rosto, e seus olhos estavam incrivelmente tristes. Senti uma onda de remorso quando pensei no modo como eu basicamente o havia chantageado para me acompanhar, mas a sensação logo desapareceu. Lá em cima, havia inimigos que tinham que ser destruídos, e se Raoul tivesse escolhido *não* me ajudar, então ele seria um deles.

Allison estava subindo para o próximo andar quando gritou:

— Não consegue acompanhar, velhote?

A resposta dele foi calma:

— Eu vou lutar enquanto for necessário.

No décimo quinto andar, encontramos resistência imortal. Em vez de outro esquadrão, uma senhora encarquilhada de pele azul nos aguardava. O vestido esfarrapado parecia feito de retalhos de pele humana, e ela tinha garras de ferro no lugar das mãos. Uma crepitação de energia sombria a envolvia e aquilo indicava que aquela luta não seria simples. O fato de estar sozinha me mostrava que era durona.

Mas tudo morre.

— Por que você está lutando ao lado dessa ralé humana, Lil?

— Não me chame assim — devolveu Allison. — Eu atualizei minha imagem, algo que você também deveria fazer, sua esfarrapada nojenta.

— Quando encontro algo que funciona, eu mantenho. — Quando ela acabou de falar, lançou raios das garras de ferro, e eu saltei para debaixo das escadas em busca de proteção.

Mas não fui rápida o suficiente.

A voltagem me atingiu e parecia que eu tinha sido atropelada por um caminhão. Aparentemente, minha armadura espiritual não conseguia me proteger contra tudo. Ouvi Raoul gemer, mas Allison disse alguma coisa em uma língua que talvez fosse sânscrito e partiu para o ataque. Para conseguir me levantar, sussurrei para Cameron e fui tomada por energia pura. Se meu corpo estava fraco, eu poderia compensar. Aquilo me deu o impulso de que eu precisava para subir as escadas, usando as costas largas de Allison como cobertura.

Quando cheguei ao andar seguinte, a esfarrapada e o demônio pareciam estar travando uma batalha equilibrada. Como Allison segurou os braços dela, parecia que a coisa-bruxa não conseguia acessar os próprios poderes.

— Você quer saber o porquê? — Allison fez um gesto com a cabeça para a espada nas minhas mãos. — *Este* é o motivo. Olhe bem para essa espada e me diga que não sabe quem a forjou.

— Govannon — disse a bruxa, ofegante.

— Exatamente. Então, eu me aliei a essa macaca para não ser destruída. Como uma agente independente, sempre soube quando mudar de lado.

Corri até elas. A bruxa tentou fazer alguma coisa contra mim com os olhos, mas eu me concentrei em seu braço. Com um corte fácil, arranquei sua mão e suas garras e, para meu horror, a mão saiu andando pelo chão, tentando atacar as minhas pernas. Allison rosnou de frustração.

— Coração ou cabeça, idiota. De preferência os dois. Eu só posso segurá-la, mas não posso acabar com ela. Esse é o *seu* trabalho, Dama da Morte.

— Não me chame assim — respondi, enquanto a bruxa rogava pela vida.

Allison torceu o braço nas costas enquanto o outro emitia uma fumaça escura, e a garra atacava nossos pés como um caranguejo cego. Eu deveria ter sentido alguma coisa — alegria, prazer, triunfo, remorso —, mas não senti absolutamente nada quando arranquei a cabeça da bruxa. Em vez de luz, ela se desfez em uma névoa turva, exatamente como o velho do saco.

— É o fim de mais uma lenda — declarou Raoul.

Allison respondeu:

— Por que você demorou tanto?

Olhei para Raoul. Ele não estava nada bem. O raio o machucara muito mais do que a mim, porque ele não contava com uma armadura espiritual. O corpo dele era sacudido por tremores, e o braço esquerdo estava preto e vermelho onde o raio o atingira. Com tiras de aparência dolorida, a pele estava se soltando da carne viva embaixo.

— Melhor levá-lo para um hospital — disse eu.

Raoul negou com a cabeça.

— Já avançamos muito. O tempo que levaríamos para retroceder não valeria a pena, *mi hija*. Eu vou ter que suportar. Mas... Obrigado.

Os cinco andares seguintes estavam vazios. Fiquei preocupada. Tentei não fazer barulho, mas, no nosso grupo, só Raoul sabia fazer isso. *Ele não teve a chance de me ensinar.* Parte de mim queria entrar para as Sentinelas da Escuridão quando eu acabasse com Wedderburn. Havia tantos monstros no mundo, e eu era muito boa em caçá-los. Com mais treinamento, eu ficaria ainda melhor.

Aquele é o futuro da Dama de Gelo. Sem calor nem amor, só luta e morte.

As luzes de emergência acenderam e os alarmes pararam de soar. Talvez a polícia local estivesse no prédio agora. Allison não se importaria em devorar todo mundo que aparecesse ali, mas eu não queria me tornar uma assassina de seguranças. *Por que não?*, sussurrou Cameron. *Se eles nos atacarem é porque estão contra nós. E nós temos que punir os culpados.*

— Não — respondi em voz alta. — Isso não é verdade.

— O que não é verdade? — Allison lançou-me um olhar impaciente. — Você se esqueceu de tomar seu remedinho? — Era muito estranho ouvir seus comentários familiares vindo do rosto de um demônio.

— Silêncio — ordenou Raoul.

Olhei para cima quando chegamos ao andar. Uma placa cuidadosamente posicionada me mostrou que eu estava chegando perto de Wedderburn e estremeci. O prazer de matá-lo seria maior do que qualquer coisa que já experimentei. Eu me virei para verificar o aviso de Raoul, bem a tempo de ver duas facas serrilhadas saindo do peito dele por trás.

Buzzkill.

É AQUI QUE EU DEIXO VOCÊ

– Sinto muito, garota. Aqui é onde você para. – O palhaço assassino apareceu e, pela iluminação vermelha das luzes de emergência, ele parecia ainda mais demoníaco e assustador do que de costume. Suas facas estavam vermelhas e tinham uma aparência faminta.

O sangue escorria da boca de Raoul e ele caiu de joelhos. A respiração saiu ofegante do peito enquanto ele tentava falar:

– Não... Wedderburn. Lá em cima. Tecnologia do futuro. Você pode... mudar... – Mas seja lá o que estava tentando me dizer, não conseguiu terminar. Ele caiu para a frente e ficou em silêncio para sempre.

Eu senti... nada. Não senti raiva. Não senti tristeza. E aquilo era *completamente* errado.

Cameron fez minha cabeça zunir, tentando bloquear essa percepção, mas era tarde demais. Finalmente entendi o que Rochelle havia dito. Junto com meu espírito amigo, o anel que coloquei estava gradualmente acabando com a minha humanidade. Eu não sabia no que estava me transformando. É assim que acabo como a Rainha Sombria. Se continuar usando o anel e matar Wedderburn, eu vou terminar com Harbinger.

Buzzkill estava a uns três metros de distância, mas eu sabia como ele conseguia se mexer rápido. Tentei tirar o anel do dedo – mas ele não cedeu. Quando tentei puxá-lo, parecia que havia dentes de metal fincados na minha carne, mergulhados até quase o osso. *Merda. Agora essa coisa está grudada em mim e não quer soltar.*

O palhaço riu.

— Bem-vinda ao lado sombrio. Gostaria de não precisar matá-la, mas se me entregar sua arma, vou fazer isso bem rápido. A melhor oferta que você vai ter. Caso contrário, tenho ordens para fazê-la sofrer. O chefe não quer que outros servos comecem a ter ideias.

— Você parece bastante convencido de que pode vencer — declarou Allison, lentamente. — Não sei se você notou, mas são duas contra um, e nós acabamos com seu último reforço.

Em um movimento tão rápido que quase não consegui acompanhar, ele espirrou alguma coisa nela. Ela não conseguiu desviar a tempo, e um gel prateado se solidificou em cristal. A demônio tinha virado um fóssil agora, incapaz de se mexer, embora seus olhos estivessem vivos e furiosos. Buzzkill arreganhou os dentes amarelados.

— Isso é justo, não é? Mano a mano. Bem, mais ou menos. Considerando que você é uma garotinha, e eu sou um monstro sem alma. Mas não vamos perder a cabeça por causa desses detalhes.

— Mas você quer justamente a minha cabeça para comer meu cérebro, não é? — Eu ainda estava tentando tirar o anel, mas ele *realmente* não estava saindo, e aquela provavelmente não era a melhor hora para eu resolver aquilo. A calma gelada mantinha minhas emoções controladas. Se não fosse pelo artefato sombrio, eu provavelmente estaria chorando a cântaros, considerando que estava praticamente sozinha.

Não estou acreditando que vou ter que lutar com Buzzkill.

Mas eu deveria saber que chegaríamos àquele momento.

— Pode deixar, vou servi-la em uma linda tigela de marfim — declarou ele, como se isso servisse como consolo.

Pela expressão no seu rosto, ele estava falando sério sobre me matar. E considerando a arma que havia usado para neutralizar Allison, tinha muitas armas do arsenal de Wedderburn; ele não era chefe de segurança por nada. Eu só tinha a minha Égide, minha habilidade precária de luta e o que restou de energia da minha armadura espiritual. Não tinha tempo para checar, mas senti o aviso. Teria que usar muita força aqui. Aquela luta provavelmente acabaria com o que me restava, deixando-me sem nada para a batalha final.

Que assim seja. Se esta for a hora, estou pronta. Eu tinha prometido que não desistiria fácil, nunca. E lutar com o segurança pessoal do inimigo definitivamente significava que eu tinha causado muitos problemas.

— Sabe de uma coisa? — falei, com voz suave. — Eu vi a Oráculo hoje, antes de libertá-la.

— Eu sei. O chefe está puto da vida com isso.

— E ela me mostrou diversos futuros em potencial.

— E daí? — Ele se ocultou nas sombras, e eu fiz o mesmo, seguindo em direção à porta. Só parei quando senti o metal frio às minhas costas.

— Então, em nenhum deles, vi você me matando.

Buzzkill riu.

— Aposto que ela também não me mostrou morrendo. Você não pode fazer truques com a minha mente, garota. Por que não acabamos logo com isso?

Como resposta, sussurrei para Cameron, e calor puro aqueceu meus nervos. Ele me deu uma velocidade instantânea, suficiente para eu desviar da faca que atingiu a parede atrás da minha cabeça. Buzzkill atirou outra na luz de emergência, deixando a escadaria na mais absoluta escuridão. *Ele pode me encontrar?* Provavelmente sim. Aquele artigo idiota da internet não especificava as habilidades que Charles Edward Macy tinha, mas se enxergar no escuro não estivesse entre elas, tenho certeza de que ele teria óculos de visão noturna à disposição. *Exatamente como aquela cena de* Silêncio dos Inocentes. Só que em vez de um louco humano que queria fazer um casaco com a minha pele, eu tinha um palhaço assassino imortal, que pretendia transformar meu crânio em uma tigela de frutas. *Que droga, Clarice.*

— Inteligente — veio o sussurro sem corpo. — Ou eu já teria eviscerado você.

É, ele é especialista em ataques pelas costas, um assassinato silencioso. É a sombra atrás de você na escuridão, com a lâmina na sua garganta. Não vi nem ouvi quando ele chegou, mas Buzzkill estava em cima de mim antes que eu pudesse fazer muito mais do que bloquear o golpe. As facas dele provocaram faíscas na Égide, e ele me atacou duas vezes em rápida sucessão, usando as duas mãos, mas os reflexos que consegui graças a meu espírito amigo me ajudaram a continuar. A velocidade me machucava, no entanto. Meu pulso e meus dedos estavam queimando com uma dor embaçada e não natural.

Você está se machucando. Humanos não lutam assim, sussurrou Cameron.

— Hum, entre essa sua espada e a magia antiga, você não é uma guerreira tão difícil quanto eu esperava. — Buzzkill não parecia cansado. Nem preocupado. Eu já havia presenciado a energia dele quando lutamos juntos contra as serpentes emplumadas. Ele poderia continuar para sempre.

Eu não.

Eu já estava perdendo as forças. Não tinha estudado Buzzkill. Não conhecia seus pontos fracos, nem se tinha algum. Allison estava presa na rocha de cristal, mas mesmo que conseguisse quebrá-la, não seria a tempo de me ajudar, porque apesar de seu esforço o cristal pesado só cedeu um pouco. *O que eu posso fazer? Como posso matá-lo?* Eu não era habilidosa o suficiente com minha espada para derrubar as defesas dele, então... E foi como eu soube.

Fiquei mole, caí no chão e rolei de um lado para outro para desviar dos golpes rápidos. Quando ele se afastou para acabar comigo, usei o primeiro golpe que Raoul me ensinou. Fiz errado, e Buzzkill caiu para a frente em vez de para trás, mas foi o suficiente. Bem na hora, levantei minha espada, e ele foi empalado. Às vezes o inesperado bastava.

Mas ele não tinha morrido, e eu estava presa. Precisei de toda minha força para torcer a espada dentro dele, aumentando o ferimento até que a escuridão começasse a girar. Assim como a bruxa esfarrapada, Buzzkill era uma criatura sombria... e um mal moderno. Uma névoa saiu do peito dele, com cheiro de pólvora.

Pela última vez, ele arreganhou os dentes amarelados para mim.

— Você tem forças para acabar comigo, garota?

As facas dele tinham caído no chão em direção ao meu pescoço, não soltaram faísca, apenas aquele som arranhando horrível que a coisa-garota fazia na minha janela, quando eu não tinha nenhum poder para fazer os monstros pagarem. Soltei o ar e o empurrei para longe. Depois, cortei a cabeça dele, que começou a se transformar em um círculo negro de poeira.

Allison estava balançando furiosamente agora. Eu me levantei. A bolsa dele ainda estava lá, provavelmente porque estava cheia de brinquedos do mundo real, uma cortesia de Wedderburn. Certamente, encontrei um laser que permitiu que eu a libertasse. Peguei a pasta porque talvez precisasse daquele equipamento mais tarde.

— Só falta Wedderburn — declarou Allison, quando conseguiu sair de dentro do cristal, chutando os pedaços que faltavam, como se fosse um dragão nascendo de um ovo. A analogia era ainda mais precisa, considerando a aparência dela naquele momento.

— Não acredito na audácia desse babaca. E ele nem deixou um corpo para trás para eu chutar.

— Eles nunca deixam — sussurrei.

Ela estreitou o olhar.

— Você parece saber... muito. Estou ficando preocupada. Lembre-se de que estou do seu lado. Sei que causei muitos problemas para você na escola, mas você entende, né? Isso é meio o meu lance: sofrimento, caos, discórdia etc.

— Relaxe, você não está na minha lista. Mas pode entrar se não parar logo com essa merda sobre o fantasma de Russ na Blackbriar.

— Você já fez isso quando mencionou o Photoshop. Ninguém mais anda assustado desde que levou Cameron com você.

— Que alívio.

— Olha *quem* fala.

Eu me ajoelhei ao lado de Raoul por um instante e baixei a cabeça. *Sinto muito.* Então, peguei o medalhão e coloquei no pescoço. *Ele não ia querer que Wedderburn o tivesse de volta.*

Depois do meu adeus silencioso, Allison começou a subir de novo.

— Sinto muito por Raoul. Ele parecia ser um cara legal para um macaco. Então, temos que subir mais uns dez andares?

— Acho que sim. — Minha voz soou distraída porque eu não conseguia parar de pensar na mensagem que meu mestre tentou passar antes de morrer.

O fato de ter chegado tão longe aumentava a probabilidade de eu me tornar a Rainha Sombria ou a Dama de Gelo no futuro. *Mas eu não queria nenhum daqueles dois futuros. Eu* não quero. A vingança não me fez mais feliz quando era em uma escala bem menor, concentrada apenas na escola. Então, não acredito que vá me ajudar em uma escala global. A vingança não traria de volta minha mãe nem Kian. Nem Russ, nem Brittany, nem Cameron... Tantas mortes em uma guerra que nunca tive a menor intenção de lutar.

Em uma decisão repentina, peguei o raio laser de bolso e, sem pensar direito, apontei para meu anelar da mão esquerda. Doeu só por um segundo, quando os nervos morreram e o dedo caiu no chão. A ferida estava cauterizada, então eu não ia sangrar. Um som metálico soou quando o anel rolou em direção à parede.

— Eu escolho não ser fria — disse eu. — Escolho ser humana.

— O que você está *falando*? Cortou seu próprio dedo? Você é louca mesmo. Tenho uma novidade, você não é um lagarto, seu dedo não vai crescer de volta.

Comecei a me sentir melhor na hora. *Mais quente.* Mais eu mesma. Cameron falou dentro da minha cabeça. *Estávamos mudando,* sussurrou ele silenciosamente. *Estávamos nos tornando. Poderíamos ser uma Fúria, como a das antigas histórias.* Mas estava fraco demais para aplicar o mesmo nível de persuasão de antes. Talvez isso fosse uma missão suicida. Talvez eu não conseguisse atingir meu objetivo empunhando apenas a Égide e tendo Allison como apoio. Droga, ela talvez até mudasse de ideia, quando percebesse que eu tinha alterado o plano de jogo.

Depois peguei meu estojo, vi que o reflexo do espírito estava quase totalmente esmaecido. Rochelle não dissera o que eu precisava fazer para libertá-lo, mas eu sabia. Era parte do nosso acordo, queimando no meu pensamento: *Isso é tudo o que preciso fazer.*

— Eu perdoo você — declarei. — Você me ajudou e sua dívida está paga. Vá em paz.

Então, quebrei o espelho no chão. *Obrigado*, sussurrou o verdadeiro Cameron. A voz que eu vinha escutando não era dele. Eu entendia aquilo agora. Era uma fusão não natural da raiva de um garoto morto com minha própria escuridão interior, transformando-se em algo monstruoso. Rochelle tentou me avisar, mas não ouvi. Só ouvi quando já era quase tarde demais.

Eu quase virei uma deles.

Tantas pessoas haviam morrido naquela batalha. E agora eu me importava. Eu me virei, tentando não berrar. O cheiro de sangue atingiu minhas narinas. *Estou coberta de sangue.* Quando os cacos de vidro estalaram sob meus pés, cambaleei. A exaustão tomou conta de mim, eu me desequilibrei e me segurei no ombro de Allison. Ela me segurou com um olhar surpreso.

— Explique agora mesmo o que está acontecendo ou eu vou dar o fora daqui.

— Novo plano. Não vou matar Wedderburn. Vou consertar as coisas.

— Mas que merda é essa? Como?

Fui mancando em direção ao andar seguinte, enquanto explicava as últimas palavras de Raoul e contava para ela o que Kian havia dito sobre o pessoal de aquisições. *Eu posso voltar. Posso mudar tudo.* Allison ouviu sem me interromper.

Quando terminei, ela deu de ombros.

— Não era eu que estava determinada a matar o gelado. Você prometeu carnificina e saque. E isso não mudou. Parece que talvez consigamos coisas ainda melhores quando encontrarmos a tecnologia do futuro.

— Valeu. — Grata, sorri para ela.

Ela me empurrou.

— Saia de cima de mim. Se você não tem forças para acabar isso sozinha, então vai morrer aqui, porque eu vou deixar você para trás.

Coloquei a bolsa de Buzzkill no ombro, ansiosa para ver se meu plano era possível. Quando Raoul disse "lá em cima", achei que talvez estivesse se referindo a um andar acima, então seguimos para o vigésimo oitavo, e Allison arrombou a porta de metal, que voou em direção aos guardas que estavam correndo na nossa direção, o dobro de antes. Minhas mãos tremeram, mas empunhei a Égide.

— Proteja-se — disse ela. — E deixe que eu me divirta um pouco.

Embora odiasse vê-la fazer aquilo, eu não achava que podia atacar um bando de humanos. Não de novo. Não sem o anel. Que eu deixei caído no chão lá embaixo, junto com meu dedo. *Merda. Só Deus sabe o que eles vão fazer com aquilo.* Mas estava escuro, e recuperar partes do corpo não era algo com que eu costumava me preocupar. Tapei os ouvidos para não ouvir os gritos dos guardas, enquanto Allison se alimentava. *Eles trabalham para Wedderburn. Eles devem saber que esse lugar é estranho.* Mas esse raciocínio não me ajudou tanto quanto tinha me ajudado quando estava usando o anel.

Por fim, ela apareceu, com as presas encharcadas de vermelho.

— O andar está livre. A tecnologia do futuro fica por aqui. Eles têm placas, como se estivessem esperando um ataque. Que conveniente.

Eu me lembrei de quando visitei o departamento médico com Buzzkill. Um ser tão poderoso quanto Wedderburn não poderia conceber um ataque de um mortal. Mas o ponto extremo foi só o início. Aceitei o acordo, mas agora tudo envolvia mais uma coisa. *Estou fora do jogo, mas ainda posso fazer uma jogada. Será que isso significa que eu sou uma* jogadora *agora, não um peão, nem mesmo a* rainha? Feliz por me livrar daquele título indesejado, tentei afastar as implicações sombrias de ser uma competidora naquele concurso do mal.

Corremos por um caminho escuro, embora eu tenha precisado tampar a boca quando vi o que ela tinha feito com os guardas. O resto das tropas devia estar protegendo o escritório do rei do inverno. Aquilo era exatamente o que eu faria no caso de uma invasão. Só que não era mais meu plano, então tinha deixado uma área crítica com defesas inadequadas. A porta para a tecnologia do futuro era parecida com a que protegera a sala da Oráculo. Já que a energia tinha sido desligada, travando os elevadores, eu não tinha como provocar um curto-circuito como fizera antes. Além disso, sem proteção, eu tinha certeza de que aquilo fritaria meu cérebro.

— Você consegue derrubar? — perguntei.

Ela concordou com a cabeça.

— Mas vai levar um tempo. Fique de olho e mate qualquer coisa que se aproxime de nós.

— Pode deixar. Nós provavelmente temos um tempo até que outros venham. Quando aquele esquadrão não responder, vão saber exatamente onde nos encontrar.

Como resposta, ela fez seu corpo inchar. *Uau, que interessante.* Allison mal cabia entre o teto e o chão, e batia o ombro gigantesco contra a porta. Ela precisou acertar cinco vezes até a porta ceder o suficiente para entrarmos pela fresta. Voltou à forma humana e veio atrás de mim. O aposento estava na mais absoluta escuridão. Então, eu remexi na bolsa de Buzzkill e encontrei uma lanterna. *Essa é basicamente a melhor mala de viagem do mundo.*

Eu já sabia para onde queria ir. Allison estava analisando as coisas e pegando seus despojos, exatamente como eu tinha prometido. Cinco minutos depois, encontrei um relógio que se parecia com o que Kian usava quando nos conhecemos, só que um pouco mais complexo. Eu me lembrei que só funcionava enquanto estava no corpo, e depois que o colocava, não havia mais como tirar, a não ser depois da morte.

Você tem certeza disso? A dúvida parecia lógica porque eu não fazia ideia de como aquilo funcionava, ainda que aparentemente eu tivesse inventado, junto com meu pai, em alguma linha do tempo ideal ou alguma babaseira do tipo. Wedderburn talvez mandasse agentes atrás de mim, e eu estaria mais indefesa sem o espelho. *Mas sim, tenho certeza absoluta. É isso o que devo fazer.*

Sem hesitar mais, coloquei-o no pulso e o objeto ganhou vida. Meu braço formigou com minúsculos fios invadindo meu sistema nervoso. A tela acendeu, e eu fiquei passando por vários ícones até encontrar a letra grega teta. Como alguns físicos a usavam para representar tempo nas equações, eu a ativei.

Inserir data e coordenadas.

— Você tem um celular? – perguntei.

— Está falando sério? Quer ligar para alguém? *Agora?*

— Não, eu só preciso encontrar a latitude e a longitude. Você pode me ajudar ou não?

— Eu tenho um zilhão de anos e sou a única aqui com um smartphone. Que tipo de adolescente você é?

— Uma muito esquisita. A gente já sabe disso. Tenho que ser rápida. Alguém deve estar rastreando este relógio. — Se eu tivesse sorte, o medalhão neutralizaria aquilo. Se não...

— O que significa que logo teremos companhia. Estou ligada. Do que você precisa? — A tela do celular dela estava brilhando quando ela acessou o navegador.

— Cross Point, Pensilvânia. Sinto muito, mas é aqui que eu deixo você. Você vai conseguir sair sozinha?

Allison riu.

— Fala sério, eu poderia saltar de uma altura de vinte andares. Além disso, acho que já matamos tudo o que havia nos andares inferiores. — Ela ficou séria. — Tudo bem. Vamos lá. Pronta?

Inseri os números que ela informou e uma data. *Agora eu só preciso pressionar* CONFIRMAR. Era uma interface muito simples para tudo o que aquele dispositivo incrível era capaz. Meu pai provavelmente era responsável por aquilo, porque odiava sistemas complexos. Irônico, considerando seu campo de estudo.

Foi mal, pai. Espero que minha sósia seja boa para você.

Passos de botas soaram pelo corredor, e ouvi gritos de homens ao verem a carnificina no corredor. Estavam usando jargão militar, o que me fez achar que eles ainda tinham mais guardas de segurança. Allison virou a cabeça, fazendo uma volta *completa*, e foi para a porta.

— Desapareça daqui.

Desativei a Égide e toquei na tela do relógio. O mundo vibrou e passou como um raio de luz. Meu corpo inteiro derreteu e se formou de novo; foi nojento, nauseante e doloroso quando caí na calçada. Fui tomada pela ânsia de vômito por um longo tempo.

Gradualmente, dei-me conta de que era dia, um bom sinal. Parecia que eu estava em um beco atrás de uma loja, agachada atrás de um lixão. O cheiro era horroroso, e um velho estava me olhando, segurando uma garrafa na mão. Ele provavelmente decidiu que era efeito da bebida e foi embora.

Preciso saber que dia é hoje.

Olhei para minhas mãos e percebi que tinha que encontrar um banheiro público bem rápido. Se eu não me limpasse logo, seria presa por algum assassinato, mesmo sem um corpo. Sem documentos, minha vida seria impossível. Puxei o gorro e fui andando pelas ruas secundárias mantendo a cabeça baixa. O centro da cidade não era grande e logo achei uma loja de conveniência. Isso permitiu que eu me limpasse e verificasse o que mais a bolsa mágica de Buzzkill tinha para me oferecer.

Cartão de crédito. Será que está ativo? Diversas caixas que eu tinha medo de abrir. Armas. Cordas. Praticamente tudo o que você espera encontrar no arsenal de um palhaço assassino. *Obrigada. Acho que você está me salvando.* Isso provavelmente o faria rir.

Depois de sair do banheiro imundo, fui até uma prateleira abaixo da caixa registradora e peguei o jornal local. A data combinava com a que eu tinha escolhido. Em Boston, eu só tinha 12 anos... e era muito feliz. Kian estava prestes a chegar ao seu *extremis*. Como ele não me dissera exatamente quando tinha acontecido, escolhi uma data aleatória de janeiro para ter certeza de que não perderia a data.

Agora eu entedia o futuro em que estava curvada sobre o oleiro e *foi* esse que escolhi. Decidi ser *eu mesma*: uma pessoa inteligente e estranha, mas completamente humana, uma garota de nove dedos e uma ideia incipiente de como vencer um jogo que nunca quis jogar. Em silêncio, eu disse para Wedderburn: *Venha me pegar, cara, se você se atrever.*

Hora de consertar tudo o que eu quebrei.

NOTA DA AUTORA

Chegou a hora de confessar que estou obcecada por Harbinger. Eu o amo tanto que ele já ganhou um conto só dele. Não há dúvidas de que ele tem um charme bem no estilo de Loki, mas também adoro explorar o quanto ele já sofreu. Existem *quarenta e dois* deuses da trapaça, e ele viveu em todas as histórias. Isso por si só já é espantoso. Vejam só, nossos mitos divinos raramente são bons e gentis; muitas histórias estão repletas de estupro, incesto, assassinato, roubo e traição. Agora imagine se você não tem escolha, a não ser agir de acordo com essas fantasias, uma compulsão sombria e irresistível. Agora você sabe como Harbinger se sente. Desconfortável, mesmo assim... atraente, não é?

Mas como seres humanos, nós sempre tivemos um fascínio por monstros, certo? Ao ler uma história como *Frankenstein*, você torce pelo cientista maluco? Eu nunca torci. Nossa empatia é para com aquela criação triste e incompreendida enquanto tentamos compreender a escuridão para a qual o monstro é atraído por causa da falta de compaixão que ele encontra em um mundo estranho e nada familiar.

Da mesma forma, no Jogo Imortal, se você acha que eu pareço simpatizar com os demônios e espíritos sombrios, isso não está longe da verdade. Estou me divertindo muito ao dar personalidade às nossas histórias mais antigas, imaginando como ícones culturais agiriam no mundo moderno. Uma das minhas leitoras beta me disse que não acreditava, nem por um momento, que eu conseguisse fazer com que ela gostasse de um palhaço assassino sádico. Para ser sincera, essa não era minha intenção. Ele é um monstro, não é? Mas todo vilão é o herói da própria história, e é impossível não levar isso em consideração.

De algumas formas, essa história foi mais fácil de escrever porque Edie está em outro lugar em termos emocionais. Ela não é uma pessoa completamente sem esperanças e chegou à conclusão de que é melhor lutar. Mesmo assim, existem perigos nesse caminho também. Às vezes, nós ficamos tão presos à resistência que não percebemos outros aspectos importantes da nossa vida, e só percebemos como o equilíbrio é vital quando já é tarde demais. Isso parece sinistro? Bem, você está lendo uma nota da autora, então eu presumo que tenha terminado de ler o livro. Acho que não preciso dizer mais nada a esse respeito.

Continuando. Antes de eu começar a escrever, fiz mais pesquisas sobre deuses antigos e *memes* da internet. Estou curiosa para saber se você consegue descobrir com qual monstro Edie lutou no poço de Harbinger. E não, eu não vou contar. Imagino que a resposta vá surpreender você. A parte legal deste projeto é que se a Edie não reconhece um monstro, você provavelmente também não vai descobrir o nome dele e isso acrescenta outra camada ao mistério. Em *Inimigos Públicos*, você encontra vários monstros de lendas e do folclore e parte da diversão pode ser identificar quantos você conseguir. Um ou dois talvez não sejam reconhecíveis, a não ser que você tenha lido alguns livros estranhos, como essa autora fez. Mas não permita que isso impeça você de tentar!

Ao longo do caminho, passei bastante tempo estudando sobre os deuses da forja, e eu não gostei do que vi na cultura greco-romana. Vulcano e Hefesto sempre são alvo de piada e nunca são tratados com justiça no amor, nem na guerra. Então, eu dei um sabor mais celta e, assim, nasceu Govannon. Eu mudei o nome que deveria ter sido Gofannon, uma antiga deidade de Gales, conhecida por trabalhar com metais e cuja cerveja tornaria você imortal. E eu achei hilário colocá-lo como um morador de Vermont com um monte de gatos.

Queridos leitores e queridas leitoras, espero que tenham gostado do segundo volume deste jogo imortal e que também estejam prontos para o grande final. Eu certamente estou.

AGRADECIMENTOS

Obrigada a Laura Bradford, que sempre apoia minhas ideias. Não sei se isso é porque ela confia em mim ou se estamos sempre em sintonia. Gabando-nos de forma humilde: desde 2007, ela nunca deixou de vender nada que eu escrevi. Nem uma vez. São mais de trinta romances, e eu adoro trabalhar com ela.

Logo depois da minha agente, sempre penso na minha brilhante editora, Liz Szabla. Aprendi muito com ela, já que é uma profissional em lapidar meu texto sem mudar sua essência. Fiquei muito empolgada por trazer o Jogo Imortal à vida com ela, e agradeço muito por ela nem piscar diante de algumas escolhas arriscadas no enredo. (Vai ficar tudo bem, eu prometo.)

Meu carinho para os talentosos da Feiwel and Friends, que fizeram um trabalho incrível: Jon, Jean, Rich, Elizabeth, Anna, Lauren, Zoey, Ksenia, Molly, Mary, Allison, Kathryn... Bem, tenho certeza de que acabei me esquecendo de alguém, então peço que me perdoem e compreendam o quanto valorizo sua contribuição. Nenhum homem é uma ilha, como dizem, e nenhum livro é criado em um vácuo. Por isso, eu agradeço humildemente por todo seu tempo e talento.

Minha fantástica editora de texto, Anne Heausler, uma das minhas pessoas favoritas. Obrigada pelos comentários maravilhosos que fez durante o trabalho de edição, eu gostei muito. Também tenho uma dívida com a meticulosa copidesque Fedora Chen. Vocês trabalham nos bastidores para que eu possa brilhar, e sou mais grata do que consigo demonstrar.

Hora das menções honrosas! *Inimigos públicos* não existiria sem o apoio destas pessoas: Bree Bridges, Chadwick Ginther, Donna J. Herren, Marie Rutkoski, Caragh O'Brien, HelenKay Dimon, Yasmine Galenorn, Stephanie Bodeen, Lauren Dane, Mindy McGinnis, Megan Hart e Vivian Arend. Estou muito feliz de acrescentar Rae Carson, Veronica Rossi e Beth Revis a esta lista. E você, é claro. Sim, *você*. Porque você está lendo os agradecimentos, é claro. Isto é um apoio e tanto.

Agradeço às minhas leitoras beta, as incomparáveis Majda Colak e Karen Alderman. Eu compraria pôneis para vocês pela incrível lealdade que demonstraram ao longo de todos esses anos. Às vezes, outros escritores perguntam o segredo da minha produtividade, e eu nunca conto que é por causa de vocês duas. Porque eles podem muito bem tentar tirar vocês de mim.

Estou quase no final agora. Agradeço à minha adorável família. Sempre que eu digo que tenho algum prazo louco para cumprir, vocês nunca reclamam. Meus filhos dizem "Então, não vamos incomodar", e meu marido pergunta "O que posso fazer para ajudar?". Sim, eu ganhei essas pessoas na loteria. Vocês são incríveis. Obrigada por me amarem, me compreenderem e por serem a melhor família. Adoro vocês.

Por fim, leitores... Vocês acham mesmo que eu me esqueceria? *De jeito nenhum.* Sem vocês eu seria a louca que escuta vozes. Mas vocês partem nessa jornada comigo, e isso é o maior elogio que eu poderia receber. Valorizo cada um de vocês por isso. Obrigada por lerem meus livros e por acreditarem nos meus sonhos.

Impressão e Acabamento:
GRÁFICA STAMPPA LTDA.